梶《かじ》の葉物語

神山奉子

下野新聞社

目次

布橋の向こう

目を閉じて床に伏す松乃《まつの》の枕辺に雪川家の人々が座っていた。長男将久《まさひさ》は縁側を背に、二人の孫娘は茶の間に通じる障子を背にして、松乃の顔に見入っている。三日続いた熱はもう退いていた。水枕を外して、熱い湯を絞った手拭いで顔や首筋を清めてもらった松乃の顔はすっきりとしていた。高い鼻梁が顔に影を作っている。

松乃がふっと目を開けて、小さな声で言った。

「何やら寂しゅうてならぬ。手を握っていてくださ れ」

清江《きよえ》と史代《ふみよ》は、祖母の手を片方ずつとって、握りしめた。温かい手触りに松乃は安堵して目を閉じた。閉じた目の裏に小さな灯が映った。ここはどこだろう。松乃は自分が一人、夕闇の中に立っているのに気付いた。目の前に長い廊が伸びている。廊には所々に小さな灯が点されているが、廊の先は見えない。ここは……布橋《ぬのばし》？　松乃が身じろぎをした。

「あ、母《かあ》さん、気付かれましたか」

身動きをした松乃の顔を将久がのぞき込んだ。松乃は自分の手を包む孫たちの手から己の手を抜き出し、胸に交差した。懐かしさが胸にあふれていた。

布橋の向こうに、二人の人影が浮かんでいた。二人とも後ろ姿だった。二人を追って、松乃は足を早めた。

「岳斎《がくさい》さま、将明《まさあき》さん」二人はそろって振り向いて、松乃に微笑みかけた。松乃は笑みを返し、布橋の向こうへ歩み入った。

夭折の子ら

松乃の生母くらは、六人の子を産んだ。長男桂治《けいじ》郎《ろう》、長女以津《いつ》、次男鶴松《つるまつ》、二女幸《こう》、三男育之助《いくのすけ》、そして三女松乃の順である。男、女、男、女、男、女と「理想的」とも見える生まれ順だったが、くらは、どの子供の結婚をも見届けることなしにこの世を去らねばならなかった。長男桂治郎が生まれたのは、邦胤《くにたね》二十九歳、くら二十二歳の時だった。邦胤もくらも江戸末期の習わしから見れば、やや遅い長子の誕生だった。

「親方、男子《おのこ》でござりまする」という産婆の声に邦胤は、跳びはねて喜んだ。

「くら、ようやった。これで千治郎《せんじろう》の跡継ぎができた!!」

邦胤は、雪川本家が「万治郎《まんじろう》」を継いでいるのに倣って、「千治郎」と名告っていた。号は「岳斎」という。翌年、長女以津が生まれた。一男一女に恵まれ、邦胤は三十代に入って、その腕は兄邦茂《くにしげ》を凌ぐと言われ、父二代目万治郎邦政《くにまさ》に従って、父と仕事を共にすることが多かった。仕事場によっては長く家を離れることもあり、くらは年子の赤ん坊をかかえ、夫の帰宅を待つ日が続くこともあった。邦胤は結婚とともに父の家を離れ、上諏訪の小和田に新居を建てた。父や兄の援助もあり、大きくはないが、すっきりとした佇まいの、どちらかといえば「仕舞《しもた》屋《や》」風の趣の家だった。

「子供は七つになるまでは神さんの子」と、昔から子供の命の果無さは親の心底に不安を抱かせるものだったが、その不安が現実となり、邦胤とくらは、桂治郎を見送らねばならなくなった。邦胤は、仕事で出張っていた。桂治郎がゴロリゴロリと畳に寝て遊ぼうともしない様子を訝しく思ったくらは、桂治郎の額に手を当てて驚愕した。焼けるように熱い。急いで寝かせ水枕を出した。はっと気付いて以津の額にも手を当ててみた。こちらは大丈夫だ。少し迷って、くらは以津を連れて一町ほど離れた酒屋「諏訪屋」を訪れた。

「すみませんがの、しばらくこの娘を預かってもらえませんかの？　桂治郎の熱が高うて、これから山川医院へ往診を頼みに行く」

「おお、それは大変じゃ。ええよ、以津ちゃん、少しうちで遊んでおいで。そのうち、家のゆみも寺子屋から帰ってくるでな。心配じゃの。邦胤さんは？」

「親父さまに従いて茅野に出張っとる。知らせた方がいいじゃろか」

「む。くらさん自身が心細いじゃろ。うち、午後の便が茅野の方へ行くゆえ、言付けてやろう」

「あ、助かります。うちの人の宝子じゃて」

くらは以津を置いて山川医院へ急いだ。

「いま、疫痢が流行っとる。熱だけか？　下痢はしとらんか？　吐いたりはせんか？」

医者はたて続けに問い、

「午前の患者が済んだら、すぐ行く。頭を冷やして、体を温めて。さ湯を飲ませなさい。もう一人娘さんがおったと思うが、変わった様子はないかな？」

「はい。今のところは。諏訪屋さんに預かってもらっとります」

「それがいい。じゃ、あとでな」

ほとんど駆け足で家へ取って返したくらは、部屋に入ったとたん、激しい臭気にうろたえた。次の間に寝かせていた桂治郎は、便所に行こうとして行けず、畳の上で下痢にまみれていた。

「やはり」とくらは青ざめた。風呂の残り湯で、とっておいたおむつを絞り、身体を清めた。清めるあとから水様便が流れ出す。くらはとりあえず三枚のおむつを重ねて桂治郎の下半身をくるみ、上半身を支えて湯ざましを飲ませた。相変わらず熱は高い。しばらくうとうとしたと思うと、桂治郎はガボッと水を吐き出した。喉が詰まってしまう。くらは周章《あわ》てて桂治郎の上半身を抱え起こし、胸元や顔を拭いた。先生、早う、早う来てくだされ。くらは胸の内で繰り返した。神さま、われの命に換えてこの子の命をお助けくだされ。

ものを食べる気も起こらず、ただただ桂治郎の額を冷やし、手を握りしめているうちに、「ごめん」と声がして、山川医師がやって来た。医師は、手早く桂治郎の体を診察し、

「やはり疫痢だと思う。薬はお出しするが特効薬はない。吐いても下しても、水を飲ませなされ。あとは体力じゃ」と、痛ましそうに言った。「あ、下の娘さんは、できれば数日預かってもらうとよい。傍に置くと感染《うつ》る恐れもある」

ああ、以津はどうしておるじゃろ。預けるにしても着替えなど持って行かねば。くらは急いで着替えを風呂敷に包み、桂治郎の様子を見た。眠っている。この間に、とくらは暮れかけた道を走った。


「さっきの、山川先生が寄ってくだされてなあ、姑の薬を届けてくだされたのよ。そん時以津ちゃんを預かってやってくれんかと頼まれた。われが、家の子たちに感染らんかと言うと、以津ちゃんを診て、『大丈夫。この子は感染ってない。もし熱が出たりしたらすぐ知らせてくだされ。このあたりの子供を死なせたくはないでな。そう、食べ物は必ず熱を通すように、用心が肝要だ』と言うとった」

「頼みます、ありがとうございます」と何度も頭を下げて、くらは家へ走った。初秋の日は沈み、冷たい風が吹き抜けていく。

戸を激しく叩く音がして、くらは玄関に飛び出した。邦胤が息を弾ませて、草鞋《わらじ》を脱ぎ捨て、桂治郎のもとに走り寄った。ぽっかり目を開けた桂治郎は父の姿を見て、「父《とと》さま」と掠れた声で呼んだ。

「父さまが来たぞ。もう安心じゃ。どこが痛い？　撫でてやるぞ。で、先生は何と？」

「え、えきりじゃと」

くらは体を震わせながら言った。「流行っとると。もう秋口なのに」

　山川医師は翌日も往診してくれた。桂治郎を診ると、山川医師は顔を曇らせ、「申し訳ありません。覚悟してくだされ」

「そんな……何か手立てはないのですか。薬は――というても、胃に収まらず吐いてしまう。先生、頼みます。どうかこの子を助けてやってくだされ」

「この病は体中の水分が抜けて脱水症状を起こしてしまうのじゃ。少しでも水分を取れればなあ。おそらく今夜がヤマかと」

　邦胤とくらは、一晩中桂治郎の床に付き添い、湯ざましの入った吸いのみを口に差し当てた。未明、桂治郎は邦胤の腕の中で息を引きとった。魂の抜けたような両親に代わって、本家の邦茂が葬儀をとり仕切った。「岳斎さんの跡取りがのう」と大工や彫り師仲間、近隣の人々など、幼児の葬儀にしては、驚くほど多勢の人が参列した。ようやっと身を起こして座っている邦胤とくらに並んで、悲しみと怒りの眼でまっすぐ前を見ている、邦政の姿があった。

「お孫さんに先立たれるとはのう」

　葬儀が済むまで、以津は酒屋に預けられたままだった。幸い疫痢に罹患することはなく、迎えに行ったくらを見ると、はじめは柱の陰に半身を隠して出て来ようとしなかった。「以津、以津ちゃん。母さ《かか》んのこと忘れてしもうたのか」とくらが両手を差し伸べると、おずおずと近寄って来て、くらの袖に触れた。「以津、以津、よう無事で」とくらが抱き寄せると、以津はくらに抱きついて、ワーッと泣き出した。

「以津、以津、おまえが生きとってくれて、われも父さまもどんなにうれしいことか」

　くらも以津を抱きしめ、むせび泣いた。酒屋の人々も黙ってうつ向いていた。

「ありがとうござんした。お礼は後ほどさせていただきますで」

「そんなことはどうでもええ。ご長男の御不幸、何も言葉が出ません。ほんに……」と女将のみねは声を詰まらせた。

「われもな、長男を三つの時亡くしとる。自分も死んだ方が楽じゃと思うた。そんなわれを生かしてくれたのは、下の子じゃった。子は親が生かしてやらねば生きてゆけん。なあ、以津ちゃんのために生きてやってくだされ」

みねの言葉がズンとくらにしみ入った。そうじゃ、われは以津を育てねばならん。以津の手を引いて家に帰ったくらは、卓に乗せた小さな遺骨箱を撫でていた邦胤に掠れた声で言った。

「以津が戻って来たで。われらは以津の親じゃ。以津を育てねばならん、以津が笑うて暮らせるようせにゃならん」

振り向いて以津を見た邦胤は、手を差し伸べて以津を抱き取り、「おまえはの、おまえは父さんより長う、ずっと長う生きてくれ」と、ハラハラと涙をこぼした。

桂治郎を亡くして後、くらは三年ほど身ごもることはなく、相変わらず父邦政との仕事に出掛けて留守がちな邦胤を待ちつつ、寂しい日々を送っていた。そんな日々に大きな変化をもたらしたのは、次男鶴松の誕生だった。

「男じゃよ」と告げられて、くらは安堵とともに心の痛みを覚えた。邦胤も、喜びの中に痛みの混じった表情で赤児をのぞき込んだ。

「鶴松」と名付けた邦胤は、「これ以上の名はあるまい、なあ鶴松。絶対に父さんより早う死んではならぬぞ」

「おまえさま、赤児にそんなことを言うたらいかん」

「そうじゃな、すまん」邦胤は素直に謝った。

邦政も、自ら祝いの品を携えて訪れた。

「ほら見てみい。指がおまえとそっくりじゃ、いい彫り物師になるぞ」と、赤児の小さな指を撫でた。

「よう、以津、よかったのう。弟ができたぞ」と以

津にも笑いかけた。以津は、小さな指を揃えて邦政に見せ、

「われの指は父さまに似とるか」と訊いた。

「ん、おお、よう似とる。だが以津は彫り物師にならんでもいい。綺麗な嫁さんになるんじゃぞ」と髪を撫でた。

鶴松が生まれて二年後、くらは幸を生み、さらに三年後には育之助《いくのすけ》が生まれた。十三歳になる以津を頭に、鶴松、幸、育之助、と四人の子供を育てるくらは大忙しだった。以津は六歳の鶴松と四歳の幸の面倒をよくみてくれた。幼い弟と妹を連れて八劔神《やつるぎ》社に遊びに行ったり、家の中でままごと遊びをさせたり、鶴松には草子を読んでやったりしていた。くらは、以津にもう少し何か身につけさせたいと思っていたが、赤ん坊が生まれた今は、以津の手助けはなくてはならないものだった。

「すまんのう、以津。もう少しみんなが大きくなったら、何でも習わせてやるからの」

「大丈夫じゃ、母さんが縫い物しとる時は、よう見とるし、料理も見覚えとるよ」

「以津は何か習いたいことはあるかの」

「うん」

「何かの」

「彫り物。亡うなったおじいさまが、以津の指は父さまに似とると言うてくだされたゆえ。母さま、女子《おな》は彫り物はしてはならぬのかのう。おじいさまは、きれいな花嫁さんになれと言われたが」

「女子《ご》の彫り物師というのは聞かんがの、以津ならできるかもしれん。おじいさまも父さまも名人じゃもの」

邦胤の収入は少なくはなかったが、子供に食べさせ、着させ、自分でもよく酒を飲んだから、くらはいつもやりくりに窮していた。時には、米を買う金も酒を買う金も無くなり、仕事から帰って驚いた邦胤は一刻ほどで高さ三寸あまりの大黒天を彫り上げ、「早う、これをどこぞへ持って行って買っても

らえ。米と酒を手に入れて来い」と言いつけた。くらが行くのは諏訪屋以外なかった。みねに大黒天を差し出し、両手で拝む。

「ああ、いいよ」とみねは代金を包み、さらに米と酒を持たせてくれた。

「あんたはわれの妹のようなもんだ。困った時はいつでもおいで。だが、もう少し金を残しとく算段をしなされや、というても、何時、いくら金が入るかは分からんのじゃものなあ。御亭主がたくさん渡してくれた時は、米代だけは別にとっておきなされ。ああ、うちは岳斎さんの彫り物は、取り引き相手の進物にもできるし、是非に譲ってくれという知り合いもおるでな、心配はいらん。さ、早う子供らに御飯を炊いてやりなされ。これは御亭主の酒。お好きなわりには、すぐ酔うてしまわれるから三合じゃ」

そんなことを言いつつ、みねは金と米と酒を渡してくれた。実際、岳斎の彫り物は人気があり、諏訪屋では彫り物の始末に困ることは無いらしかった。

邦胤の父二代目万治郎邦政は、幸が生まれた年、塩尻宿柿沢の永福寺旭観音堂の再建にあたり、境内の大欅を彫刻用材に伐採しようと世話をやいていたところ、木が思わぬ方向に倒れて下敷きになり不慮の死をとげた。七十五歳だった。この時、邦胤は父に従って塩尻には行っておらず、「もしわれが同道しておれば、むざむざと死なせはしなかったものを」と、棺に入れて荷馬車で運ばれた父の遺骸にとりすがって男泣きに泣いたという。葬儀は長男の三代目万治郎邦茂が執り仕切った。上諏訪の町は、邦政の不慮の死を悼む声に包まれた。旭観音堂は誰もその続きを継いで竣工を果たす者はなく、半ばできたままの姿を曝し続けていた。父が命を落とした場、と思うと、邦茂も塩尻には足を向け難い思いでいたが、松本での仕事の折、参拝する気持ちになって永福寺を訪れ、観音堂の荒廃に向かう姿に胸を衝かれた。このままにしておいては、父二代目万治郎も悲しむであろう、父の仕事を継ぐのは息子である自分の役割じゃ、と心を決め、住職と相談して観音堂の修復にとりかかった。万延元（一八六〇）年、旭観音堂は修復を終え、雪川の名を伝える建物の一つになっている。

くらの片腕となって弟妹たちの面倒を見続けてきた以津がこの世を去ったのは間もなく十七歳になろうとしていた冬のことだった。

「来春からは稽古事に行こうの？　何が習いたい？」

「うーん、そうじゃのう、やはり着物が縫えるようになりたい。普段着ばかりでのうて、花嫁さんの衣装も縫えるようになりたい」

「以津は手がきれいじゃものな、あとは……」

「もう少し本が読めるようになりたい。和歌も作れたらいいのう」

「早うに寺子屋退かせてしもうたものなあ。どこの塾がいいかの？」

そんな会話をして春を待つ思いをつのらせていた初冬、以津は流行風邪がなかなか治らず、衰弱していった。妹や弟二人は以津より早く罹り、五、六日で回復していた。一番遅く発病した以津は、愚図愚図と、発熱と咳が続いていた。はじめは、すぐ快くなるだろうと楽観していたくらは、「もう七日になる」と青ざめ、山川医師の往診を請うた。山川医師は胸と背に丁寧に聴診器を当て、眉をひそめた。

「これは……」

「先生」くらはたまらず聞いた。

「肺炎を起こしておるかもしれん」

「治りますかの。治りますじゃろ。どうすれば治るかの。薬、薬は――」

「落ちついてください。薬は――肺に炎症を起こさせる菌を死滅させる薬はないのじゃ。熱を下げ、湯気を立てて呼吸し易いようにしてあげなされ。他の子供たちは近づけないように。治るかどうかは体力次第――」

以津の体力は病に勝てなかった。五日間、以津は必死で戦い、くらはほどんど眠らず看病した。邦胤は「木屑を持ち込まないように」と医者から言われ、家で彫り物をするのは控え、下の子供たちと二階で息を殺すように過ごした。二階で子供たちを寝かしつけて降りてきた邦胤は、細い声に「父さま」と呼ばれて、傍に駆け寄った。

「父さま、以津はもう生きられん。父さまの娘でよかった。われも彫り物がしてみたかった」

「治ったらなんぼでも彫れる。教えてやる」

邦胤は以津の手を握りしめた。くらは、以津の頬に自分の頬を押し当て、「以津、逝ってはならぬ。逝かんでくれ」と叫び続けていた。未明、以津は両親に抱かれながら息を引きとった。

「十六まで育てて、なんで先立たれねばならんと。神さんも仏さんも無《な》か。以津‼ なんで母さんを置いて逝ってしまう」くらは悲しみと怒りに狂い惑った。

狂乱の苦しみからくらを浮かび上がらせたのは、三人の子供たちの存在だった。みねから言われたように、親は、生きている子を育てねばならない。生きている子供のために生きねばならない。少しずつ落ちつく一方、くらは、以津の存在の重さに気付いていった。あの子は、子供であると同時に、「同志」だったのだと思う。自分を扶け、子供らを守り、雪川の家を守る同志だった。ああ、それにしても、自由に習いたいことを習わせてやりたかった。以津を想ってくれる男《ひと》に出会わせてやりたかった。花嫁姿を見たかった……。

雪川家を襲う不幸は、以津の死では終わらなかった。以津を送って半年後、一人残った娘、幸が天に召されたのである。八歳になった幸は寺子屋から帰って来て、「頭が痛い」と言ったなり意識を失った。

「どうした、幸?」幸を抱き起こしながら、くらは幸の体が震えているのに気付いた。鶴松も寺子屋に通っていたが、鶴松は弁当を持って午後も勉強してくるので、幸は四半刻ほどの道程を一人で歩いて来たようだった。くらは家の前を通る子供が、山川医師の診療所近くに住んでいるのを思い出し、「さとちゃん、ちょっと待って。すまんがこれ、山川先生の所に届けてくれんか」と、急いで「幸が気を失っとります。来てくだされませ。雪川くら」と書き付けて、さとに託した。幸のもとを離れるのが恐ろしかった。くらは幸の衣服を脱がせ、薄い帷子《かたびら》を着せた。冷たい水を絞った手拭いで体を拭き、熱をもった体を冷やした。邦胤は、素封家の欄間の修理を頼まれ、塩尻まで出掛けていた。一泊の予定だった。早ければ明日の昼頃には帰れるだろう。

山川医師は、すぐ来てくれた。

「ちょうど午前の診療が終わったところですて。どうされた?」

山川医師は、幸の様子を見て顔色を変え、幸の目蓋を開いて反応を確かめ、聴診器で胸の音を聴いた。幸が日盛りを帰って来たと聞いて「霍乱《かくらん》か」と呟いた。

「頭と体を冷やし、飲めるようなら水を飲ませてやりなさい。湯冷ましに、一つまみの塩を入れるとよい」

「え、で先生。幸は、幸は――」

「そう。頭の中が傷んでおらねばよいが」

幸の体温は一向に下がらず、汗もかかない。男の子二人にはおむすびを作って食べさせ、「二階で静かに遊んでいなさい。父さんは今夜は泊まりじゃからの、眠たくなったら眠っていいよ」と布団を敷いた。くり返し手拭いを絞って額に乗せ、薄い着物一枚の体を必死で扇いだ。

夜半、玄関を叩く音がして、くらは跳び上がった。邦胤だった。

「どうした、幸? 幸がどうかしたか?」

「山川先生は霍乱と言われたが。昼すぎ一人で帰って来て、気を失のうてしもうた。それきり気ぃつかん」

「今日はそんなに暑かったか。薬は?」

「水も飲めんから、薬も……。おまえさま、泊まるんではなかったか」

「仕事が早う済んでな。何やら急に帰りとうなった。下諏訪まで馬で帰るという人がいて、乗せてもろうた。下諏訪からは走って来た。何やら気持ちが急いての。わしが今一度山川先生のとこ行ってくる」

「ずっと駆け通しじゃったに、大丈夫か」

「うむ。このまま幸を逝かせるわけにはいかん」

「逝かせる!?　そんな――」

山川医師は夜中にもかかわらず来てくれた。

「うむ。頭の中、脳が傷んでおらなければ気がつくはずじゃが……。すみません。手立てが無い……」

山川医師は深く頭を下げた。

さらに、くらと邦胤は幸の名を呼び続け、体を冷やしたが、明け方、幸の命は絶えた。鶴松と育之助は、気配を察したかのように二階から降りて来て、部屋の入り口で立っていた。

「鶴松、育之助、幸が幸が」と言ったきり、くら自身も気を失って倒れ伏した。

「鶴松、諏訪屋へ行って、みねさんに来てくださいと頼んできてくれ。もう明るくなっておるから、行けるじゃろ?」

「何て言えばいい?」

「幸が亡うなったと」

「幸ちゃんが亡うなった――えっ、まさか」

「うん。母さんも気を失ってしもうたと」

鶴松は、夜着のまま飛び出して行った。ほどなくみねが髪も結わぬ姿で駆けつけた。

「邦胤さん、くらさん、どうしたと?　まさか本当に幸ちゃんが!?」

顔に白い布を掛けられて横たわっている小さな体と、傍らに幸の手を握ったなり倒れ伏しているくらを見て、みねは棒立ちになった。

「何としたこと。昨日まで元気じゃったに」

「霍乱じゃと。日盛りん中歩いて来て、頭の中を傷めたと。倒れて一度も目覚めず、逝ってしもうた。

みねさん、うちは呪われとるのかのう。子供三人も取られてしもうた。以津が逝ってしもうて、半年しか経たぬに、何で何で」

みねは、邦胤と二人でくらを茶の間に寝かせ、痛ましそうにくらを見た。

「しばらくこのままにしておこう。何も分からん方が辛うないで。いったん家へ帰って、亭主と相談して、組内の者に知らせるで。あ、男の子二人は家で預って、ごはんも食べさせようぞ。二人とも昼間の着物に着替えておいで」

いったんみねが二人の男の子を連れて去ってしまうと、邦胤は幸の枕元に座って、泣きかつ怒った。

「神も仏もあるものか。われとくらが何をしたというて、こんな惨《むご》い目に会わせるぞ。わしはもう神も仏も信ぜぬ」

沈痛な面持ちの参列者は早々に帰って、葬儀が終わった。邦胤は何とか葬列に加わり、たった八歳で逝った幸を送ったが、くらの姿は無かった。床から起き上がれず、弔問に訪れた人と口を利くこともできなかった。邦胤はくらを二階に上げ、鶴松と育之助も傍についているように命じた。くらが、幸と以津、桂治郎の元に行こうとするのではないかと、邦胤は恐れていた。

「あっちの世で三人が呼んでいる」と口走っていたからである。

「わしと鶴松と育之助のところに居てくれ。わしらを置いて行かんでくれ」

邦胤は、鶴松と育之助に、くらの手を握っているように言った。

「母さんを、こっちの世につなぎ止めることができるのは、おまえたちだけじゃ。頼んだぞ」

邦胤は子供二人も葬儀には参加させなかった。悪気は無いにしても、子供らが「不運な家の子」という目で見られるのが堪え難かった。くらの実家羽鳥家からもくらの妹が来てくれて、くらの枕元に付き添っていた。幸の従兄に当たる子供たちは連れて来ていない。

「子供の姿見るのは、辛すぎるじゃろ」

妹は、悲痛な顔をして言った。

葬儀が終わって人々が去って後も、くらは起き上がれなかった。床は階下に移し、厠には自力で行けるようになったが、家事ができるまでにはならず、といって邦胤自身は煮炊きや洗濯はままならず、困惑した。みねは、自分のところの雇い人を数日、寄越してくれたが、いつまでも続けるわけにはいかない。

みねは「どうじゃろ、われの知り合いのスワさんを、しばらくの間、頼んでみたら。くらちゃんの看病と、食事作り、掃除、洗濯なんかの家事しに通うてもらうんはどうかの？　給金は払わねばならんが、このままでは邦胤さんも仕事もできまいて。くらちゃんも子供らの世話せねばと焦るが、体が動かんのじゃろ。子供らの世話と家のことやってくれる人がおれば、気が休まるんではないかのう」

スワが来てくれたことは、雪川家の救いとなった。スワはおおらかでのんびりした人柄で、子供たちはすぐ懐いた。くらも起きて家事をしなければという焦りから解放されて、昏々と眠った。眠ることは救いだった。ある日くらは、眠りから覚めて、邦胤を呼んだ。

「どうした、くら」

「今のう、夢みたで」

「ん、夢？」

「桂治郎と以津と幸がな、母さま、まだこっちへ来んでいい。鶴ちゃんと育ちゃんをみてやってな、と言うんじゃ。ほんに、われは情けない母親じゃった。子供に怒られてしもうた」

「そうか。そんな夢をみたか……。生き残った者は生きていかねばならん。なあ、無理せんと、しばらくはスワさんに来てもろうて、少しずつ動いたらいい。よう、戻って来てくれたの、くら」

邦胤はくらを抱き締め、くらも邦胤に身を預けた。

幸の初盆が近付いた頃、邦胤は菩提寺の教念寺を訪ねた。

「向後、うちは菩提寺を変えさせてもらいます」

「む、それは……」

「子供を三人も取られてしもうて……。それは御寺様とはかかわらぬことかもしれん。されど、申しにくいことじゃが、御寺は、われらを守ってくださらぬ、と思うた。あと二人の子の運命《さだめ》を変えたいのでございます。お許しくだされ」

「……」

無言の住職に、邦胤は深く頭を下げて辞した。

新しい命

　秋の気配が濃くなった頃、くらは己の体の不調に気付いた。気怠く、吐き気がする。やっと快うなって、スワさんに来てもらわなくても何とか家事をこなせるようになったというに、とくらは狼狽《うろた》えた。そういえば月のものを見ていない。四十歳になったとはいえ、閉経するには早すぎる。よもや、とくらは青ざめた。こんな歳になったに、身ごもった⁉

　くらが真っ先に思ったのは、以津と幸にすまない、ということだった。縁づくこともなく、子を産むこともなく命を散らした娘たち。何で四十にもなるわれが。身が縮むほど恥かしいと思った。邦胤に不安を告げると、さすがに驚いたふうだったが、

「子が生まるるは、われらの思念を越えたるもの。もう一人の子を、神さんが授けてくだされたのじゃろう」

「三人も取っておいて。何人生まれようと、三人の代わりにはならん」

「三人の代わりじゃあない。新しい命。大儀じゃろうが、気張って、生んでくれ」

　くらは、心弾むこともなく、運命を受け入れた。女の身は何ともままならぬものよ、と口惜しかった。

　元治元年（一八六四年）四月一日、くらは六人目の子を生んだ。邦胤四十八歳、くらは四十一歳になっていた。邦胤は考えに考えて、「松乃」と名付けた。「まつの、いい名じゃろ、いつも緑で、松竹梅の中でも位の高い木じゃ、木彫りの家にふさわしい名じゃ」

　くらの、松乃がおなかにいる時の不穏な思いはきれいに払拭されて、くらは、赤児の可愛さに夢中になった。

「ほら、鶴、育、見てみい。この小っちゃい手。ちゃんと爪も生えとる。もうすぐ目も見えるようになる」

「え、目、見えんのか」

「ああ、七日ぐらい経たんと、見えんと言われとる。おまえらもそうだったんよ」

くらは気持ちは焦ったが、なかなか体がついていかず、床に就きがちだった。邦胤は、再びスワに家事をみてもらおうと、くらを説得した。

「おまえは、松乃に乳をあげられればよい。あとは、スワに頼んで、一日も早う、快くなってくれ。上の男の子たちも、母さんが丈夫になってくれるのが一番じゃ。わしが倍も働いて、賃金、払えるようにするゆえ、心配するな」

松乃は母の傍らに小布団を並べて次の間に寝かせられた。よく眠る赤ん坊で、目覚めればいつも、母の声が聞こえ、母の目が自分を見つめていた。幸いなことに乳は足りていた。

十一歳になる鶴松は、高島城近くの私塾で学んでいた。七歳から寺子屋で学んでいたが、読み書き算盤の基礎を学び卒え、さらに漢学や古典を学ばせるため、邦胤は鶴松を漢学塾に進ませた。寺子屋は、商家や職人の子、長屋暮らしの奉公人の子、小作人の子が通っていたが、漢学塾は下級武士の子や大きな商家の子、また職人の子も学んでいた。

「宮大工や彫物師は、書物を読み、文字も正しく書けねばならん」と邦胤は言い、雪川流を継承する者として必要な教養を身に付けさせようとしていた。易しい漢籍や日本の古典も読んで身につけねばならぬ、請け負い証文も読み書きができねばならぬ、注文主との文のやり取りもせねばならぬ、和歌も詠めとは言わぬが読めねばならぬ、と。塾で学ぶのは十二歳までで、十三歳になると塾からは退き、一日中、父について彫り物を習うことになる。

次兄の育之助は、七歳からは寺子屋に入ることになるが、六歳の今は、自由に近所の子供と遊んでいた。

「気いつけろよ。日盛りで遊んではならん」とくらは言い言いし、育之助に日除けの笠をかぶせたが、育之助は家から離れると笠を放り投げ、汗びっしょりになって駆け回った。諏訪屋には、同じ年頃のみねの孫がいて、二人はまだ寺子屋に入らぬ子供たちを率いて駆け回っていた。八劔神社の境内は子供たちの恰好の遊び場だった。社殿に上がることは固く禁じられていたが、鬼ごっこや隠れんぼのできる境内は、子供たちには魅力あふれる広場だった。のどが渇けば御手洗《みたらし》の水が飲めた。陣取り合戦をする時ばかりは、育之助の笠は大将のしるしの兜にするため引っ張り凧になった。大きい子供らは、「しけたカブトじゃ」と馬鹿にしたが、梶の葉を糊付けした笠は小さい子供には、十分に「兜」に見えた。

鶴松は塾から帰って来ると、邦胤がいれば邦胤が仕事をする側にいて、邦胤の仕事を見習った。邦胤はその頃、刃物を家の中に置いておくことを嫌って、庭の隅に小さな小屋を造り、材と刃物を収納し、一尺ほど上がった床を造って、仕事場にしていた。育之助は、決して入ってはならぬと言われて拗ねていた。洗濯や掃除をしているスワにまつわりついて、「スワばあさん、スワばあさんは何でスワちゅう名なんじゃ？　スワ湖から生まれたんか？」と訊く。

「湖から生まれる人がおるもんか。人は皆んなおっ母さんから生まれるんじゃ。何でもスワ湖の水で産湯を使ったんで、スワって名になったんだと。じゃがワシの親はの、二人とも越後の出での、海の近くの村で育ったんだと。いっつも海の話をしとったよ」

「うみ？　うみって何だ？」

「スワ湖より何倍も何十倍も広い水があっての、ドブンドブンと波が寄せてるんじゃと。魚がたあんと獲れてな」

「ふーん、うみかあ」

「わしも越後で生まれとったらスワなんて名じゃなかったかもしれん。花の名とかつけてもらいたかったに」

「ハナあ？　ウメとかサクラとか？　似合わね、似合わね。ハナってもんはきれなもんじゃ。スワばあみてえに黒い色した花はないでよ」

「このバカワラシ――」色が黒いことを引け目に思っていたスワは怒鳴りながら、育之助をいとしんでいた。

「ほら、わしは洗濯干してしまわねばならんで、お昼まで遊んで来なされ。お昼は何がええかの」

「おやきがいい。甘いアンの入ったやつ」

「甘いもんばっかり食うとると、虫歯になるど」

そう言いながらも、スワは、甘いアンの入ったおやきを作ってやるのだった。ひととおり掃除をし、洗濯を取り込んで畳むと、スワは帰っていく。

「育、松乃の傍で遊んでろ。今眠っとるゆえ、大きな音をたてたらいかんよ。目覚ましたら母さんに知らせてな」

「うん、何するかな、絵草子、見ていいか」

「いいよ。じゃが汚すなよ。鶴が怒るゆえ」

育之助が大人しく草子を見ているのに安心して、くらは夕餉の仕度にかかった。


「おかみさん、指図してくだされば、夕餉の用意もわしがするで、お休みなして。顔色がよくねえで」

とスワが言っても、

「うちの人ばかり働かせて、寝てばっかりいちゃ申し訳ね」

とくらは襷をかけて炊事場に立つのだった。

酒は地酒の「諏訪の雪」、肴は公魚《わかさぎ》の糀漬け、野沢菜漬、ひしおが定番だった。夕飯は麦まじりの白米に具だくさんの汁物が常だった。菜は諏訪湖から揚がる魚の煮付けや、冬になると越後から運ばれる塩鮭、富山から届けられる塩鰤が供されることもあった。稀に、知り合いが持ってきてくれる鶏肉と野菜の煮物。男の子たちは競って鶏肉を選《よ》って口に運んだ。朝は、前夜の御飯を汁で温めた雑炊が多かった。くらの体を気遣って邦胤が買って来た卵を溶き混ぜることもあった。昼はうどん、蕎麦、おやきが主で米は食さない習わしだった。

初めての正月

元治二（一八六五）年新春、松乃は初めての正月を迎えた。元治は間も無く終わり、江戸時代最後の慶応が三年半続いて明治の世となるが、江戸から遠い諏訪の地は、時代の大転換を予感することもなく、いつもながらの寒さ厳しい正月だった。松乃は生後九か月になっていた。

雪川流一門の正月の祝いは雪川本家で行われる。邦胤は、十二歳になる長男鶴松を伴って雪川本家に赴いた。邦茂には邦篤《くにあつ》と直邦《なおくに》の二子があり、邦篤は十九歳になっていた。紋付袴の正装の邦胤の後ろを、これも羽織、袴をまとった鶴松は、本家の正月に初めて伴われることに緊張していた。

二人は初代万次郎邦宗、二代万治郎邦政の位牌に手を合わせ、床の間を背にした邦茂に年始の挨拶をした。

「本年もよろしゅうお願い申し上げます」

「こちらこそよろしゅうに。くらさん、御回復のよし、何よりのこと。ほんに春から祝着じゃ。鶴松も大きゅうなったのう。もうのみは握らせたるか」

「はい。午前中は漢学塾に通っておりますが、昼すぎは仕事場に入れて見習わせております。下の子は、この春より手習いに通い始めます。邦篤さんはもうすっかり彫り物師でござりますなあ」

「いやいや、未《ま》だまだじゃ。それにしても、われら兄弟、男子《おのこ》に恵まれたること、まことに幸いじゃなあ」

大人同士のやりとりを正座して聞いていた鶴松は、雪川の家に生まれたる男子は、大工や彫り物師になる運命《さだめ》なのだな、と改めて思った。女子《おなご》は……そうか、誰ぞの嫁になるのだな。鶴松は赤ん坊の松乃を思い浮かべ、唇が綻んだ。

「おっ、鶴松、どうした？」

邦茂が鶴松の表情を見とがめて言った。

「あ、赤ん坊の顔、思い出して」

「おお、そうじゃ、赤児は息災か」

邦茂も口元を綻ばせた。

「四月には誕生日を迎えまする。くらは今から誕生祝いを盛大にしたいと、晴れ着を見つくろっておりまする」

邦茂の妻弓が「ごめんくだされ」と襖の向こうから声を掛けた。

「橋本順造《はしもとじゅんぞう》さまがおいでです」

「おお、登美も共に？」

「はい」

橋本順造の妻登美は邦茂、邦胤の妹である。橋本家は雪川家と同様、寺社建築や木彫《もくちょう》を手がけている家で、初代万治郎の娘加代《かよ》も、順造の父橋本健造《けんぞう》に嫁していた。座敷に通された橋本順造、登美と邦胤父子も挨拶を交わし、客たちは揃って、短かい廊下でつながった離れのような座敷に通された。座敷は八畳二間続きで、片方の部屋には囲炉裏が切ってあり、炭が赤々と熾きていた。この離れは、二代万治郎邦政が晩年起居した部屋で、囲炉裏のある部屋には幅二間の押入れが設けられており、邦政が描いた下絵が何百枚も収蔵されていた。邦胤をはじめ、正月に雪川本家を訪れる者は、この下絵の披露を楽しみにしていた。

今年も、邦宗筆の浪に龍、牡丹図をはじめ、絵の名手といわれた邦政作の粟に鶉、牡丹に獅子、波に千鳥等の下絵を平箱から出して見ることが許された。

「鶴松、見よや。これが初代及び、二代雪川万治郎さまの描きなさった下絵じゃ」

鶴松は、じっと下絵に見入った。物心がついて以来、上社や秋宮には毎年のように参拝に連れられており、彫刻の見事さは子供心にも刻み込まれていた。あの、見事な彫刻の下絵。下絵からいかにして彫り物が生まれ出ずるのか。父の手がのみを握って木材から鶏や雛や笹の葉を生み出していくさまを鶴松が見ることを許されたのは、七歳になって午前中は寺子屋に通うようになった時だった。それまでは入ることを許されなかった父の仕事場に入ることを許され、「刃物に触れてはならぬ」と厳しく申し渡された。幾種類も何十本もある彫刻刀は、青く光っていた。美しくて恐ろしい、と鶴松は思った。恐ろしい彫刻刀がいったん父の手に握られると、たちまちのうちに、木材は鳥や葉に形を変えていく。邦胤は時に立ち、時に膝立ちになり、時に座して木材を彫り進んでいった。鶴松は小さな腰掛けに座って父の仕事を見ていた。一刻から二刻ほどすると、父は「今日はここまで」と言って使った道具を並べ、丁寧に布で拭って道具箱に収め、鶴松に手伝わせて削り屑を掃除した。削り屑は、あるものは厚く、あるものは薄く、くるくると丸まっているものもあり、ひらひらと波打っているものもあった。掃き集めた木屑は麻の袋に入れて風呂の焚き口に運んだ、木屑はよく乾いていて、いい焚き付けになった。鶴松が父の仕事場へ入れてもらえるのは、毎日というわけではない。邦胤は彫刻を施す社寺や注文主の元へ赴いて、現地で仕事をすることが多かったからである。

十歳になると、邦胤は鶴松に刃物を持たせ、木材を削ることを教え始めた。弟の育之助はその頃まだ五歳で、仕事場には入れなかった。俯いて涙目になる育之助に、「七つになったらな」と父は言いきかせた。しかし、七歳になる前に松乃が生まれ、母が床に伏し、誰からも面倒をみてもらえなくなった育之助を、父は「大人しゅうしとれ」と言いつつ仕事場に入れた。育之助は目を輝かせて父の手元を見つめ、鶴松のまねをしたがった。

「まだ刃物を握ってはいかん」と、刃物に触れることは許さなかった。「言うことをきかぬなら入れぬ」と父に叱られて、育之助は仕方なく腰掛けに座って、父の手と体中の動きを見ていた。

「飽きたら遊びに行ってもよいぞ」と父が言うと、「何も。おもしろい」と答えた。こいつはオレより彫り物好きかもしれん、と鶴松は少しもやもやした気分になった。

囲炉裏のない方の部屋には卓が二つ並べられ、弓と弟子の連れ合いの手で作られた正月料理は、いかにも信濃の国らしいものだった。

「さあさ、お待ちどうさまでした。どこの家のもんとも変わらんと思いますけど、どうぞたんと召し上がってくだされ」

邦茂と弓、長男の邦篤と次男の直邦、順造と登美に邦胤と鶴松の八人で卓を囲んだ。卓には信濃の家々の正月御膳には必ず供される公魚《わかさぎ》の甘露煮、公魚と牛蒡と人参を芯にして巻いた昆布巻き、正月ばかりは贅沢に卵をたくさん使った伊達巻き、塩のきつい鰤の焼き物、里芋がたっぷり入った煮しめ、栗きんとん、大皿いっぱいの野沢菜漬け。

「お雑煮は祝って来なさったろうて、お汁粉にしましたで」と、弓が小振りの椀によそったお汁粉を持って来た時は、一同うれしげに笑み崩れた。

「弓さんのお汁粉は母さま譲りじゃて」と、登美は懐かしげに箸を取った。「母さま」とは、邦茂と邦胤、登美の母のことで、弓には姑にあたる。滑らかでサラリとしたこしあんは、まるで飲み物のように喉を通っていった。小さな丸餅は焦げ目こそついていないが、焼いたと分かる香ばしい匂いがした。小皿に盛られたみじん切りの野沢菜が甘味を引き立てた。

「今年もご本家のお汁粉がいただけて、よい正月になり申した」と順造が頭を下げた。

「くらさんとお子たちへのお土産に、お汁粉いかがじゃろ」と、弓が邦胤の方に向いて言った。

「うちでは汁粉は作らんから喜ぶじゃろ。だが何に入れてもろうていけばいいかの」

「五ン合徳利に入れますで、落とさんようにな」

「うむ。徳利をもどす時は『諏訪の雪』入れて来てくれ」と邦茂が言って、一同大笑いとなった。

「さすれば、わしらはこのへんで。松乃を連れて八劔さんへ詣でることになっとるで」

従兄たちとは少しも遊べず、大人たちに混じって、食べ物の味もよく分からないほど気を張っていた鶴松は、芯からホッとした。

「鶴松さん、お疲れさまでしたな。岳斎さまの跡継ぎじゃ。気張りなされや」

叔母の登美が鶴松をねぎらいつつ励ました。

「はい」と恥ずかしげに答えた鶴松が、あと十年も経たぬうちに早世してしまうとは、そこにいる者一人として、思いもしないことだった。

元日の朝は、棟梁や彫物師、建具職の家では、主が日の出前に若水を汲み、座敷と仕事場の神棚に上げる習わしだった。邦胤の家では、若水は八劔神社の湧水から汲んで来る。

正月料理は邦茂の家と似たような品々だった。まだ体力が十分には回復していないいくらを案じて、スワが年末から手伝いに来ていた。雑煮は信州では味噌仕立てである。干し公魚、干し海老、干ししいたけで出汁を取り、里芋、大根、人参、さらに茹でた野沢菜を青味として添える。餅は丸餅だった。

邦胤が元日には雪川本家に年始に行くことが分かっているので、邦胤の仕事仲間は二日から挨拶に訪れる。

「おお、うまいか、甘いか」

汁粉を匙で口に入れてもらった松乃は、一口飲んではロを開けて、いくらでも食べた。乳だけでは少し不足がちの松乃は、粥やゆで卵の黄身を味噌汁で溶いた物など喜んで食べるようになっていた。くらとスワにとって、「松乃が何を食べたか」が、日々の最大の関心事になっていた。

午後四時頃になって、外へ遊びに行っていた鶴松と育之助も帰って来て、一家は綿入れに襟巻きを巻きつけ、八劔神社に向かった。八劔神社は脇門から入れば一またぎの距離だったが、元日ばかりは、ぐるっと回って正門の鳥居をくぐった。八劔神社の正月は一日の夕刻からの宵祭りで有名だった。手に手に提灯を点して宵祭りに赴く人々が、寒さで頬を紅くしながら歩んでいく。寒気は厳しかったが、幸い風は無く、あっという間に闇が迫り、空の星が輝きを増していく。

「松乃ちゃんはわれが背負っていくで、女将さんは育之助ちゃんと手をつないであげてくだされ」とスワは言った。末っ子として母親に甘えていた育之助は、松乃が生まれて以来、くらは床についていて近付くこともままならず、今までと同じことをしても、「もう兄さまじゃろ、しっかりせにゃ」と叱られることになった。何じゃ、あの赤ん坊は。ぴいぴい泣いて。母さまはあの赤ん坊のことばかり気にしておる。兄さんは父さまが仕事場に入れて仕事を見習わせておる。おれはどこにいてもジャマモンみたいに追い払われる。

　スワは育之助の屈託に気付いていた。このへんで育坊を気にかけてあげんと、育坊はヒネクレもんになってしまう。育坊も春からは寺子屋に行くゆえ、気も紛れるじゃろが。スワに勧められて育之助の手を取ったくらは、いかに育之助が母の手を欲していたかを瞬時に悟った。ああ、すまんことをした。この子のことを忘れとった。松乃のことばかりにかまけて。子供はみんな、大事にされにゃ育たんに。くらは育之助の手を固く握りしめ、ショールで育之助の上半身をくるんだ。育之助は「ウフッ」と笑って「いいよ。オレ寒くない」とくらのショールを返し、くらの手を放して駆け出した。子供は、自分に愛が注がれていることを感じ取ると、自由になれる。

　まず邦胤が柏手《かしわで》を打って拝礼した。次いで鶴松と育之助が父に倣った。くらと松乃を背負ったスワが、御鈴を鳴らして、丁寧に拝礼する。一日なので月はない。星もいつか消え、空からは細かな雪が舞い落ちてきた。スワが松乃を揺すり上げると、くらがショールを外して松乃の頭を覆った。それを見た邦胤が己の襟巻きを外して、くらの肩に掛けた。「おまえさま、すみませんの」とくらが邦胤を見上げた。

そんな両親を、二人の男の子は照れくさそうに見ていた。

「男はな、自分より弱い者には優しうせにゃいかん。守らにゃいかん」邦胤が一人言のように言うと、鶴松と育之助はコクッと頷いた。

境内にはずらりと露店が並んでいた。家でも正月の御馳走は供せられるが、子供にとっては露店の魅力は特別だった。

「買うてもいいかの」と育之助がくらの袖を引くと、

「ええよ、育は何が欲しい？」

「ぶっかき飴とあんず飴」

「甘いもんばっかりじゃの。兄さんと買うておいで」

大きな木箱に熱い飴を流し入れ、固まるのを待って、千枚通しのようなものを差し込んで割った大小の欠片を三角にした経木に入れてくれるのを、子供らは争って買っていた。箱の上の方は粗い固まり方をしていて、それを噛むと、くにゅっとした歯応えで甘い汁がにじむ。

「松乃、食べられるかのう。やってもいい？」

「うーん、どうじゃろ。あめ玉ではないゆえ喉には詰まらんと思うが。小さい欠片《かけら》やってみろ」とくらが言った。育之助が小さな欠片を選んで松乃の口に入れようとするが届かない。スワが育之助の手が届くように屈んだ。松乃は欠片が口に入ると、びっくりしたのか少し顔をしかめたが、口を動かしてニコッと笑った。

「あれえ、松乃、歯生えとる。いつの間に生えたんじゃ」

「ほうー」と邦胤も松乃の口を覗き込んだ。突然迫ってきた二つの顔に、松乃はビクッと体を震わせ、次いでワーッと泣き出した。

「どうした、松乃。父さまと兄さまじゃ」とくらがなだめても泣き止まない。

「も一つ、ブッカキ飴やるか」と育之助が飴を口に入れてやると、松乃は泣き止んで、フニャッとした顔になった。くらは手巾で松乃の目元と口元を拭ってやって、泣き笑いの表情になった。

「松乃に歯が生えたんは、とっくに知っとったよ。あんまり早う大きくなっていくんで何やら淋しゅうて誰にも話さんかった……」

「明日は家で客を迎えねばならん。くら、大事ないか」

「はい。じゃけんど、もしできたら明日も来ておくれでないかの」

　くらがスワを振り向いて言った。

「ああ、ええですよ。正月じゃちゅうても、わしは一人暮らしじゃてなあ。普段と変わることもない……」

「娘さんは来んと?」

「娘の嫁ぎ先は越中じゃて、なかなか来られん。わしも行けんで。それに春には二人目の子が生まれるし、動けんわなあ」

「越中……そりゃ遠いのう。どんなご縁で嫁がれたと?」

「越中言うたら」

「薬売りー」と育之助が叫んだ。

「ほうよ。薬売りに回っとった人よ。少しは手広く商売しとる薬屋の次男坊でな、修業のためと薬売りに回らせられとってな、いつの間にやら、こっちの薬屋の下働きに出とった娘といい仲になってなあ。こっちは父親も亡うなった女子《おなご》の細腕ぐらし、いろいろ揉めましたがの、二人の気持ちがしっかりしとってな。婿さんの方も実家の助けはいらんと言い切りました。ところが、何と跡取りの長男が嫁もとらぬうちに急に亡うなってしもうて……」

「何と」

「元から身弱な人でな、心の臓が悪いと言われとったそうな。薬屋じゃから浴びるように薬は飲んどったげな。親たちも嘆きに嘆いて、だが何としても薬屋を絶やすわけにはいかんと、次男の嫁取りを許して家を継がせたんよ」

「そげなことがありましたのか」

「娘はおっ母さんも共に越中にと言うてくれたが、わしはスワじゃ、諏訪に居ると断りました。娘の足手まといにはなりとうないで」

「手放すのは辛いことでしたろうのう」

「それはの。じゃが子は巣立っていくものぞ。子が幸せなら親は幸せじゃ。それにの、嫁いでみたら舅さまも姑さまも娘を気に入ってくれましてな。ほら、娘はわしに似て器量良し、気だて良しじゃて。ハッハッハ」とスワは大口を開けて笑った。

「ほんでわしは雪川さまに雇ってもろうて、松乃ちゃんが育ってくのを見させてもろうて、しあわせじゃあ」

「これからもよろしゅうにの」

「わしの方こそ。おかみさんもずーっと息災でいてくだされや。育坊も春からは寺子屋じゃ。子供はどんどん大きゅうなるが、いくつになっても子供は親が頼りじゃ」


松乃が一歳の誕生日を迎える頃になると、くらの体調はほとんど回復し、雪川一家には久しぶりに穏やかな日々が戻ってきた。育之助は寺子屋に通うようになり、昼に帰って来るまでは、松乃は母の手と心を一人占めして、機嫌よく笑った。松乃の笑顔は何よりの薬じゃの、とくらもまた笑った。邦胤は松乃が生まれるまでは、どちらかといえば娘たちはくらに任せきりで、もっぱら男の子の成長に心を寄せていたが、松乃には特別の思いがあるらしく、抱き上げたり、膝の上に載せたりして、「赤ん坊言葉」で話しかけていた。

「まるで孫のようじゃな」と、みねはくるりと目を回して苦笑した。

「おうよ。わしは四十九じゃ。もし、以津が生きておれば、本当に孫ができていたかもしれん。いつまでこの子の傍にいてやれるか分からんでなあ。松乃、ほうら、高い高いじゃ」

寺子屋から帰ると、育之助は時を持て余して、膨れっ面だった。同年齢の子は寺子屋から帰るとそれぞれ家業や家事の手伝いを言いつけられて、遊べる子供は少なかった。女の子は小さい子の子守をする者が多く、男の子は庭掃除、草取り、干し物の取り込みやお使いに行かされたりしていた。遊び仲間も見つからず、兄のように長時間は父親の仕事場にも入れてもらえない育之助に、くらは寺子屋の手習いの復習をさせた。家で復習をする子供などはまずいなかったから、育之助はぐんぐん読み書きを身につけ、寺子屋の師匠から褒められた。読み書きができるようになると世界は広がる。育之助は兄の漢学塾での教科書も拾い読みできるようになっていった。

一方、まだまだ母に甘えたい年の育之助は、夕餉の仕度をしているくらに、いちいち兄の本の読み方を聞いては、満足そうに声高らかに読んだ。

両親に慈しまれて、松乃は三歳になった。鶴松は十三歳、育之助は八歳である。その年も雪川一家は夕刻に八劔さんに初詣に行った。厚い襟巻きを巻いてもらい、足元は藁沓だったのを覚えている。社殿に上がって座り、宮司さんが木の枝を頭上で振って、何か歌のようなものを歌った。それが可笑しくて笑いそうになり、上の兄から「シッ」と叱られた。

「松乃が三つになりました。うれしゅうて、ありがとうて」と、くらは涙を拭った。

「うれしいなら泣くな」と邦胤はくらを叱ったが、邦胤自身も涙ぐんでいた。親より先に逝ってしまった子供が三人、手元に残った子供が三人。絶対にこの三人は親より先には逝かせるまい、と邦胤は拝殿の奥の神に祈った。

八劔神社の拝殿は、建物建築は大隅流の村田佐野右衛門・宮坂清三郎が請け負ったが、彫刻は邦胤が施した。上棟は邦胤三十二歳、桂治郎三歳、以津二歳の時だった。歩いても五分ほどの八劔神社の倉庫が仕事場で、邦胤は毎日彫刻に通った。

落成して氏子たちにお披露目された日には、くらに手を引かれた桂治郎と以津も参拝した。

「ほら、あの彫り物はな、父さまが彫られたのだよ。見事じゃろう」

「おお、父さまえらいのう」と桂治郎はうれし気に笑い、以津は「あれなに？　おそろし」と象鼻や龍を指さして、くらの胸に顔を埋めた。あれから二十年近く経った、と邦胤は湧き上がってくる無念さと、やっと辿りついた今の平穏な日々を何としても守りたいという願いが交錯して波立つ胸を押さえた。

母の病

　松乃はおとなしく、聞き分けのよい子供だった。母親の具合いが良くないということが松乃の生来伸びやかで闊達な性格を押さえ込んでいるようだった。くらが針仕事をする傍にちょこんと座わり、じっと見ている。針や鋏が危ないため、くらは畳の上に薄縁《うすべり》を敷いて仕事をし、松乃には薄縁に乗ることを禁じた。平たい布が着物に形作られていくのを、松乃は目を大きく見開いて見ていた。たまに、くらがあまり布で抱き人形を作ってやると、びっくりして見つめていたが、「ほぅら、松乃のお人形さんだよ。抱いてみ」とくらが松乃の手に抱かせてやると、声を立てて笑い、人形を抱いて部屋中を走り回った。

　この頃が、松乃にとって母とともに在った最も幸せな頃だったかもしれない。

　松乃が五歳になる頃から、くらは何となく体の不調を覚えるようになった。疲れる。昼食を終えると、松乃が昼寝をする傍らで、自分も横になることが多くなった。顔色が悪く時々めまいがする。松乃が目を覚ましてもくらは起き上がれず、眉を寄せて目を閉じている。松乃はくらの傍らで絵草子を見たり、人形遊びをしたりして過ごしていた。人形は、少し背丈の異なる二体の娘人形だった。くらが縫ってやった何枚かの着物を着せ替え、小さな茶道具を出してきて二人の前に並べた。精巧に作られた木製の茶道具は、邦胤の職人仲間が、日光に東照宮の修理に行った折の土産だった。茶釜や急須、湯呑みが揃って木製の蓋つきの入れ物に収められていた。「ほう、こんなものがあるのかね」と見る者は感心した。

「あねさま、お茶にせんか」

「そうじゃの、お菓子はなあに？」

「いま持ってくるで」

松乃は立って庭へ出た。狭い庭には紫式部《むらさきしきぶ》が紫に色づき、梅擬《うめもどき》の実も紅くなっている。紫式部は松乃の手でも採れるが、梅擬は高くて届かない。

「育兄ちゃん、あの実採ってくれんか」

寺子屋から帰って来ていた育之助が手を伸ばして紅い実を採ってくれた。

「何にするね」

「お茶のお菓子」

「ままごとか。――母さんはどうじゃ？」

「眠ってなさる」

と、くらが細い声で二人を呼んだ。

「育之助、松乃」

育之助は松乃の手を引いてくらの床に歩み寄った。

「よう松乃の面倒見て、育はえらいのう」

二人はくらの床の傍らに座った。

「育、もしも、もしもな、母さんがおらんようになったら、松乃のことよろしゅうな」

「おらんようになったらって……」

「あ、もしもの話じゃ。ほら父さんも鶴兄さんもお忙しいじゃろ。育は来春から漢学塾に行くじゃろが、父さんの仕事先までついて行くんはもう少し先じゃろ。松乃のことみてやれるのは育だけじゃゆえ。母さんは松乃の面倒みてやる力がのうて……情けない。すまんな松乃」

松乃は目をいっぱいに見開いてくらの顔を見つめ、激しく頭を振った。くらの言っていることが理解できたわけではないが、くらの悲痛な様子が胸に刺さって、悲しくてたまらなかった。

「はい、母さん、おれにまかせてくだされ」

「頼もしいのう。春からは塾じゃ。楽しみよのう」

「おれは、学問より彫り物がしたい。父さんに習いたい」

「育も雪川の男子《おのこ》じゃなあ」

と、くらは微笑み、ホーッと息をついて眠りに入っていった。

くらの病名は判然としなかった。身体じゅうがだるく、時々発熱する。食欲はなく、少しずつ痩せていった。

「風邪をこじらせたのであろう」と山川医師は言い、安静・栄養を命じたが、数か月たっても、くらの症状は改善しなかった。ある日くらが鼻血を出したのを見て、邦胤は驚愕して山川医師と相談して、松本の西洋医術を修めた医師に往診を請うた。松本の倉田医師は、諏訪に行く用事があるのでその折でよければ、と十日後の往診を約束してくれた。

「ほう雪川流の」と倉田医師は興味深そうに床の間の置き物を見やって、くらを診察した。倉田医師は詳しく病状を聞き取り、聴診器で慎重に肺の音を聴いた。

「痰はでますか、咳は?」とさらに念を押すように確認した医師は、「肺結核ではない」と邦胤に言った。ほっと息を吐いた邦胤に、「私も江戸で学んだのみで、患者を診てはおらぬが……」と口ごもりつつ、「もしかすると、血の病やもしれぬ。いやはっきりとは言えぬが」

「血、といいますと? 血が病になりますのか?」

「うむ。血が異状をきたす病で……薬はまだ見つかっておらぬ。静養し、栄養をとるより他ないのです。あ、他の者に感染はせぬゆえ、お子たちが傍へ行っても大事ない。むしろ子供の病気が病人に感染する方が恐ろしい。どこか棟梁と話せる場所はありますか」と聞いた。邦胤はハッとして、「二階でもよろしいかの? むさ苦しいところですが」

医師は傾斜の急な階段を上り、邦胤と向き合った。

「早ければ半年、長くても二年ほどかと推察いたします」

「半年……」邦胤は絶句した。

「うむ。風邪をひいたり、他の病と重なったりした場合は、ということです。そうよの、病人も口覆いをするとよい。マスクといいますがな。医者や看護婦がしておるものです。看護の人もお子たちも病人に近付く時はするとよい。薬屋に売っておると思うが、晒布《さらし》で作ってもよい。本人にもご家族にも余命は言わぬ方がよい。もともと誰にも分からぬことですし。黙っておられるのはお辛いだろうが、男の、家長の責任と思って、堪《こら》えてください」

倉田医師は黙って頭を下げた。階下に降りてきて、医師はもう一度くらの枕元に座った。

「お子たちのために気を強く持って、養生なさい。お子たちにも他の人にも感染させることはない病だから、安心なさい」

「われは生きられまするか？　末娘が大きゅうなるのを見届けることができまするか？」

「無論です。決して無理なさらず、笑って暮らしなさい。笑えば病も退きます」と医師は微笑んだ。

「山川には伝えておきます。五日に一度は往診してもらうとよい、薬も相談してみます。あ、生物《なまもの》は食さぬ方がよい。生魚とか生卵とか」

「あのう、御薬礼はいかほど差し上げればよろしいかのう」

邦胤が問うと、

「山川に支払うほどを頂戴しましょう。もし、もしお許し願えるなら岳斎さまの御作をいただけませんか。もちろんお代はお支払いします」と、恥ずかしげに言った。

「おお、診察料はもちろんですが、御礼に何か差し上げましょう……こちらへおいでくだされ」

邦胤は別棟の仕事部屋の方へ倉田医師を誘った。

「ここが岳斎さまのお仕事場か。おお、おお」

彫りかけの床置や欄間などに、倉田医師は目を見張った。邦胤は少し考えていたが、高さ一尺ほどの鶉の母子の床置を示した。

「彫り上がっているものは、今このくらいで……」

「こんな立派なものを……いかほどですか」

「いえ、いえ。これは母子の鶉。くらと松乃の幸せを祈って彫りました。どうぞ、先生も妻と娘の無事を見守ってやってくだされ。すみませぬ。少々お待ちくだされ」

　邦胤は台座のうしろに急いで「岳斎」の号を彫り、薄紙で包んだ。

「箱はありあわせで、すみませぬ」

　少し大き目の箱に細かいカンナ屑を詰めて彫り物を収めた。倉田はまるで子供のように喜び、箱を抱いて帰って行った。

　邦胤はしばらく仕事場に立ちつくしていた。我知らず、唸り声をもらす。「くら、何で、何で……」

　くらの病が容易ならぬものであることを悟った邦胤は、スワ一人では家事と看病と子守りの三つ仕事をこなし切れるものではないと判断し、もう一人、松乃の相手をしてくれる娘を雇うことを決心した。

ヨウが来て

ヨウは茅野の林業、農業半々ぐらいの家の長女だった。林業と言っても山を所有しているわけではなく、山持ちの家の作業に雇われたり、冬は雑木を伐らせてもらって炭焼きをしたりして家族を養っていた。農業は小作で、収穫した米のほとんどは地主に納めなければならない。家の敷地だけは辛うじて自分の所有で、敷地の大半は畑にして野菜を植えていた。家は築四十年にもなる古びた、二間きりの藁葺きだった。

ヨウは、三年ばかり寺子屋に通うことができたが、八歳の時、一番下の赤ん坊が生まれ、母親が野良仕事に出る間は、赤ん坊の世話と家の中の仕事を一手に引き受けざるをえなくなった。二歳下の妹は、どうしても寺子屋に通わせてやりたかった。百合は賢い、とヨウは思った。寺子屋で教えられることはすぐに飲み込み、覚えた。寺子屋から帰ってくれば、小さな体でヨウの仕事を手伝ってくれた。百合の下に生まれた弟は、三歳で没していた。赤ん坊は二人目の男の子で、父親は、「これで『木原』の名が絶えんですむ」と安堵し、母親は、「光太《こうた》の生まれ代わりかもしれん」と、小さな「勇二《ゆうじ》」を抱きしめた。

ヨウの周囲の貧しい農家の子供たちは、跡取りを除けば、町場の商家や職人の家、大農の家に奉公に出るのが常だった。ヨウも、百合が九歳になり、勇二の面倒を見てやれる年になったのを機に、家を出ることになった。小作農や林業従事者の子供の奉公先の口利きを仕事の一つとしている便利屋の「富士屋」が、「上諏訪の雪川流の家で、子守娘を探しとるそうじゃが、どうかの」と、邦胤の家での奉公口をもって来たのは、松乃が六歳になった春のことだった。

「諏訪大社を建てなさった宮大工の雪川家じゃ。雇い主の邦胤さまは彫刻師じゃ。女将さんが病弱での、小さい娘さんの遊び相手を探しておられる。家事はな、通いの女中さんがおるが、少しは家事の手伝いやら、看病やらもせにゃならんかもなあ。そんでな、給金は出せんが、食わせて着させてはくださると。松乃さんという娘さんの他に、上に二人の息子さんがおるが、これはもう大きいゆえ、手はかからん」

　給金なしで食べさせてもらうだけの約束で奉公に出るのは普通のことだったし、宮大工、彫刻師という仕事にヨウはなぜか心惹かれるものを覚えた。いずれにしても、われが家を出れば、口減らしになる、とヨウは思った。心残りは百合のことだった。利発な百合が勉強を続けられなくなるのが残念でならなかった。百合は「勇二がもう少し大きゅうなったら、われも奉公に出る。そしたらまた別の道が見つかると思うとる。姉ちゃんも心配せんと、体に気をつけてな」と、どちらが姉か分からぬようなしっかりした物言いで送り出してくれた。母はさすがにおろおろとヨウの前後を動き回り、「あんまり辛かったら帰って来い。わしらは借金も何もしとらんゆえ、縛られとるわけではないで」とくり返した。父は、グッと唇を引き結び、一言も口を利かなかった。

　茅野の家から上諏訪までは一日がかりの行程だった。ヨウは、父親が小作をしている大農の娘から譲り受けた一張羅を着て、下着とたった一枚の洗い替えの着物が入った風呂敷包みを背負い、早朝、朝靄の中を富士屋に伴われて生まれた家を発った。荷車一台が通れる細道を下って、茅野の宿場でお昼になった。宿場には何軒かの宿の他に、飯屋が数軒、呉服屋や荒物屋も並んでいた。

　富士屋は、顔を真っ赤にして従《つ》いてくるヨウを不憫に思ったか、「飯を食っていこう」と、「更科そば」と染め抜いた暖簾の掛かっている店を示した。「蕎麦でいいか」ヨウは富士屋を見上げ、コクンと頷いた。蕎麦はやせた土地でもよく育つので、ヨウの家でも、林の際の草原を耕して蕎麦を作っていた。蕎麦の実を石臼で碾《ひ》くのはヨウの仕事だった。お父《とう》が蕎麦を打ち、お母《かあ》が汁を作った。大根、人参、里芋、たまに油揚げが入ったしょう油汁はほんにうまい、とヨウは唾を飲み込んだ。味噌もしょう油も、自家製だった。

「とりそば二つ」と富士屋が注文して出てきた蕎麦には、大根も人参も入っていなかった。湯気の立つ蕎麦の上には鶏肉が三切れと、斜め切りのねぎが乗っていた。富士屋に促されて箸を取り、蕎麦を一口食べて、ヨウはびっくりした。うまい。夢中で食べ終え、汁まで飲んでヨウは急に恥ずかしくなった。汁まで飲んでよかったのか。富士屋を見ると、富士屋も汁を飲み干していた。

「うまいじゃろ。ここの店の出汁は茅野でも一番じゃ。昆布やら削り節やら、たんと入っとるでな」

ヨウと同じぐらいの年恰好の娘が茶碗に注いでくれた番茶を飲み終えると、富士屋はヨウを促して店を出た。

「さて、あと四里じゃ。道は平《たいら》じゃから、はかどるじゃろ」

途中二回休んで、ヨウは夕刻に雪川家に着いた。

「遠いところをご苦労さまでしたなあ。旦那さんはまだ帰らんが、富士屋さんによろしゅうとのことじゃ」スワが前掛けで手を拭き拭き迎えた。富士屋は、「じゃ、確かに届けましたで」と頭を下げて背を向けた。

「名は何と言うたかの?」

「ヨウ……です」

「ヨウ。疲れとろうが、手足を洗うて、女将さんと松乃ちゃんにご挨拶せよや」

スワはヨウを井戸端に伴った。

「少し冷たいかもしれんが、よう手と足を洗ってな。ん、顔も洗うたほうがいい」と、スワは手拭いを差し出してくれた。

一日中歩いて疲れ切っていたが、疲れよりも、初めて雇い主に会う緊張でヨウは一時《いっとき》、疲れも忘れていた。スワは台所口からヨウを上がらせた。「ここで待っていてな」とスワがヨウを座らせたのは、台所の板の間だった。

「少し待ってとってな。今、女将さんの様子を見てくるで」と言って奥へ入って行き、間もなく、

「女将さん、起きとられる。松乃ちゃんも側におるで、こちらへ来てご挨拶しなされ」

と、ヨウを促した。茶の間を抜けて障子を開けると、左右に襖、正面には障子が設えられた六畳ほどの部屋に布団が敷かれ、五十歳ぐらいに見える女の人が床の上に座っていた。床から少し離れた所で、百合よりは少し幼いかと見える女の子が一人でお手玉をしていた。

「遠いところご苦労じゃったの。家を離れて寂しいじゃろが、松乃をよろしゅう頼みます」

少し掠れた声で女の人が言った。ヨウは正座してお辞儀をし、「ヨウと申します。どうぞよろしゅうにお願いいたします」と、母に教えられた通り挨拶した。

「松乃、おまえと遊んでくれるヨウさんじゃ。仲ようせいや」と女将さんが声を掛けると、松乃はヨウを見上げ、お手玉を差し出した。野良着のあまりで作った黒っぽい布のお手玉しか知らなかったヨウは、紅や紫や水色の花模様のお手玉に目を見張った。

「はい、ヨウちゃん」

差し出されたお手玉を反射的に受け取り、ヨウはスワを見た。

「ええよ。少しやってみせなされ」

ヨウはおずおずと手を伸ばし、お手玉を四つ、手に取った。

茅野のお山は八ヶ岳
山の裾から雲が湧く

しぐれりゃ薄も野に伏して
　パッと晴れたらバーンザイ

　幼い時から唄ってきたお手玉唄を唄いながら、ヨウは四つのお手玉を空に舞わせた。何をやっても不器用と叱られているヨウの、たった一つの得意がお手玉だった。くるくると四つのお手玉が輪を描くように舞い、バンザーイで片手に二つずつお手玉を収めると、松乃はフーッと息をついて、両手をパチパチ打った。目をキラキラさせて「もっと、もっと」と松乃がねだると、ヨウは少し考え、

　一つとせ　ひとり娘は寂しゅうて
　二つとせ　ふたり娘はうれしゅうて
　三つとせ　三人娘は楽しゅうて
　四つとせ　四人娘はにぎやかに
　五つとせ　いつも晴れ晴れ日本晴れ

と、数え唄に合わせてお手玉を繰って見せた。

「松乃ちゃん、よかったなあ。そろそろ御飯にしよう。女将さんと育之助さん、松乃ちゃんは、こっちに膳を運ぶで、ヨウも手伝ってな。ヨウとわしはあとで台所でいただくで」

　言われたとたん、ヨウの腹がグーッと鳴った。

「ん、ヨウも腹減っとるじゃろ。みんなで茶の間で食べよう、な、松乃」

　くらが松乃に言うと、松乃は、

「ヨウちゃんも一緒じゃ、ヨウちゃんも一緒じゃ」

と、ヨウの手を引っ張った。

「それじゃ、ご相伴させてもらうで。ヨウ、育之助さんが二階におるで呼んで来てくれや。ほら、その階段上がったところじゃ」

「はい」

　ヨウは急な階段を踏みしめて部屋の戸口に立ち、ドキドキしながら、

「もうし、夕ごはんじゃ」と呼び掛けた。

「おうよ」と返事があって、自分と同じぐらいの男の子が現れた。

「今度お世話になることになったヨウと申します」

「この家の次男、あ、本当は三男じゃが、育之助」

二人は一瞬目を合わせ、あわてて目を逸らした。

一同は茶の間で、それぞれの箱膳に向かった。スワはヨウと板の間で食べようとしたが、くらは「二人とも茶の間へ来なされ。板の間で食べるんは猫ぐらいじゃ」と二人を畳の上に誘った。スワは五目御飯と味噌汁、さつま揚げの入った根菜類の煮付けを用意していた。五目御飯の具は、人参と干し椎茸、ズイキ、油揚げだった。薄焼き卵の細切りと海苔が乗っている。こんなご馳走毎日食べるんだろうか、とヨウが驚いているのを見透かしたように、スワは、「今日は女将さんのお指図で、特別の膳にしたで。ヨウが来てくれたお祝いじゃて」

「えっ、われの⁉」ヨウは箸を取り落としそうになった。自分のために特別の膳を作ってもらうことなど思いも寄らなかったヨウは、覚えず涙ぐんだ。

「どうした、嫌いなものがあるのか？」

とスワがヨウの涙を見とがめる。ヨウは激しく首を振って、「こげなご馳走、もったいねくて……」と
ヨウは指先で涙を拭った。

「いつもはもっと粗末じゃよ。ヨウも皆と同じもんを食べてもらうでな。松乃の世話して、スワの手伝いもしてもろうで、明日からは忙しくなる。スワ、ヨウはどこに寝《やす》んでもらおうぞ」

「茶の間ですかのう。朝は六時には起きて、わしが来る前にお湯を沸かしといてくれると助かるのう。わしが来てから教えよう。松乃ちゃんに顔洗わせて、飯《まま》は炊けるか？　ああ、朝は粥じゃ。まあこれはわ着換えさせておくれ。女将さんも何か御用があるかもしれんで、よろしうにな。わしは七時には来るで、七時半頃、朝食になる。旦那さんと鶴松さんは、早う仕事に出なさる時もありなさるゆえ、そん時は飯焚いて弁当作る。朝はちゃんと起きられるか？」

「はい。家でも朝は早かったで、六時なら大丈夫と思うが――」

「おう、今帰ったぞ。遅うなった」と声がして、玄関の方から男二人が入って来た。

「父さま」と松乃が立って行って初老の男に抱きついた。

「松乃、ええ子にしとったか」と男は松乃を抱き上げて、二、三度天井の方に差し上げた。松乃はキャッキャッと喜び、

「父さま、ヨウちゃんじゃ。お手玉がすごくうまいんじゃ」と言った。

「おまえさま、鶴松、今度来てもらうことになった木原ヨウじゃ。これ、松乃、御飯の途中で立ったらいかんよ」

ヨウはお膳の前から離れて、深くお辞儀をした。

「木原ヨウです。よろしゅうに」

「うむ。雪川邦胤じゃ。こちらは長男の鶴松、十六になる。松乃を頼み申す」

スワは急いで男二人分の膳を用意しに板の間に立った。ヨウも自分の膳を持って板の間に下がった。くらの隣に邦胤と鶴松の膳が並び、向かいに育之助と松乃の膳が移された。

「茶の間も七人の膳が並ぶと狭うなるのう。すまんの、ヨウ」とくらは詫び、スワが燗をした徳利を運んできた。

「さ、おまえさま、今日もお疲れさまでしたの。今日からヨウも来てくれることになり、ありがとうござんした。われも一安心じゃ」

「うむ。安心して早う快《よ》くなってくれよ」

「はい、このところ調子がええで。近いうちに松乃を寺子屋に入れるご挨拶に行こうと思うとりますが、いかがじゃろ」

「ほう。くらも行けるか。明後日はわしも遠出はせぬゆえ、明後日に行こうか」

着流しに羽織を重ねた邦胤と、同じく小紋に羽織をまとったくらに連れられて、松乃は寺子屋に赴い

た。

「これはこれは岳斎さまに女将さん、お揃いでようおいでくだされた。こちらが娘さんかな」

「はい、松乃と申しまする。松乃、先生にご挨拶せい」

「雪川松乃です。よろしゅうお願いします」

松乃はペコリと頭を下げ、くらの手を握った。

「遅うなって生まれた末娘で、どうも甘うなってしもうて」

邦胤は照れくさそうに笑った。

「寺子屋まで共に行き来する子はおるかな」

「それがどうも、近くには連れ立つ子がおりませんでな。しばらくの間は、子守りに送り迎えさせまする」

「さようか。早う一人で通えるようになりなされや」

ヨウちゃんと一緒に来られるのかと、松乃はうれしかった。生まれてこの方、一人になったことはなく、寺子屋に行くのも恐ろしく思っていた。んでも、ヨウちゃんと一緒ならいいや、寺子屋へ行ってやる、と松乃は母を見上げた。きれいな着物を着た母と、どっしりとした父、松乃は父と母が自慢だった。

「さあさ、女将さん、お疲れじゃったろう。少し横になられた方がいいのでは。ヨウ、茶の間の方で松乃ちゃんと遊んであげてな」

いつもはくらの傍を離れるのをいやがる松乃だったが、くらの傍をスッと離れてヨウの手につかまり、茶の間へ去って行った。

「聞き分けようされるのも淋しいもんよのう」

とくらは苦笑し、外出着を脱ぐとスワが敷いてくれた床に横たわった。間もなく寝入ったくらの顔に濃い翳が浮かんでいるのを見て、スワはハッとした。大丈夫じゃろうか。こげんに痩せなさって。

旦那さんと鶴松さんは二階で仕事をしてなさるようだ、とスワは思いながら、昼餉の支度にとりかかった。松乃とヨウは茶の間でお手玉をしている。ヨウは松乃に、両手で二つのお手玉を扱う、お手玉の最初の技を教えていた。

「そうそう、空中の玉を見て、手元は見んとよ。高く放れば、ゆっくり動かしても間に合う。そうそう」

お手玉に飽きると、松乃は茶の間の戸棚から美しい箱を取り出してヨウに見せた。

「何と美しか箱じゃねえ」

「父さまが作ってくだされた」

箱は縦一尺半、横一尺ほどの大きさで、蓋がついていた。蓋にも本体にも細かい彫り物が施されている、文様は、松の枝葉と竹の葉、梅の花が組み合わされていた。蓋を取ると、中には松乃の遊び道具が入っていた。折り紙、布袋に入ったおはじき、人形の着物、ままごと遊びの茶碗や皿、何枚もの端切れ。空いた部分にはお手玉が入っていたのだろう。

邦胤は娘二人を相次いで亡くし、遅くなって生まれた松乃を、息子二人とはまた異なる宝物のように愛しんでいた。わが手技は奉納する神々と注文してくださるお客さま方のものと定めていた邦胤は、自分の家の者のために彫ることは己に禁じていたが、松乃にだけは彫ってやるのをお許しくだされ、と神に請うていた。この箱に美しかもんたんと入れて、大きゅうなれよ。この箱持って嫁入りするまで大きゅうなれよ。三つになった正月に、箱は松乃に贈られた。

ヨウが来てから、松乃の毎日は明るく活発になった。寺子屋に迎えに来てもらって家に帰ると、松乃はヨウにまつわりついて遊んだ。松乃が寺子屋に行っている間は、ヨウは台所の片付けや掃除、洗濯物を畳んだり、くらの肩や脚を揉んだり、くるくると働いた。ほんによい娘に来てもろうたと、くらとスワは頷き合った。

松乃は一人遊びではなく、相手があって遊ぶ楽しさに夢中になった。おはじきをしても、自分だけなら次はあそこと心づもりしている隙間を先に取られたり、逆に相手の失敗で思わぬ隙間ができたりする。お手玉も両手で三つを回す技までできるようになった。家の中の遊びに飽きると、連れ立って戸外に出る。くらも邦胤も松乃が一人で戸外へ遊びに行くことは決して許さなかった。松乃の年になれば、近所の子供らは皆、子供だけで群れて遊んでいたが、くらは、松乃を一人で外に出すことは承知しなかった。ふっと自分の前から消えてしまうのではないかという恐怖がくらの心には蟠《わだかま》っていた。

「女将さん、松乃ちゃんと外へ行ってきてよろしいじゃろか」

ヨウは、松乃を外に連れ出す時は、必ずくらの許しを得ることを、スワに言い聞かされていた。

「おお、そうか。松乃気いつけてな。ヨウ、頼んだよ。川辺に行ってはいかんぞ」

「はい、ヤツルギさんへ行く」

雪川の家の辺りは、角間川水系の水の恩恵を受け、井戸を掘れば必ず良質の水が湧き出た。教念寺の山門の横、八劔神社の鳥居の脇にも豊かな水が湧いている。神社の裏手は、横小路と呼ばれ、さまざまな職種の家が並んでいた。麩屋の石垣の井戸、豆腐屋の井戸、中でも諏訪屋酒造は、良質の水により「諏訪の雪」という銘酒を醸造し、諏訪はもとより、茅野、岡谷にまで知られていた。

「そうじゃ、少し風が冷とうなってきたで、松乃にもヨウにもチャンチャンコ着せてやれや」

「ほんに。ヨウ、少し待っとって」とスワは縁側の端の物入れから、風呂敷に包んだものを取り出して来た。包みから出てきたのは、真新しい絣のチャンチャンコだった。大小二枚ある。

「ほら、これ着て行きなされ」

「えっ、われにも⁉」とヨウは驚いた。

「寒うなってきたでな。ん、この絣は、野良着を拵えようと取っておいたものじゃが、ここへ雇うてもろうて、もう野良仕事もせぬゆえ、チャンチャンコ二枚にした。袖の分は足りなかったんで、チャンチャンコ。裏は紅と水色にしたゆえ、すぐ分かるじゃろ。布代と綿代は女将さんにもろうとる。縫い賃は、ほうびじゃ」

「ほうび？」

「ヨウはよう働いてくれるし、松乃ちゃんはよう遊んでくれるし。さっ、着てみい」

チャンチャンコは軽くて温かかった。袖がないので動き易い。

「水で濡らすでないぞ」というスワの声に送られて、二人はお揃いのチャンチャンコで跳びはねるように走って行った。

ヨウが雪川に来てほどない頃、くらはスワに困惑顔で言った。

「あのヨウという娘は、着る物をほとんど持っておらぬようじゃ。汚れぬうちは一枚を着続けて、洗わねばならぬ時、やっともう一枚に着替える……」

「山家の小作の子はそんなもんですよ」

「ヨウには、給金は出せぬが、食べて着させる約束じゃ。食べるのは家の者と同じ物を食べさせるが、着るものは、うちでも新しいものは買うてやれぬでなあ。以津のものや幸のものは仕舞ってあるが、松乃にも着せようとは思わぬ。亡うなった娘たちの着物は見るのも辛うてなあ」

「亡うなった娘さんらの着物はどうぞそのままに。今な、越中へ嫁にいった娘の着物があったなと、思い出しました。うちも何枚も買うてやれる暮らしではなかったども、いくらか仕舞ってあったかもしれん。押入れ探してみますで」

翌日スワは、二枚の袷を持って来た。一枚は黒っぽい縞柄、もう一枚は黄色に朱で井桁模様が浮き出ているパッと明るい一枚だった。

「この黒い縞のは、われの着物の縫い直し、こっちの黄色いのは、正月の晴れ着に買うてやったものじゃ。行李に入れといてもカビが生えるばかりじゃ、これヨウに着てもろうてもよいかの？」

「思い出にとっとかんでいいのか？　われに買わせてもらえんかの」

「売るつもりはないが……もし何なら古着の相場の

半額いただいて、貯めとくで」

「貯めてなにするかの？」

「ふふっ」と笑ってスワは答えなかった。

二枚の着物を渡されて、ヨウは信じられないといった顔で、くらとスワを見上げた。

「こんなにきれいな着物、われに⁉」

着物は半幅帯も一本ついていて、スワが締めてやると、少し大人びて見えて、ヨウは頬を染めた。

それから夏には、もう着なくなったくらの単衣や古い浴衣を縫い直して着せた。何を着せても細っそりとしたヨウにはよく似合った。冬に向かっては、綿入半纏を拵えてやれば四季の衣服はそろう、とくらは安堵した。あとは、寒さの厳しい諏訪の冬を乗り切るためには、ネルの下着が要るのう、下着だけは新しい布で拵えてやろう、とくらはスワに話していた。

「水遊びはしてはならん」とは言われても、ヤツルギさんへ行く楽しみの一つは湧き水にあった。地下水が湧き出る水は岩の間から流れ出ているが、冬でも温かい。近くには竹製の棚が設えられていて、大ぶりの柄杓《ひしゃく》が数本乗っていた。ヨウが柄杓で水を汲んでやると、松乃はゴクゴク飲み干し、「うまいのう」と大人びた口調で言って、ヨウを笑わせた。流れ出る水は細い流れとなって用水路に続いている。

ヨウは境内の樹木から落ちる木の葉を松葉で綴じて小舟を作り、流れに乗せた。木の葉はほとんど落ち尽くしていたが、それでも幾らかは残っていて、根元に掃き寄せられていた。常緑樹の木犀や椿、山茶花は冬も緑を保っている。掃き寄せられていた大きな葉の中から数枚を選んでヨウが松葉で綴じて流れに乗せると、松乃はキャッキャッと笑って木の葉の舟を追って流れの傍を走った。あまり走ったことのない松乃は足が縺れて転びかけた。ヨウは慌てて追いかけ、転ぶ寸前に松乃の前に身を投げた。ヨウの背中に着地した松乃は目をパチクリさせ、「ヨウちゃん、大丈夫？」とヨウの背から降りてヨウの顔を覗き込んだ。境内を掃き清めながら二人を目の隅に収めていた神社の庭男は、「大した娘じゃ、岳斎さまんとこの子守りっ娘は」と、手を止めて二人を見守った。庭男は、少しためらったが、「よう、これから焼き芋するが、食うていかんか？」と声を掛けた。

「ヤキイモ？」

「ああ、落ち葉を焚くでな。もう落ち葉を焚くんも今年はこれで納めよ」

庭男は掃き寄せた落ち葉に火をつけた。火は庫裏の種火から粗朶に移して持って来た。モクモクと煙が上がり、ボッと火の色が見えると、松乃はヨウの手を握って、身を固くした。神主の妻が、庫裏から笊に入れたさつま芋を持って来た。

「このお子たちは？」

「岳斎さまんとこの末娘と子守りっ娘だがね」

「おお、雪川棟梁の……。女将さんはいかがかの」

と訊いて、子供にいらんことを訊いてしまったと、慌てた。

「女将さんはお元気にしとられます。な、松乃ちゃん」とヨウが答えた。松乃も「うん」と答えて、ニコッと笑った。賢い娘じゃなあと、神主の妻は安堵し、「たんと食べなされや」と松乃の髪を撫でた。

さつま芋は、黄色いホクホクのと、少し水気を含んだ白いのがあった。庭男が灰から出してくれた芋を、ヨウはフウフウ吹いて冷まし、松乃に食べさせた。昼飯を食べてほどもないのに、二人は腹がはち切れんばかりに食べた。大人になってからも、さつま芋を食べる機会はたくさんあったが、八劔神社で食べた黄と白の焼き芋ほど美味しい芋はなかったと、松乃はいつまでも信じていた。

秋も過ぎていつしか季節は冬になっていた。

「もうチャンチャンコでは寒いのう」と、くらは娘二人の綿入れ半纏の算段をしていた。縞や絣ではなく小紋のような模様のメリンスに別珍の衿を掛けた半纏が流行っていて、くらは何とかして二人に拵えてやりたいと思案していた。

「さあて、ではヘソクリでも出そうかね」とくらは箪笥の引き出しの奥を探った。布製の紙入れに、くらは「もしもの時」用に、少しばかりの金銭を貯めておいた。毎月の掛かりがほんの少し余った分、邦胤がご祝儀をもらったものを「ほら、好きなモン買え」と渡してくれた分を貯めておいたものであった。「もしもの時が〝半纏〟ってわけでもないが」とくらは、メリンスを買う銭を取り出した。

「スワ、すまんが呉服屋でメリンス買うて来てくだされ。二人分の半纏を作る分」

「二人分？　ヨウにも作ってやるかね」

「ああ、よう松乃の面倒見てくれるでな。一枚ぐらいは新しい布で作ってやらねばの。着物じゃのうて、半纏じゃが」

「ああ、そんなら松乃ちゃんとヨウも、高島屋に連れてっていいですかね。いろんな生地見るんは、娘にとっては極楽だて」

「雪川棟梁んとこの――」と高島屋の女将は愛相よくスワたちを迎え、メリンス生地が並んでいる方へ案内してくれた。ヨウはおずおずとスワのあとについて生地を見ていたが、松乃はあちこちを眺め渡して、美しい友禅の晴れ着の方へ走り寄った。

「これがいい、な、ヨウちゃん」

「触ったらいかんよ、松乃ちゃん」

ヨウははらはらして松乃の袖を掴んだ。

「これ、二人とも半纏にするゆえ、どの模様がいいか選びなされ」

「え、われも？」

「そうじゃ、女将さんの言いつけじゃ」

「これがいい」

松乃はあっさり、紅色地に折り鶴が飛んでいる柄を指さした。ヨウは、あずき色の地に黒と白で井桁が散っている生地を選んだ。

「おお、渋いのうヨウ、目が高い」とスワは褒め、「裏地と綿もお願いしますで」と頼んだ。ヨウと手分けして生地と綿を持ち、スワは上諏訪の通りを自慢気に歩いた。可愛いじゃろ、岳斎さまの末娘は。子守り娘まで器量好しじゃ。

　メリンスの半纏は、どちらも黒い別珍の襟を付けてでき上がった。八劔さんへ着て行くと、庭男が目敏く見つけて、「あれ、何と可愛げなこと。姉妹みてえだな」と笑いかけた。「姉妹なんてとんでもないこと」とヨウはうろたえたが、松乃は「うん。ヨウ姉ちゃんだもん」とうれし気に答えた。

　晦日も近付く頃、雪川家はくらの病状が落ち着いていることで、静かな安堵に包まれていた。長男の鶴松は常に邦胤に従って各地の仕事先に赴き、家にいる時は仕事場に籠って床置や大黒さま、根付を彫っていた。「邦俊《くにとし》」と号し、今では邦俊を名指しで注文してくれる客もいた。弟の育之助も午前中は漢学塾に通い、午後は仕事場に入ってノミを手にすることを許されるようになっていた。今はまだ習作の段階で、時折部分的に彫りを命じられることがあった。そののみ跡の鋭さに、邦胤はひそかに舌を巻いた。こいつはわし以上の大物になるやもしれん。二人の息子たちが順調に才能を見せ、二人の亡《うしな》われた娘たちへの愛情を一身に負ったような松乃が健やかに育っていることに邦胤はたとえようもない喜びを覚えていた。時に遠くの地での仕事で一月もの間家を空けることもあった。久しぶりに戻ってきた時などは、家に入るなり「松乃はどこじゃ、マッツーマッツー」と大声で呼ばわる。松乃が声を聞きつけて「父さまー」と走り寄ってくるのを、両手で掬うように抱き上げて「マッツー。機嫌ようしとったか」と聞く。松乃が満面の笑みで抱きつくと、邦胤も厳しい顔を緩めて抱き締めた。

　くらは、松乃の八歳の正月に、新しい晴れ着を着せた。買ったものではなく、邦胤が得意先から頂戴した晴れ着だった。松本の素封家の座敷の欄間を彫った時のことである。仕事が終わりそうになった頃、当主の内儀がやや遠慮そうに、邦胤に声をかけた。

「棟梁のお宅には娘さんがおられるとか」

「はい。七歳になりまするが」

「おお、それは恰好な。半年前に嫁ぎました娘の子供の頃の着物なのですが、古着で失礼なれど、もろうていただけませぬか」

「おおっ、それは有り難きこと。喜んで頂戴いたしまする。娘が喜びましょう」

邦胤はもらってきた着物をすぐにくらに渡すことなく、二階の押入れに仕舞ったなりにしておいたが、くらとスワが、松乃に何を着せようかと話しているのを耳にして、ハッと思い出した。くらを二階に呼んで、もらってきた畳紙を取り出した。畳紙を開いて、くらは仰天した。一枚は薄い鴇色と若草色に染め分けられた地に松竹梅が描かれ、所々に刺繍が施されている。

「何と見事な。松乃の正月の晴れ着にぴったりじゃ。新しいのは拵えてやれぬと思うとったに」

もう一枚は黄八丈のお対《つい》の着物で、晴れ着よりは大き目だった。「おう、これはヨウに着せてやろう。何と晴れやかな正月になりますのう」と、くらは涙声で言った。

「ヨウは正月、家へ帰さんでいいのか」

「われもヨウに訊いたのじゃが、雪が深うて難儀じゃと。往還はともかくヨウの村へ行く脇道は無理じゃと。春になったら、二、三日帰らせてやらんとな」

大晦日に「正月の晴れ着」を見せられて、二人の娘は目も口も大きく開いて驚いた。帯も襦袢も付けてくれたので、そのまま着られる。

「これは、もしや絹?」

ヨウは信じられぬという表情で、着物を見つめた。

「絹物なぞ着るんは初めてじゃ。ほんとうにわれが着てええんですか?　もったいない」

「松乃の世話、ようしてくれるゆえ、ほうびじゃ。スワもよく働く娘じゃと褒めとるよ」

正月一日の雪川岳斎一家の初詣は、近隣の人々の目を驚かし、嘆声を上げさせた。

「豪儀よのう」

「あの振袖を見てみい。豪華で品良うてなあ」

「子守り娘にまで絹物着せてなあ」

「男子《おのこ》二人も紋付羽織よ。雪川流も安泰じゃ」

「女将さんも、ようなられたようじゃ」

耳に飛び込んでくる褒め言葉に邦胤はしみじみと幸せを噛みしめていた。己が彫った拝殿の飾り彫刻の下で頭を下げると、自負の思いの中に潜む無念の思いに気付かざるを得ない。父邦政のように宮大工でありたかったものを。父はわれの彫り物の技を褒めてくだされた。もちろん父が大工として請け負うた際は大工の仕事もなした。が、次第にわれは彫り物師の仕事が中心となっていった。彫り物の仕事は、神社仏閣には欠かせない。彫り物は、神仏に捧げるものじゃ。二人の息子たちも彫り物の腕は雪川の血を受け継いで、才能を見せておる。なれど、やはり無念の思いは消えぬ。大工の仕事もなしている兄邦茂が三代目万治郎を名乗るは当然のことじゃ。

「父さま」松乃が邦胤の羽織の袖を引っ張った。「彫り物をよう見たい」

邦胤は松乃を抱き上げて、彫刻を見せた。三つの時は恐がった彫刻を、松乃はまじまじと見て、

「すごいのう。何か、生きとるようじゃ」と言った。邦胤は不覚にも涙がにじんだ。この娘にも彫り物師の血が受け継がれておるのやもしれぬ。邦胤は松乃をより一層高く差し上げた。

邦胤は、鶴松と育之助、二人の息子を伴って本家へ新年の挨拶に出かけることにした。

「せっかく羽織袴を着ておるのじゃものな」とくらはもう一度息子二人の身支度を整えてやった。邦胤はまだ髷を結っていたが、息子二人は、散ん切りにしたばかりで、お互いの髪を見ては、肩を竦め合っていた。

「いっそのこと、皆で行こうかい」と邦胤が言うと、くらも「ええですねえ。本家へ伺うのも久しぶりじゃ。おまえさまは、松乃の晴れ着姿、見せたい

のじゃろ」と微笑んだ。邦胤は、二人乗りの人力車を頼んでくらと松乃を乗せた。男三人とヨウは歩いて行く。ヨウは遠慮したが、「松乃が退屈したら見てやっておくれ、本家には年長の男子《おのこ》しかおらんゆえ、松乃は退屈するかもしれんで」と、くらはヨウに同道するよう命じた。

　本家では大歓待してくれた。振り袖姿の松乃を褒め、くらの来訪を喜んでくれた。

「ええのう、邦胤、わしも娘が欲しゅうなった」

「息子さんが嫁取りなされば、華やぎましょう。孫娘も生まれましょう」

「うむ。我らも孫のできる年になったかのう」

「これがヨウさんか。美人さんじゃ。絹物がよう似合うとる」と、弓がヨウに微笑みかけた。ヨウは恥ずかし気に目を伏せ、若者四人はチラチラとヨウを見ては、頬を上気させていた。

　穏やかで華やいだ八歳の正月を、松乃は時折、夢の一齣《ひとこま》のように思い出した。頼もしい父、優しい母、若く眉目秀麗な長兄、剽軽でいつも松乃をからかっていた次兄、姉のように松乃の面倒を見てくれたヨウの綺麗な横顔、どんな仕事でも気軽に引き受けてくれるスワの太い腕。幸せで満ち足りた八歳の正月。

御神渡《おみわた》り

この年、諏訪の冬は厳しかった。家の中でも水は凍り、諏訪湖には「御神渡り」が高く盛り上がった。代々八劔神社の宮司は御神渡りの拝み手を務め、三日間の精進潔斎の後、湖岸に赴いて下座《くだりまし》と上座《あがりまし》の地点を確認し、氷上に降り立って、氏子をはじめとする村人たちと、一年の無事と豊作を祈願した。

諏訪の海の氷の上のかよひちは
　神のわたりてとくるなりけり
　　　　　　　　源朝臣顕仲

「松乃、湖の御神渡り見に行かんか」

育之助が、珍しく松乃に声を掛けた。

「父さま、兄さんが御神渡り行かんかと」

「うむ。子供らだけではのう。わしは明日から茅野へ仕事に行くゆえ、今日は何かと用意がのう……いや、何とかなる。今を逃したら御神渡りはまた一年待たねばならん。仕事の用意は何とかなろう。よし、わしが連れて行ってやろう」

育之助は驚いて目を見張った。邦胤が子供らを連れて遊びに行こうなどと言ったのは初めてだった。

「父さまが御神渡り見に連れてってくださると」

松乃はくらの寝間へ走って行った。くらは正月の疲れが出たのか、床に伏しがちになっていた。

「ほうか、えがったなあ。兄さんとヨウも行くのかの？」

「はい。母さまにお土産持って来る。何がいいかの」

「土産はいらんが、土産話、たんとしておくれ」

皆綿入れを着込み、男たちは地下足袋、娘らは雪踏を履いての出発となった。運のいいことに、一行が往還に出ると、向こうから酒屋の荷馬車がやって来るのが見えた。

「お揃いでどちらへ」

「御神渡り見せようかと思うて」

「小っちゃい娘さんは歩き通せるかの」

「ああ。歩けんようなら背負っていくつもりじゃ」

「馬車でよかったら乗って行かんかね。棟梁が荷馬車ちゅうわけにもいかんようなら、女子衆《おなご》だけでもどうかね」

「そりゃ有難い。——ところでどこへ荷を運ぶかね」

「あれー。行き先が合わんとな。わしは秋宮さんあたりの酒屋に届けるのじゃが」

「秋宮あたり？　それは好都合よ。秋宮までお願いできるかの。御神渡りは秋宮にお参りしてのち、湖畔へ行ってみるで」

酒樽を並べた間に筵《むしろ》を敷いて、松乃とヨウは荷馬車に乗った。荷馬車は酒樽が滑り落ちることのないよう、外枠がとりつけられているので、安心だった。街道の雪は凍って、馬車は時折滑った。上り坂では邦胤と育之助が力を込めて押してやった。馬は白い息を吐いて脚を踏ん張る。

「却って、すまんねー」

「いいや、女子の足では無理じゃったで、ほんに有り難い」

家を出て半刻ほどで諏訪湖が見えてきた。

「松乃、湖じゃぞ」

「降りる、降りる」松乃が立ち上がった。

「これ、急に立ったら危ない。達平さん、少し停めてくださらんか」

邦胤は松乃を抱き降ろした。ヨウは、育之助が差し出した手に縋って降りた。街道から見はるかす諏訪湖は一面に凍っていた。

「ほうら、神さんがお渡りになった跡が見ゆるじゃろ」

遠目からではっきりしなかったが、氷の上に一本の白い筋が見えた。

「神さんって、何の神さんじゃ？　湖を渡ってどこへ行くんじゃ？」

「上社の男神さんが下社の女神さんを訪ねなさるそ

うじゃ」

「ふーん」

さーっと湖上を渡って来た風が吹きつけて、一行は身震いをした。

「風が出てきたのう。さ、また馬車に乗りなされや。アオよー、あと一息じゃ。気張れよー」

馬車は秋宮へ向かう坂で、また難渋した。

「われらだけでも降りて荷を軽くしてやろう」

とヨウが言い、傍を歩いている邦胤の顔を仰いだ。

「そうじゃな、松乃とヨウで酒樽一つぐらいにはなろうかな」と邦胤は笑った。

秋宮の鳥居の入り口で荷馬車は停まった。

「はて、ここでよろしいかの。わしはこれから街道の酒屋やら料理屋、蕎麦屋やらに酒を配達してくる。そうさの、それぞれの店で少し話もあるで、またここに戻るのは一刻ほどかかろうか。もし一刻ほど後、ここで待っとってくれりゃ帰りも乗せてやれるが——どうするね」

「ぜひにお願いしまする。半刻もありゃ松乃に雪川流の傑作秋宮をゆっくり見せてやれる」

鳥居から伸びる参道は、幅一間ほどは雪掻きがなされていたが、境内は一尺ほどの雪が積もっていた。屋根も雪で覆われており、白一色の中に灰色を帯びた御柱が建っていた。正面の幣拝殿の大きさに松乃は目を見張った。

「大きい……」と思わず口に出すと、邦胤は松乃を抱き上げて、

「ようく見てみい。これが初代万治郎さまが造られた秋宮よ。手前は神楽殿というて、二代目万治郎さま、わが父が造られた。育之助はもう何度も来ておろう。じゃが雪の秋宮は初めてだのう。どうじゃな」

「はい」と一言言っただけで、育之助は黙って拝殿を見上げていた。さらに牡丹や唐獅子、松に鷹、波に鯉などの彫り物を舐めるように見ていく。邦胤は竹に鶴の彫刻を指さし、「これこそ、邦宗さまの傑作よ」と言った。建物の腰といわず軒といわず、こ

とごとく彫刻で埋め尽くされている幣拝殿は、いかにも華麗であったが、すっきりと調和がとれ品位があった。神楽殿は彫刻は比較的少なく、軒は広く、柱・虹梁・桁は太い材が使われ、ゆったりと壮重な趣で、幣拝殿を引き立てていた。邦胤も育之助も松乃も言葉少なく建物を見上げ、彫刻に見入った。ヨウもまた松乃と手をつなぎ、初めて見た秋宮に圧倒されていた。

「そろそろ半刻になろうかな。もうええか、松乃」

松乃は唇を引き結び、もう一度幣拝殿を仰いだ。

「また来られるかの。見られるかの」

「もちろんじゃ。次に来る時は母さんと来ようのう」

「母さんと？　うれしい‼」

「秋宮は諏訪に住む人の守り神じゃ。松乃も一番の願いをしっかりせえよ」

一同は深く頭を下げて、心に願うことを祈った。

荷馬車を降りたところまで来たが、荷馬車はまだ見えなかった。


「一刻かかると言うとったものな。おお、あの店に入って待とうか。甘酒と書いてある」

「甘酒‼」と、松乃とヨウは歓声を上げた。

「おいでなんせ。あれ、雪川の棟梁さんでねえか。このべっぴんさん方は？」

「うちの一番下の娘じゃ。ヨウは子守での」

「おお、お名前は？」

「松乃」

「ええ名じゃのう。おっ母さんによう似てべっぴんさんじゃこと」

松乃は目を見張った。よその大人が母のことを言う時は、気の毒そうに眉を寄せるのが常だった。

「おっ母さんに似てべっぴんさん」の言葉は、松乃の胸に温かい明かりを点した。育之助も照れくさそうに笑っている。

「あ、馬車の音」とヨウが言った。

「道の傍で待っとって、ここに居ると知らせて来い」と邦胤が育之助に命じた。少しして、ヒヒーンと嘶く声がして、「どうどう」と馬を宥める声がした。

「おう、今子供らに甘酒飲ましとったところじゃ。達平さんもいかがかの」

「お、甘酒。わしは酒樽運んどるのに酒は苦手でなあ。甘酒は大好物よ」

馬方の達平も加わって、皆で甘酒を啜った。

「さあて、もう出んと上諏訪に着く頃は暗うなってしまう。もう荷は軽いで、棟梁も兄《あに》さんも乗っていかんかね」

「大の大人が、みっともない……」と邦胤はためらったが、「父さま、一緒に乗ろう」と松乃にねだられ、邦胤は照れながら荷台に乗った。松乃は父の膝にすっぽり収まり、頭を父の胸にもたせかけた。ヨウと育之助は父と松乃の向かい側に、少し離れて、ぎこちなさそうに並んで座った。

湖が近づくと、湖の氷は夕陽を映して赤く染まって見えた。

「達平さん、すまんが少しだけ湖のところで停めてくれんか」

「おう。家に着く前に暗うなるが、ええかの。灯は持っとるが、誰か馬の先に立って歩いてくれると助かるが」

「そんならおれが」と育之助は言った。

湖の傍に立って、一行は刻々と色を変えてゆく夕空の下の湖上の氷を見た。夕空を映した氷は夢のような美しさだった。湖を走る御神渡りも紅から灰紫に色を変えていく。

「松乃のところにも神さんが渡って来なさるぞ」

「神さんが来たら松乃はどうなるのか？」

「神さんの嫁になって神さんと暮らす」

「神さんと暮らす？　いやじゃ、松乃は父さまと母さまと、兄さんたちと、スワさんとヨウちゃんと暮らす」

「ほうか、ほうか。松乃はずっと父さんと暮らすか」

邦胤は愛しげに松乃を抱き直した。

あっという間に睦月の日は暮れて、闇が迫って来た。店屋のある所はかすかな明かりが点っているが、家々が途切れると、闇の中を進んでいくような具合いになる。達平は、育之助に提灯を持たせて馬を先導させた。馬は提灯を追って黙々と歩んだ。寒さが厳しくなって、達平は馬の背にも布を掛けてやった。やっと上諏訪の町の明かりが見え始めた時、育之助はたとえようもないほど安堵を覚えた。父と妹と、そしてヨウを、守り通したような気がした。

「やれ、お疲れさん。兄《あに》さんも乗りなされ。あとは家々の明かりで行く先が見えるでな」

馬車に乗り込んだ育之助を、邦胤は「ようやり遂げた」と褒めた。ヨウも感嘆の目で育之助を見たので、育之助は照れくさくて怒った顔つきをした。松乃は邦胤の懐《ふところ》でぐっすり眠っている。

「棟梁、着きましたで――」

「おう、ほんにご造作をかけたの。この礼はのちほど」

「いんや、礼なんぞいらんよ。配達のついでに乗ってもろうただけじゃて。お役に立ててうれしかよ。松乃ちゃんは眠ってしまったかね」と御者が言った時、松乃はぱっちりと眼を覚ました。

「もう夜？　きれいじゃったね、秋宮。きれいじゃったね、みずうみ」

と、夢を見ているような口調で言った。

「達平さんにお礼を言わんと」と邦胤に促されて、

「ありがとさんでした。馬さんもありがと」と頭を下げた。

「賢いのう、めんこいのう。またどこぞへ馬車で行こうかの」と達平は言って、酒屋の方へ去って行った。

「母さま、ただいまー」と松乃が家へ走り込んで行くと、スワが台所から走り出て来た。

「おお、お帰りなされ。母さまがお待ちかねじゃ」

スワがくらの寝間の板戸を開けると、くらが立ち膝で両手を広げていた。松乃はくらの胸に飛び込んで、両手で首に抱きついた。「おお、冷たいこと」

くらは松乃の両手を懐に入れた。

「秋宮さんを見た。おじいさまとひいおじいさまが造られたと。美しかー」

「そうか、そうか。美しかったたか。育之助もお疲れじゃったのう。ヨウもな」

「うむ。わしは褒めてもらえんのか」と、邦胤は渋い顔を作って言った。

「おお、あんさんは、三国一の父さまじゃ」

くらは泣き笑いの表情で邦胤を見上げた。

「さあて、夕飯にしようかの。女将さん、今日は女将さんの寝間で夕飯にしたらいかがでしょうや。皆さんお揃いで」

「鶴松はどうした？」

「今日はおまえさまの言いつけで茅野に行く、泊まりになると言うとったが」

「そうじゃったな」

白飯に公魚《わかさぎ》の天ぷら、カボチャ入りの味噌汁、漬け物が箱膳に並んだ。邦胤の膳には徳利が乗っていた。

「松乃、父さまにお酌してあげなされ」

松乃がたどたどしい手付きで酒を注ぐと、邦胤は相好を崩して喜んだ。

「極楽、極楽」

お代わりをして食べる松乃をくらは目を細めて見ていた。

「母さま、今夜は母さまの隣で寝てもええか」

「ええよ。布団を並べて敷いてもらおうな」

ヨウと風呂に入って、ネルの寝間着に着換え、松乃はくらの隣に敷いてもらった布団に入った。松乃は少しずつ体をくらの方に寄せていった。

「それじゃあ、布団から出てしまうで」くらは松乃の掛布団を自分の布団に重ねるようにして松乃の体を引き寄せた。昼間の大遠征で疲れ切っていた松乃は、コトンと眠りに落ちた。

八歳の春と夏は、時折、波乱を含みながらも平穏に過ぎていった。「波乱」はくらの健康状態の浮き沈みにあったが、くらはどうにか床に就き続けることはなく、スワに助けられながら家事を切り回し、ヨウを頼りつつ松乃を育てていた。松乃は午前中は寺子屋に通い、午後はくらに教えられて縫い物をした。ヨウも松乃とともに縫い物を習った。

「まず並み縫いができんとな」と、くらは二人に布と糸と針を与え、均等の針り目が揃うようにくり返し縫わせた。返し縫い、まつりぐけ、平ぐけ。ひと通りの縫い方ができるようになると、くらは紐を作らせた。晒し布で何本もの紐を作ると、くらはさらに古い着物で襷《たすき》紐を作らせた。父さまの分、鶴松と育之助の分、くらとスワの分、松乃自身の、少し短か目の襷。

「ほう、松乃の縫い目は、よう揃っておる」

と、くらは微笑んだ。ヨウは、実家の父と母、妹百合用の紐を拵えた。

「やぶ入りの時、持って行くといい」とくらはヨウに勧めていた。

百合の夢

　正月には帰らなかったヨウは、盆の十六日がすむと、一泊の予定で実家に帰って行った。

　くらは、諏訪湖の公魚の甘露煮やら「諏訪の雪」の五合徳利を持たせ、「襷も忘れんようにな」と送り出した。盆明け早々、茅野の旧家の欄間の修理を頼まれていた邦胤が馬で赴くことにしたため、ヨウは馬に乗せてもらって途中まで行くことになった。

「松乃と違うて、ヨウは大きすぎて前には乗せられん。後ろに敷き物を置くゆえ、ようわしの鞍に掴まっておれ。駆けさせはせん。歩ませるでな」

　そんなわけで股引を履き裾を高くからげた姿《なり》のヨウは、かなり困惑気な顔で馬に乗った。途中で一休みして、くらの作ってくれた握り飯を食べ、ヨウの実家のある集落への分れ道のところで、ヨウは馬を降りた。

「わしは明日の午後には戻るゆえ、ヨウは明日の昼前には実家を発つのじゃぞ」と、邦胤はヨウに言い含めて、少し先の仕事場へと馬を進めて行った。

　百合と勇二はヨウの傍を離れず、目を丸くして「上諏訪の町」の話に聞き入った。特に「御神渡り」のさまは想像を絶するらしく、「ふーん、そげな大きい池があるんか」と百合は遠い目をした。

「池ではのうて、湖。村の大池の何十倍も広い」と、ヨウはまるで自分のもののように自慢気に言った。

ヨウがくらから渡された荷物の中には、母親用の単衣が入っていた。母は「えっ、こげなものを」と驚き、ヨウもまた驚いた。くらが「土産じゃ」と言って渡してくれた荷物の中に、単衣が入っていることなどは全く知らなかったのである。それはヨウも昨夏見たことのあるくらの単衣だったが、いつ用意してくださったのじゃろうと、ヨウは涙がこぼれるほど、うれしかった。父親は「諏訪の雪」を茶碗に注いで飲み、「うまいのう、清酒は」と相好を崩していた。

「姉ちゃん、われ、もっと勉強がしたい」

　百合は縋りつくような目でヨウに言った。

「勉強と言うても……寺子屋のあとは、どこへ行くね？」

「分からん。庄屋さまの子たちは、茅野の町や上諏訪、松本の方まで出て、勉強・学問を続けられるそうな。われはこのままでは今年までで寺子屋を卒《お》え、百姓仕事を手伝って、そのうちに同じような小作の家へ嫁に出されるんではないかな。われは、そんな人生はいやじゃ」

「何がしたいのじゃ、百合は……」

「嫁には行かんでもいい。いや行きたくない。われは寺子屋のお師匠さんになりたい」

「ん。寺子屋のお師匠さん。そげなこと考えとったんか、百合は」

「お師匠さんになるんは、お武家さま——あ、今はお武家さまはのうなったというが、ついちょっと前までお武家だった人とか、お武家の娘とかだ。お寺さんの娘もおるがの。われみたいに小作の娘じゃ、なれんかのう」

　百合は悲痛な顔で言って下を向いた。

「百合は勉強が好きじゃからのう。——われにもどうすればいいか分からんが……女将さんに相談してみるで。まずは、われのように奉公に出るんが良いと思うよ。この山の中にいたら、百姓になるより他ないものなあ。勇二ももう、お父つぁん、おっ母さんが野良に連れて行けるじゃろ。来春から奉公に出るがいいと姉ちゃんは思う」

「ああ、そうじゃね。そうじゃね」と百合は幾度も頷いた。

「奉公先のことも女将さんやスワさんに相談してみるで、手紙出すゆえ、待っとってな」

　家を取り巻く林の径を歩き、山の花を採りながら、二人は語り合った。萩は小さな花をいっぱいにつけ、節黒仙翁《ふしぐろせんのう》、女郎花《おみなえし》、吾亦紅《われもこう》、野菊、藤袴《ふじばかま》等も花盛りだった。

「明日の朝は早うに出て、分かされて棟梁の馬を待つつもりじゃ。歩くよりはずっと楽じゃて。この花は油紙に包んで女将さんへの土産にしようと思うとる。女将さんは山なんぞには行けぬゆえ、珍しがってくれるかもしれん。松乃ちゃんもな。さ、家へ戻って、おっ母さんの手伝いしよう。夕飯は蕎麦かの。蕎麦挽いて、おっ母さんに蕎麦作ってもらおう」

「うん。お父っつぁんは、山鳥獲《と》ってくる言うとった」

その夜は山鳥の出汁で新蕎麦を食べた。ヨウの土産の公魚の甘露煮と諏訪の和菓子屋の羊羹も出されて、勇二は「こげなうまいもん。はじめてじゃ」と、三切れも食べた。

諏訪へ行く街道まで、百合が送って来た。遠くに邦胤を乗せた馬が見えると、ヨウは、「お別れじゃ。また会えるで。お父っつぁん、おっ母さん、勇二を頼んだよ。百合の奉公先のことは女将さんに相談しとくでな。しっかり勉強しとけよ」

ヨウが土産に持ってきた山の花は、くらを大そう喜ばせた。

「こげに美しいものなんじゃのう、山の花は」

くらは山の花を壺に活けて床の間に飾った。松乃は壺の前に座って、じっと花を見ていた。翌日、ヨウはびっくりして松乃が描いた花の写生に眺め入った。

「いつの間に描きなさった？」とヨウが聞くと、「ヨウちゃんがスワの手伝いしとる間、母さまが眠っとりなさる間」と松乃は恥ずかし気に答えた。花を活けた壺全体、一本一本の花の姿、花だけを描いたもの、どれも八歳の子供が描いたとは思えぬ見事さだった。

「名を知っとる？」と松乃が聞くと、ヨウは一つ一つの名を教えてくれた。

「これは、吾亦紅、これは女郎花、節黒仙翁、野菊、藤袴。撫子《なでしこ》、竜胆《りんどう》」

松乃は、一つ一つの花の傍に片仮名で名を記していった。

邦胤に見せると、邦胤も、その描写力に舌を巻いた。形を写すだけでなく、その花の雰囲気も写し出されている。

「すごい娘じゃな、松乃は。鶴松も育之助も松乃も雪川の裔《すえ》じゃ。いい子を生んでくれてありがたい」

邦胤はしみじみと言った。

ヨウは、松乃が寺子屋に行っている隙に、くらに話しかけた。

「女将さん、お忙しいところ、すみませぬが、ちょっとご相談が……」

「ん、何かの？」

「妹の百合が奉公に出たいと言うとります。来年の春で寺子屋は卒えるが、百合は、もっと勉強がしたいと言うとります。われの家のある村じゃあ、大体の子は、お寺でやっとる寺子屋へ何年か通うて、あとは家の仕事手伝うか、奉公に出ることになります。百合が勉強を続けながら奉公できるようなところ、ありますすじゃろうか」

「勉強ちゅうても、寺子屋のあとは漢学塾ぐらいしかないがのう。そういえば、東京の明治政府ちゅうとこで、明治の代の子供の教育について何か決めるそうじゃと、うちの人が聞いたことがあると。村とか町とかで学校を作るんじゃと。そうすりゃ、百合のように勉強に志のある女子《おなご》も何か道が開けるかもしれんの。われにはよう分からんことじゃが、うちの人に聞いてみるで。じゃが、奉公しながら勉強させてくれるような家があるかのう……」

しばらく経って、くらは昼餉の仕度をしていたヨウを呼んだ。

「この前の話な、うちの人に聞いてみた。うちの人もよう分からんと言うていたが、この間、高島藩の御家老なさってた千田《ちだ》さま宅へ仕事に伺って、奥方さまにそんな話をしてみたと。奥方さまは『ふーむ。それほど勉強がしたいのであれば、うちで下働きとして置いてやってもいい。まあ女書生じゃな。これからは人を育てることが大切じゃと、殿さまも言うておられると。ともかくも、どんな娘か、会うてみんことには何とも言えぬ。上諏訪まで出てこられるかの』との仰せじゃと」

　ヨウは胸がドキドキした。とうてい無理と思っていた百合の望みが叶えられる細い道が開けた気がした。ヨウは考え考え手紙を書き、便利屋の富士屋に託した。富士屋は、「行くついでのある時でよければ、茅野の宿場までは届ける。それから先は、ヨウの村まで行く人があったら届けてほしいと茅野の知り合いに頼んでやろう」と言って手紙を預かってくれた。百合から返辞が来たのは、秋も半ばになってのことだった。届けてくれたのは、富士屋だった。

「姉ちゃん。百合はとび上がる思いで手紙を読み申した。お父っつぁんとおっ母さんは、いずれ奉公に出さねばと思うとったゆえ、よき奉公口があるならそれでよかと。勇二も野良へ連れて行けるようになったゆえ、われがいなくても大事ないと。千田さまの奥方様にお目にかかって、われの望みを話したい。われは一人でも行けると言うたが、さすがにそれは危ういと、富士屋さんが連れて行ってくれることになった。十月一日に上諏訪に参ってもよいかの。一晩は泊まらんとならんが、姉ちゃんの奉公しとる雪川さまで泊めてもらえるじゃろか」

　ヨウはすぐくらに訳を話し、邦胤から千田さまに話してもらって、十月二日に、百合は千田家の奥方にお目通りできることとなった。十月一日の夕刻に上諏訪に着いた百合は、ヨウにしがみついて泣いた。

「夢のようじゃ。姉ちゃん、ありがとう」

「千田さまの奥様に会うて、合格せにゃならんよ。心の底から思うとることを話すのじゃ」

　その夜は百合は茶の間でヨウと床を並べて寝た。なかなか寝つけないでいる百合の手を握り、「大丈夫じゃ。われの自慢の妹じゃてな、きっと奥方さまに気に入ってもらえるよ」と囁いた。翌日は自分が頂いた黄八丈を着せようかと思ったが、スワに「絹物でない方がよくないか。山家の娘らしゅう綿の方がいいで」と言われ、スワと洗い張りして縫い直しておいた綿の袷を着せた。灰色と紺の格子柄の袷は、利発そうな百合を引き立て、小豆色の半幅帯が華やぎを添えていた。

千田家までは邦胤が付き添ってくれた。

「わしが奥様にお願いしたゆえ、責任がある」

と邦胤は百合の先に立った。

百合のキラキラと光る目を見て、千田加津は、胸が高鳴るのを覚えた。賢そうな娘じゃ。そうじゃ、この眼は志を持つ者の眼じゃ。

「木原百合と申します。この度はお目もじを許してくださり、ありがとうございます」

「遠いところご苦労じゃったの。前置きは抜きで聞きまするぞ。学問がしたいとのことじゃが、学問をしていかにするぞ。何がしたいのじゃ？」

百合はわずかに頬を染めて加津を見た。

「はい。子供らに勉強を教える者になりとうございます。――どうすれば教える立場の者になれるかは分かりませぬが……」

「ふむ。今までは藩校や江戸の学問所で学んだ者が教える立場になっておったが、明治の世になりて、子供らを教育するやり方も変わるやもしれん。しばらくは奉公をしながら学問もできる方策を探らねばならぬかのう。まだおまえが寺子屋を卒えるまでには数月あるゆえ、われもおまえの願いが叶うような所を探してみよう。どうしても見つからねば家《うち》へ奉公してもらうこともできぬわけでもないが……」

加津は、少し眉根を寄せた。

「うーむ、確《しか》と約束はできぬが、しっかり勉強しておきなされ。これからの世は、女子《おなご》も家を守る他に仕事をするようになるかもしれぬ。われも心当りに聞き合わせてみよう。今日は姉さんとゆっくり過ごしなされ。あ、帰る前にうちの子供らが学ばせてもろうた漢学塾を見学してみるかの。上士の子が通っておった塾で、今も学んでおる者が多い」

「えっ、そのような塾へ、われが？」

「ん。子供らの礼を納める用があるゆえ、われとともに参ろう」

百合は目も眩む思いで加津のあとについて行った。千田家ほどではないが、大きな屋敷に学問所が併設されていた。

「これはこれは千田さまの奥方さま。ご子息たちは春から上京なされるとか。わが高島塾が自信をもって送り出しまする。ご息女も才媛でいらっしゃる」

「本日は教授料を納めに伺いましたが、供の者に学問所を見せてやってはいただけまいか。茅野の子じゃが、勉強好きでの。寺子屋を終えてからも勉強したいと言うておる。何か方策がないものかと、われも思案しておりまする」

教授助手のような者が百合を学問所に案内してくれた。部屋は大、小二つに分かれており、小さい方は女子用だという。座り机が並んでいて、部屋の隅に座布団が重ねられていた。窓下には本棚が設えられていて、隙間なく書物が並んでいる。百合は吸い寄せられるように本棚に近づいた。四書五経をはじめとする漢学の本が大部分だったが、『古今和歌集』からはじまる『八代集』『源氏物語』『枕草子』などの日本の古典も並んでいて、背表紙を見ていくにつれ、百合は興奮で頬が赤くなっていった。思わず本を取りそうになるのを抑えて、百合は大きく息をついた。

「書物が好きかの？」

「はい。こんなに多くの本を見るのは初めてじゃ。学問をすれば、われも読めるようになるのじゃろか」

「学問がしたいのかな？　学問をして何をしたいのじゃ」

「子供らを教える者になりたいが、どうすればなれるか分かりません……」

「うむ。今は世の中が大きく移り変わっておるところじゃ。学問の仕方も変わってゆくであろう。じゃが、女子《おなご》にも学問の機会が開かれるのは確かであろう。志をもって進んでゆくとよい」

　助手らしい若者は、まだ子供の百合に、自分と同じ志を高くする者の気概を見たかのように話しかけた。

「さあ、戻りますぞ」

　加津が学問所の入り口で声をかけた。百合は夢見るような目で加津を見上げた。

「本。あげにたくさんの本が」

「百合はほんに本が好きなのじゃね」と加津は微笑んだ。この子に学問をする機会を与えてやりたいが、さて、どういう手だてがあるだろうか。

　千田家の下男に伴われて雪川の家に戻った百合は、ヨウと松乃と共に八劔神社に参拝した。百合の願いが叶いますように、とヨウは祈った。学問が続けられますように、と百合は手を合わせた。松乃は、秋になって体調がすぐれない様子の母が心配でならず、どうか母さまを元気にしてくださされませ、と幾度も頭を下げた。宮司が出て来て、

「おお、べっぴんさん三人でお参りしてくだされて、神さまも喜んでおられる」と言って、三人を拝殿に招いてくれた。

「ほれ、見事な彫り物であろう。岳斎さまの傑作の一つよ」

　百合は目を見張った。これを昨夜ご挨拶した雪川さまが彫りなさったのか。姉ちゃんは、すごいお宅に奉公しとるのじゃなあ。

　宮司は、

「ほら、これが諏訪のお社の御しるしとなっておる梶の木じゃ。梶の葉を持っていかんか。押し葉にしてお守りにするとよい」

　三人はそれぞれに黄葉した梶の葉を拾い、大切に持ち帰った。その夜もう一晩、雪川家の茶の間で布団を並べて寝み、百合は朝早くに上諏訪を発った。荷馬車の便もなく、茅野の方へ用足しに行く商人に頼んで、百合の道連れになってもらった。百合の村へ行く分岐までは、父が迎えに来ることになっていた。

母との別れ

　秋から冬へと寒さが強くなっていくにつれ、くらの体調は悪化していった。一日で起きていられる時間は短くなり、床についていても苦しそうに浅く息をしていることが多くなった。

　山川医師は、

「少しでも食べて体力を維持してくだされ。くれぐれも風邪をひかぬように。家族の皆さんも外から帰ったら手をよく洗って、嗽《うがい》をして、母さんに感染《うつ》さんように」

と言いおいていった。邦胤には、「正直申して厳しい。何とか年を越せるといいが。何か、先への希望を持たせてあげんとなあ」と呟くように言った。何度目かの、しかもこれまでで最も厳しいと告げられたくらの病状に、邦胤は青ざめた。どんなに病弱でも、「女将さん」の存在は、職人の家の要《かなめ》だった。ましてくらは、三人の子の死を乗り越えてきた同志だった。あと三人の子を残して逝かれてたまるか、松乃はまだ八つじゃ。何としても生き延びてくれ。

　といって、くらの病床に付き添っている余裕はない。仕事をしなければ暮らしが成り立たない。邦胤と鶴松は日々仕事に出かけた。育之助には、できる限り家の仕事場でできる仕事を言いつけ、何かあったらすぐ知らせるようにと命じていた。

　スワが看病と家事を受け持ち、ヨウは家事の手伝いと松乃の面倒をみながら、張りつめた雰囲気の中、年の暮れを迎えた。

「よう、頑張りなさった、年が越せますな。正月でも何かあったら呼んでくだされ」と山川医師も雪川一家を励ました。正月の準備も最小限とし、一家は口数少なく除夜の鐘を聞き、初日を拝んだ。

「鶴松、育之助、松乃、おめでとうさん。お雑煮はたんと食べたかの」

くらはうっすらと微笑みながら子供たちに声をかけた。三人は揃って頷いた。

「母さまは食べんと？」と松乃が聞くと、

「もう少しあとでな。母さんは参れんが、八劔さんに行っておいで」

くらとスワを残して、一家は八劔神社に参拝した。昨年のような、人々の目を見張らせるような晴れ着ではなく、普段着ではない外出着姿で、密やかな一家の様子に、「女将さん、お悪いんじゃろか」と参拝の人々は囁き合った。

くらは奇跡的に一月を生き延び、二月に入った。二月半ば、くらはあとから思えば「仲直り」と呼ばれる数日を過ごした。気分良さそうに床の上に座り、松乃を膝に抱いた。

「おお重いこと。松乃は大きゅうなったなあ」

松乃は花が開いたように笑った。

「母さま、気分ええか。松乃とお八つ食べよう」

スワは、真ん中に漉し餡を丸く入れた寒天寄せを運んで来た。小さな木匙がついている。

「うまいのう」

くらは半分ほどを食べ、「半分は松乃にあげよ」と言って、木匙に掬って松乃の口に入れた。

「あれ、赤ん坊みたいじゃ」とヨウはわざと松乃をからかって言った。

「フフフ」と松乃は笑って、寒天寄せを飲み込んだ。春の兆しのような陽光が障子ごしに射している。帰って来て話を聞いた邦胤は「もしや、持ち直すのではないか」と胸が明るくなるのを覚えた。が、「仲直り」は数日の間で、間もなくくらは、意識もなく、ただ眠っている状態に陥った。

二月十九日夜、そっと起き上がって母の元に行った松乃は、母の激しい息遣いに驚いた。「母さま」と呼んでも応えず、母の体に触れてみると、母の体は細かく震えていた。

「母さま、母さま」松乃は急いで茶の間に戻り、泊まりこんでいたスワとヨウを起こした。

「母さまが、母さまが」

スワは跳び起きてくらの寝間に駆け込んだ。

「ヨウ、松乃ちゃんに着物を着せて、お湯沸かしてくれ」と命じ、邦胤と息子たちが寝む二階へ急いだ。

「棟梁、起きてくだされ。女将さんが」

邦胤は束の間、半身を起こして目をしばたたいていたが、ハッとして、「なに？　おう」と言って立ち上がった。

「鶴松、育之助、起きろ」と声を掛け、二人を待つことなく階段を降りてくらの寝間に跳び込んだ。スワが点した行灯の灯りに、くらの顔が浮かんだ。激しい息遣い。体が小刻みに震えている。鶴松と育之助が二階から降りて来た。

「鶴松、山川先生を呼んで来い。夜中ですみませんが、と言うてな」

鶴松は黙って頷いて二階に駆け上がった。「オレも行く」と立ちかけた育之助に、

「お前は松乃をみてろ。ヨウには看病手伝ってもらうで」

「額が燃えるようじゃ。ヨウ、外の雪取って来て手ぬぐい絞れ」とスワが命じる。雪を入れた水で絞った手拭いをスワはくらの額に乗せた。「ヨウ、湯たんぽの湯換えて、足元に入れてな」

額を冷やし足元を温めているうちに、ようやくくらの震えが収まってきた。ほどなく三町先の山川医院から、医者と大きな鞄を乗せた人力俥が到着した。看護婦は俥のあとから必死で走って来る。山川医師はくらの様子を見るとスッと顔色を変えた。

「五日ほど前は元気じゃったに、なして急に」

と、邦胤が言うと、

「仲直り、という言葉、聞いたことありませんかな？」

「仲直り……ああ、では……」

「よう頑張られました。どうか静かに見守ってあげてくだされ」

「手だては……」

「今の医学では治してあげられぬ。血が薄くなっていく病じゃて」

それから翌日いっぱい、くらは昏々と眠り、夕暮れ、ほおっと目を開けて「まつの」と呼んだ。傍についていた邦胤とスワがハッとしてくらを見た。「まつの」もう一度くらが掠れた声で呼んだ。

「早う松乃を。鶴松と育之助はわしが呼んでくる」

松乃がくらの枕元に座ると、くらはほうっと微笑んで、「まつの、ご飯食べたか」と言った。鶴松と育之助が枕元に座ると、くらは、「鶴松、育之助、父さまを大事にの」と言った。さらに「おまえさま」と邦胤を見つめ、「まつのを頼みまする」と言って目を閉じた。折しも、往診を終えた山川医師が立ち寄ってくれたが、医師はくらの脈を取り、瞳に光を向けると、沈痛な面持ちで、

「もう間もなくでしょう。静かに送ってあげてください」と深く頭を下げた。

「小さい子には見せぬ方がよい。誰か娘さんを向こうに」と言われて、スワはヨウに松乃を託した。

「茶の間での、夕飯食べさせてな」

くらの寝間から遠ざけられることに慣れている松乃は素直に立ち上がってヨウの手を握った。板戸のところで振り返って、くらの床を取り巻いている大人たちを見た。「母さま、お休みなされ」と言った松乃に、くらは「おやすみ」と言うように唇を動かして、瞑黙した。くらの脈を取っていた山川医師が、

「ご臨終です。午後七時、十二分」と告げた。

邦胤は「お世話になり申した。ありがとうございました」と、深々と頭を下げた。鶴松はくらの手を握りしめ、「母さま、母さま」と呼んだ。育之助は部屋の隅にうずくまって肩を震わせていた。

「今夜はこのまま、家の者だけで夜を明かそう。組内へは明朝知らせる」邦胤が気丈に言った。「お坊さまは……?」とスワが問うと、

「明日でよい。今夜はこの世の者じゃ」

「松乃ちゃんには……」

「わしが話そう」邦胤は板戸を開けて茶の間へ入って行った。松乃は夕食を食べ終えて、黙って座っていた。

「松乃」邦胤は座って松乃と視線を同じくした。

「父さま。母さまは？」

「松乃、母さまは遠き世にゆきなさった。もう少しも苦しまれることはない安らかな世に。その世から、松乃のことといつも見ていてくださる」

「遠き世？」

松乃のいぶかし気な声を聞いたとたん、邦胤の目から涙があふれた。邦胤はヨウが差し出した手拭いで顔を拭い、松乃を抱きかかえるようにして、くらの床の傍に近づいた。

「母さまにお別れをな」

松乃は顔を強張らせて、くらを見つめた。

「さあ、母さまの顔、よう見て覚えておくのだよ」

「——母さまは、死んでしもうたのか」

「——そうじゃ。だが、いつも松乃の傍においでになる」

松乃は訳が分からなくなった。死ぬということの意味はよく分からない。でも、母さまが遠き世に行くなら松乃も行く、と思った。

「松乃も行く、母さまと行く」と叫んで、松乃はくらにむしゃぶりついた。誰もどうしていいか分からず、松乃を見ていた。と、育之助が、「松乃、兄さんと表へ行こう」と松乃を抱き上げた。誰も何も言わなかった。育之助は松乃を戸外へ連れて行くと、夜空を見上げた。

「ほら、松乃、お星さまがいっぱいじゃ。母さまは な、星になられたとよ。松乃をいつも見ておられる」

松乃は夜空を見上げた。星がいっぱい瞬いていた。スーッと星が流れた。その星が松乃の心に入ってきたように思われて、松乃は両手で胸を押さえた。

「さ、母さまと一緒に松乃もおやすみ」

松乃は育之助に手を引かれて茶の間に戻り、ヨウに床に入れてもらった。疲れ切っていた松乃は発条《ぜんまい》が切れたかのように眠りに引き込まれていった。

翌朝、いつもと違ったざわめきの中で松乃は目を覚ました。

台所ではスワとヨウがたくさんの湯呑みを用意していた。父と兄二人が入ってきて朝食の膳についた。

「松乃も顔を洗うて、ご飯にしよう」と、珍しく鶴松が松乃に声を掛けた。松乃はヨウが用意してくれたぬるま湯で顔を洗い、着換えて朝食の膳に向かった。朝粥と漬け物と、夕食の残りの煮物で朝食を済ませると、邦胤をはじめ鶴松と育之助はよそ行き着に着換え、松乃も外出着に着換えさせられた。

くらは座敷に床を移され、くらの病間だった次の間に、ちらほらと人が集まり出していた。親戚筋への連絡、お寺への連絡、葬儀の役割りの割り振りなどが話し合われ、人の動きが慌ただしくなった。葬儀屋の指図で祭壇が組まれ、その前に白い布団の上に白い着物に着換えさせられたくらが横たえられている。

「今は生花が無うてのう」と組頭は嘆いた。

「じゃが、岳斎さんの彫り物がほら」

「見事よのう、何よりの手向じゃ」

くらの枕元には、邦胤が彫った菊花と鶏の彫り物が置かれていた。白い布団に横たえられたくらは、ほんの少しの膨らみを見せて、しんとしている。顔には白い布が掛けられていた。松乃は自分に向けられる視線にたじろいた。皆、松乃を見ようとしてスッと視線を外す。松乃は身体を堅くしてヨウに縋った。

「松乃は二階へ行っておいで。ヨウ頼む」

ヨウは松乃を連れて二階へ上った。松乃もヨウも、めったに二階へは上らなかった。

「ここは？」

「父さまや兄さまがお寝みになる部屋」

「ふーん」

松乃は珍しそうに部屋を見回し、狭い廊下の向こうの障子を見つけて駆け寄った。障子の外には雨戸の通り路があって、雨戸は開けられていた。

「ヨウちゃん、いっぱい屋根が見える。道も見えるよ。あ、人がいっぱい」

「ええ。女将さんのお弔い」と言いかけて、ヨウは言葉を飲み込んだ。松乃ちゃんは女将さんが亡くなりなさったこと、分かっているのじゃろか、お弔いのこと分かるじゃろか。そう、旦那様がお話しなさるじゃろ、とヨウは思った。二階からの物珍しい景色に気を取られて、松乃は一時、昨夜からの出来事を忘れたようだった。少しして松乃は障子に寄りかかってウトウトし始めた。昨夜からよう眠れんかったものなあ、とヨウは少しためらいながら押入れから布団を取り出し、松乃を横たえた。

「昼ごはんまで、おやすみなされ」

ヨウは小さな声で言って、階下に降りて行った。

台所と茶の間は、組内の男衆や女衆でごった返していた。男たちは「不幸遣い」に出立し、女たちは大量にご飯を炊き、昼食の握り飯を作っていた。握り飯とけんちん汁を大鍋に作る一方、通夜と葬儀の振舞いの用意も始められ、町屋の造りの狭い台所は足の踏み場もなかった。煮物の大鍋は、坪庭に設置された石組みのかまどに掛けられていた。通夜振舞いの煮物ができ上がれば、さらに葬儀用の煮豆や雁もどきの炊き物の鍋が仕掛けられる。

「松乃ちゃん、目覚めたかね」ヨウが握り飯とけんちん汁を盆に乗せて運んで行くと、松乃は床に起き上がって、ぼうっとした目であたりを見回していた。

「ここは……」

「二階。父さまたちのお部屋じゃ」

松乃はブルッと身を震わせた。

「あれっ、そのままじゃ寒いのう」

ヨウは外出着の上に綿入れのチャンチャンコを重ねさせた。「さ、食べよう」お握りは冷めていたが、けんちん汁の温かさにホッとしながら、黙りがちに昼食をとった。

「父さまと兄さまは？」

「お客さん方のお相手をしておられる」

「母さまは？」

ヨウは驚いた。昨夜くらを送ったことを松乃は覚ていないのであろうか。女将さんが亡くなられたことを、飲み込めていないのであろうか。ヨウは悲痛な思いで松乃を見つめた。

夕刻から通夜が営まれた。高林寺の住職他二名、併せて三名の僧が着座して読経が始まった。最前列に邦胤と鶴松と育之助、松乃が並んだ。スワとヨウは、台所近くに座っていた。二十名ほどの親戚筋の者、邦胤の仕事仲間、組内の主立った者が並んでいた。松乃は自分がどういう場にいるのか分かっていないふうで、ぼんやり座っていた。隣の育之助が時折、松乃の背を撫でてやっていた。「お身内の方からお焼香を」という声が掛かり、邦胤から次々と棺の前の祭壇で香を手向けた。

育之助は松乃を促して立たせ、共に棺の前に座った。松乃は育之助に倣って、小さな手で焼香をし、頭を下げた。ついで不思議そうに周りを見回して、

「母さまは？　母さまおらんのう」と言った。小さな声だったので部屋全体には聞こえなかったが、松乃の言葉を耳にした者たちは、ハッと胸を衝かれた。邦胤もウッと息を詰まらせ、手拭いで鼻のあたりを押さえた。次々と焼香をしてゆく客たちに、松乃は父や兄たちに合わせて、小さな頭を下げ続けた。客たちは松乃に目を止めると、目を外らしたり、胸元に手を当てたりした。焼香が済んで通夜振舞いが出されると、邦胤はヨウに、

「松乃と二階で寝んでやってくれ。わしたちは今夜は夜通し番をするゆえな。明日は今日よりも大変じゃ。よう休んでな」

と言って、松乃の髪を撫でた。

翌日は、冬晴れだった。上諏訪にしては暖かい日で「くらさんの功徳よのう」と人々は頷き合った。親戚の雪川一門をはじめ邦胤の仕事筋、組内のみならず町内の人たち、くらの実家近くの子供の頃か

らの友人たちが詰めかけ、大きくもない家は人で埋まった。親戚筋の者は交替で昼餉をとり、休む場所を求めて二階へも上がって来た。中には松乃の従兄に当たる者もいたが、皆松乃より年長で、松乃の目からは大人に見えた。松乃はヨウの傍を離れず、言葉を発しなかった。

「ほう、ここが岳斎さまのお部屋か」と物珍しそうに眺める従兄たち。やれやれと足を伸ばす老女もいて、松乃は怯えていた。「おお、松乃ちゃん。くらはどんなにか……」と言って、ハラハラと涙をこぼして松乃の肩に手を置いた女の人の顔を、松乃はまじまじと見つめた。母さまによう似とる、と松乃は思った。「おばさまじゃよ、松乃ちゃん」と、ヨウが小声で教えた。

午後一時から、葬儀が始まった。僧が三人入って来て、先頭の一人が棺のすぐ前に座し、二人は少し間を置いて後方に座した。意味も分からないお坊さまの読経を、松乃は少し恐怖を覚えながら聞いていた。聞く、というよりは雷雨が通りすぎていくのを待つような思いで耐えていた。

「お焼香を」と進行の者が告げて、人々の間に、どこかホッとした空気が漂った。焼香の人の列は、通夜の時より数倍もいて、組内の者を慌てさせた。急拠、縁先に焼香の用意がなされ、座敷に上がり切れない参列者は、縁先の焼香台に並んだ。「最後のお別れを」と進行係が告げ、松乃は邦胤に手を引かれて棺に近付いた。目を閉じた、母の白い顔。母が死んでしまったということを、この時松乃は、やっと飲み込んだ。胸が痛くて痛くて息ができない。母さま、母さま。

冬のことで、生花は諏訪には無く、遠く知多半島から早便で取り寄せた梅の花が、祭壇に供えられていた。その梅の枝を三寸ほどの長さに切ったものを松乃に渡しながら、「母さまにお別れをな」と邦胤は言った。父に手を添えられて、松乃は母の顔の傍に梅の花の枝を置いた。棺の蓋が閉じられ、紙で包んだ石を手渡された。兄たちは白い強張った顔で石を棺の釘に打ちつけたが、松乃はどうしても釘を打つことができなかった。邦胤は松乃の手から石を取り上げ、抱き締めた。

「ご出棺です」の声に、人々が動いた。葬列が高林寺の墓地を目ざし、静かに出発した。喪主は墓地には行かない習わしで、邦胤は家に残る。邦胤は松乃も墓地には行かせなかった。母親が地中に埋葬されることを見たりしたら、この娘は二度と笑えないようになってしまうかもしれない。

葬儀後、くらの布団が取り払われた座敷と次の間で、組内の人たちに雪川家の御礼振舞いがなされている間、松乃はヨウに付き添われて二階で過ごした。松乃が眠ってしまうと、ヨウは階下へ降りてスワや親戚の者たちの手伝いをした。

翌朝から、松乃は決して座敷と次の間に近づかなくなった。座敷には弔問の客のために線香を手向ける卓が置かれていたが、次の間は何もなかった。自分がどんなに病苦に苛まれていても、松乃を見ると、「松乃」と呼びかけてくれた母、病状が落ちついている時はいろいろな話をし、松乃が寺子屋で習ったことを聞いてくれた母。部屋はガランと静まっていた。空っぽだった。松乃の心のように。スワもヨウも、邦胤でさえも、松乃の心の空っぽを埋めてやることはできなかった。鶴松は仕事に打ち込むことで母の死を乗り越えようとするかのように、黙々と木材にのみを当てた。松乃の「空っぽ」を最もよく理解していたのは育之助だったかもしれない。やんちゃで、よくくらに叱られていた育之助は、叱られた分、くらを慕っていた。「母さん、何で死んだ」一人で柱に拳を打ちつけて泣いていることもあった。松乃は泣くこともなく、無論笑うこともなく、魂というものを失ったような顔で一日一日を過ごしていた。「時が過ぎるよりなか」とスワは痛ましい思いで松乃を見守っていた。

一月経つうちに、邦胤は、ヨウの処遇について考えねばならなかった。くらが亡くなって、くらの看病の手間がなくなり、雪川の家内のことは通いのスワ一人でもこなせる。九歳になった松乃の世話をするゆとりもあった。ヨウは、雪川の家には「贅沢」な存在だった。ヨウにも食べさせてやるだけで給金も与えられない。里へ帰すか、どこぞ奉公先を見つけるか、と思案する邦胤に、ヨウは「家へは帰れん。帰っても家の者が困るゆえ。ここへ置いていただければお給金なんぞはいらねえ。どうか松乃ちゃんのお世話させてくだされ」と畳に頭を擦りつけて頼んだが、邦胤は肯《がえん》じなかった。

「うちにいてもらっても、女将がいない家ではおまえに女子《おなご》としてのしつけをしてやる者がおらん。おまえのためにならんでなあ」

邦胤は深い溜息をついた。

そんな雪川家の内状に、酒屋の女中頭からスワに声が掛かった。

「どうかね。うちでヨウちゃん雇わせてもらうんは。ちょうど女子衆《おなごし》の一人が嫁にいくことになって、若い女子を一人探しとってるところよ。うちなら近いゆえ、松乃ちゃんとも会えるでな。あ、これはわれの判断ではできぬこと。もしよかったら、女将さんに話してみるがの」

「ああ、それは有り難きことじゃ、とわれは思う。が、家でも棟梁に話してみんとな。もちろんヨウにも」

邦胤もヨウも酒屋の話に否やはなかった。「諏訪屋さんならすぐ近くじゃて、松乃ちゃんの様子も見られるの」と、ヨウはその一点で承知した。邦胤も「諏訪屋なら願ってもない話じゃ。われが頼みに行く」と言って、スワを驚かせた。

翌日、諏訪屋を訪れた邦胤は、夕刻機嫌よくほろ酔い加減で帰って来た。

「一日に一刻は、われの家へ来て松乃と過ごしてもらうよう話をつけてきた。松乃が寺子屋から帰って来て、二時から四時までは、うちに来てもいいことになった。酒屋で昼餉の片付けが済んで、夕食の仕度にかかるまでの間じゃのう。給金代わりに年に一枚の着物でどうじゃろと、女将さんは言うとった。くらさんの遺された着物があるじゃろから、それでどうかのと言うとられた。どんなものかの、スワ」

「女将さんが若い時着られた着物が、まあだしっかりしとるで、何とかなりますじゃろ」とスワは答えた。邦胤は、どうしてヨウを他所へ出したいか、酒屋の女将にだけ、打ち明けていた。「言いにくいことじゃが、うちは男が三人おる。そこへ若い女子一人を置くんは、もし……」

「そうよの。何もあるはずはないが、あるように言うのが世間というもの。ヨウ一人を置くんは避けた方がよいかもしれぬ。よし、引き受け申した。くらさんが生きておられればヨウに教えてやれたことを、われや女中頭のハツで仕込んでやるで。安心なさって預けてくだされ」

一月の猶予を置いて、ヨウは諏訪屋へ移って行った。ヨウが去ることを聞かされて、松乃はひどく驚き、泣き出した。邦胤は泣きじゃくる松乃の背を撫でて、

「すまんな、松乃。じゃが毎日、ヨウは家へ来て松乃と遊んでもらう約束じゃ。母さまが亡うなって、ヨウを女子として仕込んでやれる者が家にはおらぬ。それはヨウにとっては不幸なことなのだよ」

何となく、家にいることはヨウのためにはならぬのだと、松乃は悟った。

「これから一月の間、松乃とヨウは、母さまの寝間で一緒に寝みなさい。松乃が寝間へ入れんようなっとることは分かっとる。ヨウと一緒なら大丈夫じゃろ。母さまが見守っていてくださるのが、よう分かるよ」

「松乃ちゃん、寂しゅうなったら諏訪屋へ来てな。困ったことがあったら、すぐわれに言うてな」

一月の間、松乃はヨウにぴったりくっついて過ごした。母が亡くなった部屋への恐怖も少しずつ薄ら

いでいった。くらに見守られながらヨウと遊んだ思い出が松乃を包み、松乃はやっと、かすかに笑顔を見せるようになった。

　ヨウが諏訪屋へ去った後、スワは早朝にやって来て朝食と昼食を作り、邦胤と鶴松、時に育之助を送り出し、松乃も寺子屋に出掛けると、掃除、洗濯を済ませて帰って行く。午後二時頃になると、ヨウが台所口から入って来るのを、松乃は飛びつくように迎えた。天気のよい日は神社やお寺を巡って散歩した。雨や雪の日は茶の間にこもってお手玉や綾取りをしたり、草子を読んだり、手習いをしたりした。ヨウは自分があまり教育を受けていないことを残念に思っていて、松乃が寺子屋で教えてもらったことを復習する時は、五歳も年下の松乃に習うことを恥ずかしいとも思わず、新しい事を学べるのに心躍らせていた。たまに育之助が松乃の勉強を見てやることがあると、ヨウも育之助の説明に耳を傾け、漢字を知り、少しずつ漢籍も読めるようになっていった。


　秋の風が吹き初める頃、松乃はひどく真剣な顔をしてヨウに言った。

「あのな、八劔さんの床下に猫の赤ちゃんがおる」

「えっ、松乃ちゃん見たの？」

　松乃は首を振った。「いいや、声が聞こえた。前にお芋くれた小父さんが、猫が仔を産んでな、と言うとった」

「行ってみる？」

　大きく頷く。

「スワさん、八劔さんまで行ってくるで」

「猫は見るだけにしておくれ。連れて来ちゃいけんよ」

「なんでじゃ？」

「犬でも猫でも動物を育てるちゅうは骨の折れることじゃ。うちはねずみも居らんし、棟梁も猫は彫りなさらんし」

「大丈夫、見てくるだけじゃ」

　神社に着いて床下を覗くと、みかん箱が見えた。

人の気配に気付いた親猫がみかん箱から出て来て「フーッ」と威嚇した。ヨウと松乃が陰に隠れていると、みかん箱からピョンと白い小さな猫が跳び出してきた。次いで白と黒の斑猫、さらにもう一匹灰色のかたまり。仔猫たちは何の警戒心もなく、縺《もつ》れ合いながら手水の方に走って来た。水を飲みに来たらしい。三匹の後ろから、白と黒の斑猫がついて来て、仔猫たちを気遣わしげに見ている。松乃が近付こうとすると、親猫は、背を高く持ち上げ、尾っぽを太くして松乃たちを睨みつけた。

「家に連れて行きたい。ちっちゃい猫」

「うーん、棟梁に聞いてみんとのう」

その夜、松乃がさっそく邦胤に訊くと、邦胤は「うーん」と唸って腕を組んだ。

「猫、のう。そうか、八劔さんに猫がのう。猫、家に置きたいか」

「うん。まっ白くてかわいい」

「うーん、飼わせてやりたいが……猫は木で爪研ぎするじゃろ。彫物材に爪跡つけたり、ショウベン掛けたりするとのう。すまんな、松乃、うちでは飼えん」

松乃の目にジワッと涙が浮かんできたのを見て、邦胤は慌てた。

「犬ならつないでおけるがの。猫は好き勝手に動き回る生き物じゃてなあ」

この時も救いの手は諏訪屋から差しのべられた。

「女中頭のハツさんに聞いたら、女将さんに聞いてみてくれると。女将さんは雪川の女将さんと仲ようしてなさって、松乃ちゃんのこともずーっと気にかけてなさるからのって」

「ふーん、八劔さんの猫のう。飼ってもいいよ。この間酒蔵でねずみが出たちゅうで騒いどったろう。うちは人の口に入る物を商っとるゆえ、ネコイラズなんちゅうものは使えんでの。いつもうちにゃ猫がいたんじゃが、クロがいなくなってから、一年ほど猫おらんかったで。ヨウが松乃ちゃんとこ行く時間に、家へ来て猫と遊べばいいに」というみねの計らいで、仔猫の一匹は酒屋へもらわれてくることになった。

仔猫は産まれて一月半になっていて、乳離れして神社の境内を駆け回るほどになっていた。

「このままじゃ、社殿に上がって、悪戯するようになったら困るで。早うもらってもらわんとな」という宮司さんの意向もあって、猫はそれぞれに氏子の家へもらわれていくことになった。まず、松乃が一番に好きな仔猫を選んでよいという。

「どれがいい？」

「白。まっ白がいい」

ヨウは酒屋から持って来た蓋付きの籐篭を持って神社へ向かった。何度も来ているので親猫も警戒を解いている。ヨウは白い仔猫をそっと抱き上げて篭に入れた。親猫は、仔猫が連れて行かれるのを追おうともせず見送っていた。

「母猫、怒らんね」

「犬や猫は、親が仔を見る期間は決まっとるでの。乳離れすると親子の縁は切れてしまうのじゃと」

神社の猫なら縁起がいいと、斑も灰色も次々ともらわれていった。三匹の仔猫がいなくなった親猫は、いつの間にか姿を消してしまった。

「また、次の仔孕んで戻ってくると困るがのう」と言う宮司の妻に、「まあ、その時はその時よ。神社で生き物を粗末にすることはできんでなあ」と宮司は苦笑いした。

諏訪屋で飼うことになった仔猫は「コシロウ」と名付けられた。白い雄の猫だから「コシロウ」というわけである。コシロウは、しばらくの間は台所周辺で飼われていた。

「まず、人に慣れんとな。はじめから酒蔵に放したんでは、どこかへ迷って行ってしまうかもしれん。人が呼んだら分かるようにせんとな」

女中頭のハツが言った。

「糞、尿は庭でええじゃろ。エサ食べる場所と、爪研ぎ場を教えんとな。ヨウ、松乃ちゃん、頼むで」

猫の御飯は、出汁を取ったあとの煮干しや、焼き魚の頭、鰹節などを残り御飯に混ぜた物が中心だった。ヨウは、煮干しや、下げられた主人夫婦の膳から魚の頭を取っておいた物を砕いて溜めておく。コシロウは、よく食べ、よく遊んだ。鶏の羽を束ねた猫じゃらしを振ると、夢中になってじゃれついた。空中に高く掲げると、驚くほど高く跳び上がる。さつま芋ぐらいだった体はぐんぐん大きくなって、小振りのカボチャほどになった。松乃は自分の膳に出された魚は半分しか食べず、「コシロウ碗」と名付けた古い汁椀に取っておいた。今はまだ腐る季節じゃないし、とスワは見て見ぬふりをしていた。

松乃が時折、ボーッとして宙を見ていることがあるのを、スワは案じていた。松乃が母のいないことの意味をじわじわと悟っていくのが、スワは痛ましくてならない。スワも十歳の時母を亡くしていた。十歳になっていたから、母の死は理解していた、と思う。母親がいないということは、胸に大きな〃空っぽ〃ができることだと知っていた。自分の寄りどころがなく、風が吹けば自分も風になって彼方へ飛んで行ってしまうような当てどなさがいつもまつわりついていた。少しでも松乃ちゃんの空っぽが紛れるなら、とスワはコシロウの存在が有り難かった。

新しい母

　くらが亡くなって一年の喪が明けた頃から、邦胤の周囲では後添えの話が出されるようになった。くらが病身を押して目配りをしていた家計も、邦胤だけでは差配し切れない。家事と松乃の世話は、スワとヨウで支えてくれてはいるが、松乃の娘としてのしつけまで任せることには不安がある。スワもヨウも心根の優しい、しっかりした女子じゃが、奉公人の立場では松乃に厳しく向き合うには遠慮があって無理じゃろう。誰ぞ、礼儀作法にも通じていて、帳簿付けも任せられる女子《おなご》……。そんな邦胤の心境は、少しずつ周囲にも知られてゆき、何人かの候補者が挙げられるようになった。とはいえ、邦胤は既に五十七歳になっており、若い娘は論外だった。

　邦胤が選んだのは、相沢ひろという三十八歳になる女《ひと》だった。ひろは、下諏訪の町の料亭「萩屋」の末娘だった。当主の兄とは十歳も年が離れており、二人の姉が嫁いだ後も実家で暮らしていた。仲居の手が足りなければ手伝いもし、帳場で客の相手をすることもあった。特に理由もなく縁に恵まれず、このままでは一生、実家で暮らすしかないと自分も周囲も思っていた時、上諏訪の雪川家への後妻の話を持ってくる者があった。

「岳斎さまはな、五十七じゃが、まだまだ壮健で見事な彫り物なさっとる。秋宮さんを造られた方の孫に当たられる。もう大きゅうなられた息子さん二人と、十歳の娘さんがおられる。家事を任せられる人、お子さん、特に娘さんの母親になってくれる人を望んでおられる。息子さん二人も彫り物をされていての、才ある方々じゃ。生計《たずき》には困らん」

　そんな仲人口の中で、ひろの心が動いたのは、萩屋からも遠くはない秋宮を造られた棟梁の興された

「雪川」の名だった。秋宮ばかりでなく、諏訪大社の造営にも携わった「諏訪の雪川」は、結婚を半ば諦めていたひろの心を揺り動かした。ひろは、邦胤の姿を見たことがあった。下諏訪の素封家の座敷の改築祝いの席で、「あれが岳斎さまじゃ」と仲居たちが話していて、ひろもちらりと顔を見た。老人とは思わなかった。彫りの深い顔立ちで、目が鋭かった。

上諏訪の料理屋の二階で、ささやかな祝宴が開かれたのは、くらが亡くなってから一年八か月後の秋だった。雪川家側からは、岳斎一家と兄の子である邦篤だけが出席した。兄の邦茂はくらより一年後に没していた。ひろ側は兄夫婦と嫁にいった姉二人が席に就いた。邦胤と男の子二人は紋付袴姿、松乃は正月用の晴れ着をスワが着付けてくれていた。ひろは色留袖だったが、角隠しは付けなかった。兄二人に倣って、松乃はひろと親子固めの盃を交わした。父から「松乃の母さまになってくださるお人だ」と言われたが、松乃は心の中で激しく首を振っていた。母さまとは呼ばぬ。母さまは一人じゃ。

邦胤は前日にスワとヨウを呼び、「これまでほんに世話になったのう」と礼を言いつつ、心付けを渡していた。「しばらくの間は、松乃がひろに懐くよう、松乃には会わんでやってくれぬか。わしもできるだけ松乃の傍にいるようにするゆえ」と頭を下げた。

「そうじゃの、松乃ちゃんも新しいおっ母さまに懐かんといかんで」

「そんでも、子供を育てたことのないお人で大丈夫じゃろか、わしは時折そっと様子をみてみるつもりよ」

「そうじゃねえ。われも来られる時は来てみるで。旦那さんは来ないでくれと言っとったけど」

ひろがやって来て数日の間は、スワはひろに雪川の家の仕切りを引き継ぎにと来てくれていた。ひろは、料理は見よう見まねで、一通りはできるようだった。

「棟梁の好物はブリと大根焚き、公魚の天ぷら。野沢菜は浅漬けを好みなさる。御酒は諏訪の雪。息子さん方は鴨肉や鶏肉がお好きじゃ。松乃ちゃんは卵」

とひろに告げても、ひろは「分かりました」とだけ答えて、興味を示さなかった。スワは茶箪笥の引き出しから、何冊かの「通い帳」を取り出し、ひろに渡した。

「米穀屋、青物屋、酒屋、魚屋は、この通い帳に記してもらって、一月分まとめて払っておりましたで。節季払いというのは今は店屋の方でも困るようでな。衣服類は買われる度に支払っとったようじゃが、わしは関わらんかった。その他の細々した物は、月々決まった額をお預かりしとって、買った物は帳面に書いておきましたで。――これからも同じようになさるかどうかは、わしには分からんども……。あと、女将さんが心掛けていなさったことは、お仏壇への手向けです。初代と二代目のお位牌は本家におありじゃけど、岳斎さまもお位牌を作ってもろうて、納めてありますで。何よりも、幼くて亡くなられたご長男、ご長女、二女さまのお位牌がありましてな。ご命日はもちろんのこと、毎朝、お水と御飯を上げ、手を合わせていなさった。どうぞ、新しい女将さんも、亡くなられた方々に香華を手向けてあげてくださりませ。岳斎さまのお子さまたちですからのう」

ひろは、少し眉を寄せて、黙って聞いていた。「分かり申した。棟梁にもお聞きして……」と言った。

スワは、文字通り後ろ髪引かれる思いで雪川の家を辞した。それから十日ほど、スワは自分を抑えて雪川家の方には足を向けないでいたが、どうにも我慢ができなくなって、雪川の家の裏口に立った。水音が聞こえる。水音が途切れると、何か別の音が聞こえる。泣き声!? スワは急いで庭へ通じる戸を開けた。井戸端で水に濡れながら泣きじゃくっている松乃が目に入った。

「松乃ちゃん」

松乃は立ち上がってスワを見留めると、一瞬恥ずかしそうな表情をして、次いでスワにむしゃぶりついた。

「どうしたかね？　何をしてなさる」

「……せんたく。おっ母さんが自分の物は自分で洗えって……」

「せんたく⁉　そげなことと松乃ちゃんにやらせると‼」

スワは松乃を家に上げて着替えをさせ、掻い巻きで体をくるんだ。

「濡れた着物も洗おうの」とスワは言って、手早く洗濯を済ませると、竿に干した。

スワが一まずホッとして、持参してきた松乃の好物のあんず湯を飲ませているところへひろが帰って来た。ひろは玄関から入って来て、一旦座敷の方へ行き、間もなく茶の間に入って来た。掻い巻きにくるまって紅い顔をしている松乃を見ると、驚きと不審さが混じったような奇妙な顔をした。

「何しとる？」そしてスワのいるのに気付き、不快そうに眉をひそめ、「何しとるのじゃ？」と訊いた。

スワは怒りで怒鳴り出したいのを必死で堪えたような奇妙に静かな口調で、「棟梁にお話しがありましての」と答えた。

「お帰りになるまで待たせてもらいます。松乃ちゃんは熱が出とります。布団に入れて温めてあげてくだされ」

「熱——風邪でもひいたかの？」

「さあ。水に濡れとりましたでな」

「水？」

「洗濯を命じなさったそうで」

「ああ。十にもなったら、自分の着物は洗えるじゃろ。棟梁と男の子たちの分は、われが洗いますがの」

「松乃嬢ちゃんは、洗濯などしたことはないで、どうやったらいいか知らぬはず。教えてあげけんしたか？」

「……十にもなれば、どの家の子も洗濯ぐらいするじゃろ？」

「どの家の子も？　棟梁のところでは子供に洗濯をさせるようなことはありませぬ。わしらのように家事を手伝う者がおりますでな。小作の子や奉公人の子なら家事は言うまでもなく、百姓仕事も子守奉公もする。せにゃならん。だけんど、ここは雪川岳斎さまの家じゃ。松乃ちゃんは岳斎さまのたった一人の娘御。岳斎さまの血のつながったお子を生みなさる娘さんじゃ」

「岳斎さまの血なら、男子《おのこ》二人がおるじゃろが」

ひろはスワに、それで文句あるまいと言うようにぴしゃりと言った。

二人の険しいやりとりを身を固くして聞いていた松乃の体がグラリと傾いた。

「どうした、松乃ちゃん」

スワが松乃を抱きかかえると、松乃はハッハッと激しく喘いだ。

「松乃ちゃん、ゆっくり息を吸って吐いて」

と言いながら、スワは松乃の背中を撫でた。ひろはただただ驚愕の表情で、何をしていいか分からずボーッと座っていた。少し落ち着いた松乃を布団に寝かせて、スワは改めて松乃に見入った。よく手入れされて櫛の歯が入っていた髪は油っぽく乱れている、爪も伸びている。いつでも洗い立てで火のしを掛けていた着物も皺と汚れが目立つ。おっ母さまが来てくれたちゅうに、これは……。スワは絶句した。

スワは急いで自分の仕事の予定と時刻を計った。棟梁が帰られるまでいられるじゃろか。一度帰って、また出直すかと思ったが、松乃の様子が気になってなかなか離れられない。仕方がない、このまま待とうとスワは心を決めた。

「女将さん、棟梁のお帰りまで待たせてもらうで」

とスワが断りを入れると、ひろは「はあ」と言ったきり、去って行った。

しばらくして邦胤が帰って来た。玄関を開ける音がして、「今帰ったぞ」と邦胤の声がした。「お帰りなんせ」とひろが迎えに立った気配がした。

「松乃は？」と邦胤が訊いている。いつも松乃は玄関を開ける音がすると、飛び立つように玄関に走って行っていた。

「あ、少し具合が悪いようじゃて」

「む、具合が悪い？　風邪か。熱はないか」

　スワは土間へ降りて玄関に向かった。

「旦那さん、お帰りなされませ」

「おお、スワ、来とったか。松乃はどんな具合じゃ」

「はい。そのことで少しお話しがござりますでよ。女将さんも一緒に聞いてもらいたい。松乃ちゃんは今は落ち着いとりますが、さっきまでは息もつけないほどになって」

「息もつけないほど……」邦胤は顔色を変えた。「事の起こりは……」と、スワは自分が訪ねてきたら、松乃が水だらけになって泣いていたことを話し出した。

「そりゃあ、小作の子や雇い人の子じゃったら、十にもなれば洗濯は当たり前、弟妹のおしめ洗いもしましょう。ですが松乃ちゃんは、雪川岳斎さまの娘さんじゃ。洗濯なんか自らなさる立場じゃありませんで」

　洗濯が当面の揉め事の種、と知って、邦胤は困惑した。家の中の事はすべてくらに任せ、くらが寝付いてからは、スワとヨウに手助けしてもらいながら、自分は仕事にのみ専念してきた。仕事の金の出し入れは自分でして、家の中の金はくらに任せてきた。はてさて、どうしたものか。松乃不憫さに邦胤への遠慮も忘れて言い募るスワに押されつつ、ひろの方の言い分は、とひろを見ると、ひろは顔を白くして俯いている。

「松乃は母親からいろいろと娘としてのたしなみやらを教えてもらいはじめる頃に母親が病に伏し、教えてやる者が無《の》うてな。スワやらは松乃に教える立場ではのうて、松乃が不自由せんように世話してくれるんが仕事じゃった。ひろは、松乃に洗濯させる時、洗濯の仕方やらを教えてやってくれたかの？」

ひろは首を振り、

「十にもなれば誰でも知っとるものと」

「ひろは幾つから洗濯しとったかの？」

「家には女子衆《おなごし》もおったゆえ、われは十三になるまで自分のものも洗うたことはなかった……」ひろの顔に後悔が浮かび出したところへ、鶴松と育之助が帰って来た。皆強張った顔をして互いの様子を伺っている気配に、育之助が「何かあったの？」とスワに訊いた。

「女将さんが松乃ちゃんに洗濯を命じられて」と説明すると、「松乃が洗濯を――」と呟くと、思い切ったようにひろの方を向いた。

「おっ母さま。わしと兄《あに》さんは、自分の物は自分で洗いますで、松乃の分はしばらくの間洗ってやってくだされや」と、遠慮そうに言った。

「いや、女将さんは旦那さんの分だけ洗うてくださされ。わしがお子たちの分は洗いますで。賃金などいりませぬ。よろしいかの、棟梁」

邦胤は困惑し切った顔で皆の言うことを聞いていたが、

「うむ。当分の間、そうしてくれるかな。もちろん賃金は払わせてもらう。ひろ、それでいいか」と、ひろにも念を押した。

「旦那様がそう言われるなら」

ひろが俯いたまま答えた。

「三人分となると一日おきぐらいには来んとな。松乃ちゃんが寺子屋に行っとる間に来て、夕方には取り込みに来るで、な、松乃ちゃん」

「……」

いつのまにか松乃は眠ってしまっていた。

その夜、邦胤は床に入る前に、ひろと向かい合って頭を下げた。

「二十も年の離れたわしのところへよう来てくれたの。大きな子が三人も居って、突然おっ母さまと呼ばれて戸惑うことであろう。わしは五十七になる。あとどれだけ生きられるか分からん。わしがいなくなっても、松乃をみてやってくれるお人が欲しかった。ひろはどうしてわしのところに来てくれたのじゃ？　不思議に思うとったが、何も訊かんと来てもろうてしもうたが……」

「雪川岳斎というお人が、彫り物をなさる傍にいたいと思うて……」

「彫り物はの、わしの命じゃ。精進してひろにもいい彫り物を見てもらいたい。同時に子供らもわしの宝じゃ。知らぬかもしれんが、わしは子供を三人も亡くしておる。長男は六歳で、長女は十六歳まで育てて逝かれてしもうた。次女が逝ったのは長女の半年後のことじゃ。子に死なれるちゅうは、親にとっては半身を失うようなもの、地獄の苦しみに突き落とされる。のう、ひろ。だからわしは、残ってくれた子にわしを見送ってほしいと思うとる。わしが亡うなっても、子供らとひろが仲良う暮らしてくれることに安堵しながら……」

ひろは肩を震わせて泣いていた。

「すまん。ひろを責めるつもりは全くないのじゃ。料理屋ちゅう所は、親御さんも忙しゅうて、女中さんらの手で育てられたかもしれんのう。自分が親から教えられねば、自分も親が何を教えるかは分からぬかもしれれん。今日はスワに怒鳴られて、辛かったじゃろう。スワはただもう松乃が可愛ゆうての、猫っ可愛がりしとるかもしれれん。それでも子供には猫っ可愛がりしてくれるもんが入り用なんじゃ」

「分かりますする。われもおっ母さまよりキヌ婆《ばあ》の方が気安かった。スワさんは、松乃ちゃんのキヌ婆なんじゃね」

ひろは得心したらしかった。邦胤はひろの涙を拭いてやり、静かに背を撫でた。

翌朝、朝食が済んだ頃を見計らってスワが雪川家を訪ねると、松乃は熱も下がり、さっぱりとした顔をして寺子屋へ行く支度をしていた。

「お早うございます、女将さん」

スワは台所で洗い物をしているひろに挨拶して、松乃と鶴松と育之助の衣服をまとめて外の井戸端へ運んだ。衣服を盥《たらい》の水に漬けると、松乃の様子を見に土間に入ってきた。

「熱がのうなってよかったのう。お風呂は入れなんだろうに、さっぱりした顔しとるの」

「うん、ひろさんが、お湯で体拭いてくだされた。髪も結ってくれた」

結う、といっても結い上げたわけではなく、両側の髪を取り上げて紐で縛り、後ろに流して友禅模様の布を結んでいた。

「ハイカラな髪じゃの。よう似合う。一人で行けるかの」と言うと、「梅代ちゃんの家へ寄って一緒に行く」と笑った。

「松乃ちゃん、おっ母さまにご挨拶は？」とスワが言うと、松乃は素直に「行って参ります」とひろに向かって言った。ひろは少し戸惑いながら「行っておいで。気いつけてな」と言った。松乃がしっかりした足取りで梅代の家の方へ向かうのを見届けて、スワは井戸端に戻った。汚れを取る洗剤は、灰汁やエゴの実を漬けた汁である。洗ってすすいで、ギュッと絞って棹に掛ける。洗濯物は十枚もあり、足袋や手甲、脚半もあった。ひろが自分と邦胤の洗い物を持って井戸端に出て来た。「ほんに女子《おなご》の仕事はきりもないもの」とひろは呟くように言った。

「御飯作ったり、着物を縫うたり、何か拵えるんは楽しみな仕事じゃが、掃除や洗濯は汚れたもんを元に戻す仕事じゃゆえ、張りがないといえばないかのう。じゃけんど、掃除や洗濯をする者がおらんと、暮らしは立ちゆかん。暮らしが立ちゆかねば、男衆の仕事も、うまくは立ちゆかんものよ。女将さんは棟梁の見事な彫り物支えていなさるでな。それに子供育てるのは女子の楽しみじゃ」

「楽しみちゅうても、子を育てるんは初めてゆえ、どうしたらええか分からんでの」

「うまい物食わせて、さっぱりした着物着せて……子供あとは抱いたり撫でたりしてやることかのう。子供が話したがることをよう聞いてやることも大事じゃと思う、松乃ちゃんはおっ母さま亡くして、寂しゅうてならんのじゃ。女将さんに近付きたいと思うても、おっ母さまに悪いような気もしているかもしれん。大人の方が子供に近づいていってやらんと。あ、すみません。説教っぽいこと言うてしもうて。説教じゃのうて、お願いと思うて聞いてくだされや」

洗濯をめぐっての騒動の後、松乃とひろの日常は落ちつきを保っていた。ひろも少しずつ母親としてなすべきことを飲み込んでいき、松乃の衣食に気を配ることができるようになった。常に小ざっぱりとした身仕度をさせ、髪を洗い結ってやった。松乃はひろの世話を受け入れ、いつか「おっ母さま」と呼ぶようになっていたが、くらを呼んだ「母さま」の呼び名を口にすることはなかった。だがひろの心にも松乃の心にも、心からの情愛は未だ育っていなかった。ひろは邦胤への憚りとスワへの意地から松乃の養育に関して難を言われまいとし、松乃は母への抑えようもない思慕を胸に潜めつつ、父への配慮からひろを受け入れようとしていた。

明治五年から明治政府は学制を発布し、全国に小学校を設立した。翌明治六年には、松本に「開智学校」が開設されている。松乃のように小学校設立前に寺子屋や塾に学んでいた子供の多くは無料の小学校へ移ったが、松乃は兄たちの通った塾へ行くことになった。小学校はまだ四年生までしかなく、松乃は既に四年寺子屋で学んでいたからである。

兄逝きて

二人の兄は、それぞれに父の才能を受け継ぎ、彫り物に励んでいた。長兄の鶴松は幼少の頃から俊敏で、父の技法をすみやかに吸収し、さらに独特の清新な趣により人々の心を捉え、「邦俊さん」と名指しで注文してくる者も増えていた。

明治七年、くらの死から二年後、岳斎一家はどうにか落ちつきを取り戻し、穏やかな日々を過ごしていた。

五月の夜、下諏訪の仕事場から遅くなって戻った鶴松は、「少し疲れた」と言って夕食もとらずに床に就いた。夜明け近く、「寝苦しい。水をくれんか」と傍らの育之助を起こした。育之助が台所から水を汲んで行ってやると、「うまい。すまんな」と言って眠りに入ったまま、朝になっても目覚めなかった。邦胤はその夜、鶴松と同じ仕事先に行っていたが、仕事が残ってしまったため自分は残った。鶴松にも「お前も残れ。明日共に帰ろう」と言ったが、鶴松は「家に帰りたい。家の布団で眠りたい気がする」と言って、もう暮れ方の道を帰って行った。寒くもないし、暑くもない。気持ちの良い徒歩《かち》になろう、と邦胤は鶴松を見送った。朝になって残りの仕事をしているところに、急使が慌ただしく近付いてきた。

「邦胤さん、ご長男の具合いがようないと、お父っつぁまに知らせて欲しいと、内儀さんが」

「具合いがようない？　どんな様子じゃ」

「一刻も早う、お戻りくだされと」

邦胤は全身の血が引くのを覚えた。何か重大なことが起きた、と察した。邦胤は馬を調達して諏訪街道を駆けに駆けた。家に着いて邦胤の耳に飛び込んできたのは、松乃の泣き叫ぶ声だった。

「兄さん、なんで、なんで」

台所の方から飛び出してきたひろは、「おまえさま」と言ったきり、あとが続かず、柱につかまって震えている。邦胤は、二階へ駆け上がった。松乃が布団に覆いかぶさるようにして泣いていた。育之助は枕元に座って茫然としている。邦胤が崩れるように鶴松の傍らに座ると、松乃と育之助は両側から邦胤にしがみつき、三人は一塊になって涙にくれた。

「まさか逝ってしまうとは。昨日は元気で仕事しとったに。一人で帰すべきではなかった。泊まれちゅうたが、家の布団で寝たい気がすると。何があったか、何が起きたか」

邦胤は、切れ切れにそんなことを言った。

「医者は、医者は何と言うた？　医者には見てもろうたのじゃろ」

「はい。おっ母さまがすぐに使いを出してくだされて。よくは分からぬと、山川先生は。心臓麻痺とし
か言いようがないと」

バタバタと足音がしてスワとヨウの声がした。

「何事だね。そんな馬鹿なことが――」

「鶴松さんが――そんな――」

スワもヨウも半信半疑の面持ちで二階に上がって来た。敷き延べられた床。涙にくれる父と子。二人は顔を見合わせ、床のそばに座った。

「真実《まこと》じゃったのか――」

「まさか、まさか」

それから知らせを受けた組の者が駆けつけ、鶴松は座敷へと移された。葬儀の段取りになっても、邦胤は「よろしうに」と一言言っただけで、二階にこもったきり、鶴松の手がけていた彫り物を撫で擦っていた。

「鶴松、鶴松、何で死んでしもうたのじゃ。父さんを置いて行ってしもうたのじゃ。くらは、母さんは、おまえの死ぬのを見とうなくて、先に逝ってしもうたのじゃな。くら、何で鶴松をそっちに呼んでしもうたのじゃ。わしを先に呼んでほしかったに」

誰も松乃のことを気にかけてくれる者はなく、松乃は一人、鶴松が横たわっている部屋の隅に座っていた。しばらくすると足がしびれてきた。立ち上がろうとして足が縺れよろめいた時、スッと襖が開いて、育之助が入って来た。

「おっ、松乃ここにいたか。姿が見えんで心配したぞ」

育之助の顔を見たとたん、松乃の心は爆発した。

「育兄さん。なして、なしてみんな死ぬると」

松乃は育之助にしがみついて泣いた。育之助は手拭いを出して松乃の顔を拭き、背を何度も撫でた。

ヨウがそっと襖を開いて声を掛けた。

「少し何か食べんか。朝御飯、食べとらんでしょう」

ああ、朝御飯、食べていなかったかもしれん、御飯なんぞどうでもいい、と松乃は思った。

「父さまは?」

「二階にこもってなさる。誰も声を掛けられん。しばらくそっとしておいてあげんと」

「おっ母さまは?」

「旦那さまに代わって組内の人とご葬儀の打ち合わせなさっとる。組の人も誰か家の人がいなくては決められんこともあるでな」とスワが言った。

「われら二人、台所のことは手伝うで。ヨウも酒屋の女将さんから許しを得たでな」

あまりに急なことだったので、当夜は通夜は行わず、翌日の夜となり、葬儀は翌々日になった。

鶴松の若い才能を惜しみ、邦胤の悲痛を思いやって、葬儀の人波は家に入り切れず、向かいの家の軒先にも並んだ。邦胤は紙のように乾いた顔をして、機械仕掛けの人形のように頭を下げていた。松乃は育之助の着物の端を握り締めて立っていた。何か掴んでいないと、脚が萎えて、しゃがみ込んでしまいそうだった。邦胤は墓所への列には加わらなかった。喪主は墓所へは行かないという風習もあり、それは誰にも咎められなかった。

掘った穴の中に棺が降ろされ、松乃と育之助とひろは、土を掛けるよう促された。パラパラと土を掛けつつ、松乃はそうか、母さまの棺もこうして葬られたのじゃな、と思った。

鶴兄さん、母さまの元へ行くのじゃな、母さまがおられるゆえ、寂しゅうないな。松乃はそればかりを思っていた。

葬いが終わると、身内の者から組内の人への振舞いがなされる。ひろとヨウとスワは、盛りつけや膳運びに追われていた。邦胤は組の者に深々と頭を下げ、「お世話になり申した」と一言だけ言って退いた。邦胤は息子たち二人が寝んでいた二階へ、育之助と松乃を伴って行った。二人の肩を抱いて座り、

「育之助、松乃、わしより先に死なんでくれ」

と絞り出すように言った。育之助と松乃は互いに顔を見合わせ、幾度も頷いた。

十六歳の育之助は、父と兄の下働きのような立場で仕事場に入っていたが、鶴松亡きあと、邦胤は育之助を鍛え始めた。のみを振るわせ、己一人で彫り物を仕上げるよう命じた。真面目で一途な兄に比べて、どこか悠揚迫らず、剽軽な言動が目立った育之助だったが、兄亡き今、父の思いを一身に受け止め、人が変わったように彫り物に励んだ。彫り物には生来の気骨が漲り、霊妙とも評される才を感じさせた。鶴松と同様、邦胤は、己の仕事場にはほとんどの所へ連れて行って、己の持つすべての技量を伝え、雪川流の真髄を伝えようとしていた。鶴松より背は高かったが、細身で時折咳込むことのある育之助を案じ、無理は固く禁じていた。が、興が乗れば手を止められぬのが彫り物師の習性で、育之助もまた、夜を徹してのみを振るうことがあった。

育之助が十八になった時、邦胤は育之助に、雪川一門の印とも言うべき「邦」の文字を冠した「邦《くに》弘《ひろ》」の号を与えた。邦弘が二十《はたち》になった時、邦胤は安堵と不安の両方を覚えた。これで邦弘も一人前じゃ。だが二十一歳で邦俊を失った痛手は邦胤の心を苛み、邦弘が二十二歳になるのを待ち焦がれてい

た。二十二になれば大丈夫、と邦胤は自分に言いきかせていたのである。のちに邦弘が無事二十二歳になった時は邦弘を伴って諏訪大社と下社秋宮に詣で、邦弘の健康を祈願した。諏訪の神々、雪川のご先祖、なにとぞ、この育之助邦弘の長寿を御願い申し上げまする。わが命に替えて、邦弘と松乃の健やかな日々を御願い申し上げまする。

育之助が十九歳になった時、松乃は十四歳になっていた。この年、松乃には大きなでき事が二つ起こった。一つは、スワとの別れである。スワは娘のたっての願いで、娘の嫁ぎ先の越中富山へ去って行った。

「もう他人さまのお世話をするんではのうて、孫たちの世話をしてくれんかな。いや、われに母さんの世話をさせてくだされ」

娘にかきくどかれて、スワは長く住んだ、己の名と同じ諏訪の地を離れる決心をした。松乃とひろの仲がそれなりに落ちつきを見せていたことが、スワの決心を後押しした。ひろは世事に疎く、子供の扱いにも慣れておらず、時々、世間の母親とは異なる反応や行動を示すことがあったが、意地が悪いというわけではなく、要するに「分からない」のだということがスワにも飲み込めてきた。子供にどう向き合っていいか分からない、どう言葉をかけていいか分からない。だが、ひろが雪川に来てからの三年の間に、ひろは子供という存在の大切さを悟っていった。鶴松の死を歎く邦胤の姿は、ひろに大きな衝撃を与えた。親というものは、こんなにも子を大切に思うものなのか。料理屋の末子に生まれて、父も母も終日忙しく、身の回りの世話はほとんど女中にしてもらっていた。なかなか嫁ぎ先が決まらず、家の「あまり者」のようになっていたひろを、母は嘆き、時に詰《なじ》った。「ほんにお前は親を嘆かせる娘じゃ」ひろは、できるだけ自分が母の目に止まらぬよう、影のように振舞っていた。母は少しでも自分を大事じゃと思うてくれたことがあったのだろうか。育之助はもう大きゅうなっておるゆえ、衣食の世話をしてやれば、いいであろう。だが松乃はまだ子供じゃ、われのように寂しい思いをせぬよう気にかけてやらねば。スワが行ってしまえば、松乃もわれを頼ってくれよう。ひろはさまざまな思いを胸に潜めて、スワに挨拶した。

「えろうお世話になりましたの。スワさんがいなくなってしもうたら、松乃はどんなに寂しがることか」

「寂しくないように、松乃ちゃんを可愛がってあげてくだされ。子供は可愛がられてこそ、まっすぐな大人に育つでな。あれ、また説教めいたことを言うてしもうて、ごめんなされや」

「いいや。精一杯可愛がりますで。安心してくだされ」

スワは微笑んで、松乃の肩に手を置いた。

「ではの、松乃ちゃん、お達者でなあ。松乃ちゃんのお嫁入りの時はきっと戻って来るでの」

「さあ、母さん、また会えるで。越中まではひとまたぎじゃ。松本へ出て糸魚川へ向かうのが一番近い。人力も頼むし馬にも乗り申す。歩かねばならない道もある。一日のみちのりは長くならんよう泊まりを多くするが、朝早く発つのが旅の秘訣じゃ」

とスワを促した。

「ヨウちゃん、松乃ちゃんを頼んだでな」

スワはヨウにも念を押して、娘が頼んだ人力に乗った。姿の見えなくなる所までは人力で行かねば、駆け戻ってしまうかもしれんという娘の判断だった。

母、兄、そしてスワと、続く身近な人との別れに、松乃は茫然としていた。もう誰とも別れとうない、と松乃は唇を一文字に引き結んで涙をこらえた。

初潮の日

十四歳までで漢学塾を卒え、松乃はひろについて家事見習いをすることになった。和裁とか茶道とか、花嫁修業をさせたらどうかとひろは邦胤に言い、邦胤が松乃の望みを訊いたところ、松乃は「われも仕事場に入れてくだされ。父さまと兄さまの手伝いがしたい」と言った。鶴松兄の死後、ひろから言いつけられた仕事がない時は松乃は父と育之助の仕事場に入って、掃除をしながら、二人の仕事を見ていた。いくら見ていても飽きない。どんな彫り物の時はどの刃物を使うかを見極める。父の手の動き、兄の手の動きに合わせて、自分の手を動かしていることもあった。

そんなある日、松乃はふと己の体に違和感を覚えた。脚の間に何か——。松乃は立ち上がって、「父さま、少し出てきていいかの」と聞いた。「うむ」父は顔を上げずに答えた。松乃は茶の間の隅で自分の体を改めた。ちり紙で拭って見てみると、赤いものが付いていた。「あー」と松乃は赤いものの正体を悟り、ついでひどくうろたえた。月のものが始まったに相違ない。どうすればいいのか。月のものについては塾の行き帰りに、友だちから断片的に聞いていた。「もう始まってる」と言っていた者もいた。「母さま」松乃は思わず母を呼んだ。母にいて欲しかった。ひろは買物にでも行ったか姿が見えなかった。ひろがいても言いたくないと思った。どうしよう、スワももういない。ヨウ、ヨウのところへ行こう。松乃は一町ほど離れた酒屋へ、半泣きで歩いて行った。幸い、ヨウは店先で客の対応をしていた。松乃の半泣きの顔を見て、ヨウは客を番頭に頼み、店から出て来た。

「どうした、松乃ちゃん」

「家に来て、ヨウちゃん。お願いじゃ」

ヨウは番頭に断りを言い、ヨウと雪川家に向かった。

「どこか痛いか、熱があるか？　どうした」

松乃は黙って下腹を押さえた。

「あ」とヨウは小さく叫び、「始まったかの」と聞いた。松乃はコクンと頷いてヨウの手に縋った。

「何も心配することはない。誰でも始まるもんじゃ
――女将さんには言うたかの？」

「いない。いても……言いとうない」

「そうか。手当ての仕方は教わったかの？」

松乃は首を振り、「何も教わっとらん」と俯いた。

「母さまが松乃ちゃんに残していかれた風呂敷包みがあるじゃろ」

「ん、ああ」

「あれ持っとるか、開けてみたことあるか？」

「われの箪笥の隅に入っとる。開けてみたことはない。母さまが、大きゅうなったら見てみと言っとったで」

家に着いて松乃の箪笥から風呂敷包みを取り出すと、ヨウの思った通り、月のものの手当てに必要なものがたくさん入っていた。丁字帯が三本、晒しが一反、脱脂綿が二袋。その上に半紙を折ったものが載っていた。開いてみると、くらの文字で短い文が書いてあった。「松乃、おめでとう。大きゅうなったの」ヨウと二人、半紙の文字を読んで、松乃は泣きじゃくった。ヨウが松乃の体を清め、手当ての仕方を教えているところへ、ひろが帰って来た。二人の様子を見て取って、さすがにひろにも分かったらしく、

「おお、松乃も始まったのじゃね。驚いたじゃろ。出かけとってすまんかったの。ヨウさん、お世話になりましたの」と言った。

「どうしていいか分からんかったゆえ、ヨウちゃんのところへ行った。おっ母さんもおらんかったで」

「その仕度は？」

「亡うなった女将さんが用意しとってくだされて」

「ああ、そうじゃったか。父さまには？」

「言うとらん。言わんでくだされ。恥ずかし」

「何も恥ずかしいことはあらん。父さまは少し寂しかろうが、喜びなさるで。ヨウさん、こういう時、このあたりではどうなさる？」

「たいていは、お赤飯炊きまする。今夜か明日あたり」

「そんなんいい。恥ずかし」

「松乃ちゃんが息災に育ったしるしじゃ。いい縁にめぐり逢えますように、子供に恵まれますようにっちゅう願いを込めてのお祝いじゃ。われも女将さんとスワさんにお赤飯炊いてもろうた。恥ずかしかったけど、うれしかった。われのような使用人にまで、女将さんは優しゅうて……」

「松乃は自分で父さまに告げますかの？」

「いいや。おっ母さんから話してくだされ」

「もうお昼じゃて、よかったらヨウさんもお昼食べていかんかの」

「われは店に帰って皆のお昼用意せにゃならん。もし、差し支えなかったら、夕方、お赤飯のお手伝いさせてもらえますか？　うちの女将さんにも断って来ますすゆえ」

「ああ、それは助かりますで。うちは悲しみごとばかりじゃったゆえ、棟梁も喜びますすじゃろ」

その夜、邦胤の家では、ささやかな祝いの膳が供された。邦胤とひろが並び、向かい側に松乃と育之助が並び、松乃の傍には、くらの膳が置かれていた。お給仕はヨウが務めてくれた。夕方からヨウは許しを得て雪川の家にやってきて、ひろと祝いの膳を調えた。赤飯、うなぎの蒲焼き、白豆の甘煮。鯛はさすがに入手できず、砂糖細工の鯛をひろが調達して来た。茶碗蒸しはヨウが作った。ヨウは酒屋の女将さんから「諏訪の雪」を託されていた。

「ほんにめでたいことじゃ。くらさんも天国で喜んでいなさるじゃろ」

どの膳にも盃が乗せられ、ヨウは盃に酒を注いでいった。ひろから告げられた時は、「ん、うちの赤ん坊の松乃が……」と、一瞬絶句し、その後も複雑な表情で、松乃に声をかけることをためらっていた邦胤だったが、酒が回るにつれて、

「まずはめでたい。母さまがおったら、どんなに喜んだことじゃろう。以津が赤飯《あかまま》の日を迎えた時も、えろう喜んでなあ。これでいのちがつながると涙ぐんでおった。ひろも祝ってやってくれてありがたい。ヨウ、世話になるのぅ。育之助、どうじゃ。松乃も大きゅうなったのぅ」

と、言葉を重ねた。松乃は恥ずかしくて育之助の方を見られなかった。育之助も俯いて「ん」とだけ応じた。

「育之助が嫁をもろうて、松乃が嫁に行って、いや、松乃は嫁にはやらん。ずっとわしの傍にいてもらう」

「あれ、それでは松乃のいのちがつながりませせぬなあ」とひろが首を傾げた。

「む、そうか。では婿をもらう」

「まあだ松乃ちゃんは十四じゃ。婿さんは早すぎましょう」と、ヨウが笑って松乃を庇った。

「あのう……」ひろが小声で邦胤に声をかけた。

「ん？」

「何もでしゃばるつもりはあり申さんが……月のものの間は彫り物はいかがじゃろ。汚《けが》れなんぞではあり申さぬ。月のものの間は、女子《おなご》は気がふさいだり、気持ちが集中できぬことがありますのじゃ。刃物を扱うのは少々危いこともあろうかと。すみませぬ。彫り物のことは何も分かりませぬに」

「うーむ。そうか。そんなこともあるか。男には分からぬことじゃ。松乃、その間は、おとなしゅうしておっ母さんの教えを守るのじゃぞ」と、邦胤は厳かな顔で言った。

三日の間、松乃はこれまでに無かった安らぎに包まれてひろと過ごした。ひろは、元来そういう性格

なのか、ベタベタすることはなかったが、淡白な中にも気遣うそぶりを見せていた。

「月のものの間は決して無理をしてはならんよ。自分のものは自分で洗いたいじゃろから洗いなされ。父さまや兄さまのものはわれが洗う。水仕事は体が冷えるからの」

ひろは針仕事も教えてくれた。

「よそ行きは店に頼んでも、普段着ぐらいは自分で縫えんとな」

くらからは着物の形にするまでは教えてもらえなかった松乃は、ひろから手を取って教えてもらって、水が布に染みるように縫い方を身につけていった。ひろ自身は、裁縫やお茶、行儀作法などは、十代からそれぞれの塾に通って習ったという。

「これからは少しずつ、われの知っとることを教えてあげような」と、ひろは晴れやかに笑った。

初潮を迎えて三日経つと、松乃の体は普段に戻った。

「父さま、今日から仕事場に入ってもよいかの」と、松乃が面映ゆそうに言うと、邦胤も少し照れ臭そうに笑って、「そうか。では昼前はおっ母さんの手伝いして、昼過ぎは仕事場に入ってもよかろう」と言った。

修業はじめ

　雪川流は、初代邦宗や二代邦政の時代は仕事の中心は宮大工にあったが、宮大工の仕事は社寺の造営が無ければ叶わない。信州ばかりでなく、三河や遠州の社寺も手がけるようになったが、社殿造営ばかりでなく、彫刻を請け負うことが多くなっていった。また遠州や近江の屋台、曳山の彫刻を依頼されていた。が、松乃が生まれた頃からは宮大工の仕事はほとんど無く、山車も一段落し、個人の注文による欄間彫刻や床置きの製作が主になっていた。育之助は邦胤の彫り物の手伝いの他、「邦弘」の号で自分の彫り物をすることが許され、「邦弘」を名指しで注文してくれる者も出始めるようになっていた。

　松乃はずらりと並んだ彫刻刀に改めて目を奪われた。何十本もの刀が、用途と大きさ別に揃えられている。どれも鋭く研がれて、鈍い光を放っていた。刀に目を奪われている松乃に邦胤は言った。

「彫刻の技は刀にあり。刀鋭利ならずんば手腕を施すに由なし」

　これまでにも幾度も聞いたこの言葉を、松乃は刀を見つめながら聞いていた。

「分かるかの、松乃。刀は彫り物師の魂じゃ。彫刻師は己の技と心を刀に託す。松乃にも刀の研ぎ方を教えるゆえ、まずは、わしと育之助の研ぎをよう見ておれ」

　邦胤は、砥石を何本かと水を用意し、育之助とともに刀を研いでみせた。粗研ぎ、中研ぎ、仕上げと段階を追って研ぎ上げた刀は、美しい鋼《はがね》の色を見せて輝いた。邦胤は一枚の板に刀を当てて曲線を描いた。くるくると小さな木屑が生じ、板には波の模様が現れた。息を詰めて父の手元を見つめていた松乃はホーッと息をつき、木屑を掬った。

「松乃も彫ってみるか」

「えっ」と驚いたのは育之助だった。

「お前も十三の年には刀を手にしたであろう。それ以前にも、わしが見ていない時は鶴松と彫っておったろう」

「……なれど、松乃は女子《おなご》じゃろ」

「女子は彫ってはならぬか？　うむ、確かに彫り物は力が要るところもあるが、それは技で補える」

「父さまは、女子の彫り物師を知っとるか？」

「——いや。なれどご一新以来、世は変わってきておる。何でも今までこうじゃったからと、決めてかかることはない」

邦胤は、研ぎ終えたばかりの一本の細いのみと薄い板を松乃に渡した。松乃は息を詰めて曲線を彫り、曲線に沿って小さな刻み目を並べ、さらに曲線で囲った中に細い線を刻んだ。邦胤と育之助が見守っていると、たちまちのうちに、三枚の葉っぱが板の上に現れた。

「さくら、もみじ、いちょう」

邦胤と育之助は顔を見合わせた。二人とも互いの驚きに気がついた。

「ほう、松乃はよう葉っぱを見ておるのう。これは陰刻じゃが、彫り物は陽刻じゃ。それも立体じゃ」

「陽刻、立体……」

「うむ」邦胤は彫りかけの欄間を松乃の前に置いた。松乃は波浪とうさぎを食い入るように見つめた。波浪もうさぎも、今にも動き出しそうに見えた。

松乃の様子を見ていた邦胤は、仕事場の隅に設けてある戸棚から行李を取り出し、和紙の束を取り出した。何枚もの下絵だった。

「これが今彫っている欄間の下絵じゃ。下絵を描いて、それを元に彫っていく。松乃が彫ったのは下絵の線の部分を彫った陰刻、欄間は下絵から立体を彫り起こす」

「まず、下絵を描く。われにも絵が描けましょうや」

「今彫った葉っぱを見れば、松乃が絵を描けるのはよう分かる。松乃、まず刀を手に取る前に、絵を描いてみんか」

「絵を教えてくださるお人はおるじゃろうか」

「うむ。まず家にある下絵を写してみるとよい。本家にもたくさんの下絵が収蔵されておる。借りて来ることもできよう」

その夜、邦胤はふと、ひろに料理屋に絵師のような者は来なかったかと聞いた。

「はて、絵師さまはのう。小布施には江戸のえらい絵師さまが滞在しておられたと聞いたことがあるが」

「北斎じゃな。葛飾北斎。すごい絵師じゃ。そうか、家にも『北斎漫画』があった。あれを松乃に見せよう」

それから松乃は、午後は二階で下絵を写すことに熱中した。二階は鶴松が死去して以来、育之助が一人で寝んでいたが、鶴松が残した物を整理すると、四畳の空き部屋ができた。畳に茣蓙を敷き、さらに習字の反故紙などを貼り合わせて半畳分ほどの台紙を作り、その上に和紙を置いて松乃は筆を執った。松乃は全体をよく見渡し、頭の中に全体像を再現した。さらに細かい部分を見つめ、あとは一気に描いた。自分でも不思議なほど、迷いなく描けた。波浪のうねり、飛び散る飛沫、うさぎの耳、目、脚。邦胤は松乃の絵を見て、「む」と息を飲んだ。

「写すとどうしても筆の勢いが鈍くなるものじゃが、これは勢いがある。波の動きもうさぎの姿形も」

邦胤は収蔵してある下絵をさらに戸棚より取り出して松乃に渡した。正蓮寺欄間の下絵「笙を吹く天女」に松乃は目を見張った。豊かな頬をして複雑に結い上げた髪の天女が手に笙を携えて飛翔している。画面いっぱいにあふれ靡く天女の衣服と羽衣。画面を埋める花形の雲。

「これはな、わが父さま二代目万治郎さまに従って彫ったものじゃ。『蓮を持つ天女』は父さまが、『笙を吹く天女』はわしが彫ったものじゃ」

「正蓮寺とは？」

「岐阜柳津町の寺よ」

「われも見てみたい。この下絵が彫られた欄間」

「少し遠いが、松乃が歩き通せるようになったれば連れて行こう」

松乃はじっと下絵を見つめ、頭に絵を写し取ろうとした。が、絵全体を写し取るのは無理かもしれないと気付いた。絵の大枠を薄墨で描き取り、細部は部分に分けて写し取ってみることにした。天女の髪、顔、笙と笙を持つ手、衣服、羽衣、雲。全体を写し取るのに三日かかった。祖父の「蓮を持つ女」は、「笙を吹く女」よりさらに繊細で優美だった。

松乃は筆を置いて、長いこと絵を見ていた。このように美しく気高い絵が自分に描けようか。午後中見ていても筆が執れなかった。松乃が描き悩んでいるのを見て、育之助が言った。

「すごいのう、邦政さまは。顔は模写できても線の動きは写せんかもしれん。勢いは無うなっても、少しずつ丁寧に写してみるといい。一枚で仕上げようと思わず、何枚も何枚も描いてみることも大事かもしれんよ」

兄の言うことがストンと胸に落ちて、松乃は少しずつ丁寧に写し取っていった。すると線の動きが見えてきた。見えてくるにつれ、邦政のすごさが分かった。一日十枚、十日かけて「蓮を持つ天女」を写して、最後に松乃は実物大の紙に全体を描いた。写す、というより描いた。

「おお、松乃の天女が描けたな」と邦胤は言った。

「自分の絵を描くための模写じゃ。それにしても線の動きがよう似ておる」

「蓮を持つ天女」で苦労した後、常楽寺欄間彫刻の下絵にとりかかると、松乃は自分でも驚くほど筆の運びがなめらかになったのを感じた。常楽寺彫刻は三枚が唐風の絵図で、一枚は粟穂に鶉図だった。唐風の中の一枚「楊香」には、大きな猛々しい獣と童子が視線を合わせている様が描かれていた。

「この獣は何？」

「虎じゃ」

「トラ？　日本におるのか」

「いや、唐や韓の国に棲んどるそうな」

「父さまは何で見たのか？」

「さまざまなる絵図で。応挙の虎は大きなる猫のようで可愛らしくもあるが、龍虎図となると恐ろしいのう」

「唐夫人」図の木を見て、松乃は尋ねた。

「この木は何かの？」

「芭蕉という、南国の木じゃ」

「父さまは見たことがあるのか？」

「信州は寒うて育たぬのか、近くでは見たことがないが、遠近江に参った折、見たことがある」

　模写を重ねているうちに、松乃は線の濃淡、衣の動き、木々の幹や枝のたたずまい、そして、人間の姿態を目と手になじませていった。だが、松乃はもどかしさを感じていた。このような下絵からいかにして彫り物にしていくのか。

「下絵からいかにして彫るぞ？」と問う松乃に邦胤は一人言のように答えた。

「自ずと……であろうか。雪川の家の者であれば彫れるように生まれついとる。わしも北斎の版画を見て、絵師に憧れたこともある。が、万治郎さまらの建築や彫刻を見れば、やはり雪川は木を彫るのが運命《さだめ》と思う」

「兄さんらは？」

「男子《おのこ》は、十三になるとすぐ、いやその前から刀を手にしておったゆえ、彫り物以外の道は思わんじゃったろう。松乃も彫りたいか？」

松乃はコクンと頷いた。

ヨウの嫁入り

松乃が十六歳になった年、松乃にとっては喜びと寂しさがないまぜになった出来事があった。ヨウが、近々結婚することになったと知らせに来たのは、薫風が心地よい、四月一日、松乃の誕生日のことだった。雪川の家を離れて諏訪屋に奉公に行って以来、折に触れて松乃の身を案じてくれていたヨウは、いつしか二十一歳となり、「早う身を固めさせねば」と酒屋の女将も口に出して言い、出入りの店や客にも「誰かおらんかね」と頼むようになっていた。ヨウ自身は特に慌てるようなそぶりも見せず、のんびりと構えている様子だった。ただ、「生まれた村に帰りとうない。このお店で働かせてもらえるなら、われはずーっとここに居させてもらいたい」と言っていた。そのヨウが、突然嫁にいくことを決めたのはどうした心持ちだったのか、松乃にはよく分からぬながら、心に影が射すのを覚えていた。

「そりゃあめでたい」と邦胤は相好を崩してヨウの結婚を祝した。「ようござんしたの」とひろも微笑んで、「お相手はどなたかの」と尋ねた。

「はい。ここからは少し離れますけんど、茅野の蕎麦屋へ参ります」

「それは、それは。諏訪屋さんとのつながりでかの。女将さんになりなさるか。あ、これは、詮索が過ぎましたの……松乃にとっては寂しきことになるが……」

「年に二回、親の家に行きます際には必ず寄っておりました。一番はじめは、初めてこちらに参る時、富士屋さんにお蕎麦をご馳走してもらいました。二十一歳になっていましたけんど、心細くて寒くて凍えそうな時に食べさせてもらった鶏《とり》蕎麦。相手の人は三十一になるお店の主ですが、二年前におかみさんを亡くされて、六つになる娘さんがおると」

「それは……」とひろは戸惑った。「ヨウさんはまだお若いに、後添いにゆかずとも」と言いかけるひろを「いやいや」と邦胤は制して、「ヨウを見込んでくだされたのじゃろ。味のよい店じゃとわしも聞いとる。気張りなされや。娘さんはヨウが家へ来てくれた時の松乃と同じ年じゃなあ」

ヨウは頷いた。

「娘さんがおるって聞いて、行く気になり申した」

「ヨウの嫁入りはうちから出してやりたいって、くらは言うとったが。後添いというと式は……どうするのかの」

「蕎麦屋の二階で身内でと思うとります。われの方からは茅野の両親と諏訪屋の旦那さんと女将さん、――そしてもしご承知いただければ岳斎さまと松乃ちゃんにおいで願えんじゃろか。本日はそのお願いもあって伺いました」

「祝言はいつじゃ」

「六月の朔日に」

「うーむ、それは。折悪しくわしと育之助は五月の末から上田に出張って仕事することになっておる。わしの名代にひろではいかんかな。松乃を一人で出すのも気懸りじゃて」

一瞬、ヨウは目を伏せ、寂し気な顔をしたが、すぐに顔を上げ、

「ありがとうございます。女将さん、よろしゅうに」

と頭を下げた。

「おっ母さん、亡うなった母さまが、ヨウの嫁入りの時はこれをと用意してくだされた包みが箪笥にしもうてありまする。出してみてよいかの」

「おお、先の女将さんが残していかれた包みとな。松乃の箪笥にありますのじゃな。棟梁出してよろしいかの」

二階に置いてある松乃のよそ行き着が収めてある箪笥から、松乃は覚えのある紺色の大きな風呂敷包みを取り出した。樟脳の匂いが漂う。包みには、「ヨ

ウさまへ」とくらの文字を記した半紙が挟んであった。包みを開くと、畳紙に包まれた着物が現れた。花嫁衣装にもなる中振袖だった。青の縮緬地に裾と袖に薄桃色と白の小花が散っている清楚で可憐な着物だった。ヨウは「こんな立派なもの、いただくわけには……」と固辞したが、邦胤は、「松乃をみてもろうたお礼のしるしじゃ。くらの形見と思うてもらってやってくれ」と言った。風呂敷包みには、もう一つの小振りな畳紙が入っていた。帯だった。薄緑に金糸で雪輪を織り出した美しい帯に、ひろも感嘆の声を上げた。「これは、われの娘時代の帯じゃ。お古ですみませぬ」と添え書きがついていた。

「もったいのうございます」とヨウは手放しで泣いていた。

「後添いと申すなら、黒の江戸褄は着ないかの。角隠しはつけますのか」

「はい。諏訪屋の女将さんのお若い頃の着物をお借りすることにしておりましたが……」

「そんなら、これがいい。華やかで上品で、ヨウさんによう似合いますぞ」とひろはヨウに勧め、松乃も青い着物を着たヨウを想像して、胸が踊った。

その夜、本家の手伝いから帰った育之助は、夕食の折ヨウが嫁入りすることを聞かされ、青ざめた。

「それは……」と言ってしばらく言葉を探していたが、やっと「めでたいことじゃ」と掠れた声で言った。次いで「後添いにゆかんでも……」ポツリと言った。

「茅野庵ははやっとる店じゃ。相手もまあだ三十一じゃというし、女将さんになれるのじゃから、良縁かもしれんよ」とひろが宥めるように言った。

「それより、育之助さんもそろそろ身を固めんとなあ、おまえさま」

「う、ああ、そうじゃな。追い追いにな」と邦胤は口を濁した。邦胤は、まず育之助が二十二歳になってくれることを切望していた。鶴松の亡うなった二十一歳は鬼門だと。

「育之助兄さんとヨウは、お互いに好き合うとったかもしれん」と松乃は胸の中で呟いた。二人とも何を言うでもなかったが、ヨウが来ると育之助は笑顔を見せ、松乃とヨウに戯れ言を言った。ヨウも目に見えて楽し気な表情になり、少し上気した頬で笑った。それなのになぜ、ヨウは一言も胸の内を言うこともなく、後妻にゆく決意をしたのか。松乃は胸がもやもやした。歯がゆかった。——後に、中年になってから、松乃は二人が思いを遂げられなかった訳を悟っていった。一言で言えば「身分の違い」だったのだろう。山村の貧農の娘で、いわば口減らしのために奉公に出された娘と、諏訪の名門雪川流の重鎮邦胤の後継として将来を嘱望されていた育之助。明治の世になったとはいえ、結婚は決して自由ではなく、世の掟に縛られていた。育之助坊ちゃんとは無理、と世の理を悟ったヨウは、己の心を縛るために嫁ぐことを選んだのやもしれん。女は、結局は己の運命は己で決めるのじゃものと松乃はわが身を振り返って苦笑した。今ではヨウの嫁いだ茅野庵は、蕎麦も天ぷらもうまいと評判になり、店を建て増し、給仕の娘も二人置いて賑わっている。男の子を一人儲け、先妻の娘は家を離れて仕事をしている。姑では苦労したこともあったらしいが、その姑も今ではヨウを頼り、今は堂々とした女将さんじゃものなあ。

しばらくは口数も少なくふさぎがちだった育之助は、心の屈託を晴らそうとするかのように仕事に打ち込んだ。邦胤の指示で欄間や社殿の彫刻、山車の修復などを請け負いながら、自分の彫刻に取り組んでいた。「岩と霊芝」や「鶴と蟹と争ふの図」などの置き物を彫り上げ、松乃にも見せてくれた。それまでの闊達でのびのびした作風とは趣を異にして、一種の鋭さと悲哀感を帯びた彫り物を、邦胤は「大人びた」と評したが、松乃は兄の心の痛手を思って苦しかった。

邦胤と共に上田に赴く前日、育之助は素木の小箱を松乃に託した。

「これをな、われからの祝いじゃと言うてヨウに渡してくれんか」

「はい。何が入っとる？」

「ん。根付け」

「見てもいいかの？」

「ああ」

　蓋を開けると、和紙を敷いた上に桔梗と撫子を組み合わせた図柄の根付けが入っていた。

「きれいじゃなあ。ヨウみたいじゃ」

「ん。箱書きしといたで」

　蓋の裏に「ヨウさまへ　雪川育之助邦弘」と墨書してあった。

　上諏訪から茅野までは、諏訪屋出入りの荷馬車で行くことになっていた。早朝からヨウは雪川の家で振袖の着付けをしてもらった。着付けるのはひろである。既に髪結い所で島田に結ってもらっていたヨウは浴衣姿でやって来た。六月は暑い季節だったが、その日は秋のように爽やかな風が吹いていた。

「いい日和じゃの」とひろは目を細め、座敷で着付けにとりかかった。

「見ていてもいいかの」

「無論じゃ。紐を出したり、帯を持っていたり、手伝っておくれ」

　島田に結って、まっ白に白粉を塗り、真紅の口紅のヨウは、見知らぬ人のように見えた。

「ヨウ、振袖を着てしもうたら厠へ行くのは難儀じゃゆえ、済ませておいで」

「はい」ヨウは素直に厠に立った。

　着付けを手伝うのは楽しかった。肌襦袢、長襦袢に締める紐は茣蓙の上に敷いた木綿風呂敷の上に並べてある。ひろは右端から紐を出すように松乃に指示し、手際よく着付けていった。

「さて帯じゃ。松乃、ここを押さえて、そう。ぎゅっと結ぶゆえ、そっちを引っ張って」

　どういう形になるのか見当もつかぬ松乃は必死でひろの指図に従った。

「さあて、これでよし。おお、見事、見事」

青い振袖はヨウによく似合った。大きな姿見で自分の姿を見たヨウは、「これはまことにわれか」と鏡の己に見入って涙ぐんだ。

「花嫁さんは泣いてはいけんよ。化粧が崩れてしまう。さ、今度は松乃の番じゃ」

松乃の振り袖は、薄い鴇色で、袖の先と裾がクリーム色に染め分けられていた。クリーム色地の部分には、濃淡の緑で松と竹が描かれ、紅白の梅の花が縫い取りされていた。この振袖は、ヨウの婚礼に招かれた松乃のために、邦胤が奮発して新調してくれたものである。松乃はひろと上諏訪の呉服屋に赴き、何枚もの生地を勧められる中から、一刻もかかって選び出した。

「派手ではないかの、鴇色というのは」と、ためらう松乃に、ひろは、「まあだ十六じゃ。ほんに初々しい年頃じゃもの、鴇色はよう映えるよ」と言った。帯は黒地に水色と金で細かい亀甲模様が織り出されていて、着物の可憐さを押さえ、大人びた雰囲気を作り出していた。ひろが、実家から持参してきたもので、「松乃に締めてもらえて、ほんにうれしい」と、ひろは上機嫌だった。松乃の髪は桃割れに結ってもらった。松乃の着付けが済むと、ひろは黒の留袖を、一人であっという間に着てしまった。

「さて腹ごしらえじゃ」とひろは用意してあった塩むすびの乗った皿の布巾を取り、番茶を淹れた。

「お煎茶はお小水が近うなるゆえの」

それぞれが塩むすびを二個ずつ食べ、お茶を飲んだ頃、玄関の外で馬の嘶きが聞こえ、諏訪屋の女将みねの声がした。

「迎えに来ましたで。ヨウ、仕度はできたかの」

「はい。ただ今」とヨウが返事をして立ったが、裾を引いているのですぐには歩けなかった。女将はさっさと自分で戸を開けて入ってきてヨウを見ると、

「おお、何と見事な。よう似合っとるよ」

と涙声になった。

「箪笥と身の回りの品を入れた行李は、家で主《あるじ》が乗る時、積み込むでな」

馬車は、大きな幌が掛かっていて陽差しを遮っていた。いつもは酒樽が置かれる床には莫蓙が敷かれ、座布団の乗った縁台が二つ置かれていた。

松乃は、裾をたくし上げて膝のあたりで紐で縛ってもらったヨウの手を取り、踏み台から馬車に移動させた。

「ヨウと松乃ちゃんは前の方に座りなされ」と女将が言った。馬車は酒屋で主人と、スワが富山に行く時ヨウに残していった箪笥一棹と行李を積み込み、馬車引きの達平の合図でゴトンと出発した。諏訪屋の雇い人たちが店先に出て来てヨウを見送った。

「ヨウ、きれいだぞ。他人様になんぞやりとうないのう」

「やれ、小番頭さんはおかみさんもお子も居られるじゃろ」

「ヨウちゃん、がんばれや」

「おめでとう、ヨウちゃん」

ヨウは黙って頭を下げた。何か言えば涙がこぼれそうになる。馬車が出発すると、ヨウはきりっと唇を引き結び、前方の馬の隙間から街道の風景に目をやっていた。上諏訪の町を過ぎると、田畑が多くなり、緑濃い樹木が街道沿いに続いていた。

「暑うない？」松乃はそっとヨウに問いかけた。

「ああ、少し」

松乃は、くらのものだった扇子を開いてヨウに風を送った。

「ああ、いい風。ありがとう」

道程の半ばまで来た時、酒屋の主が「わし、小水がしたい」と言い出して女将さんを慌てさせた。

「ほんに間の悪いお人じゃ。まさか諏訪屋の主が道端ではまずいわなあ」

「ほれ、この近くに懇意にしとる雑穀屋があったろう。そこで厠を借りる。おい、達平さん、雑穀屋の

『いさみ屋』で止めてくれ」

いさみ屋では、心よく厠を使わせてくれた。女将さんとひろも「少し足を伸ばそうや」と馬車を降りた。

松乃とヨウの二人だけになった時、松乃は自分の手提げから二寸四方の箱を取り出し、ヨウに渡した。

「育之助兄さんからじゃ」

ヨウは目を見張って箱を受け取り、胸に押し当てた。

「手提げにしまった方がいいよ」と松乃はヨウに勧めた。

「何かのう」

「根付けじゃと言うとった。兄さんが彫った、ヨウへのお祝いじゃと。お守りにしてもらえたらうれしいと」

「お守り……」

「はあて、すっきりした」と言いながら酒屋の主がいさみ屋から出てきた。

「まあの、われらもすっきりさせてもろうた」と、女将とひろが裾を絡げながら馬車に近付いて来た。ヨウは手提げを膝に置き、両手で撫でていた。

「さあて、あと半刻じゃ。馬も水を飲んだし、気張って行きますぜ」と達平が御者台で馬に合図をした。

ヨウと松乃は「あの時はこうだったね」の話を交わしていた。ふと後ろの縁台を見ると、ひろと女将は肩を寄せ合って居眠りをしており、縁台からはみ出しそうな主は、馬車の外枠に半身を凭《もた》れさせて、これもうとうとしていた。

「さあて、あと一町じゃ。あとは歩いて行きなさるか？」と達平が声を掛けた。ひろはヨウの衿元や帯の具合いを直し、女将さんがヨウの手を取って馬車から降ろした。

「ここからは花嫁行列じゃ」と女将さんが言い、主が先頭で、ヨウの手を取った女将、ひろ、松乃の順に、しずしずと歩いて行った。

茅野庵に近付いて行くと、店の方から四十がらみの男女が走るようにやってきた。

「お父っつぁん、おっ母さん」

ヨウの父親は羽織、袴を窮屈そうにまとい、母親は納戸色の無地の着物を着ていた。両親は酒屋の主夫婦に深々と頭を下げた。

「この度は、えろうお世話になり申しました」

母親はヨウを頭の先から足元まで何度も見て、「こんな仕度までしてもろうて」と涙ぐんだ。

「あ、いや、この仕度は雪川の先妻さんからの贈物じゃて。ヨウによう似合うとるじゃろ」と女将さんが言った。

「あ、雪川棟梁の女将さん、松乃嬢さま」

両親はひろと松乃にも何度も頭を下げた。店の入り口には、ヨウの旦那になる信吉《しんきち》と母の三重《みえ》、娘の久三《くみ》が待っていた。羽織袴の信吉は、三十一という歳相応の落ちつきを見せ、「本日は、はるばるご足労いただき、ありがとうございます」と酒屋の主に挨拶した。三重は落ちついた灰色の無地に裾模様のある小袖をまとい、娘の久三は七五三のような晴れ着を着せられていた。

八畳二間続きの部屋の上座には屏風が立てられ、紫と紅の座布団が置かれている。朱塗りの膳には、朱色の盃が重ねられていた。

片側には酒屋の主夫婦、ひろ、松乃、ヨウの両親が並んだ。もう片側には、茅野庵の組内の長夫婦と、信吉の伯父夫婦、信吉の母親と娘が並んだ。組内の長が仲人兼進行役を務めた。

「本日はお日柄もよろしう、まことにおめでとうございます。伊東信吉と木原ヨウとの婚儀あい整い、祝言を執り行うこととあいなりました。ご両家の幾久しいご繁栄を祈願いたします。では固めの盃を」

雄蝶雌蝶の役は、組内の長と相談して組内の子供に頼んでおいたらしく、七歳ぐらいの男の子と女の子が信吉とヨウの盃に酒を注いだ。ヨウは慎ましく盃に口を付け、ホッとしたように肩の力を抜いた。

それからは、賑やかな宴になった。膳の料理は、魚や蒲鉾の祝い料理が並び、赤飯とともに蕎麦が供された。

蕎麦は早朝信吉が打っておいたのを、隣の履き物屋の主が茹で方を買って出てくれたという。ことに女たちを喜ばせたのは、蕎麦ぜんざいの小椀だった。酒屋の主は、「諏訪の酒もいいが、茅野の酒もなかなかじゃ」と言いつつ、女将の制止も聞かず、盃を重ねていた。信吉の伯父も上機嫌で民謡を歌った。松乃は久三の様子が気になっていた。久三は祖母の傍を離れず、ヨウと父の方を見ようとしなかった。自分は父とひろの婚礼の時、どんなふうに過ごしていただろう。自分も兄の傍を離れず、ただただ、母さまを恋うていた。じゃが、ヨウは心根の温かい人じゃ、きっと久三も懐くに違いない。懐いてほしいと、松乃は思った。

昼から始まった宴は一刻ほどで御開きになった。信吉とヨウ、信吉の母と久三は、並んで客たちを見送った。

「ヨウさん、衣装の仕末は一人でできるかの」とひろが囁くと、ヨウは「はい。女将さんの外出着、よう片付けさせてもらっていたゆえ。その時やっかいな、とも思いましたけんど、こういう時のためだったんじゃと……」

ヨウは涙目でみねを見た。

「ふふ。ちゃんと仕付けさせてもらいましたで、どうぞよろしゅうに」と、みねは三重に頭を下げた。

「ほほほ。諏訪屋の女将さんのお仕付けじゃて、頼もしゅう思うとります」と三重もおちょぼ口で笑った。

「狐と狸の化かし合いのようじゃな」とひろが松乃の耳元で囁いた。

四時頃に茅野を出て、馬車はまだ日が高い中を上諏訪を目ざした。松乃はひろと並んで後ろの縁台に腰掛け、女将は主と並んで前列の縁台に腰掛けたが、主は間もなく「わしは寝る」と言って、座布団を茣蓙の上に並べてゴロリと横になり、横になったとたん寝入ってしまった。

「今日はすまんかったのう、達平さん」と女将さんが声を張り上げて御者をねぎらうと、御者は「いんや。わしも下の小上がりでたんと御馳走になりやした。酒も少しいただきやした」と機嫌よく応じた。

松乃は、思ったよりも気を張っていたらしく、滅多にないほどの疲れを感じていた。何よりもひどい寂しさで、自分をもて余していた。ヨウ、幸せになってな、育兄さん、大丈夫じゃろか、などと考えているうちに、松乃はいつしかウトウトしていた。馬車が揺れる度にハッとして目を開けるが、いつの間にかまた目を閉じている。馬車が止まった。もう着いたのかと思って目を開けると、松乃はひろの膝に体を預けていた。

「あれ、すみませぬ。幼い子でもないに……」

「目が覚めましたかの。疲れましたろう。もっと寝とってもいいよ。あと四半刻ほどで着きますやろ。あのな、今度は御者さんがお小水じゃと」ひろは笑った。みねも眠っていたらしく、「ああ、つい眠ってしもうた。あとどのくらいで着きますかの、達平さん」とみねが声を掛けると、

「あと四半刻ぐらいですがの。もう少しじゃ」と答えて、達平は「アオよ、出るぞ」と馬に合図をして、ゴトンと馬車は動き出した。

「そうじゃ。女将さん、松乃ちゃん、夕飯はうちで食べなさらんか。今日は棟梁さんらはお留守じゃそうじゃから、帰ってから二人分の夕飯作るのも大儀じゃろ。うちは女中が何か作っといてくれるゆえ」

「それは有り難いなれど……この姿《なり》では」

「あ、そうじゃったの。それじゃ家へ帰って着替えてからおいでなんせ。それがいい、それがいい」

女将さんは一人決めして満足気に頷いた。ひろと松乃は家まで送ってもらい、晴れ着を脱いだ。化粧も落とし、浴衣に着換えて半幅帯を締めると、体中が生き返る思いだった。松乃は白地に藍で百合の花が描かれた浴衣に緑の濃淡の市松模様の帯、ひろは

藍地に白と小豆色の鉄線模様で、帯は黄色と灰色の二色の染め分けだった。

夕暮れ、一町ほどの道を、ひろと松乃は酒屋に向かって歩いた。あたりはほのかに明るく、夕風が涼しく二人の髪を吹き過ぎていく。二人とも髪はまだ結ったままだった。

「やれ、待っとったよ。二人とも涼しげじゃな」と女将は愛想よく二人を迎えた。

「昼がご馳走じゃったゆえ、今夜は麦飯ととろろにしてみた」と開け放たれた茶の間に通した。

「ここがうちでは一番風が通るで」

「旦那さんは？」

「もう寝とる。ほんに男はのん気なもんよ」

麦飯ととろろはさっぱりとして美味しかった。とろろの他に茄子の田楽と鱒の塩焼きがついていた。

「女将さんもお疲れになりましたろう。早うおやすみなされや。われらも早うおいとませんとな。ご馳走さまでした」

もう暗くなってしまったからと、みねは下男を供につけてくれた。茂造という名の下男は、松乃とも顔見知りだった。道すがら茂造はこらえ切れぬように言った。

「なしてヨウちゃんは後妻になんぞ行ったろう。われが一人前になるまで待っとってほしかったに」

「われも後妻じゃが」とひろが言うと、「あれ、はれ、いやあ」と頭を掻いた。

「二十歳を過ぎるとな、女子は肩身が狭うなる。ヨウは己が身の始末を考えて、嫁に行くことにしたんじゃろうて。繁盛しとる店の女将さんになるんじゃて、良縁と言わんとな。あんさんも、そのうちいいご縁に恵まれますで」

二人のやりとりを聞きながら、松乃は育之助の胸中を思った。ヨウも兄さんも、どうか幸せになってほしい。松乃は先に立つ茂造の提灯を見ながら思った。

上田から帰って来て半月ほど経った時、邦胤が松乃とひろを呼んだ。

「ついでの折、ヨウに届けてくれるよう、酒屋に頼んでくれんかな」

母鶏と雛の床置きだった。

「え、こげん立派なものをヨウに？」とひろが驚くと、

「松乃の姉さんのようなものじゃから。くらの面倒もようみてくれたしのう。お祝いじゃ」

「荷馬車が酒を届ける折にと、頼んでみますよ。ヨウがどげに喜びますじゃろ。蕎麦屋にとっては家宝みたいなもんじゃ」

育之助は上田から帰って、ちらほらとヨウの嫁入りの様子を聞く中で、「旦那は落ち着いた様子の人じゃった」とひろが言うのを聞くと、一瞬顔をクシャっと歪めたが、すぐ静かな表情になって、「そうか、大人なんじゃな」と言った。それは育之助の諦めの言葉のように松乃には聞こえた。

父がヨウに贈る鶏の親子の床置きを見て、松乃は愕然とした。われはヨウに何も贈っとらん。母さまは着物、父さまは床置き、兄さんは根付けを贈ったに、肝腎のわれは何も贈っとらん。一番世話になったわれじゃのに。じゃが、何を贈ったらいいのか、急には思い付かなかった。

松乃は一通りの下絵の写生を終えていたが、邦胤はまだ刀を握ることは許してくれなかった。そんな松乃の胸に兆していたのは、「われの絵を描いてみたい」という思いだった。

「父さま、われ自身の絵を描いてもいいものじゃろうか」

「うむ。いつ、それを言い出すかと思うとった。身近の草や木、花、犬、猫、何でも心惹かれる物を描いてみよ。己の絵を描くと、己の拙なさにも気付くじゃろ。下絵の凄さにも改めて気付くじゃろうて」

松乃はそれから午後の時間の合い間に、身辺の、目に触れるものを描いていった。それとともに、目と心に焼きついているヨウの面影を形にしてみるこ

とにした。思い浮かぶヨウの顔はいつも優しかった。きりもなく浮かぶヨウとの思い出の中で、松乃はコシロウを抱くヨウの笑顔が描きたいと思った。心持ち目を伏せて、胸に抱く白い猫を撫でているヨウ。松乃はひろに頼んで、枕を抱いて撫でている仕草をしてもらった。素早く筆を走らせる。酒屋に行ってコシロウを見せてもらった。コシロウは今も元気で、酒蔵で鼠を獲っていた。

「猫は昼間は大体寝とるよ。冬はあったかいところ、夏は涼しいところを、よーく知っとるでな」

何度も猫を抱いているヨウの顔を下描きした。色を着けようかとも迷ったが、絵の具の扱いが分からない。墨だけでヨウの優しさと猫の可愛さが描き出せないであろうか――。松乃は細い筆で優しく、柔らかくと念じながら、ヨウとコシロウを描いた。でき上がった絵を父に見せると、父は、

「ほう、ヨウじゃな。優しげな、のう」と微笑んだ。

「表具屋に表装を頼もう。わしの床置きとともに茅野へ持って行ってもらおう。で、絵を描いてみてどうじゃった？　絵師になりたいとは思わなんだか？　北斎の娘も絵師じゃったというが」

「われは彫り師になりたい。彫り物師の娘じゃもの」

「……」邦胤は答えなかった。松乃の幸せがどこにあるのか、邦胤には分からなかった。

行儀見習い

十七歳になった年、松乃は初めて角間の家を離れることになった。兼ねてよりひろは、「われのみでは松乃をどこへ出しても引けを取らぬ娘に育てるは覚束ない気がします。どこぞ行儀見習いのような立場でしつけてくださるお家はないものか」と言い言いしていた。ひろの実家の料理屋や邦胤自身の知り合いを通して、松乃を引き受けてくれる家を探した結果、松乃は旧高島藩家老千田《ちだ》源九郎邸に行儀見習いに上がることになった。

「育之助が跡を継ぎますゆえ、松乃は嫁に行くことになりましょう。どこへ嫁いでも恥ずかしゅうない女子《おなご》に育てませんとな」

ひろは張り切って松乃の手回り品を揃え始めた。

元高島藩主諏訪忠誠は、邦胤に彫刻の作成をしばしば命じていた。その中の一つが「蘭亭図」の衝立であった。下絵が邦胤の元に残っており、松乃は彫ったものを見たいと密かに願っていたが、この衝立は既に東京の諏訪子爵邸に移されていた。千田家では奉公人という身分ではなく「預かり」という扱いで松乃を迎えてくれた。千田家奥方加津の身の回りの世話が主な仕事であるが、給金は敢えて支給せず、奥方から、親しく裁縫や書、礼儀作法を伝授していただくという取り決めだった。

千田邸には、執事のような立場の者と二人の下士、元お城勤めをしていた召使頭の紀尾《きお》と、下婢二人が勤めていた。松乃の部屋は二人の下婢との相部屋ではなく、紀尾の部屋の隣の四畳で、元は納戸だったところを居室として使えるよう片付けたらしい。半間の押入れが付いており、布団や衣服を収めることができた。「子供らが昔使ったもの。時間のある時は手習いをしなされ」と言いつつ、奥方は文机を貸してくれた。

　松乃は、朝は他の奉公人と同じく五時に起床し、邸内の清掃を手伝った。六時には奥方の起床に伴って、身の回りの世話をした。着替えと髪を整えるのは紀尾の仕事だった。松乃は紀尾の傍に控えて、帯や紐、櫛を差し出したりした。元御家老の殿さまと奥方の朝食が済むと、やっと奉公人の朝食となる。朝は粥と一汁二菜が常だった。二菜とは言っても、一菜は香の物、もう一菜は佃煮だった。主人夫妻には卵焼きか魚がついた。昼は仕事に出る主人は居らず、奥方のみ、うどんか蕎麦におひたしや豆腐がついた。夜は主人は少量の御酒を召し上がり、焼魚や煮魚、酢の物、和え物、天ぷらなどが供された。料理をするのは下女の一人であったが、献立を考え、買い物の指図をするのは紀尾で、調理する際も、紀尾は要所要所に目を光らせていた。夕食時は紀尾がお側に控え、さらに松乃が紀尾と台所の間を仲立ちした。


　奥方の加津は五十代で、松乃の亡くなった母よりは年下であるが、十七歳の松乃にとっては亡くなった頃の母と同年代で、松乃はどこか母の面影を重ねていた。初めてのお目見えの時、ひろに教えられた通り、縁に手をついて「奥方さま、どうぞよろしゅうにお願い申し上げます」と挨拶すると、加津は柔らかく笑って、「こちらへ上がりなされ」と松乃を畳の上に招き、

「もう奥方ではのうなったで……奥さまでよい。殿はオクと呼びなさる。子供らは東京へ出たり、名古屋に嫁いだり、離れて行ってしもうた。少し寂しゅうての。松乃のような年若き娘が来てくれてうれしいことじゃ。雪川流は諏訪にとりても誇らしき血筋。父さまも兄さまも見事な彫り物をなさるとか、岳斎さまもよき跡継ぎに恵まれて、喜ばしいことじゃ。さて、松乃はどのような女子《おなご》に育ちゆくのか楽しみなこと。松乃は何歳まで手習いに通いましたかの」

「漢学塾へ十四まで参りました」

「さようか。では十五からは、何か習い事でもされたかの」

「はい。家で父より絵を学べと言われ、下絵を写すを日課にしておりました」

「ほう、下絵をな。女絵師になるのか？　彫り物は女子《おなご》はせぬのかのう」

「いえ、われは彫り物をいたしたいと思うておりまする」

「ほう、ひろの話では女子としての嗜みを身に付けさせたいとの申し出でありましたが」

「はい。われは九歳の折生みの母を亡くし、継母ひろも己で子を育てたことはなく、女子として才《ざえ》を母より受けることが難しゅうございます。彫り物師になるは、われの心の本念ではありますが、女子としてのさまざまな心得を習うことができますれば、ほんに有り難きことでございます」

「書は習うたか」

「塾で少し」

「塾では書物はいかなるものを読んだかの」

「四書を学びました」

「女大学や和歌はいかがかの」

「女大学は読んでおりませぬ。和歌は古今集を学びました」

「わたしは料理はせぬゆえ、料理は紀尾に習うとよい。習うというか、紀尾の手伝いをいたせば自ずと覚えるであろうよ。裁縫はいかがかの」

「実母には運針の手ほどきを受けました。継母には単衣の裁ち方、縫い方は教えられましたが……。やっと寝間着一枚を縫いました」

「そうか、わたしは裁縫が好きでの。一枚の布が着物の形になってゆくのは、ほんに楽しい。紀尾は奥方さまのなさる事ではないと渋い顔をするのじゃが」と加津はちょっと首を竦める仕草をした。

「松乃も袷が縫えるくらいにはなろうの」

「袷を。男物も教えていただけまするか」

「男物とな。むろん縫えるようになるが、どなたの衣服を？」

「はい。父さまと兄さまの」

次の日から松乃は週に二日、午前中一刻ほどの時間を書の練習に当てることになった。「週」という日の数え方は、次第に一般にも用いられるようになっていた。役所や学校、会社なども「日曜日」には休業するようになり、「月火水木金土日」も暦に記されるようになった。とはいえ、奉公人にとっては日曜日といっても仕事が休みになるわけではなく、店は閉めても掃除や商品の整理など、きりもなく追い使われた。千田家では、主が絹物を扱う会社を興し、旧高島藩の武士だった者を雇っていた。元藩主は子爵の位を授けられ、東京で暮らしている。

「日曜は殿さまが家に居るゆえ、手間を掛けますのう」

加津は本当にすまな気に言っていた。来客も多く、台所は大忙しだった。日曜に忙《せわ》しい思いをさせるからと、翌月曜日の午後は、二刻の暇が与えられた。昼食が済んで、夕食の仕度にかかるまでの間は、自室で休んでもよく、外出することも許されていた。松乃は家に帰って父や兄、ひろに会うこともできたが、父は「半端なことはするな」と、松乃が顔を見せることを許さなかった。火曜と水曜の午後は書を、木曜と金曜の午後は裁縫を習うことを原則とした。時折、紀尾の手のすいた折に紀尾から礼儀作法を習うこともあった。土、日は客が多く、自室にいる時間はまずない。松乃は月曜の午後を書物を読む時間に充てていた。

加津は、自室の十畳の控えの間になっている六畳で、書と裁縫を教えてくれた。硯と筆、墨は家から持参してきていた。加津は、まず名前を書かせた。

「漢字と仮名の両方で書いてみてごらん」

松乃は緊張しながら「ゆきかわまつの」「雪川松乃」と記した。

「ほう、気概のある筆遣いよのう」と加津は言った。

「きがい？」

「気骨がある。勢いがあって風が吹き抜けるようじゃ。これはこれで美しい。が、もう少し女子《おなご》らしい柔かみがあってもよいかのう」

加津は武家の娘が必ず習うとされる御家流の手本を書棚から出して来て、「まずは臨書じゃ」と松乃に手渡した。

加津は日々見てくれるわけではなく、外出したり他の用事に手を取られたりする時は、松乃は自室の文机で臨書に励んだ。

「今日は見てやれなんだなあ。書いたものを見せてみよ」と言われて夕食後に持って行くと、大方は「よろしい」と頷く。時に、「今日は何か心に掛かることがありましたかの」と言われることがあった。「形のみをなぞっておる」と叱られることもあった。

「父さまが風邪で臥せっておると、おっ母さまから知らせが届きまして」と松乃が俯くと、

「そうか。それは気掛かりじゃなあ。文字というものは心を表すもの。楽しき時は文字も躍る。寂しき折は文字も翳る。心が安らげば文字も安らぐ」

「それでよろしいのでしょうや」

「書を仕事にする者であれば、己の心の照り陰りをそのまま文字に表してはならぬであろうが、素人はそれでよい。というか、それしかできぬ」

加津のこんな言葉を、松乃は後によく思い起こした。

「さて、文字を書くのみではのうて、読もうぞ。女大学からにしよう」

「女大学？」

「貝原益軒という学者の記したものを元に、書店が刊行したもの。女子の修身書じゃ。江戸のものゆえ、明治になった今もそのまま役立つか否かは分からぬところもあるがの」

加津は、家老の奥方という身分の女人としては、己の感覚と思考を持つ、柔軟にして闊達な人物だった。家老夫人として己を出さぬ生き方を強いられて

いたのが、廃藩置県という大変動を、男たちよりはずっと柔軟にかいくぐり、生き生きと日を過ごしていた。

　千田家の主な収入源は「地主」によるものだった。高島藩家老の石高は召し上げられてしまったが、十町歩ほどの田畑と百町歩を越える山林を下げ渡され、小作米は食べるに十分だった。千田源九郎は山林の活用に頭を絞った。計画的に樹木を伐採し、開墾できる所は桑を植栽し、小作農に蚕を飼わせ、繭を採取させた。桑畑は小作農に貸与しているわけで、地代相当は繭で納めさせている。源九郎は「諏訪林業養蚕業商会」と名付けた会社を設立し、千田家に仕えていた士分の者を従業員として雇用し、会計や事務職とともに林業や養蚕業の従業者を管理する仕事に就かせていた。突然、「無職」になってしまった元武士階級を救済する役割を果たすことになり、千田家は地元民から信望を得る立場にあった。子息二人は東京の大学で学び、銀行に職を得ていた。そのうちに地元に諏訪銀行を設立したい、というのが二つ違いの兄弟の将来への展望であった。

　加津は、「女大学を読みますと、わたしは、女であることが悔しうなります」と、男子が聞いたら仰天し、眉を顰《しか》めるようなことを松乃に言った。「男《お》子《こ》と女子《おなご》の役割が異なるということは分かりまするが、じゃからというて男子が偉うて女子が劣るということにはなりませんじゃろ」

　女子をそだつるも、はじめは大よう男子《なんし》とことなる事なし。女子は他家にゆきて他人につかうるものなれば、ことさら不徳にては、舅夫《しゅうとおっと》の心にかないがたし。いとけなくて、生《お》い先こもれる窓の内よりよく教ゆべき事にこそ侍れ。不徳なる事あらば、はやくいましむべし。子をおもう道にまよい、愛におぼれ姑息《こそく》して（一寸のがれの安逸をはかって）、其《あ》の悪しき事をゆるし、其の性《むまれつき》をそこなうべからず。年にしたがいて、まずはやく女徳をおしゆべし。

女徳とは、女の心ざまの正しくして善なるを云う。およそ女は、容《かたち》より心のまされるこそ、めでたかるべけれ。

「女子をそだつるも、はじめは大よう男子とことなる事なし、とははっきり言うてくだされたもの。そうじゃ、男子も女子も人として生まれてくるのじゃもののう。それがなにゆえ分け隔てらるるぞ。他家にゆきて他人につかうるものなれば——他家に嫁ぐが女の不自由の根源なるか。のう、悲しきことよのう。女は容より心のまされるこそ、めでたかるべけれ。フフ。こう言わねばならぬは……女は容が求められておるということかのう。男の容は問わぬということか」

七歳より和字《かな》をならわしめ、又おとこもじ（漢字）をもならわしむべし。淫思《いんし》なき古歌を多くよましめて、風雅の道をしらしむべし。是れまた男子のごとく、はじめは、数目《かずめ》ある句、みじかき事ども、あまたよみおぼえさせて後、『孝経』の首章、『論語』の学而《かくじ》篇、曹大家《そうたいこ》が『女誡』などをよましめ、孝・順・貞・潔の道をおしゆべし。十歳より外にいださず、閨門《けいもん》の内にのみ居て、織り・縫い、紡《う》み・績《つむ》ぐわざをならわしむべし。〈中略〉女子に見せしむる草紙もえらぶべし。いにしえの事、しるせるふみの類《るい》は害なし。聖賢の正しき道を教えずして、戯《ざ》ればみたる小うた・浄瑠璃本など見せしむる事なかれ。又、『伊勢物語』『源氏物語』など、其の詞《ことば》は風雅なれど、かようの淫俗《いんぞく》の事をしるせるふみを、はやく見せしむべからず。又、女子も、物を正しくかき、算数をならうべし。物かき・算をしらざれば、家の事をしるし、財をはかる事あたわず。必ずこれを教ゆべし。

「何と女子とは、楽しからざるものよのう。十歳から外に出さざると言うても、奉公に出ねばならぬ子供もおるじゃろ。さような子供は、初めから想定していないのであろうよ。家の内のみにて暮らせる女子など、どれだけ居るであろうか。世に交われば、音曲も草紙もさまざまなるものに出会う。それが生きていくということじゃ、なあ松乃」

「伊勢や源氏は、ほんの少ししか読みませなんだが……何とのうゆかしい思いがいたしました」

　婦人には、三従《さんじゅう》の道あり。凡そ婦人は、柔和《にゅうわ》にして人にしたがうを道とす。わが心にまかせて行なうべからず。故に三従の道と云う事あり。是れ亦、女子に教ゆべし。父の家にありては父にしたがい、夫の家にゆきては夫にしたがい、夫死しては子にしたがうを三従という。三つのしたがう也。

「ここを読みますとな、わたしは胸が苦しくなってきますする。女には心も意思もないと益軒殿は申すのであろうか」


　いつの間にか「貝原先生」から「益軒殿」に呼び名が変わっていた。松乃もフーッと吐息をついた。父は尊崇してやまない故、従うはた易かった。父の言葉や仕草は、われへの愛しさに裏づけられていることを、松乃は感じ取っていた。自分を慈しんでくれる者の言うことに従うのは喜びである。が、夫という者がどういう者であるかは松乃には分からない。ひろと父の様子を見ていると、大方は父の言う通りに運んでいるとは思うが、かといって、ひろが自分を抑えて父に従っているという気もしない。ひろは結構、己のしたいままにしている気もする。くらに関しては、われはあまりに幼かったゆえ、くらと父を夫婦として見ることなど、思いも及ばなかった。父はいつも母を気遣っていた、と松乃は思った。

「のう松乃、父と夫に従うはまあ受け入れるとしても『子に従う』はどうじゃ、襁褓《むつき》を替え、乳を含ませたる子に、なぜに従わねばならぬ。口惜しいとは思わぬか」

「まるで、まるで女子は木偶《でく》のようでござりますなあ」

「それよ、それ。女子は家の仕事をなす木偶じゃというのか。木偶とは心の無きもの。女子には心が無いというのか。最も受け入れ難いのはそこじゃ」

加津の眼には憤怒と悲哀が浮かんでいた。松乃は『女大学』という女子の守るべき心得を記した書物に対して「承服し難い」と言う加津の「心」が眩しかった。「心のあるお方なのじゃな。女子も心を持つのじゃな」と頼もしかった。加津の『女大学』講義は、大方、貝原益軒の叙述に対して、憤りを表出するものだった。おそらく加津の来し方の中で、益軒の叙述に対して反論を述べずにはおられない経験を、多くなさったのであろうと、松乃は推し測っていた。また『女大学』に記される「女子」の範囲は、かなり狭いのであろうと思った。

「さあて、裁縫じゃ」と加津は楽し気に松乃に告げた。「松乃に手ほどきをするという大義名分があるゆえ、紀尾も文句を言うことはできまい。裁縫をするということは大切なことじゃ。家族の物を調えるばかりではなく、女子の身すぎ世すぎの技でもあった。針仕事で子を育てた女子がどれほどいたであろうか。それにの、わたしは間もなく男子《おのこ》も衣服作りをする時代になると思うとります。うちの殿様や息子たちは折々は洋服を着る。お上や宰相らもな。その洋服を作るのは男子の仕立屋だと聞いておる。

――あれ、また脱線してしもうた。松乃に話しておると、つい心にしまっておく事を洩らしてしまう。松乃は不思議な娘じゃ……」

いいえ、不思議なのは加津さまの方、と胸の内で思いながら、心が躍った。加津さまのお話を伺っておると、何か心が伸びやかになる、と。

「まず、縫うてみよ」と、加津は古い浴衣を解《ほど》いた布を示した。針と糸、へらなどの道具は一揃い入った箱を紀尾が用意しておいてくれた。

「襁褓にしますでな。下の息子のところに孫が生まれまする。たくさんの襁褓が要るゆえ、わたしも拵えてやろうと思うてな。買えば買えようが、襁褓は使い古しの布が一番じゃ。さて、赤児の肌を傷めぬようにするにはいかように縫えばよいと思うかの」

松乃は細長い布を前にして、しばらく考え込んだ。端を三つ折りにするとゴロゴロしてしまうだろう。松乃は両端を二寸ほど重ねて、重ねた端をごく細かい縫い目で縫った。

「洗うと解《ほつ》れてしまいましょうか」

「うむ。これだけ細かく縫うてあれば、大丈夫であろう。よう思いつきましたな」と褒めた。「縫い目がよう揃うておる。並縫いは習得しとるようじゃの。しばらくは襁褓作りを手伝うてくれるかの。五十枚仕上げたら次の縫い方に進むとしよう」

古い浴衣は六枚ほどあった。「古い浴衣があれば新しい浴衣地と換えると申したら、紀尾と女中二人が出してくれたし、わたしの物が二枚、殿さまのもの一枚あったでな。殿さまのはあまり着ておらんで、ゴワゴワじゃ」と加津は言った。

浴衣を解いて洗って、棹に干す。同じ長さに裁ち切って丁寧に縫っていった。浴衣から五十枚の襁褓にするまで半月を要した。毎日裁縫だけをしているわけではないので、これで精一杯と松乃は思ったが、「遅うなりました」と五十枚の襁褓を差し出すと、加津は、「早かったのう、丁寧に縫うてくれて、赤児も喜ぶじゃろ」と労った。「いつ頃お生まれになるのじゃろ」と尋ねると、「間もなくのはず。生まれたと知らせが届いたら、この襁褓と、われの縫うた肌着やらを送ってやります。まさか少しは自分で用意しとるじゃろうて、お七夜を迎える頃に着けばいいじゃろ。赤児の命というもんは……果敢ないもの。もし、万一のことがあったりすれば、襁褓などは涙の種になってしまう。子ほど愛しいものはなく、子ほど親の心を痛ましめるものもないでなあ。あれ、つまらんことを言うてしもうた。縁起でもないのう」と、加津は苦笑した。

加津の孫は男子で、健やかに生まれたと知らせが届き、加津は紀尾に荷物を送る手配をさせた。しばらくして東京の嫁から礼状が届き、「おむつが柔こうて使い易く、皆感心しております。と書いてあったで。松乃の手柄じゃな」と加津は上機嫌だった。

加津は、「次はさまざまな縫い方を習おうぞ」と言って平ぐけ、まつりぐけ、返し縫い、半返し縫い、ぐし縫いなどを教えてくれた。

「他にもいろいろあるが、あとはその場その場での。何か形にせんとつまらんじゃろ。何か拵えてみたきものはあるかの」

「あのう、赤児の肌着は縫えましょうか？」

「うちの孫の？」

「いえ、あの——ヨウの子の」

「ヨウ？」

「われの家で働いてくれたる者。昨年茅野の蕎麦屋に嫁ぎましたるが、今年の秋に子が生まるると知らせがあり申した」

「うむ。奉公人の子にのう」

「奉公人ではありませぬ。姉のようなる者。母が体が弱くてわれをみることが難しかったゆえ、子守りとして母が探してくれ申した」

「おひろが？」

「あ、いえ生みの母が……」

「ああ、そうでありましたの。すまんことを言うてしもうた」加津はいかにもすまなそうに眉をひそめた。

「して、そのヨウというお人のこと、話してみんか？」

「ヨウはわれより五つ年上で、初めて会うた時、われは六つ、ヨウは十一でありました……」

松乃はポツリポツリとヨウとの十年を越える年月を語り始めた。語っているうちに、松乃はいかに自分がヨウに頼り、ヨウが嫁いでからいかに寂しく当てどない思いを抱えてきたかに気付いた。幼い頃からのヨウとの思い出の数々を話しているうちに、九歳で母を亡くした時の心身も消えていくほどの当てどなさ、継母との帳《とばり》を隔てたような心のあり様が波の如く心に打ち寄せてきて、松乃は覚えず喘いでいた。

「辛かったのう、松乃」

　気遣いのにじむ加津の声に、松乃はハッと我に返り、「すみませぬ。とんだ不調法を」と慌てた。

「うむ。生きておるとな、いろいろなことが起こるものよ。みんな心に悲しみや寂しさを潜めておるもの。だが、子供が母を亡くすほどの苦痛はないかもしれぬのう。わたしも何と言うてよいか分からぬ……じゃが母さまはいつも松乃を見守ってくれておる。父さまも兄さまもまま母さんじゃとて、松乃を大切に思うてくだされておろう」

「はい」松乃は俯いた。

「お、話しているうちに時が経ってしもうた。赤児の肌着は明日からにしよう。柔らかき木綿地を用意するゆえ、わたしは孫に、松乃はヨウの子に縫うことにしよう」

「ありがとうございます。なれど、われは生地代を持っておりませぬ……」

「生地はわたしが用意するゆえ、案ずるな」

「生地のお代は……」

「ほうら、給金を上げておらぬゆえ、その分でな、十分じゃよ」

　次の日加津は柔らかい麻の葉模様の木綿布を用意していた。麻の葉模様の色は、藍色だった。

「ヨウの子が男子《おのこ》か女子《おなご》かは分からぬが、うちの孫が男子ゆえ、同じ藍色でよいかの。さあて、これは一ツ身じゃ。背縫いもないし、衿もつけぬ。簡単じゃ」

　一ツ身を縫い上げて、松乃はうれしかった。

　さらに何かと思案していると、「腹掛けと綿入れのチャンチャンコはどうかの」と加津は言った。腹掛けはネルで二重に仕立てた。中表に縫って裏返し、縫い目から二分ぐらいのところを、周囲をぐるりと細かな縫い目で縫った。全体の形は縦長の六角形になる。首の後ろで結ぶ細い紐と腰の後ろで結ぶ巾広の紐を付ける。腹掛けのネルは赤色だ。雷が嫌う色だという。緑色のネルを「安」の字形に切り抜き、細かい平ぐけで貼りつける。「安」の文字は「書いてみよ」との加津の仰せで、和紙に楷書よりは柔らかい字体で書いてみた。紙を切り抜いて型紙にし、緑色のネルを縫い代分をとって切り抜いた。

「おほっ、可愛いいのう。これでおへそを取られんですむぞ。さて、腹掛けの次は、綿入れ半纏にしよう。チャンチャンコと思うたががんばって半纏にしよう。秋に生まれるなればすぐ寒うなる。きっと重宝しよう」

「加津さまはいかにして裁縫を身につけられたのですか?」家老の家に嫁ぐほどの身分の方が裁縫など自らなされたのか、と不思議だったのである。加津は、フッと笑みを洩らしながら、

「わたしの生家は、ここ千田の家よりは石高も五分の一ほどの家格じゃった。暮らしは楽とはいえず、屋敷の隅に畑も作り、着る物も自分で仕立てた。裁縫はの、家に仕えておった者から習うたのよ。まあ、われら兄弟姉妹の乳母のような者じゃった。われらの衣服は無論、父、母の普段着もぬいは拵えてくれた。袴も縫えた。煮炊きは母が、掃除と洗濯は下女が主に当たっていたが、ぬいももちろん共に行う。縫物は夜なべになった。わたしは、ぬいが縫い物をする傍にぴったりとくっついて、ぬいの裁縫を見ておった。父は『子供は早う寝よ。灯りの油が無駄じゃ』と怒ったが、わたしは一旦寝たふりをして起き出してぬいの傍に行った。油はの、ぬいが畑で菜種を栽培して油を絞っとりました。わたしは自分も端裂れをもろうて、何やらかにやら縫うておりましたよ。楽しゅうて楽しゅうてなあ。『武士の娘がなすことではない』と父は苦い顔をしておりましたが、母は、『女子《おなご》の嗜みでございます。加津もいかなる家に嫁ぐか分かりませぬ。主が浪人することもあるやもしれぬ。何事も身につけておいて悪しきこ

とはありませぬ』と庇ってくれまして、わたしがぬいから裁縫を習うを許してくだされた」

「ぬい、というお名前で？」

「さよう。名は体を表すと申すがの、ぬいほどおのが身にふさわしい名の者はおるまいよ。優しゅうて厳しゅうて、わたしにはもう一人の母のようなる者じゃった。わたしが思わぬ縁で千田家に嫁ぐことになった折も涙を流して喜んでくれ、針と針山、くけ台を贈ってくれた。ほら、今も使うておる、これよ。西洋にはミシンとか申す裁縫の機械があるそうじゃ。ミシンで縫う西洋婦人の衣服、ドレスとか申したな、それも縫うてみたきもの」

松乃は加津の開明さに驚き、感嘆した。何というう開けたお人じゃ。心地よい風が吹いてくるような方じゃ。

綿入れ半纏は白と青の市松模様地に独楽や凧が置かれている男の子向けの柄だった。これも加津が孫用の半纏を作るのに倣って松乃も縫い進めていくようにした。ヨウの子は男子か女子かは分からないけれど、男子ならヨウの婚家では跡取りとして大事にしてくれるじゃろ、ヨウも面目を施すじゃろと思って、男子向きの柄がよいと思った。願えば叶うと言うもの、と松乃は思った。

「まあだ四ツ身は早いのう。一ツ身の綿《わた》入れなど見たこともないが、フフッ、面白いのう。初めてのものは、わくわくする」

加津は表地と裏地と綿、少量の真綿を用意した。

「これは……？」

「ん、くず真綿じゃ。殿さまがなさっとる繭買付問屋の伝手で、絹糸作りの工場よりいただいたものじゃ。糸にはならぬくず繭を引き伸ばしたものよ。軽うて暖かいゆえ、子供や老人の衣服には重宝しまする。たくさんあるゆえ、裾回りや袖先ばかりでなく、身頃にも入れられよう」加津はうれし気に言った。

裏地を置いた上に真綿を薄く敷き、もめん綿を重ねて縫い代部分に大きな針目で縫いつけていった。裾回りにも真綿を置き、膨らみを持たせる。綿の上に表地を載せるが、表地の方を五寸ほど長くしてくるりと裾を巻き、裏地と縫い合わせる。袖は袖で仕上げて身頃に縫いつける。衿は最も難しい。これも衿は衿で綿を入れて仕上げて身頃に取りつける。ズレてしまったり、引きつれたり、松乃は悪戦苦闘した。加津は魔法のように難なく仕上げていく。

「苦労して覚えたものは忘れぬ。それでも松乃は、構造と言うか、形の仕組みを飲み込むのが早い。縫い目もきれいじゃ」と加津は褒めてくれた。三日かけて小さな綿入れができ上がった。松乃はうれしくてうれしくて、枕元に置いて、目覚めては撫でていた。綿入れが仕上がった時、松乃が千田家に上がって三月が経っていた。三月のうちに襁褓、肌着、腹掛け、綿入れまで縫ったことが信じられなかった。

「楽しかったのう、松乃。じゃがもう六月も末じゃ。早うせんと、浴衣が間に合わぬ」

「浴衣？　浴衣を縫うのでござりますか？」

「当り前じゃ。夏は浴衣と決まっておる。もう夏も終わってしまうが、急いで縫えば一回ぐらいは着られよう、松乃は自分用と、あと誰ぞ縫うてやりたき者はあるかの？」

「おっ母さん……」

「おひろのか。それはいい。さぞ喜ぶことじゃろ。わたしは自分のと紀尾のを作ろうと思う。紀尾はこの頃わたしが松乃にかかりきりになっておるので機嫌が悪い。少し機嫌を取らんとな」と悪戯っぽく肩をすくめた。

加津は松乃を伴って上諏訪一番といわれる呉服屋を訪れた。

「これは、これは、千田さまの奥方さま。呼んでいただければ手前どもの方がお伺いいたしますに」

「あ、気晴らしじゃ。街を歩くのは楽しいでな。これは当方に行儀見習いに参っておる松乃じゃ。雪川松乃。雪川岳斎さまの娘御じゃ」

「おお、雪川流の。それはそれは」と番頭は松乃に笑顔を向け、「おお、父さまによう似てじゃ」と言った。

「浴衣地を見せてくだされ」

番頭は、いそいそと浴衣地が重ねてある一角へ二人を案内した。松乃はひろの面影を頭に描きつつ、灰色の生地に目を止めた。

「変わった色ですの」

「はい。ここ数年、白地、藍地の他の色が出て来ましての。これまでの浴衣とは趣が変わっておりましょう？　小豆色や水色もございます」

松乃は灰色地に紅萩と白萩が描かれている一枚を選んだ。

「おっ母さんに似合う気がしますで」

「ほう。ずい分とハイカラじゃの。おひろがびっくりするじゃろ」

松乃は自分用には藍地を探した。藍地に薄紫の筒型の花が咲いている草が数本ずつ散らばり、花にまつわるように螢が飛び交っている。

「この花は？」

「螢袋と申しましてな、この辺りの野にもよう咲きまする。今年は花の時期は過ぎてしまいましたがの」

加津は己には藍色地に鹿の子絞りの白い百合が散った柄を選んだ。

「まあ、一回着たら娘に回すゆえ」

紀尾用は、ひろと同じく灰色地に、白と紅紫の薊が散っていた。

「後ほどお届けいたしまするが、湯通しをしてからお届けいたしましょうや」

「ああ、お願いいたそう、よろしゅうにの」

と、加津は挨拶し、呉服屋をあとにした。

「糸を求めるゆえ、小間物屋に寄ろう」と加津は楽し気に呉服屋と三軒隔てた小間物屋に立ち寄った。

「藍色地も灰色地も黒糸でよいであろう」新しい縫い針とたくさんのマチ針、さらに松乃用にと、加津は新しいくけ台を買った。

「裁縫は腕が第一じゃが、道具も大切じゃ」

松乃は思わず、「彫刻の技は刀にあり。刀鋭利ならずんば手腕を施すに由なし」という句を口にした。

「うむ。それは？」

「はい。父の教えでございます。雪川の家の口伝のようなものかと」

「さようか。趣深い口伝よのう」加津は深く頷いた。

翌々日には湯通しして乾かした生地が届き、布を見たがる紀尾を、「でき上がるまでは見てはならん。見るなら紀尾にはやらん」と追い払って、加津はさっそく裁ち方にとりかかった。物指しで測り、へらで印をつけて、加津は迷いなく布に鋏を入れていく。松乃は身じろぎもせず、加津の手順を見つめた。松乃は半紙に図を描いて手順を記録した。布に鋏を入れる時は緊張で手が震えた。

二枚を裁ち終えると、フッと力が抜け疲労を覚えた。

「疲れたかの。縫うのは明日からにしよう。わたしは少し疲れたゆえ、休みまする。松乃も紀尾に聞いて何も用が無ければ自室で自由にしなされ」

紀尾は夕食の仕度までは特に用はない、と言うので、松乃は自室に下がり、書状を書くことにした。宛先はヨウである。

「ヨウさま、お元気か？　お蕎麦屋の嫁はきつくはありませぬか？　ご家族とは仲良う暮らしておるかと、いつも案じております。身ごもられたとのお便り、何よりうれしく拝見しました。ご亭主はもちろん姑さまも喜んでくれたとのこと、ほんによかった。久三ちゃんのことが少し気がかりじゃが、ヨウさんのことじゃゆえ、久三ちゃんの心も汲んであげられるじゃろと思うとります。

千田さまではいろいろ新しきことを見聞きしています。奥方さまには書と裁縫を教えてもろうております。襁褓を縫うことから始めて、肌着、腹掛け、綿入れの半纏を縫いました。ヨウさんの赤ちゃんは男の子かのう、女の子かのう。秋の終わりに誕生の予定とのこと、生まれたらすぐお知らせくだされ。われの縫うたもの、送ります」

そこまで書いて、松乃は筆を止めて少し考えた。育之助兄さんのこと、書こうか、どうしようか。書くとしたら何を……。いや、嫁いで子を生まんとしているヨウに、兄のことは言うまい。日々の暮らしの方がずっとずっと重きはず。松乃は「雪川の者も息災です」とのみ記して、末尾の挨拶で締めくくった。「それでは、くれぐれも無理はなさらんようにの。お盆すぎは一日のみは角間に戻るやもしれん。ヨウさんと赤ちゃんに会える日を楽しみにしとります」

巻紙に小筆で記した手紙の余白に、松乃は今を盛りと咲いている山百合の花を描いた。傍に「百合ちゃんはお元気かの」と書き添えた。ヨウの妹の百合は、千田家の計らいで漢学塾で小間使いをしながら二年間学び、次いで松本の倉田医師の家で女中兼、看護婦見習いをしていた。山川医師の先輩で、くらの病気もみてくれた倉田医師が向学心に燃える百合の志を聞きつけ、看護婦になる気はないかと聞いてくれたのが百合に大きな転機をもたらした。百合は、どこかに身を寄せねば日々を過ごすこともできない立場を痛感していた。働かせてもらえて、学ぶことを許してもらえるなら何でもします、と百合は山川医師の前で涙を浮かべて松本行きを頼んだという。ヨウの祝言の時は、松本から茅野までの便がなく、「空が飛べたらいいのに。行けるようになった日には、必ず必ず行くからの」と、松本の伝統工芸品「松本押絵雛」を送ってよこした。「給金ももろうておらぬじゃろうに」と、ヨウが涙ぐんでいたのを、松乃は改めて思い起こしていた。

明治四年に郵便事業は開設されていたが、地方ではまだ飛脚業も営業されており、松乃も諏訪の町で飛脚運輸業を営んでいる「信州屋」に書状を持って行った。

新暦の八月十七日、松乃は一日だけ暇を許されて雪川の家に戻った。気がついてみれば夏物は持参しておらず、縫い上げたばかりの浴衣では略式すぎる。仕方がない、こちらに上がった時着ていた袷をと思って出していると、加津から呼ばれた。加津は、涼しげな小紋の単衣を広げていた。薄緑の地に薄桃色と白、紅の撫子が散っている可憐な柄だった。

「これはの、嫁いだ娘が着たものじゃが、あまりに子供っぽいとか申して置いていったものじゃ。お古で悪いが、着てくれんかの」

「えっ、こげに美しい着物を」と松乃は驚いた。帯は名古屋で、濃い緑と銀の染め分けになっていた。

「お、松乃によう似合っておる。松のみどりと申すゆえのう」と加津は自分のシャレに得意顔で笑った。高島城近くの屋敷から角間町までは一里と少し、半刻ほどの道程だったが、加津は一人で帰るのを気遣って、下男をつけてくれた。松乃が部屋に挨拶に伺うと、加津は「棟梁によろしゅうにな。彫り物を楽しみにしとると言付けてくだされ」と言った。

「帰りは兄に送ってもらいますゆえ」と紀尾にも挨拶し、四か月半ぶりに角間町の家に帰った。

邦胤とひろは揃って待っていた。松乃の姿を見ると、邦胤は「おーい。松乃が帰って来たぞ」と二階の育之助を呼んだ。

「何と可愛らしい着物じゃろ」とひろは目を見張った。「帯もすがすがしきことと」

紀尾にしつけられた通り、きちっと座って「ただ今帰りました」とお辞儀をする松乃に、父も兄も照れくさそうにお辞儀を返した。

「お茶にしようかの、いや少し早いがお昼にしましょうや」

ひろが仕度を始めた時に「ごめんなして」と台所口で声がした。酒屋の下女が、「これ、茅野庵から届きましたで、女将さんが届けて来いと」と、経木に包んだ蕎麦と、徳利に入れた汁を差し出した。

「えっ、ヨウが来たのか?」と立ち上がった松乃に、

「いえ、信州屋が届けてよこしたで」と下女は告げ

た。

「ヨウは具合いようないのじゃろか」

「いや、そんなこともないようじゃよ。あ、これも信州屋がよこしましたで」と、下女は懐から平たく折った紙を取り出して、松乃に渡した。開いてみると、半紙に小さな文字で記した手紙だった。

「松乃ちゃん、お手紙ありがとうございました。うれしゅうてうれしゅうて、何度も読み返しました。われはつわりも軽く、元気です。食欲がありすぎて困るほど。松乃ちゃんも行儀見習いに上がって、辛いことはないかの。生まれてくる子にと、たくさんの縫い物をしてくだされたとのこと、ほんに有難くてなりません。早う、子に着せてやりたい。百合の花ほんにきれい、茅野の父母の家の裏山に、たくさん咲いてたのが目に浮かびます。妹の百合は、松本で息災にしております。夜は准看護婦の養成所に行っとるそうじゃ。学校の先生になりたいと言うとったが、看護婦も大切な仕事じゃと思う、と手紙をよこしたで。賢い娘じゃて、いい看護婦さんになると思う。千田の奥方さまにもどうぞよろしゅうお伝えくだされ。赤児は男子でも女子でも無事に生まれてくれることのみを祈っとります。今朝早く蕎麦を打ってもらったで、運送屋に頼みました。お昼に間に合うといいのですが。雪川の皆様によろしゅうに」

と、小さな文字でびっしり書いてあった。

「天ぷら揚げようと思うとったで、ちょうどいいの」とひろは立ち上がった。

「われも何か手伝うで」と松乃が立ち上がると、「きれいな着物が汚れるで、松乃は座って父さまと話しとって」

「いいや、薬味くらいは用意させてくだされ。割烹着借りるで」

ひろが用意しておいたお煮しめ、胡瓜の酢の物に揚げ立ての夏野菜の天ぷらと茹で立ての蕎麦は、ほんとうに美味しかった。

「ヨウは元気かの？」と育之助が小さな声で聞いた。そうよの、気になるよの、と松乃は育之助の心中を思いやり、手紙の中身をさっと思い浮かべて、

「元気じゃと。体も障りないようじゃ。妹の百合ちゃんはな、准看護婦の学校——夜学に通っとると」と伝えた。

「ほう、夜学」とひろは驚いたようだった。

「女子《おなご》が夜、学校に行くと⁉」

「女子が自分で自分の道を決めて励むは尊いことじゃとわれは思う」

珍しく育之助が自分の考えを述べたので、邦胤もひろも松乃も少し驚いた。

「うむ。松乃の道はどうなるのであろうかのう」

「え、ああ、われはいつまでも父さまの元に居りたい」

彫り物がしたいという言葉は飲み込んで松乃は言った。

邦胤は松乃に「今、わしが彫っとる物を見るか」と声を掛けた。

「片付けしてから」と松乃が言うと「なんの。片付けはわれ一人で大丈夫じゃ。父さまが見せたがっとるで早う行きなされ」とひろに促されて、松乃は父の背を追った。

「何を彫ってなさる？」

仕事場の戸を開けると、大きな衝立が目に飛び込んで来た。衝立はほぼでき上がっていた。松乃は息を詰めて衝立に見入った。

「以前に諏訪の殿様にお納めしたものを千田の殿さまが御覧になって、自分にも彫ってくれぬかと仰せられての、松乃をお願いするゆえ、お引き受けした。納めても彫り料はいただかぬつもりじゃ。松乃がいろいろ教えていただく束脩代わりじゃ」

加津さまは、彫り料を払わぬなど夢にも思われぬじゃろう、と松乃は思った。それでもこの衝立は喜んでくだされよう。

「盆は昨日までじゃったが、皆で墓参りに参ろう」

と邦胤が言い出した。松乃は、ああ、そうじゃったと、ひろに浴衣を持って来たことを思い出した。

「おっ母さん、お土産があるで」

松乃は風呂敷包みを開いて灰色地に萩の模様の浴衣を出した。

「奥さまに教えてもろうて、われが縫い申した。どうぞ着てくだされ」

「松乃が縫ったと？　われにと？」

ひろは何度も浴衣を撫でて目を潤ませた。邦胤は、「よかったのぅ」と誰にともなく言い、「わしと育の分は？」とおどけた口調で言った。

「すみませぬ。男物はまだ習うておらんで。行儀見習いが終わって家へ戻るまでには教えてもろうて縫いまする」

「ん。楽しみにしとろうな、育。ほれ、ひろ着換えんか。その浴衣を着て墓参りに参ろう」

ひろは浴衣を持って次の間に行き、ほどなく落ちついた黄色の帯を締めて戻って来た。

「おっ母さん、よう似合うとる」珍しく育之助がひろに声を掛けた。邦胤と育之助も浴衣に角帯を締めて、四人は高林寺へと向かった。外はまだ暑かったが、空は高く澄んで雲が流れていた。ひろと松乃は日傘を差し、邦胤と育之助は麦わら帽子を被った。

途中で酒屋に寄って女将に挨拶すると、女将は、

「おお、お揃いで。くらさんもさぞお喜びじゃろ」

と言ってひろの存在に気付き、少し戸惑って、

「あれ、新しい浴衣。珍しい色柄でお洒落よのぅ」

とひろの浴衣を褒めた。

「松乃が千田さまの奥さまに教えてもろうて縫うてくれ申した」ひろがうれしそうに答えた。

母と二人の姉、そして兄が眠る墓所は高林寺の一角にあった。四角い墓石ではなく、自然石のような石に、雪川くら、桂治郎、以津、幸、鶴松と並んで名が刻まれているのが、胸に応えて、松乃は思わず涙した。

「あっちの世で、母さまを囲んで仲よう暮らしとる

ようにと思うてのう」と、邦胤は言った。

松乃は手を合わせ、「母さま、松乃は今、千田さまに行儀見習いに上がっております。母さまに浴衣を縫ってさし上げたかった」と胸の内で言った。言ってからはっとしてひろを見た。まさかわれの胸の内がおっ母さんに聞こえるわけじゃなかろうが。ひろはひろで、「くらさま。松乃がわれに浴衣を縫うてくれました。本当はくらさまに縫うてあげたかったであろうに」と胸の内で言った。邦胤は、「くら、どうか育之助と松乃を守ってやってくだされや。ただそれのみを願い申す」と、これも胸の内で言った。育之助だけは声に出して言った。「どうか岳斎さまの技をわれにお授けくだされ。岳斎さまに褒めてもらえる彫り物をこの手で彫れますように」

育之助の言葉で、皆、胸の痼りが解けたような気がした。

「夕御飯食べていかれんのか」と、ひろは眉を曇らせた。「七時までには帰るようにと紀尾さんに言われとります。お屋敷までは半刻はかかりますゆえ、五時すぎには出ませんと」

「なら、太巻を持って行かんか？　もう材料は用意してあるで、御飯を炊いて巻けばいいだけじゃ」

「ああ、おっ母さんの太巻き」と松乃は微笑んだ。ひろはたくさんの具を入れた太巻きが得意で、よく作っていた。

家に戻ると四時近かった。ひろは大急ぎで浴衣を脱ぎ、普段着に着換えて御飯を炊いた。飯台に御飯を広げて酢飯を作る。板海苔を二枚つなげて御飯を広げ、卵焼き、昆布煮、胡瓜、干瓢、公魚の佃煮、人参の甘煮、野沢菜漬けを乗せて、手際よく巻いた。包丁を布巾で拭きながら切ると、彩りの鮮やかな断面が現れる。

「お口に合うかどうかは分からんけど、お屋敷の皆さんに持って行ってあげなんせ」ひろは重箱に太巻きを詰めた。

「育之助に持って行ってもらえ」と邦胤は言い、育之助は風呂敷に包んだ重箱を小ぶりの背負い籠に入れた。

「おっ母さん、すみませぬ。父さま、また正月にの」と挨拶して家をあとにした。

「少し急がんと」松乃は時間が気になった。

「大丈夫。今五時半じゃから、普通に歩けば一時間で着く」

夏の五時半はまだ明るい。暑さも残っていたが、さすがに季節が移ろう気配があって、二人は街道に影を曳きながら歩いて行った。

「千田さまのお宅で、辛いことはないか」と育之助は訊いた。

「別にない。奥さまも紀尾さんもようしてくださる」

「紀尾さん？」

「元から千田さまにお仕えしとる人。今は女中頭のような役かの。いろいろ教えてもろうとる」

「裁縫もその人に？」

「いや、裁縫は奥さまの加津さまが教えてくださる。ちょっと剽軽なところがあって、優しい方じゃ。何と言うか、ご自分の考えを持っておいでで、われは、尊敬しとる」

「ええお方に出会えて、よかったのう」

育之助は、花色の股引きに腰までの長さの木綿を着ていた。細身の身体は長兄よりも背が高くなり、雪川家の特徴の高い鼻梁の横顔は、松乃が見ても美しかった。

「父さまはお体は大事ないか」

「うむ。精を入れて仕事されとる。われも少しでも父さまに近付きたいものじゃ」

「兄さんの彫り物は、兄さんだけの風情がある……と思う。細やかで何かこう、品位が感じられる」

育之助はうれしげに微笑んだが、グッと唇を噛み締め、

「まだまだよ。父さまは凄い。大きい。勢いがあって流れがあって」と言った。

「あれ、雪川棟梁んとこのご兄妹」と、二人に気付

いて声を掛けてくれる人もいた。

「松乃……」育之助がためらいつつ呼んだ。

「ん？」

「ヨウは子が生まれるんじゃな。幸せに暮らしとるのじゃろうな」

「うん。ヨウは賢くて辛抱強いゆえ、嫁ぎ先でもよう努めとると思う。子が生まれればヨウの立場も強うなって、大切にされるじゃろ」

「そうじゃな」育之助は短く答えた。

「ヨウはな、育兄さんのこと諦めたんじゃと思う」

「諦める……？」

「雪川の家の嫁にはなれんと思い諦めたんじゃ」

「そんなことは……」育之助はその先の言葉を飲み込んだ。

「でもな、ヨウは母さんになる。きっと幸せになってくれる」と松乃は言い切った。

六時半頃、松乃と育之助は千田家に到着した。二人は勝手口から入って、紀尾に迎えられた。


「おお、雪川のご子息か。今、奥さまにお伝えして参りますで少々お待ちくだされ」

間もなく戻ってきて、紀尾は言った。

「お上がりくだされと、奥さまが」

「いえ、恐れ多いこと。われも早う戻りませんと夜になってしまいますゆえ」

もう一度奥へ戻った紀尾は、

「それなれば玄関へお廻りくだされと、奥さまが。松乃は上がって兄さまをお見送りしなされ」

「では一言ご挨拶を」と言って育之助は荷を下ろし、重箱の包みを紀尾に差し出した。玄関に廻った育之助を、加津は笑みを湛えて迎えてくれた。

「おお、こちらが雪川岳斎さまの跡継ぎか。諏訪の殿さまは岳斎さまの彫り物がお好きでのう。ご子息もよき彫り物をなさると聞き及んでおりまする。先が楽しみよのう」

「ありがとうございます。励みまする。どうぞ松乃をよろしゅうに」と言って、育之助は頭を下げた。

か」

「暗うなってきましたが、帰路はお一人で大事ない
「よく知りたる道、月も明かるいゆえ、どうぞお気遣いなく」と会釈して、育之助は帰って行った。ああ、兄さんも少しずつ世に知られてゆく、と松乃は誇らしい思いでいっぱいになった。

「おお、見事な太巻よのう。おひろさんの太巻は美味しいでなあ」と、重箱を開いた紀尾は相好を崩した。

「松乃は食べてきたのかの？」

「いいえ。まだ夕食には早かったゆえ」

「そうか。われらも夕食はまだじゃ。今夜はうどんにしようと思っていたのじゃが、これをいただきましょう。殿さまと奥さまは月見酒を楽しんでおいでじゃが、締めには、この太巻を召し上がっていただこう」

紀尾は早速、太巻を皿に移し、すまし汁と瓜の浅漬けを添えて膳を作った。紀尾は膳の一つを松乃に持たせ、自分も一つ持って、中座敷の縁で月見をしている二人に運んだ。

「おお、これは珍しきものを」と加津は大喜びし、主にも勧めた。主は太巻の切り口に見入って、「美しきものよのう、何が入っているのか」と加津に訊いた。

「いただいてごらんなされ」

「うむ」と主はぱくりと齧って「うまい」と言い、たちまちのうちに一切れを食べ切ってしまった。

「月は十六夜《いざよい》　酒は諏訪の雪　諏訪は木の国　神の国」

主は上機嫌で節をつけて歌い出した。

「え、何ですの、その歌」

「即興よ」

睦まじく酒を酌み交わし合う二人を、十六夜を過ぎた月が照らし、木立の影が障子に揺れていた。

翌日加津は書の手習いを見てくれた折、太巻の礼を言った後、「松乃は兄弟は何人じゃ」と訊いた。

松乃は少し怯みながら、

「われが共に過ごしたは兄二人でございますが、上の兄はわれが十一の時に亡くなり申した。姉二人はわれが生まれます少し前に世を去り、また子供の時分に逝ってしもうた兄がいたと聞いております」

加津は顔を強張らせ、

「すまぬことを訊いてしまったのう……、六人のうち、健在なるは松乃と昨日見えた兄さまのみか……母さまはどんなにかお歎きであったろう」

「はい。母は子を失くす辛さがもとで病になったのやもしれませぬ。父は上の兄さまが亡うなった折、われと下の兄を抱きよせて、決して自分より先に死ぬなと申されました」

「ほんに、ほんに」加津は目元を押さえた。

しばしの沈黙の後、

「そうそう。十月のはじめに娘がやって来ますのじゃ。うむ、里帰り出産とか申しての、我儘なことじゃが、姑さまがあまり御健勝でのうて、女中方だけでは心許ないと申しての。長い距離を移動するのはどうかと言うたのじゃが、馬車を雇ってゆっくり来ると。お産の前後で二月ほどは居ることになろうか。松乃にもお世話をかけるやもしれんし、書や裁縫も疎かになるやもしれん。娘が来ぬうちに男物の仕立て方を教えようの。——赤児を育てるのを見るのも勉強じゃ。娘は一人女中を伴って来るゆえ、手は足りるはずじゃが……紀尾の反応が気がかりよのう」

「紀尾さん？」

加津は「フフッ」と笑って、「紀尾はの、娘——優子と申すが——が、可愛ゆうて可愛ゆうて、嫁に出すのも渋っとったくらいじゃ。ご養子を取ってくだされ、ずっとお傍にお付きします、などと理不尽なことを申しての。娘が嫁いでしばらくは、紀尾はほんに沈んでおり、一年もしてやっと平常心を取り戻したのじゃ。一年経っても優子に懐妊の気色が無く、わたしが、紀尾が歎いてばかりおるからじゃと叱りましたら、やっと正気づきましての、本来の紀尾に戻りました。そうしましたら娘が身籠ったという知らせが来て、紀尾はうれしさと心配で、また少々おかしくなってしもうたくらい。この度娘が来ると知らせましたら、もう舞い上がってしもうて。娘が来たらどうなってしまうかと今から心配じゃ」と、加津は困惑した表情で首を振った。松乃はしっかり者の紀尾にそんな一面があったことに驚く一方、ほほえましくて親しみを覚えた。

「殿さまもな、娘には甘うて甘うて。少しも叱ることをしませぬ。叱らねばならぬ場面になると逃げてしまわれて……勢い、娘に厳しくするのはわたしばかり。娘の方もわたしを煙たがり、いつの間にか何とのう心が通い合わぬ母娘になってしもうた。人の心と心は不思議なものですのう。この世で最も大事なものは娘じゃのに、顔を合わせればぎくしゃくしております。なれど実家でお産をしたいというのなれば、母のことも頼ってくれているのでありましょうかのう」

松乃は思いもかけず加津の心の内を聞かされ、ドギマギした。こげに心優しく瓢軽な趣もおありの奥さまの心にも、思いもよらぬ屈託があるのか。

「あれ、余計なことを聞かせてしまいましたな。松乃はおひろによう仕えて、えらいの」

「いえ。仕えてなどおりませぬ。父さまの面倒をみてくださるお人ゆえ、大切にせねばと思っておるだけじゃに」

「松乃は父さまが大切なのじゃな」

「はい。仰ぎみておりまする」

「おお、のう。見事な男物の給を仕立てようの」

「あのう、まず兄の着物を縫えたらと。兄の着物で練習して、父のものを縫おうかと」

「それも一案よのう。娘が来ぬうちに布地を買うて来よう」と加津は声を弾ませた。

「布地代は……」

「心配せんでいい。松乃の給金代わりと言うておろう。孫の襁褓もたんと縫うてもろうたしの。そうよ、娘の子の襁褓も縫うてもらわねばならぬ。頼みまするぞ」

生地代は父さまの彫り物で、と心の内で思いつつ、松乃は深く頭を下げた。

「あれ、もうお昼になってしもうた。紀尾が呼びに来ますで」と加津が言うとすぐ、

「奥さま、お昼でございます」と紀尾の声がした。

「すみません。お昼の仕度手伝わんと」と松乃が慌てて立ち上がると、「奥さまとお話しが弾んでおいでじゃったゆえ、いいのじゃ」と紀尾は機嫌がよかった。

「優子さまが来られるのじゃ」紀尾は笑みを抑えきれぬ様子だった。

翌日、松乃は加津に連れられて呉服屋に行った。

「どんな着物にしようぞ。この正月に着てもらえるような羽織とお揃いにしようかのう。いや、さすがにそれは間に合わぬか」

「あのう……仕事着ではいけませんか」

「仕事着とは？」

「はい。父も兄も彫り物をする折は、丈の短い上着と股引きを身につけます。大工やら左官職やらの職人と同じような。冬でも暖かい織物地で上着を拵えることはできましょうや。日々、まとってもらえますゆえ」

「うむ。雪川の娘は考えることが違うのう。冬でも暖かい織物なれば毛織物じゃのう。メリンス友禅はあるが、男物となれば羅沙、セル、ネル……さて、丁度いいのがあるかのう」

話を聞いた番頭は、「はて、のう」と言って首を傾げた。

「普通は棟梁さん方の仕事着は綿織りですが冬は寒うございますなあ。最近男物の毛織地も入っていたような。今、見て参ります」

「この二種しかございませんが」と言って、番頭は二本の巻き物を出して来た。それはネル地だったが

無地ではなく、一本は鉄紺、一方は濃い茶色で、どちらも細い黒の縞が入っている。

「兄さんには鉄紺、父さまには茶にいたします。もし、あまり布で袖無しの半纏など出来ますまいか。

「それは名案じゃ。袖なしというのは便利なものよ。さて、裏地も毛がよいかのう。それとも木綿?」

「暖かさをとればメリンスはいかがでしょうや。滑りは悪うなりますが、何より暖かいかと」

番頭が出して来たメリンス地に松乃は思わず頬を緩めた。男児の冬着となるメリンス地は、犬張子やでんでん太鼓などが染め付けられている。

「かわいい――」

「おお、普通の着物の裏地とは異なるが、それはそれ。おもしろき物ができそうじゃ。縫い糸は絹かのう」

「はい。絹でよろしいかと。太目のもので」

「では、後刻、届けてくだされ。上衿が要るかの、毛繻子がよいかもしれん。色は黒」

「かしこまりました。有り難うございます」

新暦の八月と九月、松乃は育之助の上着を縫った。家へ手紙を出して、父と兄の着丈と桁丈をひろに問い合わせた。「父さまと兄さまには内緒で」と記した。ひろは二人の仕事着の着丈と桁丈を計って文を寄越してくれた。

縫い方は基本的には女物と変わらず、ただ毛織物は初めてでもあり、縫いにくかった。「細かい縫い目でしっかり縫いなされ」と加津もくり返し言った。育之助の仕事着ができ上がったのは九月も下旬、夕風が冷たく感じられるようになった頃だった。

「ほうー、粋で暖かそうじゃ」と加津は褒めてくれた。父の着物にとりかかる前に、優子が大きなおなかで、肩で息をしながら到着した。到着以前に、産屋とその後の育児室になる離れは、紀尾が下女とともに塵一つないように浄めていた。二間の八畳に二坪の板敷きがついた離れは、広縁を廻らしたゆったりとした造りで、元は客の寝室として使われていたもので、板の間の隅には小さな水屋があり、縁の端には厠もついている。

紀尾は、優子を抱きかかえんばかりに離れに誘《いざな》い、加津は苦笑しながらついて行った。部屋に入ると、さすがに優子は膝を折って正座し、加津に「お母さま、お世話になります」と挨拶した。加津は、「疲れたであろう。少し横になって休みなされ。体に異状はなきか」と気遣った。

「はい。なれど、少しおなかが空きました」

と優子は紀尾の方を向いて言った。

「おお、気がつかんことで。夕餉には間がありますが、何がよろしかろう」

「おやき」

「おお、きっと召し上がりたがると思うてお作りしておきました。おきよ、おやきを持ってきておくれ」

きよが持ってきた野沢菜とあんずのおやきを、焙じ茶とともに食した優子は、紀尾に手伝ってもらって寝間着に着換え、横になった。加津に従って優子と紀尾の様子を見ていた松乃は、加津の寂しさを思って胸が塞がった。

「この分では、生まれた孫も紀尾を祖母じゃと思ってしまいそうじゃの」と加津は苦々し気に言った。松乃は思わず、「いいえ。優子さまも赤ちゃんも、加津さまのことはちゃんと分かっておられます」と言ってしまい、「あ、差し出がましきことを」と慌てて詫びた。加津は黙って頷き、離れを去って行った。

夕刻前に帰宅した殿さまは、

「手を洗って、衣服を改めてから」と加津に窘《たしな》められながら、和服に着換えると離れにとんで行った。

床の上に座っていた優子は床を降りて父に挨拶した。

「お父さま。お世話をおかけ申します。井上からもよろしゅうにと」

「うむ。大事にせい。いや、大事にしすぎてもお産が重いというから、少しは動きなさい。わしと庭を歩かんか」

加津は笑って、「今日はもう夕刻じゃ。庭も暗うなる。つまづいたらどうするのじゃ」と夫を睨んだ。殿さまは「さようか、すまん」と加津に謝る。優子は「ほんとにお父さまはいつもお母さまに叱られておりますの」と笑った。

「さあ、夕餉じゃ」と加津が言うと、「こちらへお運びしましょうか」と紀尾がとんできた。「いいや、食堂で一緒に。もし座るのが辛いようなら、テーブルの方で椅子に掛けるとよい」

「ああ、それは助かりまする」

それから出産まで、千田家では食事は応接間に置いてあった予備のテーブルと椅子を居間に運び入れ、主と加津、優子の三人でとることになった。給仕は紀尾がうれしげに務めていた。

松乃は紀尾ときよ、優子の供をしてきたマキとともに台所でとることになった。マキは主に優子の身の周りの世話だが、紀尾の指図で千田家の仕事も手伝っている。紀尾がいるのでマキは帰してもいいのだが、一人で帰すわけにもいかず、機会を見て、ということになっていた。

人一人増えると、家事も増える。ましてその「一人」は出産を間近に控えた一人娘であるから、料理もおのずと変化していく。紀尾は優子の好物をそろえ、「たんと召し上がって力をつけませんと」と勧める。加津が「食べすぎてはならぬ。野菜と魚を食べ、運動をせんとな」と説き聞かせるように言うと、優子は「はい」と返事をして立ち上がった。「庭を一廻りしようぞ」と加津は優子を誘い、松乃に優子の介添えを命じた。千田家の庭には秋の花があふれていた。萩は紅白とも盛りをすぎていたが葉には一枚一枚に露が光っていた。矢羽模様の薄《すすき》は薄緑の穂を出していた。「普通の薄のように穂が赤味を帯びることはないのだよ」と加津は言った。そうか、薄もいろいろなのだな、われはいろいろ知らぬことがある、と松乃は矢羽の薄に見入った。袷の上に羽織を重ねた優子は、笑みを浮かべて庭の花々に見入っていた。群れ咲く小菊、撫子、秋明菊、うっすらと赤味を帯びてきた梅擬の実、紫を帯びた紫式部の実。薄の根元に紫色の不思議な形の花を見つけ、松乃は「何じゃろ」としゃがみ込んだ。

「おお、それは南蛮煙管《なんばんぎせる》という草よ。薄の根に寄生するのじゃと。前に家に居た書生が言うとった」

「キセイ？」

「ん。薄に栄養をもらうのじゃと。その書生は博物学を学んでな、大学で研究しとる」

「ああ、梅宮さんと言うたかの」と優子も思い出したようだった。

二十分ほど庭に居て、優子は離れに戻った。

「ああ、いい気分じゃった。家の庭にはこんなにたくさんの花が咲いておったのじゃねえ」

いつの間にか優子の話し方は、生まれた土地の言葉になっていた。

「さあて、お昼まで何をしようぞ」

「松乃とともに手習いをせんか」

「ああ、なれどここが邪魔で屈めませぬ」と優子は腹を撫でた。

「テーブルならどうじゃ」

優子は食事をとるテーブルで紙を広げ、筆を執った。加津も優子の向かいに掛けて紙を広げた。松乃は小机を運び入れ、墨を磨った。優子は半紙にさらさらと「いろは歌」を書いた。加津の筆に似た見事な筆運びだった。松乃もまずいろは歌を記した。続いて優子は「智司」「智実」と記した。

「それは……名前か？」

「はい。男子なら智司《さとし》、女子なら智実《さとみ》と、主人が決めておりまして」

それから三人で、百人一首の和歌を、上の句と下の句に分けて書き継ぐ遊びをした。上の句に下の句を続けるのは難なくできたが、下の句が書かれている上の句は、思い浮かべるのに少し間を要した。

「天つ風雲の通ひ路吹きとぢよ」「乙女の姿しばし

とどめむ」

「廻り逢ひて見しやそれともわかぬ間に」「雲がくれにし夜半の月かな」

「天の原振りさけ見れば春日なる」「三笠の山に出でし月かも」

三人で上の句の記されている半紙を回し、一首を仕上げていく。

「しづ心なく花の散るらむ」「久方の光のどけき春の日に」

「つらぬき止めぬ玉ぞ散りける」を受け取った松乃は少し考えて「白露に風の吹きしく秋の野は」と書き、「今のお庭の風情そのままですね」と呟いた。

「ああ、墨の匂いの懐かしきこと。お母さまによう叱られました」

紀尾がガラス戸ごしに、「お昼にしてようございますか」と声を掛けた。少し声が尖っている。

「今日は何?」と優子が聞いた。

「にゅうめんでございます」

「あ、うれしい。紀尾のにゅうめんはほんにおいしいからの」と優子が言うと、紀尾は機嫌を直したらしく、「こちらにお運びします」と言った。

「紀尾もここで食べよう。松乃もともに、四人で。ね、お母さま」

「おお、そうじゃの」と加津も頷いた。松乃は「そげに恐れ多いこと。われは台所の方でいただきまする」と申し上げたが、紀尾は、「奥さまとお嬢さまがお許しくだされたのじゃ。お相伴させていただこう」と言い、「さっ、お膳を運ぼうぞ」と松乃に命じた。やや濃い目の出汁に、椎茸、人参、里芋、大根に鶏肉の入ったにゅうめんはおいしかった。野沢菜の新漬けとあんずの甘煮がついている。松乃は不調法にならぬよう、緊張しながら箸をとった。

「松乃は食べ方がきれいじゃね」と優子が言う。

「西洋では、食事は音を立てぬようにとるのが上品なのじゃと。麺類を啜る音なんぞは品が悪いと驚くのじゃと。この辺りでは蕎麦もうどんもずっと啜りますがの」

かなり盛大な音を立ててにゅうめんも啜っていた紀尾は、手を止めて首をすくめた。加津は「ええよ、紀尾。諏訪には諏訪の食べ方がある。遠慮のう音を立てなされや」と笑った。

天気が好ければ庭を歩き、手習いをし、読書をし、優子は「その日」を待っていた。松乃と紀尾が昼食を共にしたのは一回だけで、加津と優子は母娘だけで昼食をとっていた。

そんな穏やかな日が半月も続いた日、昼食を終えて離れに退いて横たわっていた優子は、体から湯のような温いものがこぼれるのを覚え、紀尾を呼んだ。紀尾は自身では子を生んだことがなく、出産に立ち会ったこともなかったので、すぐマキに加津を呼びに行かせた。

「それは——破水やもしれぬ」加津は離れに急いだ。

「優子、お産の先ぶれやもしれぬ。破水というてな、子が生まれ易いように体から出るものじゃ。案ずることはない。紀尾、念のため産婆さんを呼びなさい。優子、産衣に着換えて、安静になさい」

優子は少し青ざめて、用意してあった浴衣を出してまとった。

「大丈夫。女子なら誰でも経験すること。いよいよ子に会えますな」

四半刻して、千田家出入りの産婆がやってきた。産婆は上諏訪一と評判の者で、部屋に入ると、にっこり笑って優子を見た。産婆の新山ウメは、「少し診せてくだされや」と言って優子の体を診察した。ウメは聴診器で腹部の音を聴き、「おお、元気な赤ちゃんじゃ」と優子に言った。

「お産は恐らく夜になりましょう。われは夕刻お産になる者がおるで、一旦戻ります。そのお産が済みましたらすぐ伺いますでな。もしできるなら用便を済ませて、夕飯は消化のよい物を食べなさって、ゆったりとお待ちくだされ。誰かが交代で傍についてあげてくだされ」

「殿さまにお知らせしませんと」と紀尾が落ち着かない口調で言うと、

「いえ、今日は会社は普通に退けるはず。夕刻には戻られよう。お産は夜になると申すゆえ、知らせずともよいであろう」と加津は言い、産婆を見送ると、松乃に、

「紀尾は優子から離れぬであろうゆえ、夕餉の仕度をきよと一緒に頼みます。そうよの、今夜はひつまぶしにしよう。うなぎ屋に行って蒲焼きを五枚ほど買うてきて、ひつまぶしを拵えておくれ。あとはけんちん汁じゃの。たくさん作っておけば、うどんにも蕎麦にも重宝じゃ。さあて、松乃が縫うてくれた襁褓や肌着の出番じゃ」

帰って来て、いよいよお産と聞き、主はひどく狼狽した。

「優子は大事ないか。産婆はまだか。早う呼んで来い」と騒ぐ。

「まだまだじゃ。落ちついてくだされ。周りが騒ぎ立てると、優子も不安になるゆえ。優子の顔を見に行かれるなら手を洗うて、着換えてくだされ。バイ菌を持ち込まぬように」

「わしはバイ菌など付いとらん」と、主は不服そうだったが、手を洗い、着換えを済ませて離れに向かった。

そこへ産婆が助手を連れてやってきた。

「陣痛は？」

「ええ。一刻ほど前から始まっております。まだ間遠ですが――」

「おお順調じゃの」と言って産婆は主を見、

「殿方はお産には役割はありませぬ。産婦さんのお顔を見なさったら、母屋でお待ちくだされ」と釘を刺した。優子の陣痛は次第に間隔が短くなってゆき、優子は抑えつつも声を立てるようになった。産婆は布団を油紙で覆って出産に備えた。

「お母さまは産室には入られますな。産婦はご自身が母とならねばなりませぬ。お母さまに甘えていて

は母にはなれませぬ。他の方も産室へは入られるな。われと助手に任せてくだされ。おお、そろそろ湯を沸かしていただきましょうか。盥は用意してありましょうな」

主と加津は居間に詰め、紀尾と松乃、きよとマキは台所の板の間に控えた。誰も何も食べようとしなかった。

優子は痛みに耐えつつ、ついに夜九時頃、八百匁ほどの女児を出産した。産婆の助手が盥を離れに運ぶよう伝え、次いで母屋の両親に告げに走った。

「ご無事にご誕生です。お嬢さまです」

「おお。優子は大事ないか。赤児は？」

「母子ともにお健やかです。今、産湯をつかっておいでです。後産が済んで落ち着かれましたらお呼びしますゆえ、いましばらくお待ちくだされませ」

何処の出身なのか助手は諏訪弁ではない都会の言葉で告げた。

「うむ。女子《おなご》とのう」

主はわずかに残念げな口調で言った。

「一姫二太郎と申しましょう。はじめの子は女子の方が育て易きもの。ああ、優子が無事でよかった」

加津は大きな息をついて涙ぐんだ。ほどなく主と加津に離れへの入室が許された。加津は紀尾に「そなたも共に」と、固く手を握り締めて震えていた紀尾を呼んだ。

産室に入ると、赤児も優子もきれいに浄められて新しい寝巻きと産着にくるまれて布団に並んでいた。優子は父と母、紀尾を見止めると、

「父さま、母さま、ありがとうございます。紀尾もな」と細い声で言った。

「よう、がんばりましたな、優子」と加津は優子をねぎらい、赤児を見て泣き笑いの表情で言った。「優子が生まれた時と、そっくりじゃ」主は赤ん坊を覗き込み、手で撫でようとして産婆に遮られた。

「まだ早うございます。ゆっくり眠らせてあげてくだされ」

紀尾は緊張が解けて、己を抑えることができず、涙にむせんでいた。「優子さま、ようご無事で。こんな別嬪さんの赤ちゃんは見たことがございません。おめでとうございます」

加津は「そうじゃ、すぐに電報を打たねばの、優子。すぐ松乃と信三を郵便局へやりましょう。局は閉まっておろうが、母屋へ声を掛ければ受け付けてくれようぞ」

松乃は加津から託された電報の文面を記した用紙を懐に、下男の信三と郵便局へ急いだ。郵便局は閉まっていたが、母屋に廻ると、局長夫人が出て来て応待してくれた。

「おお、それはそれは。おめでとうございます。千田さまによろしゅう申し上げてくだされ。明朝電信士が参りましたら、一番に打たせまする。気をつけてお帰りなされ」と言いつつ、松乃の顔を見つめ、「おまえさまは——もしや雪川のくらさんのご縁のお人か」と問うた。松乃は目を見張り、「はい。母をご存知でしたか?」と問い直した。

「母——、それではくらさんの忘れ形見の娘さんか。雪川棟梁の娘さんが千田さまに上がっておるとは聞いておりました。われらは手習い所でご一緒じゃった。ああ、よう似ておいでじゃ」

行きよりはゆっくりと松乃は信三と並んで夜道を歩いた。松乃の胸には母への思いが渦巻いていた。母さま、松乃を生んでくだされた母さま。松乃が子を生《な》すまで、傍にいて欲しかったに。

誕生日の十月二十三日から七日目、お七夜、命名式が催され、優子の夫、井上智弘が名古屋から駆けつけた。

「お宮参りは名古屋で行うということで両親を説得しました」と、晩秋なのに額に汗を浮かべて、智弘は言った。

表座敷に諏訪大社上社の神官を迎えて命名の儀が執り行われた。ごく内々でというお七夜で、赤児の両親と千田夫妻、それに紀尾が加わった。紀尾は「一生の誉」と、恐縮しつつも上気した顔で末席に座った。

「あくまでも仮の、と親たちは言い張りましたが、名を付けぬわけにはゆかぬ、諏訪大社の神官にお頼みしますと言いましたら、名古屋には熱田神宮があると膨れておりました。全く聞き分けのない親で——」と智弘は千田夫妻に謝った。

「なんの。井上様としたら当然のことじゃ。本来なら名古屋でお産をせねばならぬところ、実家での出産をお許しいただいたは、大へんな我儘にございます。優子も赤児も無事にお七夜を迎えられたるは、神の御加護でございます」

上社の神官が上質の和紙にたっぷりと墨を含ませて記した名は「智実《さとみ》」だった。

「うむ、良き名じゃ。音の響きも文字も美しい」と千田源九郎は相好を崩した。

紀尾ときよが精魂込めて作った祝い膳は、諏訪湖の湖の幸と八ヶ岳の山の幸が並んだ。鮎の塩焼き、鰻の蒲焼き、公魚の天ぷら、紅白のなます、蒲鉾、茶碗蒸し、お煮しめ、野沢菜の浅漬け。甘味は小布施から取り寄せた栗きんとんと落雁だった。名古屋からは鯛の塩焼きが特急便で送られてきた。酒は「諏訪の雪」である。

神官を上座に据え、右側に赤ん坊と両親、左に千田夫妻が並び、祝宴は和やかに続いた。智実は名古屋から届いた花のような着物を掛けられて眠っていた。紀尾は末席に連なり、お給仕をしたり、智実の様子に目を配ったりしつつ、祝いの膳に箸を付けていた。松乃たちも台所の板の間で、祝い膳の幾品かが乗った膳をいただき、主一家の慶事を祝った。智弘は二泊のみして、名古屋へと帰って行った。

それから一月ほどして、宮参りに間に合うよう、優子と智実は千田夫妻が付き添って名古屋へ帰って行った。松乃は直接赤児の世話に当たることは無かったが、加津や紀尾の動きから、一人の赤児が育つには幾人もの人の手を要することを知り、驚き、かつ畏敬の念を抱いた。優子は乳の出もよく、夜は紀尾が次の間に寝んで手伝ったため、眠りも足りて、輝くような美しさだった。

「松乃、すまんの。優子と赤児に手を取られて、おまえに教えてやれんで」

「いいえ、滅相もない。赤児が育ってゆくさまを見させてもろうて、ほんにうれしく思います。小さき生命が育ってゆくは、まるで、何というか、奇跡のようじゃ」

「松乃らしい言葉よの。奇跡か。ほんにそうじゃのう」

　お宮参りは名古屋の熱田神宮で五十日を待たずに執り行なわれ、記念の写真を土産に、千田夫妻が帰郷した時は師走に入っていた。

「さあて、父さまの冬着は仕上がったかの」と加津は訊いた。

「それが――衿の始末がようできませんで」と、松乃は悄気た顔で答えた。

「見せてごらん」加津は岳斎の冬着を改め、「うむ。何やらすっきりとせぬのう。しわが寄っておる。解いて縫い直そう」

　丁寧に解いて衿を取り外し、衿中心をしっかり止めて、左右の衿先まで細かくまち針を打ち、さらにしつけ縫いをかけると、きれいに揃った。加津はしつけ縫いの上から火のしを掛けるよう命じた。

「毛織は火のしがよう効かぬが、せぬよりはましじゃ。さ、焦らず、一針一針、縫うてみなされ」

　松乃は加津の導きに従って、心を込めて縫った。衿はピシッとでき上がり、松乃は大きな安堵と喜びが込み上げてくるのを覚えた。

「松乃には智実の襁褓もたんと縫うてもろうて、ありがとうよ」と加津は松乃をねぎらってくれ、「これは、お古じゃがお礼のしるしじゃ」と、また優子が残していった着物を広げた。

「こげに見事な着物、いただけませせぬ」と松乃は固辞したが、

「なんの。箪笥のこやしになるだけよ。これを着て正月に雪川のお家へ挨拶に行くとよい」

と加津は微笑んだ。

水色の地に白百合の花と茎と葉が裾と袂に描かれている。百合の花には刺繍が施されていた。

「優子が十八の頃の外出着として拵えたものじゃが、もう派手で着られんと言うて置いていったものじゃ。帯はこれかの」と加津は黒と緑の玉虫色の地に、揚羽蝶が描かれている名古屋帯を添えてくれた。

「もったいのうございます。われが幾年働きましょうとも、手の届かぬ品。どういたしたらよいのやら」

「雪川の娘が、そのようなことを申すでない。彫り物であれ、着物であれ、作り手の誇りがこもったもの。価値は金銭ではありませぬ」

松乃はこの時の加津の言葉を、ずしんと胸の奥で受け止め、己の彫り物の根に置いていた。作るものの矜持、それはいつも松乃の仕事を支えていた。

年が明けて六日、松乃は着物を紀尾に着付けてもらい、雪川の家へ向かった。正装して雪川まで歩くのは無理だったので、近くの俥屋までは歩き、俥屋から人力俥で角間の実家へ向かった。

暮から正月五日までは千田家の暮から新年までのさまざまな習わしを見聞きし、料理作りを手伝い、加津が花を活ける傍らで活花の基本を見習ったりした。

雪川の門口に人力俥を止めると、玄関から育之助が走り出て来た。

「松乃、お帰り」

「兄さん、明けましておめでとうございます」

「おめでとう。さあ、入って入って。父さまがお待ちかねじゃ」

松乃が入って行くと、邦胤は床の間を背にして座っており、ひろは上がり框に座って松乃を迎えた。

「おお、松乃、美しい着物じゃなあ」とひろは目を見張った。

「はい。奥さまからいただきました。優子さまのお着物じゃったと」

　邦胤の顔を見ると、いらついた時の癖で、眉を小刻みに上下させている。松乃は次の間を小走りに走り、父が座す前に座って、深々と頭を下げ、両手を揃えて挨拶した。

「明けましておめでとうございます」

　邦胤は「うむ。おめでとう」と言ったまま黙っている。松乃が顔を上げて父を見ると、父は言葉がすぐには出てこないほど、感極まっているのが感じられた。邦胤は「よう戻ったな」と言った。

「一晩お暇をいただきました」

「うむ」

「松乃、何か食べたい物はあるかの？」とひろが聞いた。

「ああ、もう朝餉はすみましたなれど、家のお雑煮がいただければ」

「おお、昼には早いが、みなで雑煮をいただこうかの。家は今朝は粥じゃったゆえ」

　ひろは雪川の家の雑煮を受け継ぎ、丸餅に味噌仕立ての雑煮を作った。

「その美しい着物を汚さんようにな」とひろは松乃に割烹着を着せた。

「さ、まずは祝いじゃ」

　四人は酒を汲み交わし、「今年もよろしゅうに」と言い合った。

　松乃は気にかかっていたことを訊いた。

「ヨウから何か便りはあったかの？」

「ああ、そうじゃった。便りが届いとる。暮に年越し蕎麦が届いての、文が添えられとった。松乃が正月には帰ると言うとったゆえ、千田さままで届けなかったが」

　ひろは急いで立って行き、茶箪笥の引き出しから封書を出してきた。

　ヨウは、優子の出産の十日ほど後に男児を出産していた。

「無事に赤児を出産しました。元気な男の子で九百匁もありました。毎日無我夢中で日を過ごしています。千田さまからは三月いっぱいで退がると聞いているで、お家へ戻られたら、ぜひ赤児に会ってやってくだされ。前に送ってくだされた襁褓や肌着、重宝させてもろうてます。赤児の名は正雄《まさお》と付けました。とり急ぎ　ヨウ」

という短い文だった。ああ、行きたい、ヨウに会いたい、赤ちゃんを見たい。松乃は胸が痛くなるほどヨウを思った。

「のう。行きたいであろうが、行儀見習いであっても奉公しとる身では、親の死に目でものうては自由にはならぬもの。文を出して我慢しなされや」

とひろが言った。邦胤も「うむ」と頷いた。

「正雄と名付けたと。元気な男の子じゃと」

と、松乃は育之助に聞かせるつもりで告げた。

「あ、もちろんヨウも元気じゃ。早う会いたい」と松乃は涙ぐんだ。もし、優子の出産と赤児の世話のさまを見ていなかったら、ヨウの出産も一通りの喜びで受け止めていたかもしれない。だが、赤児がどんなに奇跡的な存在であるかを松乃は味わっていた。ヨウ、よかったね、よう頑張ったの、と胸の内でくり返していた。それにしても、優子さまには手助けする者がたんとおる。ヨウは旦那さまと姑さんに助けてもらえるじゃろか、と松乃は覚束ない思いだった。

　夕刻、本家を継いだ邦篤と弟の直邦が訪ねてきて、賑やかな宴会になった。邦胤を囲んで、それぞれ建築や彫刻に携わっている男たちの話は、ともすれば「仕事」の話になった。松乃はひろの手助けをしながら、男たちの話に聞き入っていた。

「それにしてもおじいさまの彫り物は見事じゃなあ」「彫り物も宮造りも、邦政さまは天才じゃった。木を伐る時に巻き込まれて亡うなってしまわれたが、木の神が招いたのであろうか……」「邦政さまの彫り物を見ておると、わが手がもどかしくなってくる。なれどわれはわれを恃みて精進するだけじゃ」「われらは雪川流に生まれたることを忘れずに仕事をせねばならん」そんな言葉が三人の口から発せられた。黙って聞いていた育之助が「忘れることはない。だが――背負う苦しみもある」と呟くように言った。そうか、育兄さまは雪川を背負う苦しみも感じておられるのだな、と松乃は思った。それは自分の仕事の道を極めていくことができる。それが多くの苦悩を伴うものであろうとも、一つの彫り物を作成していくところには、言葉にできぬ喜びもあろう。それは父さま兄さまの身近にあればよう分かる。では、われは？　われも男子《おのこ》と生まれたならば、今この場でも彫り物の話に加われたであろうものを。松乃は胸の内のざわめきを抑えかねていた。

「なあ、松乃ちゃん、松乃ちゃんはどんな人と夫婦《めおと》になりたいかの」

酒が入って少し口が軽くなったか、直邦はそんなことを口にした。「やはり宮大工とか彫り物師が望みかの、父さまのような」

「そげなこと、考えたことはありませぬ」

松乃は硬い声で言った。

「松乃はどこにも嫁にやらん」と、邦胤が険しい声で言い切った。直邦はハッとして邦胤を見た。

「ほうよ。松乃ちゃんは岳斎さまの宝物じゃてなあ」とひろがその場の空気を繕うように言ったが、邦胤も育之助も言葉を発しなくなり、何となく座は弾まなくなって、邦篤と直邦は困惑した表情で帰って行った。二人が帰ると、松乃は父と兄に土産を披露した。

「おお、これは毛織り物よの。暖かそうじゃなあ。これ、松乃が縫うたのか？　一人で」

とひろが驚いた。

「奥さまに教えてもろうての。生地も奥さまと選び申した。生地代は……奥さまが出してくだされた」

「ほう。ほんに暖かそうじゃ。仕事場は寒いでの、これは重宝する。の、育之助」

「うん」と返事しつつ、育之助は、さっそく羽織ってみせた。邦胤もさっそく羽織り、男二人はお互いの姿を見て、照れくさそうに笑った。

「おっ母さんには間に合わんでの、すみませなんだ。優子さまのお産やらもあって少し忙しゅうてな」

「なんの、夏に浴衣をもろうたで」とひろは言い、

「松乃、今夜は父さまと寝んではどうかの？　おまえさま、いかがじゃろ」と言った。

「ふむ。今夜は四人で寝まんか。座敷二間、襖を開けて寝まんか」

邦胤が言い出し、四人は縁側の方に頭を向けて床の間の方から邦胤、ひろ、松乃、育之助の順に床を並べた。邦胤と育之助は、松乃が縫った仕事着を布団の上に被せて寝んだ。

次の日は、朝食が済むと、松乃は半紙と筆を出してもらって、ヨウに手紙を書いた。

「ヨウさま、ほんにほんにおめでとうございます。正月六日、家に一泊することを許されて戻り、ヨウさんの手紙を読むことができました。男の子じゃとのこと、何より旦那さまがお喜びじゃろ。姑さまもな。何よりヨウさんが無事で、松乃はどれほど安堵したことか。羽があれば飛んで行って、ヨウさんに会いたい。正雄ちゃんを見たい。なれど行儀見習いが終わるまでは、思うようにはなりません。四月になったらすぐに伺うでな。待っとってくだされ。千田さまでも娘さんが実家でお産をなされて、前後二月ほど滞在しておられ、松乃もお産や赤児のこと、少しは分かるようになりました。ほんに大変じゃろ。千田さまではたくさん手がありなさるが、ヨウさんは一人じゃものなあ。眠りは足りていますか？　乳は足りているかの？　実家のおっ母さまに、手伝いに来てもらえるといいがの。決して無理をせんと、疲れたら旦那さまに言いなされ。そうじゃ、久三ちゃんは拗ねておらんか心配じゃ。『お姉ちゃん』じゃからとばかり言わんと、赤ちゃんのように抱きしめてあげてくだされ。

四月になって雪川に帰ったら、すぐ訪ねさせても

らうでな。

　ヨウさんが母さんで、正雄ちゃんは幸せじゃの」

　書き終えると、封をして、ひろに託した。

「飛脚屋さんに頼んでくだされ。お使い立てしてしてすみませぬがの」

　昼餉を食べ終えると、松乃は帰り支度にかかった。着物は歩き易い普段着に着換え、藁沓をはいた。邦胤は同業者の顔合せがあるため、松乃よりも早くに家を出た。育之助が送ってくれるという。「これはほんの新年のご挨拶」と言って、邦胤は花台を育之助に持たせた。猫脚の花台には、雪川のしるしの鶉と粟の穂が彫られていた。道々、育之助と松乃は黙りがちだった。いつまでも変わりなく続くと思っていた一家の暮らしも、徐々に変わっていくことに思い至り、二人とも当てどない思いに陥っていた。

「一年という約束じゃゆえ、四月には家へ戻れよ」と育之助は言った。「父さまがの、松乃がおらんと、しょんぼりしていなさるで、わしは胸が痛い。松乃はもっと千田さまに居りたいのか」

「習うこと、学ぶことはたんとある。奥さまはほんに立派なお方じゃ。紀尾さんもいい方じゃ。じゃが、父さまを寂しがらせてまでして、千田さまに居るつもりはない——そうじゃ。われより兄さまが嫁さまをもらわねばいけんのではないか？　もう二十も過ぎたのじゃもの。嫁さまが来なさって赤児が生まれたりすれば、うちも賑やかになる。父さまも寂しゅうなくなる」

「ん、まあそのうちにな。赤児か……ヨウも母さんになったのじゃな」

　育之助の思いは、まだヨウの元にあるのだろうか。松乃は切なかった。

　千田家では岳斎の花台を大そう喜んでくれた。

「まあ、入手し難い岳斎さまの御作。何とお礼申し上げてよいか。それにしても見事な彫り物よのう。兄さま、たまにはお上がりくだされ。お茶など召し上がらぬか」と加津が勧めたが、育之助は、「恐れ多きこと」と固辞し、「松乃をよろしゅうに」と深く頭を下げて帰って行った。

「紀尾、床の間の花を活け換えて、花台を取り換えようぞ」と、紀尾を呼び、松竹梅に千両を添えた正月の花は、ろう梅といち早い紅椿に活け換えられ、鶉と粟の穂の花台に乗せられた。

「おお、花台と花が互いに引き立て合って、素朴で上品な趣よのう」と加津は目を細めた。

松乃は座ってお辞儀をし、「ただ今戻りました。父と母からも、くれぐれも御礼申し上げよと」と挨拶し、少しためらって後、「あのう」と切り出した。

「何かの」と松乃の言葉を待つ加津に、松乃はヨウが男児を出産したことを告げた。

「おお、それはめでたい。松乃の幼なじみじゃったの」

「幼なじみ」と言ってくれたことが、松乃には何ともうれしかった。

「祝いに行きたいであろうが、冬道は無理じゃ。春になったら行くとよい。赤児はいつまでも赤児ではないゆえ、一歳ぐらいの大きさの児用の着物を持っていくとよい。少しずつ縫うておくとよいぞ」と言った。「布はの、呉服屋で千田の付けで買うてよい。花台をいただきました、ほんの御礼の一端じゃ」

それから三月の間、松乃は家事手伝いの合い間には、午前中は書の他、活花と茶道の基本を習った。

「活花はの、さまざまな流派があるが、基本は同じじゃと思う。基本を覚えておれば、何かの折には役に立つであろう。――じゃが、本来はわたしは花には花のいのちを全うさせるのがよい、と思うておる。山の花は山で、野の花は野で見るがよいと。茶もな、要は気持ちよのう、美味しゅう喫っすることができればよいのじゃ。じゃが、松乃も向後、茶会に招かれることもあるやもしれぬ、そのような時慌てたり尻込みしたりせずともよきように、一通り心得ておくとよい」

午後は以前の通り、縫物に時を費した。縫いたい物はいくらでもあった。正雄の着物、ひろの綿入れ。そして松乃はひそかな大望を抱いていた。ヨウに外出着を拵えてやりたい。お宮参りには間に合わぬが、絹物を一枚贈ってやりたかった。が、松乃には布を購うお金が無かった。

思いついたのは、生母のくらが自分に残してくれた何枚かの着物だった。くらはやや小柄な人だったので、平均よりは大柄なヨウには、丈はともかく裄が合わない。思い切って加津に相談すると、加津は「着物を見せてごらん。明日にでも雪川さんに伺って、持って来るとよい。仕立て直しができるかどうか見てあげよう」と言ってくれた。三時間ほどの外出許可をもらって雪川に行った松乃は、母が残してくれた箪笥の一段を開けた。畳紙に包まれた着物が三枚入っていた。黒縮緬に裾模様の一枚は、母の婚礼衣装だと聞いていた。薄い朱色の地に、裾と袖に籬《まがき》に咲き添う菊花と萩が描かれた豪華な一枚。紺地に五色の扇が散った小紋。母さまが着ておいでなのを見たことはなかった、と松乃は切なかった。われが生まれた時は母さまは若うなかったゆえ、着ることは無かったのであろうか。床に就いていなさることも多かったし……。

片隅に風呂敷包みがあった。開いてみると、浅葱色の地紋がの入った無地の布地だった。これなら子供の入学式などに着る着物になるのではないか、と松乃は思った。この頃は子供の入学式や卒業式に、無地の着物に絵羽織を重ねて列席する母親の姿を見かけるようになった。羽織の方はまた考えるとして、この生地で改まった際に着る着物を作ろう、と松乃は生地を包み直した。

「おお、良い物が見つかりましたの。これは紗綾形《さやがた》綸子《りんず》と申す生地。上品で格式のある地紋じゃ。無地なら柄合わせも無うて縫い易い。そうじゃ、家紋を一つ付けてみようか。背に一つ入れると改まった趣になる。ヨウの婚家の紋は何か問い合わせてみてごらん」

「紋はどのように入れますのか？」

「わたしが縫い取りをして進ぜよう」

「えっ、刺繍もなされますのか」

「ん。裏地はたしか白絹があったゆえ、それを使おう。裾回しのみは買わねばならぬの。呉服屋で付けで求めてきなされ」

「付けというても」

「岳斎さまの花台のお礼代わりじゃ。棟梁はお代は受け取らぬであろうからの。裾回しなど何枚でも買えるほどなのは、よう承知しておるが」と、加津は微笑んだ。

「松乃はもう一人で縫えるであろう。じゃが分からぬことがあれば、遠慮のう聞きなされや」

裾回しは、流水と紅葉が織り出されている落ち着いた鴇色を選んだ。生地に鋏を入れる時は手が震えた。加津は何も言わずに松乃の手元を見守っていた。無地の生地は柄合わせの要が無い分、目印になるものがなく、松乃は戸惑った。「印付けの手を抜かぬようにな」と加津は繰り返し言った。加津が指南の言葉を繰り返すのは珍しかった。裁って、縫い進めていくうちに、背の紋の位置も見当がつくようになると、加津は「そうじゃ。女子《おなご》の紋は実家の紋でよいのじゃから、雪川棟梁宅の紋にしよう」と言った。ヨウからは「うちは昔からの紋というものはないようです」と言って来ていた。雪川の家紋は「根雪笹」だった。

二月かかって、松乃は浅葱色の着物を縫い上げた。午後の時間すべてを縫い物に当てられる日はむしろ少なく、お客を迎える用意やら、加津が外出する際のお供、紀尾に命じられる掃除、洗濯物の始末など、いくらでも用事はあった。それにしても二月かかったのには松乃が丁寧に丁寧にと一針一針を運んだからだった。加津に手を取られながら一枚縫っただけの袷の仕立方は、まだ飲み込んでいないところ、覚えたはずなのに忘れているところもあって難渋し、松乃はその度、加津を頼った。

「松乃は裁縫で身を立てるわけにはゆかぬようじゃな」と加津は笑った。

「なれど、さすがに物を作り出すことは好きなようじゃし、才はある。女子は主の職がうまく回るよう支えるが役割であるが、松乃はどうであろう。松乃はどのような男子《おのこ》に心惹かれるかの」と問われて、松乃は我知らず「父さまのような方」と答えていた。加津は少し驚いたように目を見張ったが、ゆっくりと頷いて、「そうじゃのう。岳斎さまほどの方が父御であれば、娘は父さまのような方を恋うるであろうのう」と言った。

松乃はヨウに縫った浅葱色の着物を畳紙に収め、さらに藍の木綿風呂敷に包んで行李に入れた。四月に家に戻ったら、すぐヨウを訪ねるつもりだった。

三月早々に、優子から姑が体調を崩し、智実の育児と併せて疲れ切っているという手紙が届き、紀尾は「ぜひ、お手伝いに行かせてくだされ」と加津に懇願した。加津は、井上家にも女中は二人居り、実質的な家事で優子が疲弊するというより、心情的に心細いのであろうと推し測っていたが、実家から人手を送るというのはいかがなものかと思案していた。優子の手紙に続き、夫の智弘からも「お願いできまいか」と便りがあり、加津は紀尾を遣ることを決意した。

「くれぐれも出すぎませぬようにな。あちらの姑さまはもちろん女中さん方にも従いなされや」と紀尾に釘を刺した。紀尾は加津の言葉も耳に入らぬほど気が急くらしく、大きなトランクとともに人力俥に乗り込んだ。

紀尾がいなくなると、台所の方も忙しくなり、松乃は三度の食事の度にきよを手伝うことになった。加津も台所へ足を向けるようになり、スープ、シチュー、カツレツなどの西洋料理を教えてくれた。

「高島城の殿さまの東京の御宅では、日曜日ごとに洋食を召し上がるそうじゃ。これからは外国の方とのお付き合いも多くなるから、お子さま方にも洋食の作法、マナーとか申しましたの、を身につけさせんと恥をかくと仰せられて。時にはパーティーとかもなされての、それはもう華やかじゃそうな。さような時は本職の料理人が雇われるようじゃがの。あ、わたしは東京の息子たちの家で、孫たちの誕生祝いで食しましての、美味しかったので、嫁に教えてもろうたのよ。西洋料理は日本料理の如く素材を生かすというより、いかに素材に手を加えるかが肝《きも》のようじゃ」と加津は説明した。

千田家にいれば、これまで見たことも聞いたこともないような経験ができると、松乃は千田家を去り難い思いがした。一方、父のことを思うと、父の傍にいたいという思いが込み上げる。上の兄さまが亡うなって、父さまはどんなに悔しく、寂しい思いでおりなさるじゃろ。育兄さまがいてくださるゆえ、われはこうして千田さまに来させてもろうておるが、父さまはきっと、われに傍にいてほしいと思うていなさるじゃろう。松乃は千田家で学んだ数々に改めて目を見張り、加津の人柄を敬い慕いつつも、予定通り、三月いっぱいで千田家を辞した。涙をいっぱいに溜めて挨拶する松乃に、加津は「何か困じたことがあったら、相談においでなされ。松乃は芯のある娘じゃ。行く先に幸いあれと願うております よ。松乃がいなくなると、寂しゅうなりますなあ」と、しみじみとした口調で言った。

育之助の運命《さだめ》

　邦胤は松乃が戻っても笑顔を見せなかった。ブスッと口を「へ」の字に閉じている。松乃は慌てた。子供の頃のように頭を撫でてくれるとは思わないが、「よう戻ったな」と笑顔で迎えてくれるものと思っていた。邦胤と並んで立つひろは、少し困惑しながらも、「お帰り、待っとったよ」と笑みを見せた。

「さあさ、ご飯にしよう。おっつけ育さんも帰るでな。手を洗うて、御膳を並べるのを手伝っておくれ」

　松乃は父をちらりと見て、ひろに従《つ》いて台所に行った。

「あのな、松乃。父さまはあんまり待ちかねて少し拗ねとりなさるのよ。子供みたいじゃろ」とひろは囁いた。

「あまり改まらず、一年前の続きみたいにしとれば、父さまもいつものようになりなさる」

「そうか」松乃は納得した。待ちかねて、やっと思いが叶うと、喜びをまっすぐに表せず、ブスッとした態度になってしまうことは松乃にも分かった。

「やあ、遅くなってしもうて」と育之助が汗を浮かべて玄関を開けた。

「兄さま、お帰りなされ。松乃も戻りました」

　育之助は満面の笑みを浮かべて、「おお、松乃、よう戻ったな。松乃がおらんで父さんはずーっと不機嫌でな。はてさて、戻ってくれて、わしもおっ母さんも助かった」と言った。

「いや、わしは何も……」と邦胤は言いかけたが、「うん。よう戻ったな」と照れくさそうに笑った。

　お正月だけ買い求めるあわびの煮貝を細かく刻んで炊き込んだあわび飯。豆腐の味噌汁、暖かくなって少し酸味の出た野沢菜漬け、鶏肉のたっぷり入った筑前煮。諏訪屋から届いた「諏訪の雪」を汲み交わし、久しぶりの一家揃っての夕食となった。酒が進むにつれ、邦胤の口は滑らかにほぐれ、

「松乃、よう戻ったな。もうどこへもやらぬぞ」と繰り返した。ひろと育之助は「やれやれ」といった表情で苦笑いしている。

「松乃、少し大人びたな」と育之助はまぶしそうに松乃を見た。

「千田さまで何を習うた？」とひろが問う。

「書と、女大学やら古今和歌集。裁縫、料理。料理は紀尾さんに習うた――というより、手伝った。加津さまには西洋料理も食べさせてもろうた。あ、そうじゃ、加津さまからいただいた西洋菓子があった」松乃は加津が持たせてくれた菓子箱を差し出した。

「カステラじゃ」

「加津さまが拵えなさったのか？」

「そう。昨日焼いてくだされた」

「甘い、うまい」甘味好きの育之助は、大きく切ったカステラを三切れも食べた。

翌日、松乃は加津が二箱渡してくれたカステラの箱の一つを持って酒屋を訪ねた。

「おお。松乃ちゃん、戻ったか。父さまがどんなにかお喜びじゃろ。松乃ちゃんが居らんでずーっと機嫌が悪うて困るとひろさんが苦笑いしとったよ。何々、千田さまの奥方さまが拵えたカステラじゃと⁉　何と貴重なものを、のう」

「あのう、ヨウから便りはありませぬか。赤ちゃんは元気じゃろうか」

「おお、元気に育っとるらしいぞ。配達の荷馬車が茅野庵にも寄るゆえ、ヨウの様子も聞こえてくる。あの、ちょっときつげなお姑さんも跡継ぎができたんで大喜びで、ヨウにも当たりが柔らこうなったらしいで」

「配達便は今度はいつおいでじゃろ。われを乗せてってくださらんじゃろか。ヨウに会いたい。お祝

い」

「そうじゃなあ。今日は二日じゃね。配達は茅野方面は七の日じゃゆえ、そう四月七日には行くはずじゃ」

「われを乗せてってもらえるかどうか、聞いてみてもらえんかの」

「ああ、荷物と一緒でよければ大丈夫じゃろ。ほら、ヨウの婚礼の時は荷物は積まず、われらのみ運んでもろうたがの」

「荷物と一緒で大丈夫。お願いしてくだされ」

「分かった。七日朝八時にうちへおいでなされ。一人で大丈夫かの」

「大丈夫です。ほんにありがとうございます」

酒屋からの帰路、松乃は一人母の墓へ回った。春の遅い信州では四月に桜の咲くことはなく、そこここに梅が澄んだ香を放っていた。

母の墓前で、松乃は深く頭を低れ、手を合わせた。

「母さま、昨日は母さまがわれを生んでくだされた日でした。元ご家老の千田さまのもとで一年間行儀見習いをして昨日戻って参りました。あ、母さまはみなご存知ですよね。いつも松乃を見守っていてくださるゆえ……」

胸のうちで母に語りかけると、にっこり笑っている母の姿が見えた気がした。「松乃、大きゅうなりましたな」と母の声がした気がして振り向くと、育之助が立っていた。育之助は手桶と梅の枝を手にしていた。

「昨日は松乃の誕生日じゃったの」

「覚えとってくれたんじゃね」

「わしは六つでな。まあだ母さんに甘えたい年頃じゃった。そこへまるで姉ちゃんたちの生まれ替わりのような女の赤ん坊が生まれて、皆の関心は全部赤ん坊の方へ行ってしもうてな、ほんに邪魔っ気な赤ん坊じゃった」

「……」

「じゃがな、母さんがわれを傍に呼び寄せて膝に抱いてくれ、『おまえの妹じゃよ。一人では何もできぬ赤ん坊は、みんなの手と心で一日一日育っていく。おまえもそうやってここまで大きゅうなってくれた。おまえはまだ小ちゃくて赤ん坊の世話はできんかもしれんが、赤ん坊に笑いかけておくれ。おまえの笑顔で赤ん坊は育ってゆくのじゃ。母さんはおまえを頼りにしておるよ』と言うたので、われは気を良くして『うん。まかせとき』と請け合うた。とはいってもわれはずい分ヤキモチ焼いて、暴れとったがな」

育之助は花立てに梅の花を挿し、線香に火を点けた。

「われはお花もお線香も持って来んじゃった。育兄さん、今日は仕事は？」

「今日は父さんとは別の仕事場でな、早う終わったんで家に戻ったら、松乃は酒屋にカステラ届けに行ったって聞いてな。じゃがなかなか戻らんゆえ、もしや母さんの墓へ回ったかなと思うて来てみた。カステラはまだ残っとるかな」

その夜、ひろは竹の子ご飯を作って、松乃の誕生日を祝ってくれた。錦糸卵と三つ葉に飾られた大皿盛りの竹の子ご飯、ひろが魚屋に頼んでおいた鯛と大根の煮付、菜の花の辛子和え、まだ残っていた筑前煮。甘味はカステラと草餅が供された。

「おお、毎日祝い酒じゃのう」

邦胤はうれしげに盃を口に運んだ。

「昨日は松乃が無事に戻ったお祝い、今日は一日遅れの誕生祝いじゃ」

「おっ、そうか、誕生日じゃったな。松乃も十八になったか」

邦胤は感慨深げだった。十六歳と八歳で逝った娘たちを思うと、松乃が十八歳の誕生日を迎えたことが奇跡のように思われ、邦胤の胸の内には安堵と不安が渦巻いた。

「二人ともわしより早ういってはならぬ」

邦胤はいつもの口癖をこの日も口に出した。

「七日にの、ヨウのところへ行ってもいいかの？　酒屋さんの配達馬車に乗せて行ってもらえるゆえ」と、松乃は邦胤の心のたゆたいを払うように言った。

「赤児のお祝いじゃね。ああ、うちでも何かお祝いせんといかんね、おまえさま」

「うむ。祝い金がよかろう。ヨウも自分で遣える金が要るじゃろ」

「松乃は何をあげるのじゃ？」と育之助が訊いた。

「着物。赤児とヨウの」

「ヨウの着物？」

「はい。加津さまに教えてもろうて縫いました。母さまが残していかれた浅葱色の生地で給を縫うたで。一つ紋は加津さまが縫い取りをしてくだされたゆえ、祝い事にも着られようかと思うて」

「給が縫えるのか？」ひろは驚いて松乃を見た。

「教えてもらいながら何とかの。荷が届いたら見てくだされ」

自分の身の回りの品も含めて、松乃は行李を一つ、運送屋に頼んであった。三日の暮れ方に届いた荷を開けて、松乃がひろに給を見せると、ひろは大そう感心した。

「給は難しいじゃろ。われも単衣なら縫えるが、給は仕立てに出す。そういえば、棟梁や育さんの仕事着も給じゃったの」

「あれは多少雑でも大事なかったが、これは紋付きゆえ気を遣った。一生に一度の給かもしれん」

「ヨウがどんなにか喜ぼう。七日が待ち遠しいのう。――さて、七日までの間、何をしようぞ」

「家の中を少しずつ掃除するんはどうじゃろ。いえ、汚れとるというわけではないが、おっ母さん一人では男子《おのこ》二人の衣食だけでも大変じゃったろう。台所、風呂場、座敷、二階と、少しずつ整理して磨くんはどうかの」

「そうかもしれんな。ずっと起居しておると何も気付かんが、一度離れてみると、いろいろ気付くこともあるじゃろ。それにの、以前から気になっておったが、松乃が茶の間に寝むのものぅ」

　夕食の時、ひろが「松乃の寝室」の話を持ち出すと、育之助が、

「われに一部屋、造ってくれませぬか、父さん」と言い出した。「仕事場に付け足す仕様で、一部屋作れんかの。われはそこで寝ることにするゆえ、松乃は二階で寝めばよい」

「うむ。造れぬことはないの。四、五坪なら土地も何とかなるし、本家やら、知り合いに大工も多勢居る。六畳の部屋と一、二坪の板敷きなら一月もあればできようて」

　話はトントン拍子に進んで、育之助はうれし気だった。

「わしが嫁さんもろうたら、わしと嫁さんは二階に上がって、うるさい小姑は、離れに居てもらおう」

　育之助が「嫁さん」などという言葉を自ら口にしたのは初めてのことだったので、邦胤もひろも松乃も驚いた。

「誰ぞ、嫁さんにしたいお人が居ると？」と松乃が訊くと、

「いやあ、居らん。すまん」と赤くなった。ようやっと育兄さんもヨウのこと踏ん切りがついたのかもしれんと、松乃はホッとする一方、どこか寂しい気がした。みんな大人になってゆくのじゃな。時は止められん。

　六日まで、松乃はひろと家中を掃除した。押入れの奥まで一つ一つ荷の中身を検めながら、捨てるべき物、取っておくべき物を、ひろと相談しながら仕分けした。くらが残した着物や小間物、書類などは、箪笥一棹に収まっていた。浅葱色の無地もこの箪笥から見つけたものである。書類の中には長兄や次兄、松乃自身の手習いの半紙も入っていた。いわば母の人生が詰まっているように思われ、松乃は胸が詰まった。この箪笥はわれが二階で寝むようになったら二階へ上げてもらいたいと松乃は思った。今日は台所、今日は風呂場と一か所ずつ丁寧に磨いてい

く。

　一方、邦胤はさっそく本家に連絡して、大工の手はずを整えた。

「半端仕事ですまないが」と邦胤は現場を見に来た大工に詫びた。

「いやあ、雪川さんとこの仕事をさせてもらえるなんて、名誉なことじゃ。たまに――仕事場を見せてもろうていいかの」

「おお、わしなり息子なりが居る時ならいつでも見てくだされ。留守の時はすまんが――」

「そうよの。仕事場は大切じゃものなあ。明日図面を描いて来ますで、明日は居られるかの？」

「おお、明日は家で彫り物じゃ」

　次の日、大工は図面を持って来た。すべてで五坪の小さな建物である。半畳の土間を上がると板の間があり、突き当たりは、小さな水場になっていた。六畳の畳の部屋の奥は、半間の戸棚と作業場にもなる板の間がついていた。

「こりゃいい。水が飲みたくなっても母屋へ行かんですむ」と育之助は喜んだ。

「厠はどうするね。雪川家には外便所は無いゆえ、あれば重宝と思うが」

「うーん。付けてもらえれば便利じゃのう」

「それなら、ここに付けるか」と大工は板の間の奥を指さした。

「ここは障子と雨戸でいいかな。夏は開け放して、冬は障子から明かりが入る」

　そんなやりとりを重ねて、育之助の居室の図面はでき上がり、さっそく地面に縄張りがなされた。

　七日はうららかな春の光が木樹に踊る日和になった。

「おお、しばらく振りじゃの、松乃ちゃん。所々で酒を下ろして行くで、厠の用があったら、そこで言いなされ。荷の間で窮屈じゃろが、座布団敷いといたで、そこに座ってくだされ」

「はい。お世話になり申す。よろしうに」

荷馬車の枠の間から見覚えのある景色に気付いたり、見知らぬ風景に改めて驚いたりしながら松乃はヨウに何と声を掛けようかと考えた。正座していると足が痛くなって来て、加津からもらった小紋の裾を少し絡げて、足を伸ばして座り直した。少しうとうとしてしまったらしい。ガクンと揺れて荷馬車が止まり、松乃はハッと目を覚ました。

「着きましたでー」

達平が足台を置いてくれるのももどかしく、松乃は荷物を抱えて駆け降りた。

「松乃ちゃん、よう来てくれましたな」

赤ん坊を抱いたヨウが、満面の笑みで迎えてくれた。

「ヨウちゃん」と言ったきり、松乃は胸が詰まって言葉が続かなくなった。

「これが正雄ちゃんか？」松乃は赤児の顔を覗き込んだ。赤児はじっと松乃を見つめて、手足をバタバタさせた。

「正坊も喜んどる」とヨウも泣き笑いして言った。

「んじゃ、午後の二時頃には寄るでな、それまでゆっくりな」と達平さんはさらに山梨県境まで酒を配達すると言って去って行った。

茅野庵の主と姑に挨拶をすると、ヨウは松乃を住居部分の座敷に案内した。

「これから昼時で忙しゅうなるで、主人はお相手ができん。すみませんのう」

「なんも。お店は大丈夫？」

「はい。正坊が生まれてから、もう一人お運びの娘を雇ったゆえ、大丈夫じゃ。われが店に出る時は正坊はお姑《かあ》さんがみてくれとる」

「久三ちゃんは？」

「学校行っとるよ。まあだ二年生じゃが、今からその上の高等小学校へ行きたいと言うとる。何やら百合に憧れとるらしい」

松乃がヨウに祝いの品を差し出すと、ヨウはびっくりして目を見張った。

「もうたんともろうておるに」正雄の普段着や襁褓を、ヨウは「ほんに助かります」と胸に抱き締めた。さらに畳紙に手を触れ、「これは？」と訊いた。

「われが縫い申した。生地は母さまが残してくれたものじゃ。千田の奥さまに教えてもろうて何とか縫いおおせた。紋も一つ付いとる。何か改まった時にも着てもらえるかと思うてな。素人で下手じゃが、着てもらえたらうれしきこと」

　畳紙を開いて着物を見たヨウは、何も言わず、顔を伏せて、着物を撫でていた。

「気に入らんと？」不安になって松乃は訊いた。ヨウは激しく頭を振り、襁褓を顔に当てて泣きじゃくった。

「松乃ちゃんが縫うてくれたと。こげな上等の着物、われは初めてじゃ。何とお礼を言うていいか分からん」松乃はホッと胸を撫で下ろした。母親の関心が自分から外れたことを感じてか、赤ん坊がぐずり始めた。

「おお、ごめん。おなかが空いたかの」

　ヨウは「ごめんなして」と襟を開き、正雄に乳を含ませ始めた。赤児を見るヨウの顔を観音さまのようじゃ、と松乃は思った。

「お昼、お運びしたで」と娘の声がした。「あ、ほんにお昼じゃな」とヨウは立とうとした。「正坊、まだお乳飲んどるで。いいよ、われが受け取ろう」

　松乃が障子を開けると、手伝いの娘が、ざる蕎麦と天ぷらの載った膳を重ねて廊下に座っていた。

「ああ、ありがとう。ご苦労じゃね」と声を掛けて、娘に部屋に運び入れるよう命じた。茅野庵の蕎麦は更科系で、白くなめらかだ。天ぷらは莢えんどうと海老とさつま芋だった。

「さつま芋は土に埋めて保存しておいたものじゃが、もうそろそろ仕舞いになりますの」

「えんどうが美味しい、甘味がある」と松乃は目を細めた。蕎麦も天ぷらも食べ切って、蕎麦湯もたっぷりいただいて、松乃は大満足だった。

「正坊も満腹で眠りかけとる。ちょっとばあちゃんに頼んで、少し歩いてこようか」とヨウが言った。

「どこへ行く？」

「重原ちゅう所に白岩観音堂と申すお堂がある。四半刻ほどでいけるゆえ、行って見んかの。雪川さまの手に成るお堂と聞いたことがあるが……」

「ああ、それは初代の邦宗さまが初めて造られたと聞いておる。われは行ったことが無いでぜひ行きたいのう。じゃが、ヨウちゃんは疲れておらんか？」

「毎日、家の中にばかり居るんで、少し気が塞いどったよ。外に出られるんはうれしきこと。今気がついたが、松乃ちゃんの着物も美しいのう」

「ん。これも加津さまにもろうたんよ。娘さんのお古じゃ」

歩きながらヨウは、改めて雪川で世話になったことの礼を言った。

「われは寺子屋へ少うし通っただけで、下の子の子守りや家の手伝いをしとったゆえ、手習いらしい手習いはできんかった。棟梁んとこで、女将さんが女子《おなご》も手習いせんといかんちゅうて、半紙と筆をくだされて、たまには教えてくだされた。本やらも松乃ちゃんと一緒に読めたゆえ、漢字も覚えた。今もうちの店の品書きはわれが書いとる。久三も上の学校へ行きたがっとるし、正雄も蕎麦屋を継ぐかどうかはともかく、本人が望めば学問をさせるつもりじゃ」

「ヨウちゃんは偉いのう。もうすっかりおっ母さんじゃね」

白岩観音堂は三間四面の小振りなお堂だった。正面には軒唐破風を設え、細部には鳳凰や唐獅子、象などの彫刻が施されている。

「見事じゃのう。清々しき思いがする」

「父さまのおじいさまが造られた」

「岳斎さま、そして邦弘さまと続いていくのじゃなあ」

ああ、兄のことを忘れたわけではないのだな、と松乃は胸に小さな明かりが点った気がした。なれど、人には運命《さだめ》というものがあるのじゃろう。ヨウも兄さんも、幸せになってほしい。松乃は二人の行く先の幸を祈った。

二人が戻ると、茅野庵は午後の休憩に入っていた。

「おっ姑《か》さま、正坊をすみませんでしたな」

「いいや、いい子にしとったよ。さて松乃お嬢さん、お茶にしましょうかの。そろそろ荷馬車も戻ってくるじゃろ」

松乃がひろから託された諏訪名物の寒天菓子で主の信吉も交えてお茶になった。

「たんとお祝いをもろうたようでありがとうございました。棟梁によろしうお礼申し上げてくだされ」

主が丁寧に挨拶を述べた。

「いえいえ、ほんのおしるしばかりで」と松乃が挨拶を返していると、

「ごめんなされや。遅うなってしもうて、お待たせしましたのう」

入り口の格子戸の外から声がした。

「あれ、達平さん、ちょうどいいところじゃった。お茶にしとったところよ」

「達平さん、お昼は済んどるじゃろが、蕎麦一杯どうじゃの」と三重が声を掛けた。

「茅野屋の蕎麦なら、昼食うてすぐでも入るで。かけがいいのう」

手伝いの娘が天ぷらの乗ったかけそばを運んできた。達平はズスッと啜って、「これよこれ。そばも汁も絶品じゃ。天ぷらものう」

瞬く間に蕎麦を平らげ、お茶もお菓子も腹に収めて、達平は、

「さあ出発じゃ。少し急がんと諏訪に着く頃には暗うなってしまうで」

「正坊の誕生日が過ぎたら諏訪にも連れて来て父さまにも見せてくだされ」

「はい、必ず。岳斎さま、邦弘さまによろしう」

帰路はさすがに疲れたらしく、松乃は覚えず眠り込んでしまった。目覚める度に日が傾いていく風景

が目に入った。

「やれ、遅かったのう。父さまが心配なさっとったよ」とひろが玄関先で迎えた。

「ああ、ごめんなされ。父さま、つい話が弾んでしもうて。お蕎麦もろうてきたで」

「うむ。女子《おなご》が遅うまで外を歩いとったらいかん」としかめ面で言った邦胤だったが、松乃の顔を見ると頬を緩めて松乃の頭を撫でた。「あれ、もう子供でないが」と松乃がしかめ面をしてみせると、「松乃は子供じゃ。いつまでも父さんの子供じゃ」と脹れっ面をした。育之助は笑いを噛み殺して俯いている。

「今夜はお蕎麦がいいかの。ご飯も炊いてあるが」

「おう、わしは蕎麦にする。タレもあるのじゃろ」

蕎麦は邦胤とひろ、育之助と松乃は御飯だった。お菜は塩ブリと卵焼き、菜の花のおひたしだった。塩ブリはひどく塩辛かったが、炊き立てのご飯によく合って美味しかった。

「卵焼き、甘うてうまい」と育之助は自分の分を食べてしまって、松乃の皿に目を向けた。箸が伸びてくる寸前、「あげんよ」と松乃は皿を育之助の手の届かないところに移した。箸を中に浮かせて憮然としている育之助に、ひろが「われの分をあげるで。妹の分を取ったらいかんよ」と、自分の皿から育之助の皿に卵焼きを移してやった。

「全くもう、二人とも子供みたいじゃ」と邦胤がしかめ面をする。

「あれ、いつまでも子供じゃと言うたは父さまではないか」と松乃がすました顔で言った。

「そりゃあ別の意味じゃ。ふん、じゃあわしの分を半分ひろにやろう。その代わり、あと一本つけてくれ」

松乃はその日の夕食の温かい雰囲気を、のちのちまで覚えていた。ひろを交えた四人のくらしが定まったと思った。

千田家での行儀見習いを終えて後の二年は、松乃は家にあってひろとともに家事を担い、父と兄が仕事場で仕事をする時は、刃を研いだり、掃き掃除をしたりして過ごした。父や兄が留守の時は、書をさらったり、必要に応じて家族の衣服を繕ったり、時に新しい着物を縫ったりした。

この間の雪川家の喜びは、育之助の活躍にあった。五歳違いの兄鶴松が存命のうちはどちらかといえば瓢軽で次男坊気質を発揮していたが、鶴松亡きあとは、雪川岳斎の後継者は我以外なしと思い定め、精進を重ねていた。松乃に対してはからかったりしつつも、温かい愛情で見守っていた。

幼い時から父と兄の傍らにあって二人の技を常に目にしていた育之助にとって、彫り物は、迷う余地のない、自然に進むべき道だった。邦胤はどこへ行くにも育之助を伴って行った。育之助には若者らしい負けん気と鋭さがあった。岳斎の特徴である鋭利にして溌剌たる才気を受け継ぐとともに、どこか繊細なはかなさを湛え、人の心を掴んでいた。「邦弘さんの作をぜひ」と望む愛好家も少なくなかった。

邦弘二十三歳の折、明治十四年二月、内国勧業博覧会に、置物「岩、霊芝鶺鴒、蟹」を出品し、美術品に撰定され、某豪商の購入する所となった。これによって邦弘は四代目の彫刻師として将来を一層期待される存在となった。邦胤も大いに喜んだが、邦弘に対しては「うむ。見られる物ができたかの」としか言わなかった。邦弘も「まだまだでございます」と頭を下げた。

順風満帆で二十四歳を迎えた育之助が、たった一月余の病臥の後、はかなくなってしまうなど、誰が想像し得たであろうか。

育之助は元々頑健な体質とは言えず、細身の身体で風邪をひくことが多かった。細い身体を削るように彫り物に取り組んでいた明治十五年一月末、流行していた風邪に罹患した育之助は、数日、仕事場の隣の自室で臥っていたが、三十八度台の熱が下がらず、往診を頼んだ山川医師は、母屋に移すよう言った。

「常に様子を見ている者があった方がよい。常に部屋に湯気を立てて、体を温め、頭を冷やすように。鶏肉のスープなど、滋養のつくものを与えるように。わたしも毎日見に来よう」

そんなに病状が悪かったのか、と邦胤も松乃も愕然とした。「いつもの風邪と思うとったに」とひろも青くなった。

母屋の座敷の次の間で闘病の日々が始まった。雪の多い年で、医者も往診に難儀したが、山川医師は輸液が必要だからと、必ずやって来てくれた。二週間ほどの間、育之助の病状は一進一退だった。午前中はよく眠ったが、午後になると熱が上がり、激しく咳きこんだ。山川医師は「入院した方が治療が行き届くが、はて、どのようにして運ぶか」

「わしが背負って行こう」と邦胤が言った。

「いや、寝たままでないと、病人の負担が大きい。荷馬車に幌を掛けるか」

途切れがちの意識で、そんなやりとりを聞いていた育之助は、切れ切れの声で「家にいたい」と言った。「死ぬなら家で死にたい」

「何をつまらぬことを言うか。おまえは死なぬ。わしが死なせぬ」と邦胤は言い、

「先生。看護婦さんをよこしてもらえんかのう。ひろも松乃も素人じゃし、どうしたらええか、動転しとる」

「ああ、そうですなあ。三田を寄越しましょう。家族の方たちもマスクをして、よう手洗いをしてな。夜は三田も帰さねばならぬから交替で看取ってくだされ。くれぐれも感染せぬよう気をつけてな」

その日のうちに、山川医院で看護婦をしていて、五十歳を機に職を退いていた三田光代が駆けつけてくれた。

「雪川棟梁んとこの次男坊さんなら、子供の頃よう来なさったなあ。大丈夫。われがついとりゃ、すぐよくなるで」と笑顔で挨拶したが、目は笑っておら

ず、すぐ真剣な顔になって、「胸に湿布をするとよいと先生が言うとった。女将さん、お湯と手拭いをお願いします」

ひろが桶に湯を張り、手拭いを二本差し出すと、

「あと二本頼みます。あと、油紙あるかの」

熱目の湯で四本の手拭いを絞り、育之助の胸と背をくるんで油紙で覆うと、育之助は「ああ、ええ気持ちじゃ。ぬくいのう、母さん」と呟いた。兄さんは母さまと話しとるのじゃろうか。母さま、ダメじゃ。兄さんをそっちへ呼ばんでくだされ。たった一人残った男子《おのこ》じゃ。父さまから奪《と》らんでくだされ。松乃は総毛立つ思いで胸の内で叫んだ。

雪川本家から直邦が見舞いに来たが、邦胤は茶の間に通した。

「育之助さんには会えんかの」と直邦が言うと、「面会謝絶でしてな。今眠ってなさるで。流行風邪が元ゆえ感染《うつ》したら事じゃし、そっと眠らせるが一番の薬。ご容赦くだされませの」と三田が説明した。

「そんならお大事に」と直邦は早々に邦胤宅を辞した。

邦胤は家の仕事場でできる仕事は辛うじてしていたが、出張仕事はすべて断っていた。

「これで仕事が来んようになるならそれでいい。六人の子供を儲けて、二人しか残っとらん。これ以上奪《と》られるようなことになったら、わしも生きてはおられん」とかきくどいた。

「父さま」松乃は何と言っていいか分からず、父の背を撫でた。

「おまえさま」ひろも反対側の背を撫でた。

朝、目が覚めるのが恐ろしく、夜は眠るのが恐ろしい。薄氷を踏むような半月の後、育之助は身罷った。三月三日の早朝、自分をとり囲む家族を見回し、

「今日は何日じゃ」と掠れた声で聞いた。

「やよい三日」と邦胤が答えると、「おお、ひなまつりじゃな、松乃」と、松乃を見てかすかに微笑んで目を閉じた。

「先生を呼んで来る」と前夜から泊まりこんでいた三田が外に走り出た。

　医者が来るまで、何とか育之助の息は続いたが、山川医師が枕元に座ると、それを待っていたかのように、大きく息をして事切れた。

　鶴松の時は悲しみを堪《こら》えてとり乱すまいとしていた邦胤は、育之助の死には自律する心の強さを失っていた。亡骸に覆いかぶさるように取りすがり、泣いて、怒った。

「わしより先に死んではならぬと、あれほど申したに。親不孝もの。今からでもわしが身代わりになる。先生、わしを殺して育を生かしてやってくだされ。――くら、なにゆえ、育まで奪《と》って行くぞ。もう、六人の子のうち五人までもがおまえの元に行ってしもうた。返せ、返せ、返せ……」

　邦胤は惑乱するうち、気を失ってしまった。

「意識を失っておるが、命にはかかわらん。眠れれば眠った方がよい。少し鎮静剤を打っておこう。育之助さんを座敷に移して、棟梁は次の間に床を取って寝かせるとよい。女子《おなご》二人ではいろいろ大変だ。本家へ知らせて来てもらうがよかろう。組内の長は誰かな？　荒物屋か。ではわたしが帰りがけに荒物屋にも立ち寄って本家まで知らせに行くよう頼んでみよう。本家からの人と組内の者で今後の相談をしてもらうとよい。棟梁はできるだけ休ませておくとよい。棟梁の心身が心配だ。三田、女将さんと娘さんに、何か少しでも食べてもらいなさい。これから慌ただしくなる」

　本家から邦篤が駆けつける一刻半までの間に、ひろと松乃は三田に勧められて湯漬けを一杯何とか飲み込み、育之助の枕辺に座した。二人で薬やら桶、手拭いなどを片付け、育之助の着物を整え、顔を清めて白布を掛けると、一気に死が現実となり、ひろと松乃は手を取り合って泣いた。

「神も仏もない。なして父さまから兄さまをとり上げる」松乃は悔しくて悔しくて身もだえして泣いた。「逆縁だけは許せぬに」とひろも顔に手拭いを押しつけて泣いた。

あたふたと乱れた足音がして、「何としたことじゃ、育之助、邦胤叔父」と邦篤が玄関を開けて入って来た。

「育之助が逝ってしまうなどと、まさかそげなことが」と呟きつつ座敷に通され、白布で顔を覆われた育之助を見ると、「ウッ」と声詰まらせてへたるように座った。「育之助、邦弘、起きろ」と声を掛けて白布を捲り、育之助の青白い顔を見て、「ほんに……」と絶句して、うなだれた。少しして「叔父さんは……」とあたりを見回した。

「あまりに衝撃を受けてな、山川先生が少し眠れと注射してくだされた。次の間の屏風の陰で休んでなさる」

「無理もない……大事ないのか」

「命にはかかわらぬが、今は休んだ方がよいと」

「そうか。間もなく組の者がやって来よう。次の間に寝かせておくのはまずいゆえ、二階に移さんか」

「二階へ運ぶとなると目を覚まさせねばならぬで、ほかに静かに休める部屋は……」

「仕事場の隣の育兄さんの使うとった部屋ぐらいかのう」

「うむ。戸板を一枚外して、寝たまま運ぼう」

と言っているところへ組の長がやって来て、男手二人で邦胤を育之助の居室に運んだ。邦胤は「うーむ」と声を出したが目を開くことはなかった。

「松乃、父さまの傍についていておくれ。松乃も少し横になるとよい」とひろは言った。

「おっ母さんは……」

「われは本家の方や組の方々と相談せねばならぬ。お父っつぁまが目覚めた時、慰めてやれる者は松乃しかおらぬ。気をしっかり持ってな」

松乃は父の傍らに座って、じっと父の顔を見つめた。部屋の奥には育之助が彫っていた置き物が仕上がらぬまま置かれていた。

一刻ほどして、三田が松乃を呼びに来た。

「松乃さん、お昼じゃ。組内の皆さんもお集まりで、通夜と葬儀の相談をしてなさる。まだ棟梁は目が覚めなさらんか？　松乃さんが向こうへ行っとる間は、われがお傍についとるで。さあ」と促されて、松乃は離れを出て母屋へ戻った。

目が覚めても、邦胤は人々に会おうとせず、育之助の部屋から出ようとしなかった。松乃がそっと部屋に入って行くと、邦胤は布団の上に座し、育之助が途中まで彫っていた置き物を膝に抱え、滂沱《ぼうだ》と涙を流していた。

「父さま」

邦胤は松乃を見上げ、

「松乃。わしは何をしたのじゃろう。こんな罰を受ける、どんな罪をなしたのじゃろう」

松乃は黙って父の傍に座り、

「そげなこと言うたら育兄さんが悲しむ。親に先立つ不孝だけはしたくないと、悔しげに言うとったよ。父さまも兄さまも誰も何も悪うない」

葬儀には邦胤はようようのことで身を起こし、土気色の顔をして座っていた。会葬者は諏訪の若い才能が失われたことを悼んで、引きも切らず雪川家を訪れた。誰も邦胤に声を掛けることができなかった。

会葬者への御礼の挨拶は邦篤が行った。

「本日はご多忙のところ、雪川育之助邦弘の葬儀にご会葬いただきまして、まことに有難うございます。邦弘は二十四歳、彫刻に精進し、とみに腕前を評価されて参りました折の急逝、まことに無念であり、家族の悲しみは言葉にもなりません。父岳斎にとりましては、己の後継とたのむ邦弘に先立たれ、心身共に憔悴の極みにおります。私ども親戚の縁に連なります者は、力の限り岳斎一家を支えていく所存です。どうか皆さまにおかれましても雪川岳斎一家をお見守りくださいますよう、伏してお願い申し上げます。

あまりに理不尽なる早逝に、咲きかけた花も涙しておりましょう。皆さまのお力添えをいただきまして、岳斎一家が悲しみを乗り越えて日々を刻んでいけますよう、よろしく、よろしくお願い申し上げます。」

墓から戻って精進落としの膳に向かう頃になると、邦胤の体力と気力は限界を迎えていた。頭の中は空っぽで、ただ「育、育」という声だけが響いていた。半ば意識を失ったかのような邦胤は、あやつり人形のように親戚や組内の者に頭を下げ、「ご造作をおかけしました。ありがとうございました」と振り絞るように言い、下座に座った。参会者たちが互いに清めの酒を汲み交わし、正座から胡座に直るまで、邦胤はじっと端座していた。松乃は父の顔色が蒼白なのが気がかりでならず、思わず父の背に手を当てた。父の体はグラリと傾いた。松乃は必死で父の体を支え、ひろを見た。ひろは反対側から邦胤を支えた。三人の様子に気付いた本家の直邦が立ってきて「あちらへ」と囁いた。

直邦と松乃で邦胤を立たせ、直邦が邦胤を背負うようにして、育之助が起居していた部屋に運び入れた。松乃は急いで押入れから布団を出し、敷き延べた。羽織と袴を脱がせ、布団に横たえると、邦胤は固く目を閉じて意識を無くしていた。

「客を残してあるで、わしは向こうに戻らねばならぬ。おっ母さんをよこす。誰かに医者を呼びに行かせるゆえ、体を温めて冷やさんように。松乃は父さまの手を握っておるとよい。恐らく、この世の絆《ほだ》しは松乃だけであろうゆえ、しっかりと手を握って、あちら側へ行かせてはならぬ」

直邦と入れ違いに、ひろが胸を押さえながら入ってきた。ひろは湯で絞った手拭いで邦胤の顔や首筋を拭き、帯を緩めた。四半刻ほどして山川医師がやってきた。出棺を見送って医院に戻り、一息ついて開院しようとしていたところだったと、医師は気遣わし気に邦胤の枕元に座った。聴診器で丁寧に心音を聴いていた医師は、「心臓は大丈夫」と、ホッとした顔で言い、次に血圧を測った。「百八十。いかんなあ。本来なら入院してもらう方がいいのだが、今は動かさぬ方がよい。点滴食塩水に降圧剤を混ぜる」医師は看護婦に命じて、点滴の用意をさせた。

「疲労じゃな。心身の。無理もない、気力を取り戻させせんとな。娘さんへの思いと、雪川家の行く末、それが岳斎さまをこの世につなぎ止めるものであろう。手を離さんように。松乃さんも疲れておろうが。ひろさんもお疲れじゃろうが、頼みまするぞ」

それから三日、邦胤は「いく、いく」と呼び続け、涙を流し続けた。その間、山川医師は医院を開ける前の朝八時と、閉めたあとの夕方六時に往診して、リンゲル液と降圧剤、葡萄糖などを点滴してくれた。輸液が空《から》になる頃看護婦がやって来て、針を抜いてくれた。二日目、三日目となるにつれ、譫言《うわごと》と涙が減ってゆき、昏々と眠るようになった。ひろと松乃は、それが快方に向かっているしるしなのかそうでないのか分からず、不安を抱えながら交代で邦胤の手を握り続けた。松乃は夜も同じ部屋に床を敷いて寝た。

四日目の朝、松乃は「まつの、まつの」と呼ぶ声で目が覚めた。「父さま」ハッとして起き上がると、邦胤は「水が飲みたい」と、しゃがれた声で言った。水はやかんに入れてあったが、松乃は汲み立ての水を、と思った。母屋に行って、

「おっ母さん、父さまが目を覚まされた。水が欲しいと」

「おおっ」ひろは慌てて起き上がり、寝巻きの上に上っ張りを羽織って出てきた。

「水でよいのじゃろか。沸かした方がよいじゃろか」

「まずは水を差し上げて、お湯が沸いたらお茶を差し上げようぞ」

松乃は井戸に走って、釣瓶《つるべ》で水を汲み上げ、やかんに注いで離れに走った。

「父さま、水」

だが、どうやって飲ませよう、寝たままでは噎《む》せ

てしまう。邦胤は「起きる」と言って半身を起こしかけた。松乃は慌てて父の体を支えた。ひろが入って来て、小振りの湯呑みを持たせ、邦胤の手を包むようにして水を飲ませた。噎せることもなく、水は喉を下っていく。

「お茶はいかがかの」とひろが聞くと、

「うむ。お茶もいいが、腹が減った」

ひろと松乃は顔を見合わせて頷き合った。そこへ、山川医師が点滴用具を携えて入って来た。

「おお、気付かれたか。水が飲めるか。それなら点滴はいらぬ。何か食べてみなさるか」

邦胤は頷いた。

「女将さん、重湯を作ってあげなされ。ちゃんと腹に収まるようなら、一分粥から始めてくだされ」

「父の病は——」

「ん、名前の付く病はない。血圧も大分落ちついた。気力を取り戻してくれれば快方に向かう。しばらくは傍に誰か付いていてあげるように。移せれば母屋に移した方が看病にも便利じゃろうが、まだ歩くのは無理じゃなあ」

邦胤は上半身を起こしたまま、夢から覚めたような面持ちで口を開いた。

「ずっとな、育としゃべっていた気がするが、何をしゃべっとったかは覚えておらん。育が立って去って行こうとするので、わしも行く、と言うたが、育は返事をせんで、どんどん離れて行く。いくー、いくーと呼ぶと、振り返って、まだこちらへ来てはいかん。松乃のところへ戻ってくれと言うのじゃ。あっと思うて立ち止まると、育の姿は消えとった。ああ、松乃のところへ帰ってやらにゃと思うて、引き返して、まつの、まつの、まつのと呼んだら、父さまと声がしての、松乃の顔が目の前にあった——」

松乃は何も言えず、ただただ、涙を流し続けた。育兄さんが、父さまを松乃のところに戻してくだされた、と有り難かった。

邦胤は砂糖を入れた重湯をうまそうに飲み、口を漱ぐと、また眠った。譫言や涙はなく、安らかな眠りだった。邦胤は翌日には二分粥、次の日には五分粥を食べ、七日目には全粥を煮魚や野菜の煮物をお菜に食べた。

　七日目の夜には、ひろと松乃が付き添って風呂に入った。髪を洗うと、邦胤は「ああ、いい気持ちじゃ」と微笑んだ。邦胤はまだ結髪していたが、この時から髪を切り「ざん切り」にした。「さばさばする。毎日でも洗える」と髪をごしごし擦《こす》った。

　邦胤がのみを手にしたのは、ほぼ三月後のことだった。眠れぬままに二階の窓辺から月を見上げていると、階段を上がってくる足音がした。

「おっ母さん、どうした?」と松乃が声を掛けると、

「わしじゃ」と父の声が答えた。

　驚いて松乃が戸を開けると、邦胤がのみと彫りかけの木材を手に立っていた。邦胤は黙って部屋に入り、座ると木材にのみを当てて彫りはじめた。シュッシュッ。耳に馴染んだ音がして、松乃は涙ぐんだ。

「育がのう、掘り残した床置きを仕上げてくれと言うた。夢……かもしれん。鶴松もな、松乃に心配かけんでくれと、わしを睨むのよ。わしは何をしとったのであろう。育が亡うなってから三月もの間、わしは身も心も疲れてしもうて、わしも早う死にたい、とそればかり思うておった。父さま、松乃を守ってやってくだされと、二人ともわしに懇願しとった。松乃……そうじゃ、わしには松乃がいた。あの娘が幸せに暮らしていけるようにしてやるのが、わしの役目じゃったに」

「父さま――」

　松乃はうれしかった。兄さまたちが助けてくれたのじゃと思った。

　それからの邦胤は、松乃を片時も身辺から離そうとせず、彫り物の助手をさせた。松乃がひろと家事をしている間は、一人で仕事場に入っているが、家事が終わると、松乃は呼ばれぬうちに邦胤の傍に寄り添った。刃物を研いだり、削り屑を片付けたりす

る合間は、ひたすら邦胤が彫り進めるのを見ていた。この曲線はこの刃物、深彫りと浅彫り、図柄を浮き立たせる手法。松乃は目を見張る思いで邦胤の手の動きを見ていた。以前なら言葉で教えることはもちろん、傍で見ていることも煩わしがっていた邦胤だったが、育之助を亡くし、自分も死の淵をさ迷って以来、邦胤は松乃に教えようとする意識で向き合っていた。松乃が彫り物師になるか否かは分からぬが、己の技を誰かに伝えたいという思いが邦胤の心に生じ、その思いを受け継ぐ唯一の存在が松乃だった。

邦胤は、育之助が荒取りをした鶉と粟の穂の彫り物を仕上げようとしていた。

「鶉の羽はどれで彫る?」と邦胤が問う。松乃はこれまで見てきたことを考え合わせて、黙って刀を選ぶ。

「よし、では粟の穂は?」「これでしょうや」「む、そうじゃな」

邦胤は松乃の選んだ刀で鶉や粟の穂を彫り進んだ。迷いのない鮮やかな彫りに、松乃は改めて驚嘆した、大胆にして繊細。鋭い刃から優しい母鶉の眼指しが生まれていく。たわわな粟の穂を、邦胤は松乃に「彫ってみよ」と命じた。「えっ、われが?」「わしが見ておるゆえ、案ずるな」松乃は下絵をじっと見つめて、刃を入れた。桧《ひのき》の香が広がる。シュッシュッ、カツカツ。いつの間にか父が傍にいることも忘れていた。われと材のみ、気がつくと穂を一本彫り終えていた。

松乃はホッとして正座し、邦胤を見た。邦胤はこそばゆそうに笑って言った。

「それでよい。あと二本も彫ってみよ」

父さまが、岳斎さまがそれでよいと言うてくだされた。胸がドキドキした。じゃが……われが彫っていいものであろうか。注文主は岳斎の作と思うて収めてくれるのであろうに。松乃の不安を見て取ったように、邦胤は言った。

「大丈夫じゃ。栗の穂は娘が彫ったと伝えるでな。そうよの、彫るからには号が無うてはいかん。号を決めよう。蘭という文字を使うてはどうかの。蘭は気品高く、よき香りがする。春蘭では、花の名そのものゆえ、香蘭、清蘭、紅蘭、涼蘭、秋蘭……」

「清蘭では？」

「清らかな蘭、うむ、松乃そのものじゃ」

鶉と栗の葉を岳斎が、栗の穂を松乃が彫った床置きができ上がったのは五日後のことだった。

「少し寂しいかのう」と邦胤が首を傾げた。

「台座に花を彫ってはいかがじゃろう。小菊とか撫子とか」

「うむ。女子《おなご》の祝いに合いそうじゃ。台座の側面にぐるりと浮き彫りにするとよいかもしれぬ。やってみよ」

松乃はまず菊と撫子の下絵を描いた。菊、撫子、菊、撫子、と交互に描いてみた。少し物足りない。紅葉の葉を散りばめてみると、いかにも秋らしい風情になった。彫り終えると邦胤は、裏面に「岳斎」「清蘭」と二つの号を並べ刻んだ。

「清蘭の印を彫ってやろう。彫り物に直接刻むこともあるし、印を押すこともあろうからの」邦胤は楠の小さな材を見つけ、薄い紙に描いた「清蘭」を裏返しにして楠の材に貼りつけた。「糊が乾いたら彫るゆえ、そう、彫るのは明日。今日はでき上がった祝いじゃ。少うし飲んでもいいかの」と、邦胤は松乃の顔色を伺うように見た。

こうして邦胤が亡くなるまでの五年足らずの間に、松乃に天下の名匠雪川岳斎の技と心が注ぎ込まれた。五年足らず、とは言ってもこの間に松乃は結婚し、一子を儲けるという人生の大事に直面し、邦胤の傍らに寄り添える時間は多くはなく、松乃はわずかな時を盗むように邦胤の仕事場に座った。

「彫刻の技は刀にあり。刀鋭利ならずんば手腕を施すに由なし」

邦胤は繰り返し言った。また「何のために彫るの

か」と松乃が思ってもみない問いを発した。松乃はしばらく考え、

「彫り物を見るお人が心動かしてくだされるように」と答えた。邦胤は頷いて、

「彫り物はお百姓のように食べ物を作るわけではない。着物を作る職人でもない。大工は建物を造る。みな、無くてはならぬ仕事じゃ。彫り物はどうであろう。無くても生きていけよう。それでも人は、太古の昔から飾ることを、本能のように続けてきた。祝い事も悲しみ事も、飾ることで喜びを表わし、悲しみを鎮めてきた。神のおわす社殿を飾り、神への崇拝と祈りを表わしてきた。彫り物師は己の彫り物が、人を喜ばせ、人を癒すことを己の仕事の要諦としてきた、とわしは思うとる。わしらの仕事は、注文主があって成り立つものじゃが、注文主に縛られてはならぬ。己が心のままに、己の手に従って、彫る。ゆえに、金にも名にも動かされてはならぬ。彫り上がったものが人の心を動かすことのみが、彫り手の得るほうびじゃ。わが雪川流の拠り所ともいえる秋宮造営も、名利を求めてのことではない。土地の氏子たちの請願に応えてのことじゃ。今に到るまで秋宮を参拝する方々の心を動かし続けておるは、わが祖父、父の本懐であろう」

そんなことを、邦胤は静かな口調で言った。松乃は邦胤亡きあとも折に触れて邦胤の言葉を思い起こし、息子にも伝えていった。

少しずつ、邦胤は己の仕事の手伝いを松乃に任せることが増えていった。だが、「主線《おもせん》には手を出すな、仕上げはわしがする」とも言い聞かせていた。松乃は父の言うことに従っていたが、常に傍らに侍してその技を見、彫りを進める父と呼吸を共にしていたことから、自ずと父の彫刻を己の血肉となしていった。

父と子の「蜜月」の間に、松乃は「白昼夢」を見た。父の刃を研いでいた傍らに、何処から来たるものか一人の老翁が杖にすがって、松乃が刃を研ぐさまに

つくづくと見入っている。まさに研ぎ終わろうとする時、翁はいかにも喜ばしげに笑みを含んで「総て彫刻の一番大切なるは刃物ぞ。一が刃物、二が腕前じゃ。ゆめ忘れてはならぬぞよ」と言う。松乃が、あまりの不思議さに振り仰ぎ、「何れの御方さまぞ」と尋ねようとすると、かき消すように見えなくなった。松乃はひどく名残り惜しい思いにかられて呼びかけたが、答える者はなかった。だが、その姿はありありと目に残り、耳の底にはその言葉が響いていた。松乃は強い懐かしさが己を浸すのを覚えた。刃を研ぐ間に幻を見るなどあろうはずもない。不可思議なることよと、しばらくの間父にも話さずにいたが、とうとう不可思議さに耐えきれず、父に話した。

邦胤は大いに驚き、「さても不思議の夢を見たものよ。その老翁は、まさしくわが父、そなたの祖父、雪川邦政二代目万治郎に相違ない」と言った。邦政は、父邦胤が崇拝、憧景しきりの名工、今二人の兄亡きあと、わが夢に現れてくだされたは何のしるしぞ、と松乃は身の引き締まる思いがした。しかしその折は父邦胤はいつまでもわが傍にあり、雪川の家を守ってくだされると信じ切っていたので、それ以上のことは考えず、心の内深く、祖父のたたずまいと声をしまっておいた。

雪川めぐり

　育之助の死後半年ほど経つと、邦胤は戸外へ出歩けるようになり、松乃を伴って雪川流が携わった社殿を巡ることに喜びを見出すようになった。

　上社本宮は春に、下社秋宮は秋に、乗り合い馬車を使って訪ねた。上社本宮は幣拝殿、左右片拝殿、脇片拝殿は邦政が請け負っていた。

「親父さまは亡うなっても、建築は残る。建築に関わるというは、何と有り難いことじゃろうのう」

　牡丹に獅子、波に千鳥、粟穂に鶉の彫刻を松乃は息をするのも忘れて見入った。子供の頃から祭礼にはいつも連れてきてもらっていたが、傍で岳斎の仕事を見、自分ものみを取る立場になってみると、その彫刻の仕事の凄さがズシンと胸に響いた。

　秋宮は幣拝殿、左右片拝殿は雪川邦宗、橋本長兵衛が請け負い、神楽殿は雪川邦政、雪川邦安、雪川加治郎が普請に当たった。幣拝殿の屋根は切妻で正面に軒唐破風をつけ、一階は正面中央に三段の階、擬宝珠高欄をつける。床は板敷き天井は格天井で、周囲の小壁は牡丹や唐獅子で飾り、円柱上部の木鼻は唐獅子と象、側面欄間は松に鷹、二階縁下の持送は波に鯉を用いて、右側の鯉は荒波の水を含み左側の鯉は天に向かっている。羽目の竹に鶴の彫刻を指さし、岳斎は、「これは初代が最も腕を振るったものじゃ」と言った。

　神楽殿は華麗を極める幣拝殿とは趣を異にし、飾りの彫刻は少なく、質朴で品位のある建物だった。

　松乃が育った家は、江戸末期に邦胤が建てたもので、すぐ近くの八劔神社は、子供の頃から遊び場にしており、改めて訪ねることはしなかったが、邦胤が三十代はじめの折の彫刻が施されており、松乃にとっては、揺り籃に包まれるような親しく安らぎの得られる場所だった。手長神社、温泉寺、教念寺なども、仕事の合い間に訪ね歩いた。

この頃になると、松乃は父を自然に「岳斎」としてとらえるようになり、呼び名もやや改まった時には「岳斎さま」と呼ぶようになっていた。

諏訪地内ばかりでなく茅野にも足を伸ばすことにした。茅野にはヨウの嫁いだ茅野庵があり、松乃は久しぶりにヨウに会えるかもしれないと手紙を書き送った。ヨウからは大喜びで返事がきた。

「うちに泊まってくだされませ。茅野の社寺は重原、宮川、玉川と離れておりますゆえ、一日で巡るは無理かと存じます。一晩なりとも泊まってご覧なされませ」と記してあった。

茅野までは乗り合い馬車で行くことにした。茅野庵の前で降りて、松乃は驚いた。白壁がまぶしく、黒い格子戸がお洒落な店構えに変わっていた。

「えっ、建て直したの？　何と素敵なお店じゃろ」

「ありがとう存じます。いえ、改装しただけでして。店内も手を入れました。裏手にありました仕舞屋を買い取って家族の住居にしましたので、元の住居部分も今は店になっております」とヨウの亭主が説明した。

「さあ、こちらへ」とヨウが住居に案内しようとするのを押し止めて、「早うお参りせんと。まず白岩観音堂へ行こうと思う」と邦胤が言うと「では、人力を頼んで来ますする」とヨウが言う。「そんな、贅沢な。歩いて行きますで」「いえ、ここから一里近くはあります。他に廻るところもおありでしょうから、どうぞ俥で。うちの懇意の俥屋さんでな、数日前、雪川岳斎さまをお乗せするかもしれんと申しましたら、光栄じゃ、半額で行きまっせ、と請け負うてくれました。お二人で乗れますする。道は俥屋さんが知っとるから」

「それはそれは。父さまも昔のようには無理がきかんでの。ほんに有り難いお心遣い」と松乃は頭を下げた。

倖屋佐太郎は、それほど背丈は高くないが、胸板が厚く、陽に焼けた顔をほころばせてやって来た。倖は古びていたがよく手入れされていた。

「こんな田舎町で倖のお客はそうないんじゃ。わしも普段は便利屋っちゅうか、いろんな頼まれ事をしとる。この茅野庵は、時々酔いつぶれた客を家まで届けてくれと声を掛けてくれるお得意さんでな。それにしても諏訪の雪川さまをお乗せするは、ほんに名誉なことじゃ。諏訪大社上社、秋宮を造られた流派よの。白岩観音堂ちゅうは、雪川流のお堂かね」

「そう、雪川流の祖、邦宗が江戸で修業して戻ってきて、初めて手がけた御堂じゃ」

「そうだったかね、初めて、のう」

新緑がまぶしい時期だった。陽を遮る幌を下ろし、倖は速足で、一里足らずの道程を半刻もかからず白岩観音堂に着いた。はるかに東方を望めば、八ヶ岳の山脈が連なっている。

「ええ、日和じゃなあ」倖を止めた佐太郎は、腰を伸ばして深呼吸した。

「やあ、お疲れさん」と岳斎は倖屋をねぎらった。

「わしも見せてもろうていいかね」と言う佐太郎に頷いて見せ、岳斎は松乃を促した。

入母屋、銅板葺、三間四方の小ぶりの御堂は、他に人の訪れもなく、しんと静まっていた。正面には軒唐破風を設え、鳳凰や唐獅子、龍や象の彫刻が施されている。邦宗の「初心」が初々しい、すっきりと清楚な御堂だった。

「雪川の流れの、源をなす御堂じゃ」と、邦胤は感慨深げに松乃を振り返った。松乃は参拝の礼ののち、御堂の全容を眺め、次いで細部の彫刻をじっくり見つめた。松乃からは曽祖父に当たる雪川邦宗が三十一歳の時に建て始め、十二年を要して完成した観音堂は、これ見よがしのところがなく、本尊の如意輪観音を蔵して、いかにも自然に風景に溶け入っていた。

「さあて、ここでお昼にするのはどうじゃろ」と佐太郎が言った。

「本当ならお昼はうちで食べて欲しかったけんど、時間が惜しいようじゃからおむすび作っといたで。俥屋さんの分もあるで」と、俥に乗る時、ヨウはお弁当の包みを渡してくれていた。風呂敷包みを開くと、三つの竹の皮包みが入っていた。おむすびが二つと、醤油で煮た卵、野沢菜漬けが入っていた。

「おっ、ご馳走じゃ」と佐太郎は相好を崩し、俥にくくりつけておいた莫蓙を広げた。

「外で食べると何でもうまいのう」と岳斎は目を細め、ヨウが水筒に入れてくれた麦茶を飲んだ。

「次はどこへ行かれるかね」

「宮川の田沢稲荷は知っとるかね」

「ああ、知っとるよ。さ、乗ってくだされ」

田沢稲荷神社拝殿は梁間一間、桁行一間の小さな建物だった。白岩観音堂よりは二十年余も後の、邦宗の作である。虹梁の上には牡丹にたわむれる唐獅子の彫刻が置かれ、正面円柱の木鼻には唐獅子と側面に象の彫刻が置かれている。「もしかすると、彫刻を施したは、父邦政であったやもしれぬなあ。祖父は父をどこへでも同道していたゆえ」

次に岳斎は、父の弟邦安の建てた宗湖寺に行こうとしたが、佐太郎は、「すまんのう、よう道が分からん」と詫び、岳斎の額に疲労を見て取った松乃は、「今日は上諏訪から遥々来たで、お疲れじゃろう。このへんで茅野庵に戻らんか」と父を宥めた。

「それがよろしいな。帰路はどうぞ眠っていてくだされ」

佐太郎は鉢巻を締め直して俥の柄を握った。

「お帰りなされ。お疲れでしょう」

ヨウが手を取らんばかりに二人を迎えてくれた。

「岳斎さま、まず湯浴みなされてはいかがかの。汗をさっぱり流されてから夕食がよろしいかと。松乃さんも父さまのあとで」

「あれ、今日は休みじゃったか？」

暖簾がしまわれており、「本日は夕方より臨時休業させていただきます」の張り紙を見て、松乃は驚いた。

「ええ。店を開けておきますと、われも主人も、ご一緒に夕食食べられませぬゆえ」

「それはすまぬことを」岳斎は恐縮の面持ちだった。

「もう主人は、雪川さまがおいでなさるとお手紙をいただいてから大騒ぎでな、酒は何にしよう、肴は何にしようと毎日思案しておりましたで」

「お酒はの、倒れましてからはお医者に控えるように言われておりましてな」

「全く、いけませせぬか」

「一日おきに一合だけと」

「ああ、それなら一合だけ、差し上げてもいいかのう」

風呂から上がってきた岳斎は、ヨウが用意した浴衣に羽織を羽おり、「ええ湯じゃった」と顔をほころばせた。

「松乃さんも早う」

ヨウの案内で風呂で汗を流し、髪も洗って上がると、篭に新しい浴衣と羽織が用意されていた。手早く身につけて座敷に行くと、岳斎と主は既に酒を汲み交わしていた。

「父さま、一合だけじゃよ」

「分かっておる。こうして酒を汲み交わすは久しぶりのこと。松乃、目をつぶっておれ」

岳斎はヨウの心尽くしの料理を摘みながら、盃を重ねた。

「今日はどこまで行かれましたか?」

「白岩観音堂と田沢稲荷へ。初代邦宗造営の社じゃ」

「明日は?」と松乃が岳斎の方を見やると、

「明日は壷井八幡と古御堂、行ければ頼岳寺へ。いずれもわが父邦政の作じゃ」

「おう、それでは倅屋さんに知らせて、道順を調べておいてもらうで」と主が言った。

「いい酒じゃった。主殿《あるじ》、女将さん、ご造作をかけるのう、眠うなったで、失礼する」と立ち上がった。

座敷に用意された床に入ると、岳斎はすぐに寝入ってしまった。

松乃はヨウと差し向かいで、ゆっくりと夕食をとった。

「正雄ちゃんは?」

「早うにおばあちゃんと夕御飯食べて寝てしもうた。こんな商売じゃから夕食はいつもおばあちゃんと食べとる」

「久三ちゃんは?」

「今は松本の妹のところから松本の高等科に通っとる。女子師範受けたいちゅうてな、松本の方が受験し易いと言うてな」

「お子さんは正雄ちゃんだけ……あ、立ち入ったことを聞いてしもうたな」

「欲しい欲しいと思いながら、なかなか……んでも、跡取り生んでくれたちゅうて、姑さんは正雄にもわれにもようしてくれる……」

ヨウはふっと目を伏せて、帯の間から根付けを取り出した。

「育之助さん――なして、なして逝ってしまわれたと」

みるみるヨウの目に涙が盛り上がって、こぼれ落ちた。

「父さまも、あまりの衝撃に倒れてしまわれた。跡を継ぐ男子《おのこ》が亡うなって、どれほどの悲しみであったことか。われは女子《おなご》。いかにして父さまの悲しみを静めてあげられるものか」

「松乃さんは彫り物をなさらんと?」

「父さまの傍で刃研ぎをしておるゆえ、見よう見まねで、少しは彫り物をしておるが、果たして女子の彫刻師が世に通用するかどうか」

「岳斎さまは六十代、まだまだ名工のお仕事をされるじゃろ。それにしても、雪川の名を継ぐには、松乃さんがご養子を迎えなされることになろうか。縁談などは……?」

「まだ兄が亡うなって一年も経っていませぬゆえ。

それでも気を早うして、お話を持って来てくださる方もあるようじゃが……」

「やはり、彫り物師をお望みか」

「そうじゃのう。腕に覚えのあるお人は、養子に入ることはためらわれるようじゃ。逆に雪川の名に心が動くお人は、腕がいまひとつ。なかなか父さまのめがねに叶うお人はおらぬようじゃ」

ヨウは少し声を潜めて、

「岳斎さまのご意向もあろうが、松乃さんのお気持ちも大切じゃ。無理にお家のために結婚なさらぬように――あ、これは出過ぎたことを申して……」

「いえ、そう言うてくださるはヨウさんだからこそじゃ。名利は思わず、岳斎の技を継いでくださるお人があればのう」

二人は夜の更けるまで隔てのない話を交わし、寝んだのは日付が変わった頃だった。

朝八時、岳斎と松乃は再び佐太郎の俥に乗った。

「今日は、お昼は店に戻って召し上がってくだされ。お八つのおやきはここへ入れておきましたでな」

ヨウと主に見送られて、俥はまず壷井八幡を目ざした。壷井八幡は、茅野玉川地区にあり、文政七（一八二四）年落成、二代目万治郎邦政の手になる建築である。社殿は覆屋の中にあって、中央向拝社の間が七十五センチメールの小さな社だった。正面向拝に唐破風をつけ、階段五段をつけて縁を廻し、胴羽目には唐獅子、脇障子には仙人、向拝柱の木鼻は唐獅子と象、その他各所を彫刻で飾っている。特に向拝の虹梁の松に鳩の彫刻は見事で、彫刻の腕は父邦宗をしのぐと言われる邦政の手腕がありありと見て取れた。しばらくは息を飲んで見入っていた松乃は、フーッと息を吐き、「すごいのう、神技じゃ」と呟いた。夢に現れた翁の笑みを浮かべた顔がたち現れる気がした。

胸の高鳴りが収まらぬ松乃を乗せ、俥は古御堂へ向かう。天保八（一八三七）年、玉川北久保の古御堂を請け負って、邦政は欄間に天人、蟇股に粟に鶉を彫っている。上社本殿より二年後の作で、邦政の技はその頂点に達しているように思われた。とりわけ、雪川流の象徴ともなる「粟穂に鶉」は、粟穂の重みに乱れ伏したふっくらとした穂と紅い茎と葉との間に、丸みを帯びた鶉が配され、松乃は鶉の可愛らしさに思わず笑みをこぼした。綿密精緻でありつつ、躍動感を湛え、柔らかく自然だった。夢中になって彫刻に見入っている松乃に、「ここでお八つにせんか」と岳斎が声を掛けた。「ああ、そうじゃの」松乃は参道の木陰で、ヨウが渡してくれた包みを開いた。おやきが三つずつ入っていた。野沢菜、小豆餡、杏の蜜煮の三個を、松乃も食べ切った。

「うまいのう。そば屋のおやきは」と佐太郎は水筒の麦茶を飲んだ。

「お店でもおやき出しとるのか?」

「ああ。かけにももりにも一個ずつ、おまけのように付けとるで」

「さ、あと一か所で茅野めぐりも終わりじゃ。俥屋さん、頼みますぞ」

「合点だ。頼岳寺ですな。少し時間がかかりますで、眠りなさっても大丈夫じゃ」と、佐太郎は背もたれに畳んだ毛布を置いてくれた。

　岳斎はさすがに疲れたらしく、乗って間もなくかすかに鼾をかきながら寝入ってしまった。松乃は毛布を岳斎の頭の下に入れ、膝掛けを胸まで引き上げてやった。俥の左側に目をやると、はるかに青い山脈が続いている。ああ、きれい。信濃は山国、美しい山国じゃ。松乃は我れ知らず深呼吸した。

「俥屋さん、今日も八ヶ岳がきれいじゃなあ」

「ほうよ。信州人の心のふるさとじゃ。一つ一つの峰は区別がつきなさるか」

「いいや」

「一番高いのが赤岳。それから硫黄岳、横岳、権現岳——名のついとるのは、そんなところかの。山は水を守り、空気をきれいにしてくれとる」

　俥は最後の訪問地、頼岳寺に着いた。頼岳寺は古くから「鷲湖禅林」の名で知られている。境内から諏訪湖が一望できる修業寺という意で「鷲湖禅林」の額が山門に掲げられている。邦政はこの本堂欄間に鳳凰と麒麟の彫刻を施していた。「粟穂に鶉」の愛らしさとは趣を異にし、想像上の生き物である鳳凰と麒麟は、まるで生きているかのごとく現実味があり、すさまじい迫力があった。松乃は思わず「お祖父さまは、鳳凰も麒麟も、見たことがあるのじゃろか」と口走った。岳斎は笑みを含んで、「もしかすると、親父さまの夢に出てきたのかもしれんの。のみ捌きをよう見ておけ」と言った。

「父さま、着きましたで」と松乃が声を掛けるまで、岳斎は眠り込んでいた。岳斎は少し戸惑った面持ちだったが、「おう」と気付いたように両手で顔を擦《こす》った。俥の上で大きく伸びをすると、佐太郎の差し出した手を断って、トンと地面に降りた。

「お疲れになったことじゃろう。よう寝ておいでじゃったが」

「うむ、夢を見とった」

「ゆめ？」

「親父さまが、恐い顔をされて、まだ来るなと言われた」

「なんと。おじいさまの仰るとおりじゃ。松乃の傍にいてくだされ。ずーっとな」

　松乃はスッと背筋が冷たくなる思いがしたが、笑顔を作って父に寄り添った。

「新蕎麦はまだ先じゃが、紅蕎麦と白蕎麦の祝い蕎麦にしましたで、たんと召し上がってくだされ」とヨウが、店の奥の方の卓に料理を並べた。二時近くになっていたので、もう客は少なくなっていた。白いなめらかな白蕎麦と紅い殻を少し混ぜた歯応えのある紅蕎麦は、見た目がきれいで、食感の違いが楽しかった。岩魚の塩焼き、ぜんまいの煮物、新玉ねぎと莢えんどうの天ぷらが添えられている。

「岩魚、持って来てくれる人がおりまして」

と主は得意そうだった。

「俥屋さんは？」と松乃が訊くと、「あっ、調理場の隅の方が落ちつくと言うて、あっちで食べとります。今日はもう上がりじゃと、お酒を少々な」

　そうか、父さまに酒を飲ませてはいかんと按配されたんじゃな、と松乃は得心した。

「うまかった。ご馳走さまじゃった」と言いつつ、岳斎は料理を運ぶ丸盆に目を止め、

「ご主人、この盆に少々彫り物をしてよかろうか」と訊いた。

「えっ、彫り物？」

　はっと気付いて、松乃は荷物の中からのみを取り出した。岳斎がどこへ行くにも数本ののみを携えていることを、松乃は知っていた。丸盆は欅《けやき》で、木目が美しい。岳斎は三枚の盆に、瞬く間に、松、竹、梅の二寸四方ぐらいの浮き彫りを施した。

「岳斎さまの彫り物、家宝じゃ」と主が押しいただくと、「いや、使うてこその盆じゃ。いろいろとお気遣いしてもろうて、お礼のしるしじゃ」と笑った。

「うむ。近くの建具屋で塗りをかけてもらうとよい」

「あ、もうじき乗り合い馬車が来ますで。お名残惜しいが、ご用意を」と、ヨウが時計を見上げて言った。

　道に出ると、遠くに小さく馬車が見えた。

「またおいでくだされませ。岳斎さま、松乃さん、お大事にの」

　馬車には既に三人の客が乗り込んでいたが、岳斎の年格好を見て、進行方向に向く窓側の席を譲ってくれた。

「上諏訪に着くまで、陽があるといいが」と主も道に出て二人を見送った。

　この一泊の旅は、松乃にとって父と行った生涯一度の旅だった。父が邦宗と邦政を崇拝し、誇りに思っていることがよく分かった。松乃もまた父への崇拝とともに雪川という匠の家に受け継がれる血を実感していた。茅野の小さな社の記憶は、輝くような八ヶ岳の山脈とともに松乃の胸にしまわれ、折に触れて甦って、松乃を彫ることの原点にたち返らせてくれ

た。

「おかえりなんせ」ひろは少し心配気に二人を迎えた。

「おう」と邦胤が強い口調で答え、松乃が「大丈夫」というように頷いてみせると、ホッと眉を開いて、

「はて、お風呂になさるかね。おなか空いてなさるか」

「昼が遅かったで、夕飯はあとでいい。風呂を頼む。留守中、なにもなかったか?」と言い、少し遠慮そうに、「今夜、酒いいかの?」と聞いた。

「ああ、父さま、昨夜《ゆうべ》、茅野庵でいただいたがね」

「ん、じゃ、明日と明後日は二日休むゆえ」

と、邦胤は子供のような言い分で酒をねだった。

「ずい分お疲れじゃて、少しだけなら、よう眠れるようになるじゃろ。のう、おっ母さん」

「ほんに松乃は父さまに甘いのう」とひろは苦笑しつつ、風呂上がりの邦胤の着物を揃えた。

「おっ母さん、これヨウから」

松乃は蕎麦と焼き岩魚の包みを差し出した。

「蕎麦はお昼に食べたゆえ、明日の方がいいかもしれん」

邦胤が風呂から上がると、ひろは岩魚を焼き直し、一合徳利の燗をつけた。邦胤はうれし気に盃を傾け、岩魚をむしった。ひろは、土鍋で炊いたお粥に卵を流し入れた。

「疲れとる時はお粥がええ。スルスルと入るで」

「ほんにおいしい」

松乃は卵入りのお粥を食べながら、三人だけ残った家族の、寂しくも穏やかな夕食に涙がにじんだ。父が自分を残して逝ってしまうことがあるなど、この時は少しも思い及ばなかった。

結婚

　育之助が逝ってから一年半が経とうとしていた。岳斎は昔手がけた屋台の修理を頼まれたり、欄間製作の注文があったりして家を離れて仕事に出られるまでに回復していた。家にいる時は、相変わらず、松乃を傍から離さなかった。

　松乃はじっと岳斎の彫る様を見ていた。どの道具でどう彫ればどんな形が、線が生まれるか、松乃は頭で理解するのではなく、五感で体得していった。しばらくは岳斎から「浅丸」とか「三角」と命じられて道具を出していたが、岳斎の仕事の手順が飲み込めてくると、言われるより先に次の道具が出せるようになった。岳斎ははじめは気が付かないでいたが、ある時「おう」と気付いて笑みを浮かべた。

　そんな日が続いてある日、岳斎は松乃に「おまえ一人で彫ってみるか」と、朴の材を渡した。朴は柔らかで彫り易い。松乃は図柄を考えに考えて、兎と蒲《がま》の穂を選んだ。用具は育之助が使っていたものを用いた。松乃が彫り進んでいくのを見ていた岳斎は、「フーム、松乃には少し大きすぎるやもしれん」と頭を傾《かし》げた。

「用具は当然のことに男用じゃ。女子《おなご》が彫り物をするなどありえないことじゃったゆえ。じゃが、掌、指にしっくり来ない道具では力が無駄に入ったり、逆に入らなかったりしてしまう。松乃の手の大きさ、形に合う道具を拵えてもらおう」

　岳斎は松乃を町内の刃物屋に連れて行った。

「これはこれは岳斎さま。ようお越しくだされた。邦弘さまのこと、返す返すも惜しいことでしたのう。お悔やみ申し上げます」

「む。ありがとう存じます。――今日はの、娘の手に合う道具を作ってもらえぬかと思うての」

「娘さん、あ、松乃さまでございますな。お初にお目にかかります」

「松乃と申します。よろしゅうに」

「松乃さまのお道具……ということは」

「ああ。松乃が彫り物の道に進むかどうかは分からぬ。じゃが彫ることは好きなようじゃて、手に合う道具を使わせてやりとうなってな。わしや息子たちの道具は、男の手に合うよう作られておる。娘が使うと、何とのう均衡が取れんようなのじゃ。力が刃先に届かんというか」

「松乃さまの手に合わせて、握り易き刀を作りまする。切り出し、平刀、丸刀、三角刀……いずれがお要り用でしょうや」

「切り出しは一本、平刀、丸刀、三角刀は、大中小三本ずつ。松乃の手と指をよう見て測ってくだされ」

「こちらの紙に、手の輪郭を写し取らせてもらえますかの」


店主は半紙と墨を持って来て、松乃の手を写し取った。

「実はの、鍛冶はうちではのうて、越後の三条と申すところの職人が作っております。今この店に並べてある刀もそちらから仕入れております。松乃さまの手に合う柄を作り、刃物を差し込んで刀を作ります。今、手元にある刀でお気に召さねば、注文しますで。一通りご覧くだされ」

岳斎は天鵞絨《ビロード》の上に並んでいる刀をじっくりと見て、六本ほどを選んだ。

「これに持ち手を付けてくれ。六本では済むはずもないゆえ、おいおいさらに求めに来るでな。よろしゅうに」

「こちらこそ、よろしゅうにお願い申します。ほんに楽しみなこと。そうよの、一月ほど待ってもらえますかの」

帰路、岳斎は往還ではなく細道を選んで家に向かった。

「いつの間にかもう夏じゃなあ」

「はい。梅雨に入りますのう。紫陽花が咲いております。稲もよう伸びて」

岳斎はしばらく黙って歩いていたが、

「そうよのう、松乃も縁付かねばならぬのう」

「えっ、何を言われますか、兄さまが亡くなったばかりじゃのに」

「二人とも嫁も娶らず、子も残さず逝ってしもうた。わしの血を受け継ぐ者は、松乃、おまえしかおらぬ。本家三代万治郎の家は跡継ぎもおる。わしの血、というより、彫り物の技と心意気を無くしたくはない。松乃は女子《おなご》ゆえ、松乃自身が彫り物に携わって生きてゆくか否かはわからぬが……松乃が子を儲けて雪川岳斎の技と心意気が受け継がれていく望みを持たせてはくれぬか。邦俊も邦弘も、松乃にあとを託しておると思う」

「父さま、岳斎さま」

松乃は父を見上げ、小さく頷いた。


ひろも松乃の縁談には乗り気だった。育之助を失った邦胤の打撃を、ひろはどう慰めてよいか分からず、おろおろするばかりだった。一人残った松乃を邦胤が、片時も傍から離さずにおくことは、已むを得ないことと思いつつも、邦胤にも松乃にも頼られぬわが身が口惜しかった。二人ともひろに優しかった。ただしそれはひろの存在に「気付いた」時に限られていた。大方、二人はひろの存在に気を留めていなかった。松乃の相手探しに自分も加われれば、自分が居ることに気付いてもらえるかもしれん――ひろはそんなことを考えていた。

ひろの必死の「婿探し」にもかかわらず、松乃の相手はなかなか見つからなかった。松乃の相手の第一の要件は「雪川」を名乗ることだった。婿養子である。これは「家」の存続を第一と考える明治の通念としては普通のことだった。第二は、大工なり彫り物師なり、の仕事に携われる技を持つ者であることだった。これが、多くの婿候補者には越え難い障壁となった。「岳斎翁の跡継ぎというは荷が重い。自信がない」と、話を持ってこられた者は尻込みをした。親戚筋には、松乃と年格好の合う者はいなかった。

松乃は話が進まなくとも、一向に平気だった。父と母の願いだから逆らいはしなかったが、父の元で彫り物が習える今の明け暮れは悲しみと連れ立ちながらも、自分の技の上達を味わえる喜びがあった。朝起きると、小さな庭に立つ父の背を見ながらお天《てん》道《と》さまを拝む。

「母さま、兄さま、今日一日、父さまをお守りくださされ。父さまが満足なされる仕事が成りますように」

仏壇に水と御飯を供えるのは松乃の役割になっていた。見《まみ》えることのなかった三人の兄と姉、可愛がってもらった二人の兄。今も思えば胸が痛くなる母のくら。毎日仏壇を拭き清め、花瓶には四季の花を絶やさぬよう心がけた。

「岳斎さまのお弟子にしていただきたい」と松乃との縁を求めて来る者もいたが、岳斎は、「弟子になるなら弟子として来い。二兎を追うような都合のいいことを考えるな」と怒鳴りつけた。「帯に短かし、襷に長しとはまことですなあ」と、ひろも嘆息した。そんな月日が重なって、松乃はいつか二十二歳になっていた。

松乃の結婚話がなかなか進まないのに心を痛めていた人は少なくなかったが、雪川の家に入る困難さを知るゆえになかなか踏み込めないでいるのも事実だった。正月に岳斎とともに挨拶に伺った時、千田家の奥方加津は、少しためらいながら訊いた。

「棟梁、松乃さんのお相手はやはり彫り物をなさる方をお探しでしょうか」

岳斎は、これまた少し思案した後、

「いや、もうこだわりませぬ。彫り物師は、わしの代で終わってもよいと思うようになり申した。もともと雪川家は三代目万治郎邦茂が継いでおりました。邦茂は亡くなり申したが、三代目には息子もおりますゆえ、向後も受け継がれてゆきまする。わしは息子たちに先立たれてしもうた——これは運命と申すもの。さすれば無理に彫り物師の婿をもらわずとも、松乃の幸せが第一と思うようになりました。松乃が安らかに暮らせますよう、一家を支えてくださるお人に松乃をお任せできれば幸甚にございます」

「念を押すようじゃが、雪川の姓は守りたいのであろうの？」

「はい。先祖よりの雪川の名は絶えさせたくないと思うております。松乃に子が生まれますれば、その子が雪川を受け継いでくれることじゃろうて」

最後の方は独り言のように呟いた岳斎に、「分かり申した。わたくしも知る辺に聞き合わせてみましょうぞ。松乃さんにふさわしいお人が、きっとおいでであろう」と加津は言った。松乃は父と加津のやりとりをぼんやり聞いていた。二十二歳になっても早く結婚しなければ、といった思いは少しもなかった。ただ父が自分が子を儲けることをお望みなら、それは果たさねばならぬやもしれぬ。われの仕事の一つは、父さまをお見送りすることじゃ、父さまより先に死んではならぬと覚悟していた。じゃが父さまは頑健でおいでじゃ。これから先、何年もわれの傍にいてくだされよう……。松乃は加津が活けた正月の花に目をやりながら、我知らず微笑んだ。

加津から使いの者が来たのは、二月も末のことだった。使者は紀尾だった。紀尾は座敷に通されると、挨拶もそこそこに袱紗を開き、書き付けを出した。

「奥さまから棟梁さまにと申し付かりました」

岳斎が二つ折の紙を開くと「釣書」と見事な手跡で記した身上書だった。

釣書

勝野将明　文久元年五月十日生

諏訪町高島一七九番地
父旧高島藩士　勝野将義、母フユの三男として
同地に誕生
藩校で漢学並びに国学を学び、学問に秀で書を
能す現在は長兄が主宰する漢学塾にて師範の任
に当たる

岳斎は釣書に目を走らせると、「む」と小さく声を発し、紀尾に尋ねた。

「お武家さまでいらっしゃる……いや、今は武士というものは無うなったとはいえ、元々はお武家さまのお家柄。手前どものような町方の養子に入られてよろしいのでしょうや」

「はい。武家と申しましても、ご一新以来、多くの武家は時代にとり残されて困窮しておられるお家も少なくないようです。勝野さまは元々、学者筋のお家ゆえ、禄をいただけなくなりて後は、わずかの耕作地と家屋敷を安堵されたのみにて、細々と漢学や書を教えて、いくばくかの授業料を得ておる模様です。将明さまの次兄は東京に出て、千田さまのご子息の勤める銀行にお勤めです。ご本人の将明さまは学問を好まれ、東京などでのお勤めは気が進まぬとか。もちろんご養子の件はご承知です。彫刻の技もなき身にて雪川家に入るはいかがかとは思うが、学問を続けることを許していただけるなら忝《かたじけな》いと話されたと伺っております」

松乃は「学問好き」という言葉にひどく新鮮な思いがした。父も兄たちも書が巧みで、建築や彫刻の書物は読んでいたが、「学問」とは縁のない職人の家に入っても学問を志すお人とは、いかなるお人かと心惹かれた。

「雪川さまのお家のことは先方ではよくご存知のようじゃ。もしお心が動かれましたら、当方へお知らせくだされ、と奥さまが。当家へのご遠慮などはいりませぬ。岳斎さま、松乃さんのお心のままに」

紀尾はそう言って帰って行った。邦胤は釣書をひ

ろに預け、何も言わずに仕事場へ入って行った。

「お見合いしてみなさらんか」と、ひろは釣書を眺めながら言った。「優しげな方のようじゃ」

松乃は我知らず頬が紅くなって、ドギマギした。

半月ほどして、松乃は勝野将明と見合いをした。岳斎は、「家へおいで願いたい。婿として入ってもらうのゆえ、どのような家かを知ってもらう方がよいであろう」と申し入れた。長兄と紀尾に伴われて雪川家を訪れた将明は背広姿だった。紋付羽織の紀尾は「奥さまの名代で伺いました」と、少し緊張して挨拶した。将明は床の間の置き物に目を止め「おお」と小さく声を発した。紀尾が、「こちらが勝野将明さまと兄君の将之さまでございます」と紹介し、岳斎とひろが三人に深々とお辞儀をし、次いで松乃を呼んだ。松乃は茶の間から次の間を通って座敷に入る敷居際で茶を載せた盆を置き、正座して深々と頭を下げ、「雪川松乃でございます」と挨拶した。松乃は母のくらが用意しておいてくれた友禅の着物をまとい、瑞々しい島田に結っていた。松乃は紀尾の視線を感じながら、緊張しつつお茶を配った。お茶を配り終えて立とうとする松乃を紀尾は呼び止めた。

「松乃さまもここにおいでなされ」

ひろが松乃を邦胤の隣に導き、「ただ今お菓子をお持ちいたしまする」と茶の間の方に去って行った。間もなくひろはねりきりを持って戻ってきた。桃の花を模したねりきりは、いかにも春めいていて、美しかった。松乃は顔を上げて将明を見た。将明も松乃を見た。将明の澄んだ目を見て、松乃はこんな澄んだ目をした男の人がいたのだと驚きを覚えた。将明は松乃のまっすぐな目を見て、志のある目だと思った。松乃も将明も口を開かず、大人たちは日和の話や諏訪大社の御柱祭の話などを交わしていた。

「岳斎さま、彫り物を見せていただけませぬか」と紀尾が声を掛け、「おお、ご案内いたしましょう」

と岳斎が応じた。「お二人は少しお話しなさいませ」と紀尾が言い、将明と松乃を残して、皆は座敷を立って行った。

「松乃さんは、季節はどの季節がお好きかの」

将明はそんなことを問いかけた。松乃は少し考えて「秋、でしょうか」と答えた。

「冬の厳しい諏訪では、秋は冬の用意に心せわしい季節でもありますが、その分、何もかも燃えるように美しゅうて、湖の水も限りのう澄んで。それに下社秋宮は雪川の初代が請け負いましたゆえ、『秋』には特別の思いがありまする」

「そうでしたのう。僕も秋宮は何度も参りました。落ちつきのある良い社ですのう――僕は秋の山が無類に好きじゃ」

「山とは？　どちらに行かれますのか？」

「名のある山ではなく、近くの山というか林を歩きます。書物と山が友です」

「……」松乃は目を見開いた。書物と山が友、などという人物は初めてだと思った。

「春は花が一斉に咲き揃ってうっとりいたしまする。なれど、春は別れの季節のようにも思われて、寂しゅうございます」

「四季は自然のままに運行しているだけじゃのに、人はいろいろと出会いと別れを季節に重ねて、喜びもし、悲しみもいたします」

そんなことを話しているうちに、ざわめきがして皆が戻ってきた。

「見事なものでござりますなあ」将之が感に堪えない、という口調で言った。「ほんに」と紀尾が応じた。

「目の保養をさせていただきました。さあて、本日はこれにて失礼いたしましょう」

名残り惜しい、と松乃は思ったが、つつましく顔を伏せた。

「もう一度お茶を」と、ひろが急いで台所に向かった。松乃もあとを追った。ひろは焙じ茶とおやきを用意していた。

「少しおなかが空きましたでしょう。お八つを召し上がってくだされ」

おやきは野沢菜と小豆あんだった。将明は一つずつ食べ、「うまいなあ」と言った。

「おやきもいろいろありますが、何と申しましても野沢菜と小豆あんがよろしいですね」

と紀尾は言い、一つずつ食べた。

「松乃さんはどちらがお好きじゃったかの」

と訊かれたが、松乃は胸が一杯で何も喉を通らない気がして、お茶ばかり飲んでいた。

翌日、紀尾の方から、「勝野さまでは大そうお気に召されたご様子じゃったが、雪川さまの方はいかがでしょうや」という内容の手紙を下男が持って来た。

邦胤とひろに気持ちを訊かれて、松乃は顔を紅らめ、「はい」と小さな声で答えた。ひろはほっとした顔で邦胤の方を見た。と、邦胤は口をへの字に結び、目には苛立ちが見えた。

「おまえさま、お気に召さぬのか？」

「——やはり、松乃は縁付かせねばならぬかのう」

「何を言われますか、今さらに」と言いかけてひろは口を噤んだ。何というても父さまは松乃を誰にもやりとうはないのじゃなと、今さらながら思った。急いてはならぬ。松乃はお相手が気に入ったようじゃし、時をかけて……と、ひろは胸の内で判断した。

「何とお返事申しましょうや」

「少し考えさせてくれと申しておけ。ご本人に難があるわけではない。ご立派な方じゃ。うちのような職人の家へ来ていただいてよいものか、いま一度考えさせてくだされと」

ひろは、「お手紙では十分に伝わらぬゆえ、千田さまに伺ってもよろしいかのう」と邦胤に問うて、急いで着換えると、下男とともに千田家に向かった。紀尾はひろの訪れに驚き、加津に伺ってひろを居間に招じ入れた。紀尾と加津はひろの話を聞き、嘆息した。

「本心は誰にも遣りとうないのじゃな、岳斎さまは」

「はい。なれどそれでは雪川の家が絶えてしまうことも、松乃の女子《おなご》としての幸せものうなってしまうことも分かっておって、困じておるのじゃと思いまする」

「そうじゃろうのう。あまり急かせず、岳斎さまが諦めなさるまで待とうかのう」

加津も紀尾も苦笑いしながら顔を見合わせた。

十日ほどして、松乃は加津からの文を受け取った。

「優子が子供連れで帰省すると言うて来ました。優子が来ると紀尾がものの役に立たなくなるゆえ、二、三日手伝っていただけませぬか」という内容だった。加津の頼みなので岳斎も否とは言えず、松乃が二晩千田家に泊まることを許した。

優子の子供連れの帰省に、千田家はてんやわんやの有り様だった。何よりも紀尾が優子と智実につきっきりで、台所も女中のきよに任せきりのため、加津は困惑していた。加津は料理の品目を決めたりはしても、台所に立つことはなく、松乃にきよの手伝いを頼んだ。加津も孫娘には弱く、夕食は智実の好きなオムレツライスを用意するよう命じた。

「オムレツライス？」

きよも松乃も初めて聞く料理名だった。

「御飯をな、バターで炒めて卵でくるむのじゃと。東京の勧工場《かんこうば》の食堂で食べさせてもろうて、それからは何かにつけてねだるのじゃと」

加津が説明する。

「御飯だけでよろしいのじゃろか」

「うむ。鶏肉と玉ねぎを小さく切って混ぜるらしい」

「味付は――お塩でよろしいので？」

「そうよの。少ししょう油を入れようか。本当はトマトのソースで和えるようなのじゃが、そんな物は手に入らんでの」

きよと松乃は、おっかなびっくり炒め御飯を拵え、別のフライパンに薄焼き卵を作って炒めご飯を乗せてくるりと巻いた。

炒め御飯の卵包みと野菜スープ、牛乳寒がその日の夕食の献立だった。

智実は食卓を見るや、「オムレツライス！」と叫んで、さっそく口いっぱいに頬張り、「おいしい！東京で食べたのよりおいしい」と言って加津を喜ばせた。牛乳寒もスルスル飲み込み、「おばあさま、お料理がおじょうずですねぇ」と大人びた口調で言ったので、大人たちはそれぞれに少しずつ当惑して、胸の内で言った。

「お家の御飯だっておいしいじゃないの」と優子は少し不満で、「ん、まあわたしが作ったというわけではないが」と加津は思い、主は「白い飯、いや酒と刺身がいいのう」と思いつつ、「よかったのう、智実、おばあさまは何でもできるのじゃぞ」と言った。

次の日の昼食に、松乃はきよとけんちん汁を作っていた。紀尾は「優子さまと智実さまに召し上がっていただく」と言って蕎麦を打っていた。

加津と優子たちは食堂で食べ、紀尾ときよと松乃は台所の板の間で食べていると、玄関で声がした。きよが玄関に出ようとすると、「いや、よい。われが出る」と紀尾が立って行った。客は居間に通されたらしい、と松乃が思っていると紀尾が戻ってきて、「松乃さん、お客さまにお茶をお持ちしなされ」と命じた。

届いたばかりの新茶と優子が名古屋から持参したういろうを盆に乗せて松乃が居間に入っていくと、勝野将明が加津と向かい合って座っていた。松乃は驚きのあまり、お盆を取り落としそうになるのを堪《こら》えて、お茶とお菓子をテーブルに置いた。加津さまもこの度の見合いのことはよくご存知のはず、いったいこれは、と松乃は思ったが、加津は見合いのことには全く触れず、下がろうとする松乃を留《とど》め、椅子を勧めた。

「読みたいとお願いした書物を持って来てくだされ

たのじゃ」

　将明もかなり驚いたようだったが、驚きを抑え、静かに頭を下げた。

「これから古今和歌集の仮名序について、勝野さまから教えていただくところじゃ。松乃も一緒に聞かせていただかんか。そうじゃ、優子も呼ぼう。智実は紀尾に任せておけばよいと言うて、優子を呼んできてくれぬか」

　それから三人は、勝野将明の仮名序の講義を聴いた。仮名序といっても丁寧に解説するのは冒頭の一節だった。将明は筆と墨を借りさらさらと冒頭の部分を半紙に認《したた》め、三人に一枚ずつ渡してくれた。

「皆さん、和歌には親しんでおられますか？」

と将明が問うと、優子が「お正月のかるた遊びの歌でしたら」と答え、松乃も頷いた。

「私塾では和歌を作ることも学科のうちの一つでしたが、わたしは苦手じゃった」と優子が肩を竦めた。

「やまとうたは、人の心を種として、万の言の葉とぞなれりける。世の中にある人、ことわざ繁きものなれば、心に思ふことを、見るもの聞くものにつけて、言ひ出せるなり。花に鳴く鶯、水に住む蛙の声を聞けば、生きとし生けるもの、いづれか歌をよまざりける。力をも入れずして天地を動かし、目に見えぬ鬼神をもあはれと思はせ、男女の仲をも和《やわ》らげ、猛き武士《もののふ》の心をも慰むるは歌なり」

「まず、僕が読んでみますゆえ、皆さんは文字を追うてみてくだされ」

　将明の低いがよく響く声を聞きつつ、松乃は夢中になって文字を追った。初めての文章だったが、何となく意味は分かる。

「では、皆さんで声に出して読んでみてくだされ」

　何事にも臆することのない加津と優子に、松乃は必死でついていった。韻律はないが、心地よい調子で自然に読めた。

「すっと心に入ってくる文章とは思われませんか」

と将明は微笑んだ。

「解説せずとも意味はお分かりかと思いますが、僕は解説することが仕事ですゆえ、少しお聞きください。やまとうたは和歌、三十一文字の短歌ということです。人の心を種にたとえると、そこから生じ育って無数の言の葉、つまり言葉となったものです。この世に暮らしている人々は、さまざまの事に出会い、応接しておりますので、その心に思うことを、見たこと聞いたことに託して言い表したものが歌であります。花に鳴くうぐいすや水に住む蛙——普通に思い浮かべるカエルというものではなく、清流に棲む河鹿のことです。美しい声で鳴くカジカの声を聞けば、生きている者すべて、誰が歌を詠まずにいられるでしょうか。力を入れることなく天地を動かし、目に見えぬ霊魂をも感動させ、男女の間をも親しませ、猛々しい武人の心までも和らげるものは歌であります。——さて、皆さま、いかがでしょうや」

松乃はいつしか、話しているのが将明だということも忘れて聴き入っていた。そうか、和歌は心に動くことを言葉にすればよいのじゃな。われの心が動くとき——岳斎さまの彫り物を見る時、毎朝お天道さまを拝む時、小庭の草や花の変化に気付く時、母さま、兄さまを思う時……ああ、歌の種はどこにでもある。

「では、本日はこれまでにて」と将明が言い、仮名序の講義は終了した。学問の雰囲気とはこのようなものか。これまで知らずにいたことが明らかになっていくとは、何と心躍ることであろう、と松乃はホッと息を吐いた。

「勝野さまは、兄上の塾と諏訪女学院の先生をなさっておいでとのことじゃが、ずっと教鞭を執られるのか」と加津が問うと、「僕が成せることはそれくらいですからのう。なれど叶うならばいま少し、学問を究めたいと見果てぬ夢をみております」と、将明は少し遠い目をして答えた。

そうか、そうじゃったか。なれどそれなればなぜわれと見合いなど……、諏訪にいて学問を究めるなどは無理であろうに……。松乃は胸の内が騒いだ。

「本日はお忙しいところ、まことに有り難うござりました。また機会がありますればぜひお願いいたしまする」と加津が挨拶して、三人で将明を見送った。

「優しげなお人じゃな。まだ独り身でおいでかのう」と優子が言った。加津は松乃の方をちらと見て微笑んだ。

その後、松乃は勝野将明に関することは何も聞かなかった。もうとうに、勝野さまとのお話は無かったことになったのであろう、もしかしたら、諏訪を離れられたやもしれぬ。松乃は胸に痛みを覚えながらも、過ぎ去りしこと、と自分に言い聞かせた。

春から夏にかけて、邦胤は体調が思わしくなかった。医者に行くよう説得して診てもらうと、「特にさし迫ったことはないが、少し血圧が高い。あまり根を詰めた仕事をなさらぬように。塩気の強いものは食べぬように。よう眠って、心配事がなきように」と医師は言った。

父を気遣いつつ夏も盛りを過ぎ、いつしか涼風が吹き渡り、空が高く澄むようになった頃、松乃は一通の書状を受け取った。邦胤は体調も回復し、仕事で留守にしていた。松乃が書状をもらうのはヨウぐらいだったが、筆跡は明らかに違う。急いで差し出し人を確かめると、「諏訪町高島　勝野将明」とあった。ひどく驚いて封を切ると、

「夏の間、ご健勝であられましたか？　情けないことに、私は少し夏負けしておりまして、呆けて過ごしておりました。秋の訪れとともに体調も戻りまして、そうなりますと、松乃さまと秋宮にお参りしたき思いが胸の底にあるのに気付かされました。ご一緒願えませぬか？　もし同道いただけるなら、お迎えに上がります。なお、この件につきましては、ご両親さまのお許しをいただいてください」

えっ、体調がすぐれずおいでだったのかと、松乃は心配と安堵の両方を覚えた。われとのお話を断られたというわけではなかったのか、お体はよくなら

れたのであろうか。

夕食の時、松乃はおずおずと手紙を差し出した。一読した邦胤は、ひろに渡して黙って酒を口に運んでいた。

「秋宮さんにお参りに行くというのは、婿入りを承知なさるということじゃろうか」と、ひろは首を傾げた。勝野との話以来、松乃に縁談が持ち込まれることは絶えていて、ひろは焦りを覚えているらしかった。

「うーむ、松乃はどう思うのじゃ。勝野将明という男を」

「……清々しきお人じゃと思うております」

「清々しき人――そうか。ならば秋宮へ行って来い。秋宮は雪川の守り神ぞ。きっと松乃に行く道を示してくだされよう。ところで勝野さまはどうやって行くつもりなのであろう。徒歩《かち》では少し遠かろう。それに二人連れでは目立ちすぎよう」

松乃が承知の返事を送ると、すぐに将明から返事が来た。

「ご承知いただき、まことにうれしく存じます。千田さまの紀尾さんに報告いたしたところ、千田様宅の御用の人力俥を出してあげよと加津さまが仰せられたとのこと。人力俥は夕刻は奥さまがご入り用ゆえ、片道だけとのこと。帰路は乗り合い馬車に乗りましょう。乗れなんだら徒歩になりますゆえ、足拵えはしっかりお願いいたします」

秋晴れの朝、松乃は着物を短か目に着て、脚半を巻きつけ草鞋で足を固めた。陽除けの笠をかぶると「まるで鳥追い女のようじゃ」とひろは笑った。外に出ると、彼方に人力俥が見えた。人力俥は大きく、すっぽりと幌が掛かっていて、乗っている人は見えない。

「何と豪儀なこと」とひろが目を見張る。

将明はシャツにズボン姿で、編み上げ靴を履いていた。将明は人力俥から降り立って、

「女将さん、松乃さん、お早うございます」

と、にこやかに挨拶した。

「勝野さま、お久しぶりでございます」

「勝野さま、松乃をよろしゅうに。棟梁は仕事で出掛けておりましての、失礼申し上げます」

「俥屋さん、お手数をおかけします」と将明が言うと、「なに、仕事じゃて。千田さまにはいつも使うてもろうとります。今日はお雛さまのようなお客じゃと紀尾さんが言うとられたが、ほんにのう」と笑顔を見せた。

人力俥といっても小さな幌馬車のような作りで、中に乗っている者の顔は外からは見えないようだった。

沿道は初秋の風景が続いていた。

「行合の空です」と将明が言う。

「ゆきあい？」

「そう、夏と秋の両方が重なるさまを言います。空も雲も樹々も田畑も」

「美しい言葉ですの。初めて聞きました」この方と一緒に居れば、たくさんの「初めて」に出会える、と松乃は胸が高鳴った。

「松乃さんも彫り物をなされるのか？」

将明は興味深そうに訊いた。

「ほんの少し。女子《おなご》じゃゆえ、父も兄たちのようには扱ってくれませぬ」

「うむ。家は男子《おのこ》兄弟ばかりゆえ、女子の方のことは不案内で……」

「なれど、この前の古今和歌集のお話のように、和歌は人の心を種にするものならば、男子も女子も、根本は変わりなきもの——ではありませぬか。あ、われは何を言うておるのであろう——」

「いや。日の本は昔より女子が中心の国であったと思うております。政治の世界や経済の分野はともかく、物語も和歌も、中心をなすのは女子じゃった。僕は女子というものは大切なものと思うております」

思ってもいなかったことを話しながら、話している中身の新鮮さに松乃は驚いていた。しばらく行くと、キラリと光る諏訪の湖が見えてきた。幾度も目にした諏訪湖であったが、こんな美しい湖は見たことがない、と松乃は思った。秋宮へ通じる坂下で、人力俥は帰って行った。

秋宮の均整のとれた柔らかい社殿は、いつ見ても松乃の心を落ちつかせてくれた。秋宮にも本殿はなく、初代邦宗が建てた幣拝殿と片拝殿が伸びやかに建っている。羽目の竹に鶴の彫刻を指さし、「これはの、初代万次郎邦宗さまが腕を振るわれたもの」と松乃は将明に告げた。幣拝殿の前には神楽殿がある。平家建てで素木造りの、壮重で品格のあるたたずまいである。

「この神楽殿はの、二代目万治郎、わが父の父に当たる棟梁の作です」

松乃の口調は覚えず、誇りを湛えたものになっていた。

将明はまぶしそうに神楽殿を見上げていた。

「見事な建築じゃなあ。美しく清々しい。このようなものを作り出す方の血があなたには流れておいでなのじゃなあ」

「勝野さまには漢学や国学の血が流れておいでじゃ。先日の古今和歌集のご講義、ほんに楽しゅうございました」

言葉を交わしながらゆっくりと歩いているうちに、将明は、

「おなかが空きませんか？　僕は空いてきました」

秋宮の鳥居を出た参道沿いに、蕎麦屋や土産物屋が並んでいた。

「旦那さん、ご新造さん。新蕎麦が入りましたで」と声を掛けられ、松乃は「えっ」と戸惑ったが、男女二人連れにはそう呼びかけるのであろうと軽く会釈した。

「さあ、さあ奥へお入りくだされ。秋野菜のかき揚げを添えたザルがよう出ますよ」

「ではそれを」と将明は注文し、「松乃さん、それ

でよろしいですか？」と訊いた。

女将は、「まつのさん……もしや雪川棟梁の娘さんでは？」と松乃を見つめた。

「はい。雪川松乃でございます」

「あれ、いつの間に嫁にゆかれたかね？」

松乃が返辞に窮していると、将明は「間もなく」と言って微笑んだ。新蕎麦は香りがよく美味しかった。蓮根や早目の人参、牛蒡、さつま芋のかき揚げは、胡麻油の匂いが食欲をそそった。

「万治郎さまが秋宮を造ってくだされたおかげで、うちも商売を続けられとります。ありがたいことじゃ」と、女将は丁寧に頭を下げた。「ところで、何でおいでなされたかの？　徒歩では女子の足にはきついじゃろ」

「乗り合い馬車で帰ろうと思うが、何時に出ますかのう？」

「この店の前の道を三時に通るが、まだ一時間あるのう」

「一時間――」

「春宮まではすぐじゃて。乗り合い馬車は春宮からこちらに回ってくるゆえ、春宮を見て乗りなされ」

「おお、それは好都合。春宮へ参りましょう」

「はい」

実のところ、松乃は春宮へ参拝した記憶がなかった。物心ついてからは行かなかったのかもしれない。人と知り合うということは、新しきものに触れることなのじゃな、と松乃はまた思った。秋宮造営を雪川流が請け負うことを知った大隅流は、春宮建築を秋宮と同じ図面で三十五両、扶持米なしで請け負い、損失が出た場合は自分たちで勧化《かんげ》して調達するとの一札を出して許され、秋宮よりも遅く始めて、約一年早く工事を終えた。春宮はいわば大隅流の誇りと意地をかけた代表作である。

まず秋宮と異なるのは「下馬橋」の存在だった。

「下馬橋」は、多くの武士たちが流鏑馬を競った参道の途中の御手洗川にかかる太鼓橋で、独特の風情があった。「橋」というものは不思議な建造物で、「こちら側」と「あちら側」を隔てると同時につなぐもの、という感を与える。「下馬橋」は、渡ることを制限されていて、一般の人はその側に架けられている平たい橋を渡るが、それでも何か異世界に入るような感覚を誘うものだった。幣拝殿、神楽殿、御宝殿の配置と構造は秋宮と同じ図面であるので、秋宮と春宮の違いは彫刻の差異に顕著である。華麗な雪川流の彫刻に比して、春宮の彫刻は、写生に徹した落ち着いた趣だった。

「ご神体は春宮は杉、秋宮は一位《いちい》なのですね」と松乃は呟いた。「うむ。ご神体が自然物というのは、いかにも大和人《やまとびと》らしき信仰といえましょう」

ゆっくりと春宮をめぐり、下馬橋まで戻ると、乗り合い馬車が待っていた。

「すぐ出るでよー」と馭者が呼ばわる。「どちらまで」と問う馭者に「上諏訪まで」と答えると、「降りたいところが近付いたら声をかけてくだされ」と言った。馬車の中には座席が三列並んでおり、二人は一番後方の列に並んだ。春宮からの客は二人だけで、秋宮からは三人が乗り込んだ。松乃たちに気付いた蕎麦屋の女将に再び見送られ、馬車は諏訪湖沿いの道へ向かった。道は上り下りの少ない平坦な道で、馬車はのんびりと進んだ。秋宮から乗った三人のうち二人は湖水のほとりで降り、さらに三人が大きな荷物を持って乗ってきた。少しずつ日は陰り、雲があかね色に染まってきた。

日が沈む少し前、松乃と将明は家の少し手前で馬車を降りた。

「すっかり遅くなってしもうて、岳斎さまに叱られますのう」と将明は松乃を見やった。松乃も少し慌てていた。家に近付くと、ひろが玄関先に佇んでいた。

「すっかり遅くなってしもうて、申し訳ございませぬ」

「いいえ。それほど遅いわけではござりませぬが、秋の日は暮れ易うてのう」と言って、邦胤を呼んだ。

「おまえさま、勝野さまが松乃を送ってきてくださされましたぞ」

邦胤は玄関先に出て来て将明に挨拶した。

「もう遅いゆえ、今日はここで見送らせていただきます。近いうちに紀尾さまの方にお返事申し上げるが……祝言の方は年明けるまで待ってくだされ。家の方でもいろいろと用意がありましてな」

将明も松乃もひろもひどく驚いて岳斎を見た。

「ふむ。もう天下に夫婦になると顕したようなものじゃ。秋宮に共に参ったのゆえ」

将明は深々と頭を下げ「よろしゅうお願い申し上げます」と言って、優しげな目差しで松乃を見やると、くるりと背を向けて帰って行った。

「秋宮へお参りしたのち、春宮へも参りました」と、松乃はだから遅くなったという言い訳を飲み込んで言った。

「ほう。帰りは歩いたのか」

「いえ、乗り合い馬車に乗りました」

「さ、話は家の中で。おなか空きましたろう」

ひろに促されて、三人は家の中に入った。

「勝野さまにも召し上がっていただけばよかったに」とひろが言うと、

「明日、さっそく千田さまに伺って縁組みのことお願いしてくる。いいな、松乃」

邦胤がなぜ急に勝野将明との縁組を承諾したのか判然としなかったが、松乃は「はい」と、はっきり返辞をした。

邦胤が年明けるまで祝言を待たせた訳は分からなかったが、確かに用意はそれなりにあった。邦胤はまず建具屋を入れて襖と障子を貼り替えさせた。二階を松乃と将明の居室と決めたため、兄たち二人が暮らした気配を無くすかのように、ひろと松乃は押入れなどの片付けに追われた。兄たちの形見のような品々は、育之助が使っていた仕事場の隣の部屋に仕舞った。次は畳の表替えだった。座敷と次の間、二階は新しい表に替えた。茶の間には座敷の表を裏返しにしたものが張られたが、家中に新しい藺草の匂いが満ちて清々しかった。さらに邦胤は、「風呂も新しくしよう」と言い出し、戸外にあった風呂場を、台所から外に出ずに行けるよう新築した。元の風呂場は撤去し、跡に梅の木を植えた。「梅は花もよいし、実も成る」と、邦胤は小さな木に水をやった。

年明け早々の睦月七日、将明と松乃の祝言は八劔神社で挙行された。雪川の家から神社までの道は雪が掃き清められ、鳥居から社殿までも雪は払われていた。祝言そのものは身内だけの参列で、社殿に昇って行われた。松乃側には邦胤とひろ、本家の邦篤が付き添い、将明側には将明の両親と兄が並んだ。松乃は母くらが嫁入った時着ていた黒縮緬の裾模様に角隠しを身に付け、将明は紋付袴で、武士の裔らしく凛々しかった。八劔神社の宮司が祝詞をあげ、簡素な式は終わった。もう少し範囲を広げた親戚や岳斎の仕事仲間、組内の者も招待した披露宴は、町内の料理屋で催された。松乃が何よりうれしかったのは、ヨウが泊まりがけで来てくれたことだった。酒屋の女将がヨウを快く泊めてくれたのである。

「松乃ちゃん、ほんにきれいじゃ」

ヨウは一目見るなり涙に咽んだ。

「ヨウ、花嫁さんを泣かせてはいかんよ。ほら松乃ちゃんも泣きそうじゃ。笑って笑って」

とみねが自分でも泣き笑いの顔で言った。

金屏風を背にした将明と松乃は二十六歳と二十三歳と、やや落ちついた年齢ながら、くっきりとした目鼻立ちの二人はいかにも端正な花婿花嫁だった。仲人は特に立てず、紀尾が、仲人としての口上を述べた。次いで新郎の友人が将明の人となりを語った。

「勝野将明君は誠実無比、己のことよりも、周囲の者の心を汲んで動かれる、優しく頼もしき男であります。前々より嫁を取ることを周囲では勧めておったが承知することとなかったに、松乃さんと会うてからは婿に入ることも受け入れ、何としても松乃さんと祝言を挙げると心に決めて、聞けば秋宮まで松乃さんをお誘いしたとのこと。天地がひっくり返るかと驚き申しました。幼い時から利発で勉強好きじゃった将明君が、畑違いの雪川家に入られても己の道を極め、学者、教育者としての道を歩まれるよう、願っております。将明君、おめでとう、念願成就じゃな」

松乃側の友人代表挨拶は、ヨウが行った。松乃に頼まれて「われなどはとても務まりませぬ」と固辞していたが、「ヨウさん、ヨウさんは、われの姉さんと思うとります。一言でよきゆえ、われに祝いの言葉をくだされ」と松乃に懇願されて、一世一代の思いで引き受けたのだった。

「松乃さま、今ここに松乃さまの晴れ姿を見せていただいて、われはもう、何と言ってよいか、言葉が見つかり申さぬ。松乃ちゃんが六つの時に雪川さまに上がって以来、松乃ちゃんと喜びとそして悲しみを共にさせてもらいました。雪川さまに上がったことで、われ自身の運命のみならず、妹百合の運命も変わりました。松乃さまとの御縁は私たち姉妹の宝です。岳斎さま、ひろさま、本日はまことにおめでとうござります。くらさまもどんなにかお喜びでしょう。松乃ちゃん、将明さまと仲よう暮らされ、一日も早く岳斎さまにお孫さんを見せてあげてくだされませ――」

ヨウの話を黙って聞いていた邦胤が、下座から立ち上がって深々と一礼した。

「ご来席の皆さま、本日はありがとう存じまする。松乃は、わしが四十八歳の折の子であります。わしは六人の子を授かり申しました。松乃の上には三人の息子と二人の娘がおりましたに、一人としてわれが結婚を見届けることなしに、逝ってしまいました。この末娘の松乃のみが、はじめて祝言をあげるまで生きとってくれました。松乃、おまえは五人の兄さま、姉さまの願いを負うて、ここに祝言を挙げておる。皆がおまえの幸せを祈っておる……」

そこまで言って、邦胤は男泣きに泣いた。

一座はしんとして邦胤の思いを受けとめているかのようだった。女たちの中には懐紙を取り出して目に当てる者もいた。ああ、そうであった、と松乃は父の思いに打たれていた。将明さんと添いとげて、兄さま、姉さまの分も孝養を尽くさねば……。鼻の奥がツンとして、松乃は思わず袖を目に押し当てた。と、将明が懐紙をそっと手渡した。一座の者は、将明の振る舞いに笑みを取り戻した。

宴の後、三々五々帰って行く参列者を見送り、将明と松乃は婚礼衣装を脱いで、外出着に着替えた。衣装はひろとヨウが家まで運んでくれることになっていた。

「婚礼がすんだら、二人は温泉ででも一泊して来い」という邦胤の命令をひろが松乃に伝えたのは婚礼の十日前だった。

「これからはわしらと一つ家に住まうことになるゆえ、何かと気を遣うことになろう。祝言の夜ぐらいは二人で過ごすとよいのではないかと父さまが言われての。父さまも照れくさいのであろ、われに伝えてくれと」

ひろは苦笑しながら言った。前もって高部温泉に問い合わせ、七日夜は泊まれることになった。

披露宴は正午からだったので三時には料理屋を発つことができた。上諏訪から茅野に向かう乗り合い馬車に二人は乗った。終点で降りて、人力俥に乗り換える。高部温泉の老舗旅館「梶のや」に着いた時は、日は暮れかかっていた。

「おいでなされませ。本日はまことにおめでとうございます」

「梶のや」の女将がにこやかに迎えてくれた。

「梶のや」の梶とは大社のおしるしの?と将明が聞くと、

「はい。恐れ多いことなれど、大社にあやかりたいと」

温泉は男湯と女湯と、別々に入った。宿の袷に羽織を重ね、二人は食卓についた。これまで二人だけで食事をしたのは秋宮近くの蕎麦屋での昼食のみで、将明と向かい合ってご飯をよそるだけで松乃はひどく恥ずかしかった。将明は酒は飲まず、いく鉢もの料理をうまそうに食べていたが、松乃は空腹なのに食物が喉を通らず困惑した。

翌朝、松乃は激しい恥ずかしさで将明と目を合わせることができなかった。

「お風呂に入っておいで、僕も行ってくるよ」

お風呂には誰もおらず、湯舟に浸かっているうちに、松乃は少しずつ落ち着きを取り戻し、宿の丹前ではなく、昨日着ていた外出着を着て帯を締めた。将明もシャツとズボンとセーターを身につけて待っていた。朝食の箸をとる前に、将明は正座して、

「松乃、よろしゅうに」と頭を下げた。

「こちらこそよろしゅうに」

頬を紅くして挨拶を返した松乃を、将明は深々とした目で見つめて「いとしい」と言った。松乃は体中が震える思いで見つめ返した。

「ここまで来たのじゃから上社に参ろう」と将明が松乃を誘った。

「雪は大丈夫でしょうや」

「境内の通り道は掃き清めてござります」と女将が言って、仲居たちと二人を見送ってくれた。「また、おいでくだされませの」

冬晴れだった。青い空に山々の雪が映えて、絵のように美しかった。上社本宮までの道は、雪が掃き寄せられ、端は歩きにくかった。しっかり足拵えをした地元の人が道の中央部を歩いていく。

「下駄では歩きにくかろう。人力を頼めばよかったなあ」

「なんの、われじゃとて信州育ち。雪道は慣れとります」と言ったそばから滑りかけ、松乃は将明にしがみついた。普通なら三十分ほどで行ける道を、ゆっくりゆっくり足を踏みしめて辿り、一時間ほどして大社本宮についた。

本宮は参拝者の通る場所はきちんと雪が払われていた。幣拝殿へ通じる石壇の下に雪を被った灌木があった。

「松乃、これが梶の木だよ。葉が落ちてしもうとるゆえ、分かりにくいが」

「え、これなら八劔さんにもありますがの。葉先が三つに分かれる大きな葉がつきますが。冬は葉を落としてしまうので、分かりにくい……」

「そう、ほら、この垂れ幕を見てごらん。梶の葉の意匠のおしるしが描かれとる」

「ああ、ほんに」

松乃は梶の葉のおしるしに見入った。

「どんな謂れがあるのじゃろ」

「うむ。昔、七夕の宵に七枚の梶の葉に詩歌を書いて織女星を祭ったという。後拾遺和歌集にも『天の河とわたる船の梶の葉に思ふことをも書きつくるかな』と詠まれておる。梶の葉が萌え出る季《とき》になったら、八劔さんへ参って、僕も僕の姫さまに贈る歌を書くとしよう、な、松乃姫」

こんな幸せな気持ちになったのは初めてだと松乃は思った。本殿に参拝して左側を見ると、長い回廊の端が見えた。

「布橋《ぬのばし》だよ。回廊というものは、何か心惹かるる。本当なら下へ降りて向う側から渡るものだが、下は雪があるゆえ、この橋を渡ってまた戻ってこよう」

二人きりで橋を渡って戻る、こうやって二人でこれからの日々を生きていく、松乃は夢のような思いで将明の背を見つめた。

人力俥と乗り合い馬車を乗り次いで家に帰ったのは、午後も二時を過ぎていた。

「お早りなされ。早かったですの」

ひろが家の奥から走り出てきて、二人を迎えてくれた。

「大社本宮にお参りしてきました」

「おお、それはよかったのう。——お昼は済んだかの？」

「それが、乗り合い馬車が来たので飛び乗ってしもうて、まだなのです」

松乃は小声で言った。

「うどんでよろしいかの。実はわれもまだじゃったのじゃ。さ、さ、一緒に食べよう」

三人は茶の間で食卓を囲んだ。

「あれっ、この座卓、新しい」

「おお、お祝いじゃと、本家からいただいた。家族が増えるのじゃから、大きいのが要るじゃろと。あんまり大きいと皿をたんと載せにゃならんの」とひろは笑った。育之助が亡くなった時から、邦胤は箱膳を仕舞って、三人で囲むのにちょうどいい丸卓を使うよう、ひろと松乃に言いつけた。「一人の膳は寂しゅうてならん」

鶏肉の入ったあつあつのうどんは美味しかった。

「二人で二階、片付けなされ。将明さんのお荷物は二階へ上げてもろうてあるで」

二階には将明が持参した本棚と百冊を越える書物と衣類が少し置かれていた。

「僕はこれがあれば生きていける」と将明は書物を本棚に収めていった。

「ああ、洋服を収める箪笥が要りますなあ」

と松乃が気付く。

「洋服掛けに掛けて、衣桁《いこう》というたか、そこに掛けられればよいのじゃが」

「衣桁なら、母の使うていたものが納戸に入っとります。あと、シャツや下着は、われの箪笥に収めてよろしいかの？」

くらのものだった衣桁を運び入れ、三着の背広を掛けると、将明の荷物は片付いてしまった。

「お日さまがいっぱい入って、明るくて暖かい」と将明は部屋を見回して目を細めた。明日からは将明は諏訪女学院へ三日、兄の塾へ三日通うという。諏訪女学院へ行く日は弁当が必要だった。

「造作をかける。握り飯に香の物でよい」と将明は遠慮そうに言った。

「男子《おのこ》は外へ出ればいろいろ都合も生じて、夕食に間に合わぬこともあろう。朝だけは皆で食べようの」というひろの言葉で、四人は毎朝、朝食の卓を囲んだ。

「お早うございます」

将明は邦胤とひろに挨拶し、箸をとる。御飯に味噌汁、干物などの魚、昨夜大目に作っておいた煮物、季節の漬け物という簡素な朝食を、将明はきれいな所作で食べた。

夕食は、遠出した邦胤の帰宅が遅くなる日は三人で食べた。

「好きなもの、言うてくだされ。できるもんは拵えますで」とひろは言い、実際、けんちん汁や酢味噌和えなどよく作って出した。邦胤は夕食時は、一合ほどの酒を飲みならわしていたが、将明が来てからは将明と汲み交わすのを楽しんでいた。

「うまいのう。一人で飲む酒は寂しゅうてなあ。二人で汲み交わす日が来ようとは」と涙を浮かべることもあり、「おまえさま、泣上戸かの」とひろにからかわれた。松乃は邦胤の相手をしてくれる将明に心から感謝したい思いだった。将明はあまり飲める方ではなく、邦胤の盃に注いでやる方が多かった。ひろと松乃も傍に座り、邦胤がその日の仕事の話をするのを聞いていた。邦胤の話は松乃にはよく分かり、時に夢中になって二人だけで話していることもあった。

近頃は社寺の建築は一段落しており、岳斎には屏風や衝立、欄間の注文が多かった。松に鶴、虎の親子、唐風の隠者などの伝統的な図柄の他に、何か明治という時代にふさわしい意匠はないものかと、岳斎は頭をひねっていた。「信濃の国の風物などはいかがじゃろ。諏訪の湖とか松本のお城とか、古き宿場町とか」

「うーむ、そうじゃのう。注文主が承知してくださるかのう」

ひとしきり彫り物の話が終わって二階へ引き上げ

ると、「今度は僕の番」と将明は炬燵に入ってその日の諏訪女学院の授業の話などをした。和歌に心を寄せていた松乃は楽しみながら聞いているうちに、スーッと眠りに引き込まれてしまう。将明は苦笑しながら、松乃に綿入れを掛けてやった。

四半刻ほどうとうとすると、松乃はハッと目を覚ました。

「あれ、すみませぬ。眠ってしもうて」慌てて詫びる松乃の頭を、将明はポンポンと軽く叩いて微笑んだ。

新しい生命

　厳しい信州の冬も少しずつ寒さが緩み、雪川家には穏やかな日々が重なっていた。四月一日、松乃は誕生日を迎えた。「もう子供ではないに」と言う松乃に、「いいや、いくつになってもめでたい」と、ひろは赤飯を炊いた。赤飯が炊ける匂いは心楽しい――はずだったが、松乃はいつにない胸苦しさを覚えて、口を押さえた。

「どうした?」とひろが松乃の背を撫で、「あ」と短い声を発した。

「松乃、もしかしたら」

「えっ?」

「おめでた、ではないか?　月のものはあるかの」

「ええ、いえ。しばらく遅れとると思うとったが……」

「今日はもう山川医院も閉まっとるし、産婆さんのところへ行くほどさし迫っとるわけでもないし。明日、行ってみようぞ。今日のところは父さまにも将明さんにも黙っておこう。もうすぐ赤飯も蒸し上がるが、何か少し食べてみなされ。つわりというもんは空腹になるとひどくなるようじゃて」

　ひろが出してくれたおやきを食べていると、不思議にむかつきは収まった。

　翌日、ひろは早速に松乃を山川医院に連れて行った。山川医院は内科が中心だったが、産婆と提携して産婦も診ていた。

「うーむ、まだ早すぎて確実に診断はつかんが、おそらく」と医者はひろと松乃を半々に見ながら言った。

「最終月経日は?――とすると、予定日は十二月の初めですな。つわりが出るには少し早いと思うが、敏感な人はそういうこともあろうか。しばらくは続くかもしれんが、滋養のある物を食してな。そうか、雪川岳斎棟梁に孫が生まるるか、ほんに喜ばしい」と医者は目を細めた。

「産婆さんのところにも寄っていこう。出産の時はお世話になるでな」

産婆のウメさんは大喜びしてくれた。

「ほうか、松乃さんが赤ん坊生みなさるか。松乃さんもわれが取り上げたんじゃよ。くらさんは――えっと、六人生みなさったが、どの子も安産じゃった」

夕食の時、ひろと松乃から邦胤と将明に松乃が身籠ったことを告げられて、邦胤は初めはポカンとした顔をし、次いで怒ったような顔をした。

「おまえさま、どうかなさったか」とひろに言われて、我に返り、

「おお、そうか、そうか、そうか。いつ生まれるのじゃ」

「十二月の初め頃じゃと。山川先生が言われたで間違いない。将明さん、今後ともよろしゅうに」と将明に向かって頭を下げた。

「おお、ほんに。将明、ありがとう。これで雪川の家がつながっていく。これからも松乃をよろしゅう頼みます」と邦胤も将明に頭を下げた。

「いえ、そのように頭を下げんでくだされ」と将明は慌て、「こちらこそ、よろしゅうに」と頭を下げ、松乃の方を見て言った。

「母さまの言うことよう聞いて、大事にな」

松乃は何と言っていいか分からず、恥ずかしくて顔が上げられなかった。

次の日から、邦胤は松乃が刃物を持つことを禁じた。

「研ぐのも止めよ。前かがみの姿勢は体に障る。刃物はいつ間違いが起こるか分からぬゆえな。おまえは、赤児の着物やら襁褓やら用意がたんとあるじゃろ」

松乃は自分の子のために縫い物をすることを考え

て、胸が高鳴った。将明も心から松乃の妊娠を喜んで、

「大事にするのだよ。諏訪の神々が守ってくださるであろう」と松乃の背を撫でた。

暑さが身に応える頃にはつわりも収まり、徐々に大きくなっていく腹に手を置き、松乃はわが身ながら不思議な感覚に陥った。

「いのちが育つというはほんに不思議なこと。われの中にあって、われでないもの」

「そうだよ。松乃の中にいて——半分は僕のもの」

秋が過ぎて冬が近づくと、松乃の腹は大きく張り出し「これは男じゃ」とひろも産婆も言った。邦胤が男子《おのこ》を望んでいることは端目にも分かったが、邦胤は口には出さず、「松乃が無事ならええ。丈夫で生まれてくれりゃ、男子でも女子《おなご》でも有り難い」と言っていた。師走に入ると、雪川の家は皆、気もそぞろの有様だった。

「いつ産まるるかのう。初産は遅れがちと言うが」

「十二月十日はあくまでも予定日でありますから。なれど松乃を一人にせぬよう、気をつけねば」

邦胤は何も言わなかったが、「くらの時は何とも思わなんだが、娘はこれほど気に掛かるとはなあ。くらにすまんことをした」と酒屋の女将に言ったと、女将からひろに伝わってきた。

十二月二日の夕方、松乃は急な痛みに襲われて、ウッと呻いた。予定日の十日より八日も早い。少しすると痛みは消え、あ、違ったかと松乃は夕食の仕度にとりかかった。が、四半刻もすると、また痛みが差した。ひろは「もしや」と産婆を迎えに人をやり、床を敷いて松乃を着換えさせた。産室は、座敷の次の間と、前から決まっていた。

不安を抱きながら床に就いた松乃は、三度目の痛みに、これは、と覚悟を決めた。ひろは「今のうちに食べておきなされ」と、炊き上がった御飯を小さな握り飯にして勧めた。

やって来た産婆は、松乃の様子を見、体を診察し

て、「ああ、今夜か、明日の朝になるかの。ゆったりと心を落ちつけて、がんばりなされ。われは一度戻って、夕飯を済ませて、そうさの、八時頃には用意を整えてまた来るで。そうさの、誰か荷物を持ちに来てくださると有り難いが」と言って帰って行った。

邦胤と将明が相次いで帰って来て、床に就いている松乃を見ると、二人とも顔が引き攣った。

「産婆は？　ウメさんは呼んだか？」

「もちろん。まだ間があるゆえ、八時頃来てくれるそうじゃ。二人とも夕飯食べてしもうてくだされ。だんだん忙しゅうなるでな」とひろに言われて、二人は飲み込みにくそうに夕飯を腹に収めた。

「産婆さんが荷物持ちに来てくれる人が欲しいと言うとった」

「はい。僕が――」と将明が立ち上がった。

「まだ早い。そうさの、七時半頃になったら迎えに出てくだされ」

「わしは何をすればよいかの」と邦胤が途方にくれた面持ちでひろを見ると、

「お産は女子の戦《いくさ》じゃ。殿方は何も……いや、おまえさま、おまえさまは酒屋に行って、おみねさんを呼んできてくださらんか。われは子を生《な》したことがないゆえ、誰ぞ、お産をしたことのある人についていてほしい」とひろが弱音を洩らした。

「分かった。すぐ行ってくる」

邦胤は綿入れを羽織って立ち上がった。将明は八時前に産婆とともに戻って来たが、邦胤はなかなか戻って来ず、ひろを心配させた。小一時間もしてみねと一緒に戻ってきた邦胤は、酒の匂いをさせていた。「あんまり落ち着かんようじゃて、少し気付け薬をな」と女将は笑った。

「われも、少し前のお産で汚れてしまったゆえ、着換えたりして少し待っていてもろうた。さ、われが来たからには、大船に乗った気でいてくだされ」

産婆は松乃の様子を見、柱時計を見て陣痛の間隔を計り、「うむ、もう少し時間がかかりそうじゃ。今日のうちか、明日になるか」

　そんなに長い間苦しんで女は子を産むのかと、男二人は沈痛な面持ちになった。

「近付いたら知らせますゆえ、将明さんは二階で、おまえさまは離れで少し横になりなされ。眠れんでも横になっているだけで体が休まるでな」と、ひろは二人を産室から遠ざけた。

　松乃は波のように襲ってくる痛みと戦いながら、胸のうちで「母さま､母さま」とくらを呼んでいた。ひろに世話をかけていることは重々分かりながら、くらの面影ばかり追っていた。邦胤は、離れで正座して祈っていた。

「くら、松乃を守ってやってくれ」

　将明は二階で『万葉集』を開いていた。

「しろがねもくがねもたまもなにせむにまされるたから子にしかめやも」

「瓜食めば子ども思ほゆ栗食めばましてしのはゆいづくより来たりしものぞ　まなかひにもとなかかりてやすいしなさぬ」

　憶良の歌二首をくり返し唱え、僕にも子が生まれる､宝物の子がと､まだ見ぬ子の面影を追っていた。

「もう間近いようじゃ」と産婆が告げたのは、日付が変わる少し前だった。ひろとみねは交替で産婆とともに松乃に付き添い、合い間には茶の間で休んでいたが、産婆の声にパッと活が入って、ひろは将明を、みねは邦胤を呼びに行った。

「何かしてなさらんと落ちつかんじゃろて、お二人は大釜にお湯を沸かしてくだされ」と産婆に言いつけられ、大張り切りで水を汲み、かまどを焚きつけた｡台所にいても､松乃の呻き､叫びが聞こえてくる。

「大事ないか、まだ産まれんか」と邦胤は腰が抜けたように茶の間に座ってわめいていた。釜を取り落としそうになる邦胤を案じて、将明が「ここに座っていてくだされ」と座らせたのである。

　柱時計がボーン、ボーンと十二時を打って間もなく、「ウギャー」と大きな産声が上がった。男二人は棒立ちになった。ひろが盥にお湯を張り、温度を確かめている。間もなく産婆が布にくるんだ赤ん坊を運んで来た。

「五体満足か、男か女か」

「ほうれ、自分の目でご覧なされ」

　産湯を使っている赤児の可愛いオチンチンを見て、男二人は息を飲み、顔を見合わせて大きく息をした。

「男子《おのこ》じゃ、男子じゃ。雪川の跡継ぎじゃ」と邦胤は叫び、将明は「松乃は無事ですか」と叫んだ。

「もうすぐ後産もすむゆえ、体を清めたら会うてもよろし」と言いながら、産婆は丁寧に湯浴みをさせた。

「ほら、五体満足じゃろ。大きな声で泣いて、丈夫そうじゃ。おめでとうございます、岳斎さま。若旦那さま」

　お七夜に招かれた雪川邦篤、勝野家の当主である将明の兄、酒屋の女将、千田家の祝いを持参した紀尾、産婆は、床の間に掲げられた「命名」を見て、少し驚いたようだった。

「邦の字を使わんかったのか」と、酒屋の女将が疑問を口にすると、他の客も「なにゆえ？」という表情で邦胤を見た。

「男子は父親の名を付けるが筋じゃ」と邦胤はきっぱり言った。命名の半紙には、端正な文字で「将久」と記されていた。

「父さまがそう仰るゆえ、将明さんに考えてもらいました」と松乃は将明を見やった。「代々将の字を用いておりますゆえ。〝久〟は松乃とともに佳き文字を選びました。幾久しゅう栄えますように」と言って将明は一座の人々に頭を下げた。

「ヨウはよ、雪があるうちは行けんが、道が通れるようになったれば、真っ先に伺うと言うて、これを届けてよこしたで」と、女将が蕎麦の包みを届けてくれたのは、昨日のことだった。お七夜振舞いに、祝い膳に添えて、茅野庵の蕎麦を出すと、一同、大満足だった。

「うまいのう。これが茅野庵の蕎麦か」と、将明の兄は感じ入っていた。

座敷と次の間、二間続きの部屋には、火鉢が二つ置かれ、薬缶《やかん》が湯気を立てていた。赤児は宴の間は障子を開けて様子が見えるようにして、茶の間に寝かされていた。

「諏訪の冬は寒いで、風邪ひかさんように」と、産婆が言う。

「おお、春になるまでは、赤児を育てるは次の間にしようと思うとります。水も近いし、厠も近いでの。松乃、将明さんも一緒に寝んでもろうて、われらが二階で寝むことにしようの」

「そげなこと、皆さんの前で言うな」

と邦胤が苦笑した。

「うん、うん。赤児ちゅうもんは、家の中、変えてしまうものじゃ。それだけ、皆で譲り合うて育つものなんじゃなあ」と将明の兄が、しみじみとした口調で言った。

岳斎はお七夜の客に、「これは爺からの御礼じゃ」と言って、根付を贈った。意匠は、鶴と亀の組み合わせだった。「岳斎さまの根付じゃと。大事にせんとな」と、皆大喜びで懐に収めた。

一月経つと、松乃も出産前と変わらず動けるようになったが、赤児というものがこれほど周囲の人の手を要するものであることに改めて驚き、母くらの苦労を思った。スワさんやらもおったなれど、どれほどのご苦労であったことか。昼、赤児が眠ると、ひろは「松乃もともに寝みなされや。夜、起きねばならぬゆえの」と松乃を労ってくれた。

松乃とひろが赤児と家事にかかりきりになっているため、邦胤と将明は、自分たちが二の次になったような気がしたか、少し不服気であったが、将明は風呂汲みを引き受け、邦胤でさえ、自分で着換えをするようになった。

五十日の宮参りは、雪の足元が懸念されたが、暖かく風の無い日を選んで、家族だけで八劔神社に詣でた。邦胤はひろに危ぶまれながら将久を抱き、八劔神社の彫刻を見せていた。扁額の文字や神社の縁起書を将明が将久に話しかけるように説明していた。

「男たちは赤児に夢中じゃの」とひろは松乃に笑いかけた。

「おっ母さんにはえろうお世話をかけておるで。おっ母さんがいてくださらなんだら、われは途方に暮れておったじゃろ」

「松乃が赤児を生んでくれなんだら、われは一生、赤児と関わりなしであったじゃろ。赤児は大変じゃが、これほど甲斐あるもんもない。岳斎さまも手放しの喜びようじゃ。将久の兄弟もたんとできるとよいのう」

三月が経つ頃には、諏訪の寒さも和らぎ、松乃たちは二階へ、邦胤たちは次の間へと寝所を戻したが、日中は将久はほぼ茶の間で過ごした。邦胤は「火と刃物には気をつけよ」と繰り返し言っていた。

将明は仕事から帰って来ると、茶の間をちょっと覗きはしても、そのまま二階へ上がってしまうようになっていった。松乃は将明が笑顔を見せなくなっていることに気付いてはいたが、赤児の世話と家事に追われて、将明の心の内を思いやる余裕がないまま、一日一日が過ぎていった。

夕食を終え、風呂も上がって、小さな布団を挟んで川の字になって寝る時だけが、二人がゆっくり言葉を交わせる時間だった。

「のう、松乃」

「はい」

「この子は、将久はやはり彫り物師になるのじゃろうか」

松乃はドキリとした。

「いえ、いえ。そんなことはまだまだ、何も分かりませぬ。とにかく今は丈夫で育ってくれることが一番じゃ。こげな小さな体で、生きとるのが不思議なほどじゃ。な、将久」と松乃は赤児の小さな手を自分の手で包んだ。

「僕はなあ、この子を東京の大学で勉強させたいと思うとる」

「大学？」

「ああ、僕の見果てぬ夢」

「東京の大学へ行きたかったとですか？」

松乃は心から驚いた。そんなことを考える人がおろうとは思いもしなかった。自分は将明のことを何も知ってはいなかったと、寒々とした思いが湧き上がるのを覚えた。

五月の端午の節句、親戚や知人から鯉幟が届いた。小さな庭に立てた棹に真鯉と緋鯉が風におよぐさまを、隣近所の人たちは、「おう、おう、岳斎さんの願いが叶ったのう」と目を細めて見上げた。邦胤は「わしからの祝いじゃ」と、熊に乗った金太郎の彫り物を贈ってくれた。ひろは、「何とのう、金太郎の顔、将坊に似とりますのう」と笑った。

将明は、どこからか何冊かの絵本を探してきて、将久を膝に乗せ、絵本を開いた。まだ半年にもならぬに、分からんじゃろと思ったが、将久は将明の大きな膝に身を預けてうれし気に笑っている。

「昔々、あるところにおじいさんとおばあさんが住んでいたとさ。おじいさんは山へ柴刈りに、おばあさんは川へせんたくに行ったげな。おばあさんがせんたくをしていると、川上から大きな桃が流れてきたと。ドンブラコッコドンブラコ、ドンブラコッコドンブラコ」

将明がゆっくりと読み、ドンブラコッコドンブラコのところで膝を揺らすと、将久はキャッキャッと笑った。絵本は『桃太郎』と『浦島太郎』と、西洋の『ジャックと豆の木』だった。

「ええのう、将坊は。おじいさまと父さまからいいものもろうて。われらは食べ物にしようの、松乃」とひろは言い、柏餅を作った。

「将久にはまだ餅は早い」と邦胤は餅を食べさせることは禁じ、将久は「あんこ」だけをもらって御機嫌だった。柏餅は鯉幟を持って来てくれた家に二十個ずつ配るため、百個以上も作った。

　五月半ば、松乃が待ちわびていた客がやってきた。ヨウである。

「うちのお姑さんが少し具合いが悪うての、こげに遅うなってしもうて、すみませんでしたのう。松乃ちゃん、元気そうで何よりじゃ。将久ちゃんも、何と可愛げなこと。おめでとうございます」

　ヨウは、大きな荷物を抱えていた。

「これな、里のお父っつぁんが作ったもんじゃ」と言いながら、大きな風呂敷を外すと、中から木馬が出てきた。

「あれーっ、お父っつぁん、こげなもの作りなさっとったと?」

「うん。うちの勇二に作ってやって、しばらくして近所の子供にやったら評判になっての、あちこちから頼まれるようになった。松乃ちゃんが男の子生んだと聞いて、すぐお父っつぁんに頼んだとよ」

　木馬は素朴な白木作りで、頭部は写実的で、たてがみも彫り込まれている。四本の脚は曲《そ》りを持たせた木に乗っており、揺り籠のように揺れた。首の途中に持ち手が備わっており、子供がしっかり掴めるようになっていた。尻尾はほうき草の束が填め込まれている。

「背に何か小布団を置いた方がいいかもしれん」

　子供用の座布団を置いて跨らせ、持ち手を掴ませると、将久は首にもたれかかるようにして乗った。背を支えながらゆっくり揺すると、キャッキャッと笑った。木馬はそれから小学校入学まで将久のお気に入りの玩具になり、大人になってからも部屋に置いておいた。邦胤は「子供には五月人形より木馬だったんだなあ」と悔しそうに嘆息した。

「ほんに、くらさまが生きておいでじゃったら、どんなに喜ばれたことじゃろう。あの小っちゃい女の子の松乃ちゃんが母さまになられるとはのう」

ヨウは涙ぐんで松乃の肩を抱き、乗り合い馬車で帰って行った。

周りの大人に見守られ、将久はすくすくと育っていった。邦胤は幼いうちに亡くした子もあり、子供から目を離すなよ、子供の命はほんに定まらぬもの、と言い言いし、仕事に行く先々でもその地の神社に将久の無事を祈っているようだった。

二階に親子三人で寝起きする日が重なると、将明は将久とともに過ごす楽しさに笑顔を見せることが多くなり、雪川の家の暮らしも落ち着いていった。子供の名は父親の名を受け継ぐべしと邦胤が言い切り、暗黙のうちに、彫り物師という仕事に縛りつけないことを表明したことが、将明の心に自信と誇りを取り戻させたように見えた。

盛夏になると、将久は「あせも」に悩まされるようになった。とにかく汗をかいたままにしておかぬことが大切とさとり、松乃とひろはしょっ中水浴びをさせた。井戸の傍に盥を置き、井戸水では冷たすぎるので、少し湯を入れて水浴びさせる。ひろは、あせもには桃の葉がよいと聞き、近所の家から桃の葉をもらって来て、水浴びの水に揉み込む。水浴びの時は、ブリキの「浮いて来い」という玩具を浮かべた。金魚や舟の形をしている「浮いて来い」は、水に沈めて手を放すとプクンと浮いてくる。将久は大喜びで何度も何度も「浮いて来い」をせがんだ。

秋風が立つようになると、将久は掴まり立ちをするようになった。二階に通じる階段の天辺には邦胤がしっかりした柵を拵えて取り付けた。将久はこの柵に掴まるのが大好きで、掴まっては、コトンと後ろに倒れ、また掴まって立とうとする。頭を打たないように、松乃は柵の周りに座布団を並べた。

遊び疲れて昼寝に入ると、松乃は階下に降りて父の仕事場に入った。将久は一刻ほどは眠る習慣だった。仕事場に入ると、松乃は心身が入れ替わる思いがした。将久は何よりも大切であったが、一方、すべての意識を将久に向けねばならぬことは苦痛でもあった。世の母親は、皆こうして子供に己を明け渡すようにして育ててきたのであろうか。仕事場に入ると、体内に別の血が流れ廻るように思われた。だが、仕事場でも松乃は決して己の思うままには振る舞えない。何事も父の指示に沿って、松乃は動いた。「主線は決して彫ってはならぬ」と岳斎は言う。しかし仕事が遅れ気味の時は、松乃が彫るのを黙認していることもあった。岳斎の彫り物を注文する客は多かったが、これまでは仕事が滞ることはなかった。それが、少しずつ仕上がりが遅れがちになることに気付き、松乃は違和感を覚えていた。ふと見ると、岳斎の手が止まり、息を切らしている。

「父さま、疲れなさったのじゃろ。少しお休みなされ」

松乃が声を掛けると、岳斎ははっとして気を取り直し、手を動かした。

「お医者さまに診てもろうた方がよいのではなかろうか」と松乃はひろに相談した。

「そうよのう。もう七十を過ぎなさったし」

医者に行くのは嫌がるのではないかと思っていたが、邦胤は案外に、「そうよの、いっぺん診てもらうか」と医者へ行くことを承知した。ご自分でも心当たりがあるのじゃろうか、と松乃は青ざめた。

医者はいくつかの質問をし、聴診器で丁寧に胸や腹や背の音を聴いた。

「夜は眠れますか」

「ああ、よう寝とる。が、さすがに朝は早う目が覚めてしもうて困っとる」

「どこか痛みを感ずるところはありますかな」

「痛みはないが……少し疲れ易くなっとる気がする」

「もう七十を過ぎとりなさるゆえ、それは自然のこと。無理をなさってはいけませんぞ。根を詰めるのはよくない……さて、血圧を測ってみましょう」

血圧を測った医師は眉をひそめた。

「かなり高い。酒と仕事を控えんと、卒中を起こすことにつながる。これから朝晩寒くなるが、寒さも大敵ですぞ」

特に薬は処方されず、酒と仕事を控えるよう念を押されて、邦胤と松乃は家に向かった。

「将久もじきに満一歳になる。じゃが七つまでは神の子ともいう。将久はまだまだじゃ。大事に育てねばのう。雪川の家が続くのを見届けるまではわしも生きておらんとのう。叶うことなら将久に彫り物の手解きをしたきもの」

「父さまはまだ七十一じゃ。あと十年は彫り続けてくだされると思うとる」

医者の診察を受けた岳斎は、何か決するものがある如く、仕事場にこもった。

「父さま、仕事は控えよと、医師《せんせい》が……」と松乃は気遣ったが、岳斎は、「彫っておかねばならぬものがある。これを仕上げねば死んでも死にきれぬ。酒はなくてもいい。これだけは仕上げねばな。仕上がるまでは仕事場には入るなよ」

岳斎は厳しく命じ、一日の大半を仕事場で過ごした。松乃は父の体が案じられてならなかったが、邪魔をしてはならないことは、よく分かっていた。昼に呼びに行くと、岳斎は大きな板に覆いを掛けてから戸を開けた。

秋も終わろうとする頃、岳斎は戸を開けて「松乃」と呼んだ。

「はい」

「できたぞ。見てくれ」

「これは――」

見事な彫り物が二つ、松乃の目に飛び込んできた。一つは横七尺、縦は二尺に足らぬほどの「子持龍」もう一つは縦五尺余、横二尺足らずの「松に鷹」の彫り物だった。

「分かるかな。『子持龍』は上社拝殿虹梁上を飾るもの、『松に鷹』は上社本宮幣拝殿脇障子じゃ。天保四(一八三三)年に細工始めをして以来五十年余、この二つの彫り物を加えて、やっと上社本殿は再建が果たされた。初代万治郎、二代目万治郎さまの始められた大仕事に、われものみを加えることが果たせて、感無量じゃ」

少し足元がふらつく岳斎を支えて、松乃は誇らしさと父の体を気遣う思いとの両方で、胸が震えた。

秋も過ぎ、暦は最後の一枚となった。十二月三日は将久の誕生日である。

「西洋では誕生日の祝いを大切にするそうじゃ。僕は漢学・国学の徒であるが、西洋のしきたりも楽しいものじゃ」と将明は言い、松乃もひろも、それは良きこと、と祝いをする心づもりをした。邦胤に話すと、邦胤は「ほう」と言い、「なるほどな、正月には皆等しく歳をとるというのも考えてみればおかしなことかもしれぬのう。――将久が生まれてくれて、わしもほんに甲斐のある一年じゃった」と、しみじみとした口調で言った。

誕生日までに、と松乃は将久の冬の着物を拵えた。暖かいセルの袷で、綿入れの半纏と重ねると、厳しい諏訪の冬も凌げる一揃いになった。

将明は『伊曾保物語』という絵入り本と、おもちゃのラッパを買ってきた。将明が『伊曾保物語』を読んでやっているのを聞くと、ああ、あの話は『伊曾保物語』にある話じゃったのかと気付いて、洋の東西を問わず、子供に教えたいことは同じなんだなと思ったりした。将明がラッパを鳴らしてみせると、将久は手を伸ばしてラッパを欲しがり、口に当てたが「吹く」という動作にはつながらず、一向に音は鳴らなかった。

邦胤は、縦横一尺半と一尺ほどの長方形の蓋付きの木箱を差し出した。

「なんじゃね、それ」とひろが問うと、邦胤は「うん、じいたんの祝いじゃ」と照れ臭そうに笑った。

「じいたん」というのは将久が邦胤を呼ぶ呼び方である。松乃は「かあたん」、将明は「とうたん」、ひろは「ばあたん」だった。

木箱の蓋を開けると、中にはぎっしり、大小さまざまの、長方形、正方形、三角形の木片が入っていた。木片には線彫りが施され、艶出しの塗料が塗られ、つやつやと光っていた。

「積み木⁉」と松乃は驚きの声をあげた。

「いつの間に、こげなもの作っとったと」

「うん。おまえらに知られんよう、こっそりとな」

積み木を箱から出して、ひろが積んでみせると、将久は目をキラキラさせて自分も手に取って重ねたり並べたりし始めた。両手で持ってカツカツと打ち鳴らしたり、ついには口に入れて齧ったりした。

「おお、将坊、お気に入りじゃのう」とひろ。

「岳斎作じゃもんなあ。大事にせにゃ」と将明は将久の頭を撫でた。

「この線彫りは何? さっき何かの形が見えた気がしたが」と松乃が問うと、邦胤は箱に積み木を並べてみせた。積み木の表面には、鶴と亀の図柄が浮かんでいた。

「鶴は千年、亀は万年。将久の息災祈願よ」

松乃は鼻の奥がツンとし、涙がにじむのを堪《こら》えた。邦胤、ひろ、将明、松乃、そして将久。家族五人だけのささやかな誕生祝いは、松乃の生涯で最も幸せな一夜だった。

父逝く

信州の凍てつく寒さは年の内も厳しかった。将久の誕生祝いをして半月が経った十二月十八日、夕食に機嫌よく盃を傾けていた邦胤の体がゆらりと揺れ、膳の上に倒れ伏した。

「父さま」

「おまえさま」

とうろたえるひろと松乃に、将明は、「動かさぬ方がよい。医者を呼んでくる」と慌てて立ち上がった。ひろと松乃はその場に邦胤を寝かせ、夜着を掛けた。邦胤は固く目を瞑っている。周囲の異変を感じ取ったのか、将久が泣き出した。松乃は急いで将久を背負い、夕食の膳を片付けた。

四半刻ほどして、将明より先に山川医師が人力俥を飛ばして到着した。医者は邦胤を素早く診察し、

「――やはり卒中であろう。御酒《ごしゅ》を飲まれていたか」と苦い顔をした。

「ほんの五勺ほど……」とひろがおろおろと答えた。医者は邦胤の眼球を調べ、呼吸を数え、手首を握った。

「あまり反応が見られぬ。そっと寝間に移そう」と医者が言っている時、将明が息を切らして帰って来た。将明と松乃はそっと邦胤を布団に移し、布団を引きずるようにして次の間に運んだ。

「おまえさま、岳斎さま」と枕元に座ったひろが震える声で邦胤を呼んだ。

「決して軽いとは言えぬ。卒中は起きてしまえば治療は難しい。鍵は、脳の中の出血の量と本人の生命力だ。動かさずに見守ってくだされ。吐いたものが喉に詰まらんように顔は横に向けて。名を呼ぶのはよい事です。こちらの世につなぎ止めるように」

酒はいかんと言われたに、仕事はほどほどにと言

われたに、と松乃は悔いた。三日間、邦胤は眠り続け、四日目の明け方、静かに息を引き取った。その時は松乃だけが邦胤の傍に付き添っていた。ひろは疲れ切って茶の間で横になっており、将明は二階で将久と寝ていた。山川医師は毎日往診してくれたが、何も治療法が無いことを詫び、「覚悟はしておいてくだされ」と頭を下げた。

じっと邦胤の顔を見つめ、手を握り締めていた松乃は、邦胤の唇がかすかに動いているのに気付いた。

「ととさま、がくさいさま」と呼ぶと、邦胤が目を開き、松乃を見た。

「気が付かれたか」と狂喜すると、邦胤は、

「ああ、わしは彫り足らん。もっともっと彫らねば」と、はっきりした口調で言った。松乃は「彫ってくだされ。もっともっと」と叫ぶように言った。が、邦胤はそれ以上答えることはなく、目を閉じ、大きく息をすると、スッと息を止めた。

松乃は転がるように茶の間の障子を開けてひろを呼び、階段を見上げて将明を呼んだ。二人ともすぐ目覚めて、邦胤の枕元に走り寄った。

「先生を呼んでくる」と将明は外套と衿巻きをまとって飛び出して行った。ひろは邦胤ににじり寄り、鼻に手のひらを翳した。

「息しとらんな」と言って松乃を見上げた。松乃は頷いたが諦め切れず、左の手を取って撫で始めた。ひろは右の手を取って撫で、「父さま」「おまえさま」と呼び続けた。

半刻経たぬうちに山川医師が駆けつけ、傍らに座った。瞳孔に光を当て、呼及を確かめた医者は、

「ご臨終です。十二月二十二日午前五時三十一分、今の時刻をご臨終の刻としましょう。ご愁傷様です」と深々と頭を下げた。

「つい先刻《さっき》、目を覚まして、もっと彫りたきものを、と申されたに」と、松乃は父の死を受け入れられず、茫然として呟いた。

「八時過ぎになりましたら、死亡証明書を取りに来

てくだされ。ほんに諏訪の宝をなくしてしもうて無念なことです」と言って山川医師は帰って行った。

ひろと松乃は邦胤の亡骸にすがって慟哭した。と、二階から子供の呼ぶ声が聞こえた。

「かあたーん、とうたーん」

「ああ、将久が目を覚ました。連れて来よう。何もわからぬであろうが、おじいさまとお別れをさせよう」と言って、将明は二階へ上がって将久を抱いてきた。松乃は将久を抱き取って、

「将久、おじいさまが遠くへ行かれてしもうた。お別れせんとな」と、将久を邦胤の枕元に座らせた。将久は不思議そうに邦胤を見て「じいたん」と小さな声で呼んだ。

「ようじいたんのお顔見てな、覚えておくんじゃぞ」とひろが涙を拭いながら言った。

「ご本家に知らせるのは、もう少し経ってからでよかろうか？」と将明はひろに訊いた。

「そうじゃの。もう、今生のお別れもできんでな。人が来るまでは我らだけで岳斎さまをお守りしようぞ」

まだ眠そうな将久を茶の間に寝かせ、三人は邦胤の枕辺に座った。

「七時過ぎたら、酒屋さんと組内の頭にお知らせして、ご本家とお寺への使者を立ててもらおう。松乃、白絹の布をお顔に」と将明は指図し、さらにひろに、

「おっ母さま、お疲れじゃろうが、朝粥の仕度をお願いします」と頼んだ。ひろは、なすべきことを与えられて、却って少し気を取り直したように立ち上がった。ひろが立って行くと、将明は松乃を抱き締め、黙って松乃の背を撫でた。

七時頃、三人は茶の間で朝粥を食した。細かく刻んだ野沢菜漬けを混ぜた粥は、抵抗なく喉を通った。酒屋へは松乃が、組内の頭へは将明が連絡に赴いた。酒屋の女将は松乃の早朝の訪れに、はっとして身構えた。

「父が今朝早うに……」と言うとあとが続かなく

なった。「ああ……」と女将は絶句し、少しして「無念なこと。ほんに痛ましや。すぐ伺いまする」

「すみませぬ。よろしゅうに」と言って、松乃は家へ取って返した。

　間もなく女将と組内の数人が集まって来た。女将は岳斎を両手を合わせて拝み、「倒れたとは聞いたが、こげに早く逝ってしまわれるとはのう」とひろの手を取って悼んだ。

　組内の長は、「知らせる先を相談せんとな。女将さん、何か記したものはあるかの?」と訊いた。ひろは「岳斎さまが書き付けを残してくだされた」と言い、仏壇の引き出しから半紙を綴じたものを取り出した。半紙には親類縁者、仕事関係、その他と区分けされて、名前と住所、邦胤との関わりが記されていた。縁者の最後尾には、将明の実家が、新しい墨色で記されていた。

　組内の長と酒屋の女将、将明が相談して、知らせる優先順位を決め、使いに行く者を割り振っていった。

「何よりもご本家に知らせんとな」

「おお、お寺さんに知らせんと」

　女将が、「ご葬儀はどこで……普通は自宅じゃが、どうであろう。会葬者は多いであろうゆえ、この家では手狭ではないかのう……」と言い出した。

「お寺がよいのではないか」と、組内の者も言った。

「お寺には僕がご挨拶に行きます」と将明が申し出た。

「多勢の人が見えるかと思われると和尚さまに相談いたしたところ、寺をお貸ししましょうと言うてくだされた。組の方々と相談せねばと思うて確約はせなんだが」と将明が報告すると、「それがいい。場所は高林寺で行うとして、仕切りは組内でやらせてもらうことでよろしいか」

「無論です。どうぞよろしゅうにお願い申し上げます」と将明と松乃は頭を下げた。

「多方面に連絡せねばならぬゆえ、通夜は明日の夜にして、葬儀は明後日の午後一時としよう。通夜は自宅で何とかなろう」と相談がまとまり、組内の者が知らせに走った。

　通夜は、親類縁者を中心に、驚きと惜別の一夜になった。

「お幾つじゃったと？」

「七十一じゃと」

「まだまだ、あと十年は生きとって欲しかったのう」

　僧侶は三人やってきた。高林寺の住職と跡継ぎの息子に、同じ宗派の寺から派遣された僧が加わっていた。

　ひろと松乃、将明は喪服をまとい、並んで座って挨拶を受けた。通夜振舞いには、組内の人に混じってヨウが立ち働いていた。

「ヨウちゃん、父さまが……」と松乃は思わずヨウにしがみついて泣きじゃくった。

「ほんに、ほんに、お辛いことよの、松乃ちゃん」

　ヨウは松乃の背を撫でた。

「ちょうど達平さんの荷馬車が昼頃着いて知らせてもろうて、取るものも取り敢えず駆けつけた。戻りの車に乗せてもらえたでの」

「旦那さんは許してくだされたのか」

「うん。子供も自分とおっ母さんでよう見とるゆえ、安心して行って来いと言うてくれての」

「有り難きこと。ヨウちゃん、将久をみててくださらんか」

「そうじゃな。こげん時は誰かがみとるじゃろうと思うて、目が離れたりするものよ。将久ちゃんはわれが傍についとるゆえ、安心して岳斎さまを送ってあげてくだされ」

　葬儀の日は晴れになったが、雪の上を吹く風は凍えるほど冷たかった。

「こげん日に庭や道端に立ってもらわんでよかった」と将明は胸を撫で下ろした。参列者はぎっしりと本堂に座った。畳の上だけでは足りず、板の間や廊下にまで並んだ。何といっても大工や彫り物師が多かったが、岳斎の彫刻を愛でる愛好家も多く詰めかけていた。

千田家の加津と紀尾の姿を見かけ、松乃は走り寄って挨拶した。が、「奥さま、紀尾さま」と言ったなり、涙が込み上げて言葉が出なくなった。加津は痛まし気に松乃を見つめ、

「残念なことでしたのう、松乃さん。何か困ったことがありましたら、いつでも話しに来てくだされ」

と言って頭を下げた。

僧侶の読経も耳に入らず、松乃はただただ「父さま、岳斎さま」と胸の内で父を呼び続けていた。

遺族代表の挨拶は本家の邦篤が務めた。将明は「何というても岳斎は雪川家の彫刻師です。僕は、宮大工、彫り物師としての雪川家を語れる立場にありませぬゆえ」と、代表挨拶を固辞した。

「本日は、寒さ厳しき折、雪川邦胤岳斎の葬儀に際し、かくも多くの皆様のご参列を賜り、まことにありがとうございます。皆さまもご存知の通り、雪川家は初代邦宗より万治郎を名乗り、二代邦政、三代目邦茂と代を重ね、信濃はもとより東海まで幾多の建築物を残して参りました。邦胤岳斎は二代目邦政の次男に生まれ、千治郎を名乗り、生涯を彫刻に捧げた日々を送って参りました。中でも諏訪大社上社本宮の幣拝殿は雪川邦宗が担当し設計も行っておりましたが、邦宗が没したため、実際の工事は邦政が進め、嘉永年間に落成したものの、一部は未完でありました。

この未完部分を完成させたのが千治郎邦胤であります。虹梁上の『子持龍』、脇障子の『松に鷹』は、岳斎最晩年の仕事であり、畢生の大作であります。皆様も上社参拝の折にはぜひ岳斎の彫刻を見ていただければ、遺族一同、まことに有り難く存じます。岳斎には三男三女がありました。次男鶴松、三男育之助は将来を嘱望される彫り物師でありましたが、二人とも若くして世を去り、岳斎は無念のうちに己の技に精進し、病に到れるその日まで、のみを振っ

ておりました。後には六人の同胞《はらから》のうちたった一人残りました末娘が一人子を生して、雪川家をつないでおります。雪川家に入ってくだされた将明、松乃、一子将久を、どうぞよろしくお見守りいただけますよう、お願い申し上げます」

参列者たちは、改めて岳斎の無念を思い、岳斎の家が続く糸の細さに心が騒ついた。

もう既に棺は寺にあるので、弔いの長い列こそ無かったが、墓所までの道を、松乃はひろを気遣いつつ進んだ。葬儀の間に風は止み、陽が雪をキラキラ光らせていた。

正月はひっそりとして日を送り、松が取れると、葬儀に参列できなかった人たちが毎日のように訪れ、手を合わせては岳斎の死を惜しみ、彫刻を讃えた。松乃は父の仕事場にはあまりに辛くて入れなかった。

二月に入ると、人の訪れはまばらになり、寂しさが込み上げた。ひろと松乃は互いの涙にまた涙を誘われて、手を取り合って泣いた。将明は組の長とともに、香典の整理や葬儀の支払いなどを済ませ、残金をひろに渡した。ひろは「お預かりします」と答え、「郵便貯金にしとくがよかろうか」と言った。

「通帳は岳斎さまの名義であろうが、亡くなられたゆえ、名義を変えねばならぬが、やはり松乃の名義にするのがよいと思う」と将明は言った。

「えっ、われの名義に？　将明さんではのうて」

「うむ。僕は岳斎さまの仕事は何も分からぬゆえ、彫り物の仕事を分かっとる松乃が受け継ぐのが順当じゃと思う」

ひろは頷いて、立ち上がると、箪笥の引き出しから一通の通帳を取り出して来た。通帳には一家が一年は暮らしていける金額が残っていたが、何となく考えていたよりは少額だった。「材料費や手伝い人への支払いもあるゆえ、現金も預かっとる」と、ひろは、岳斎の財布も差し出した。ひろは居住まいを正して、

「これからは松乃にお金の管理を任せたいがどうであろう。……松乃、われは岳斎さま亡きあとも、ここに置いてもろうてよいであろうか。われにはもう帰る家もない。足手まといかもしれんが、将久の世話ならできるで、この家に居させてもらえんじゃろうか……」

松乃は驚いてひろを見つめた。

「おっ母さん、何を言うとるか。おっ母さんは、われが十の時からわれを育ててくれた、われのおっ母さんではないか。一緒に岳斎さまを見送った大切なお人じゃ。将久を育てるに、どれほどわれがおっ母さんを頼りにしとることか。どうか、この家にいてくだされ。お頼み申します」

「それでは、ここに置いてくださるか」

ひろは深く頭を下げた。将明は、

「僕は仕事が常勤ではなく、給料も四人の暮らしを支えていくほどは得ておらぬ。すまない。もう少し安定した立場になれるよう、諏訪女学院にも頼んでみる」と言い、兄の漢学塾へと仕事に行った。

父亡きあと

将明を見送ると、松乃は激しい衝撃に立っていられなくなり、上がり框にくずおれるように腰を下ろした。われらはすべてを父さまに頼っておったのじゃ。父さまの働きで食べさせてもらい、父さまの仕事を誇りにして世に交わってきた。これから、われら一家はいかにして暮らしを立てていくか、将久を育てていくか、必死で考えねばならぬ。

なぜか、経済的に将明を頼る気持ちにはならなかった。あの人は金を得ることなどに汲々としてはならぬ人じゃ。

松乃は思わず、「父さま、われはどうすればよいのであろう」と父に話しかけ、父を探すかのようにふらふらと立ち上がって仕事場に行き、これまで閉ざしておいた戸を開けた。

木材と塗料の匂いが押し寄せた。父さまの匂いだと松乃は思った。ごく自然に、彫り物の仕事を受け継いでいかねばと思った。彫り物をしてこそ雪川岳斎の娘じゃ。どうしてこんな自明のことが分からなかったのか。――じゃがわれに、まこと岳斎の娘としての才と技が伝わっているものであろうか。一家の暮らしを支えるほどの収入を得られる仕事ができるものであろうか。

松乃は翌日、将久をひろに頼んで、本家を訪ねた。

「われの腕で、お金を払うてもらえるじゃろうか」

邦篤は腕組みをしてしばし思案し、

「何か彫って見せてくれぬか」と言った。「岳斎叔父の仕事を手伝うておったことは知っておる。人さまが買ってくださるものを彫れるかどうか、彫ってみせてくれぬか。この家に手伝いに来てもらうことも考えとったが、一人立ちできるなら、それに越したことはないであろう」

松乃は家に戻り、そのまま仕事場に入った。床置きにしよう。床置きなら欄間のように場所を選ぶこともなく、独立した彫り物となる。松乃の頭に浮かんだのは、母鶏と雛の姿だった。岳斎が残した多くの下絵用紙から数枚を引き抜き、隣の六畳で下絵を描く台に広げて墨を磨った。部屋には育之助の気配も漂っていた。そうじゃ、兄さま、われも兄さまと同様、父さまの子。必ず彫れるはず。見守っていてくだされ。

筆を執った時、松乃の耳に子供の泣き声が飛び込んできた。「あ、将坊」と思った時、乳が張るのを覚えた。もう止めねば、と思いつつ、将久は誕生日を過ぎても乳を欲しがった。ああ、帰って来た挨拶もせんじゃったと、松乃は慌てて筆を置き、母屋の台所口から入っていった。

「ただ今帰りました。遅うなってすみませぬ」

「おお、お帰り。昼餉はまだじゃろ。お雑炊じゃが、食べんか?」

「食べんと待っていてくだされたのか」と言いつつ、松乃は、手をいっぱいに伸ばして抱っこをせがむ将久を抱き上げた。胸元を広げると、将久は夢中で吸いついてきた。「もう、たんとは出ぬのになあ」と松乃は苦笑しながらも将久の温かい体が頼もしかった。この子がおれば、われは生きていける。

具だくさんの汁に朝の御飯を入れた雑炊に、ひろは卵を落として出してくれた。

「わあ、ご馳走じゃの」

「うん、卵はの、安本さんが弔問に見えて、お供えしてくれとくだされたのじゃ。その中から二ついただいて、われと将坊は食べた。将坊はよう食べたよ。安本さんはの、岳斎さまの彫り物は残っておらぬか、ぜひ頂戴いたしたいと言うておられた。われには分からぬで松乃が在宅の時おいで願いたいと返事しておいたが……。岳斎さまの彫り物は、いくつかあるのじゃろか」

松乃ははっとした。父が生前にお約束しとった彫り物――そうじゃ、手控え帳、と松乃は気付いた。岳斎さまは注文を受けた際、必ず手控え帳に記しておかれたはず。

「ちょっと見てくるで」とひろに断って、松乃は仕事場に行った。戸棚を開け、文箱を取り出す。蓋を開けると、思った通り「手控え帳」と記された帳面と、硯と墨、筆が入っていた。帳面を繰ってみると、一件ごとに、注文主の氏名と住所、彫り物名、材質、請けた日付、引き渡しの日付、報酬の額と領収日が記されていた。

「おっ母さん、これ見てくだされ。これを見ればこれまで注文してくだされた方も分かる。もしまだお渡ししておらぬものがあれば、推し測ることもできよう」

ひろは手控え帳と松乃の顔を見比べながら、

「松乃、もしやおまえは父さまの跡を継ごうと思うてか？　もしそうなら、父さまはどんなにお喜びじゃろ」


次の日から、松乃は将久をひろに託し、仕事場と隣の六畳に籠った。まず下絵じゃ。松乃は和紙に母鶏と二羽の雛を描いた。母鶏の羽の下に隠れるように寄り添う雛。一羽は少し離れて餌をついばんでいる。木材は何にしよう。松乃は仕事場に戻って木材を探した。

仕事場は幅半間の奥まで続く土間があり、他は板敷だった。板敷きの壁の中央部に神棚が調えてあり、瓶に挿された榊が枯れ切っていた。ああ、すまんことをした。罰当たりにも、われは仕事場を閉め切ってしもうて、お榊も供えなんだ。松乃は母屋にとって返し、

「おっ母さん、榊はありますかの？」

「榊のう。家のは換えとるが、どこに供える？」

「仕事場の神棚」

「ああ、われは仕事場には入らんようにしとったゆえ――これから買うてくるゆえ、将坊と遊んどいてな」

ひろは襟巻きを巻いて財布を手にした。ひろが買ってきた榊を仕事場の神棚に供え、水を汲み換え、松乃は大きく柏手を打って頭を低れた。

手控え帳には、引き渡しが済んでいない彫り物が二点あった。父が完成した彫り物には大きな木綿布を被せておくことを知っていた松乃は仕事場を見回し、二つの彫り物を見出した。一つは波と兎の床置き、一つは鶉と稲穂の欄間だった。岳斎の彫り跡に松乃は今さらながら心が震えた。波は今にも動くかのように見え、鶉の鳴き声が聞こえる気がした。

手控え帳に記された名と住所を頼りに松乃は葉書を出した。

「故雪川岳斎に御注文いただきたる彫り物、でき上がっております。もし、お受け取りいただけますなら、ご連絡くださりませ。

岳斎亡きあとの整理が遅れまして、ご連絡が今になりましたことを深くお詫び申し上げます。

雪川松乃

明治二十一年三月

あて名」

ほどなく二人から引き取りに伺うという返事が来て、床置きの方は本人が、欄間の方は本人と出入りの大工がやってきた。

「岳斎師名残りの御作をいただけるとは望外の喜び。岳斎さまのご冥福をお祈りしつつ、御礼申し上げます。お約束のお代は十二円でありましたが、それでよろしゅうございますか？」と、手控え帳に記された通りの金額を渡してくれた。

「それから、こちらは御香料でございます」と香典袋を差し出した。松乃は深く礼をして父の仕事の料を収めた。

「して、雪川流はどうなさるのか。まことに差し出がましくはありまするが、岳斎さまのお手筋が絶えてしまうのは無念。お孫さまがおいでとは聞き及んでおりますが、まだ何分にもお小さい。娘御は岳斎さまのお傍にあって彫り物を手伝っておられたと聞いております。御孫さまが継承されるまでのつなぎ糸となられるお考えはありませぬか」

松乃は微笑みながら、「ありがたき思し召し、うれしゅうございます」とのみ返答した。

岳斎の彫り物は、二つで、一家が三月は食べていかれるほどだった。なれど、自分の彫り物では半分にもなるまい。十分の一やもしれぬ。しかし、それしか、われが一家を食べさせる手立てはない。

松乃は彫り上げた鶏と雛の床置きを背負って本家を訪れた。桧材を荒取りし、のみを当てた時、松乃は不思議な感覚に襲われた。材の中に母鶏が見え、雛が見えた。迷いなく、ためらわず、と松乃は己に言い聞かせた。おおよその形ができ、羽や頭部、脚と細かく彫っていく。シュッシュッとのみを動かすたび、羽が刻まれていく。鶏冠《とさか》、嘴《くちばし》、足爪。母鶏の目は雛そのものではなく、中空に向けられている。ここから先には入ることを許さぬと、見えない防壁を張っているかのように。雛の柔毛は柔らかく、ふんわりと彫らねば。松乃は極細ののみに持ち換え、丸みを帯びた雛の体に筆で描くように羽毛を彫っていった。彫り上げると、夜叉五倍子《やしゃぶし》の実から作った塗料を塗った。

松乃が母鶏と雛の床置きを覆った布を取ると邦篤は、ウッと短く息を吐いた。

「見事じゃ。形もよう整っていて、彫りに迷いがない。岳斎師に似ておるようじゃが、何とのう優しうてこまやかじゃ。うむ、これくらい彫れるなら彫り物師として立っていけよう。わしも折に触れて松乃の彫り物をわしの客筋に紹介してみよう。そのうちに二人の兄のように展覧会などへ出品して賞を得れば、名も揚がろう」

本家の従兄の見立てに、松乃は安堵し、勇気づけられた。

岳斎の残した彫り物を注文主に渡し終えた後、さらに手控え帳を検分すると、あと三件、注文の記載があった。注文は一件は欄間で、一件は床置き・ねずみとあり、もう一件は大黒天とあった。松乃はしばらく思案したが、ご挨拶はせねば、と筆を執った。まず父岳斎が死去し、注文に応じられなくなったことを詫びた。欄間の注文主には彫刻する予定の木材が選ばれて枠取りが済み、下絵が描かれていることを伝えた。

「新築、または改築される御座敷に設える御予定でありましたでしょうや。返す返すも申し訳なくお許しくだされませ」

床置きと大黒天の注文主にも丁寧に詫びの書状を書き送った。岳斎は社寺や山車の仕事が主で、床置きなどは手掛けていなかったが、晩年には家での仕事が多くなり、床置きを依頼する者も多くなっていたらしい。

欄間の注文主は岳斎の死を惜しみながらも、子供の結婚のため座敷を改築しておるが、欄間が仕上がらねば完成が遅れる。何かよき方策はありませぬか、と訊いてきた。松乃は本家に依頼するか、またはもしや、岳斎の娘であるわれにお任せいただけませぬかと思い切って尋ねた。娘御が?と注文主は驚き、書状をよこした。書状には一度お訪ねしてよろしいか、とあった。「お待ちいたしております」と返した松乃だったが、自分の大胆さに我ながら驚き、不安になった。

訪ねて来た注文主は松乃を見て、

「こんな年若い娘さんがおいでじゃったとは。これまで彫り物をなされていたのか?」と訊いた。松乃は父の手伝いをしていたことを述べ、母鶏と雛の床置きを見せた。

「ほほう、これをおまえさまが」と注文主は床置きを見つめた。岳斎が残した欄間の下絵を見せると、

「見事よのう」と感嘆し、しばらく思案して、

「おまえさまにお頼みして、なれどでき上がりに得心がゆかぬ場合は引き取らぬこともある、ということでよろしいであろうか。大そう失礼な申し出なれど。いや、断わってもろうてもかまわぬが……」と、

顔中を汗にして言った。

「かしこまりました。お作りしてお気に召さぬようなら、お納めいただかぬともよろしゅうございます。渾身の力を込めて彫らせていただきます。これまでもお待ちいただきましたに、さらに遅うなってしもうて、申し訳ございませぬ」

床置きの注文主は、「岳斎さまの御作が望みでしたゆえ」と断わってきた。大黒天の注文主は訪ねて来てくれ、松乃が作った大黒天を見せることができた。父の手伝いの合い間に作ってみたものである。ごく小さい、高さ四寸ほどのものだった。

「これは可愛らしい。これでもよいが、叶うならばもう少し大きい物が欲しい。一尺ほどの物はできぬであろうか」

松乃は、でき上がるまでの時間の余裕を頼んで引き受けた。

松乃は将明が出掛けてから素早く家事を片付け、将久をひろに託して仕事場に籠った。欄間の下絵は、「波に鴛鴦《おしどり》図」だった。下絵は細密に描かれていたので、松乃は桧の木の板に薄墨で忠実に下絵を写し取った。欄間の難しさは、透かし彫りであることだ。幾何学的な文様であれば表裏はないので彫り易いが、「波に鴛鴦」を透かし彫りで彫るのはかなりの技量を要する。片面の鴛鴦が右向きなら、反対側は左向きになる。続き座敷であれば、表座敷の方が表面、次の間が裏面の形になる。水面の波、岸辺の草木、上部は雲を配する。ようやく二枚の欄間が彫り上がったのは、二月後のことだった。下絵は父岳斎、彫りはわれ、雪川清蘭の刀と、松乃は時に怯みがちになる心を奮い立たせた。彫り進むうちに怯む心は消え、己と木と刀だけの世界になった。

注文主が検分にやってくるという知らせを受けて、松乃は日に何度も欄間を見ずにはいられなかった。そして、これ以上はできぬ、覚悟を決めようと自分に言い聞かせた。自分の力は今はここまでと知っていた。渡し状には「下絵　雪川岳斎　彫刻雪川清蘭」と記した。

　欄間を見た注文主は「うーむ」と唸り、次いで破顔した。

「見事よのう。納めさせていただきまする。して、清蘭とは?」

「われの号でございます」

「すがすがしい名じゃのう。向後も彫り物を続けられるか?」

「はい」と松乃は返辞をし、そうじゃ、われは彫り物を続けると思った。彫り料はいかほどかと訊く注文主に、松乃は手控え帳に記してあった額の三分の一ほどの額を告げた。注文主は「岳斎さまと同じとはいかぬが、それは僅かすぎよう。遠慮なさるな。彫り料は職人の誇りのしるしであろう」と、松乃が告げた額の二倍を支払ってくれた。

　大黒天は欄間の一月後に完成し、注文主は「どとのう、優し気な大黒様よの」と微笑み、岳斎が記していた額の三分の一ほどを払ってくれた。松乃が、「もしよろしければ、この小さき大黒さまを差し上げましょう」と、先に彫ってあった四寸の大黒天を差し出すと「嫁ぐ娘にお守りに持たせてやろう」と大喜びした。こうして途切れずに仕事があれば、何とか将久を育てていくことはできようが、今の仕事は岳斎さまが残していってくだされたるもの。清蘭の彫り物を求めてくださるお人はいるじゃろうか。どのようにして注文してくれる人を探せばよいやらと、松乃は溜息をついた。

将明の屈託

将明は毎日、兄の塾と諏訪女学院に通い、陽のあるうちに戻る暮らしを続けていた。帰れば将久は父にまつわりつき、ひろと松乃では応じてやれない、やや荒っぽい遊びに興奮して頬を紅潮させた。肩車、河原での石投げ、八劔神社の境内での鬼ごっこ。

将明には、岳斎の残した彫り物を仕上げる仕事をしていると話していたが、代金の額などは告げていなかった。将明は諏訪女学院からの報酬を「わずかですまん」と詫びながら松乃に渡した。

「もろうてもいいのでしょうか。ご本代などは……」

「いや、本は持っておる。着る物も今のままで十分じゃ。諏訪女学院で本採用になれればよかったのじゃが、国漢の教師は足りておると言われてなあ」

と苦々しそうに言った。四月も過ぎると、将明はこれまで以上に寡黙になり、顔色もすぐれなくなっていった。松乃は気になりつつも、目の前の仕事に心身をとられ、将明とゆっくり話す余裕もなく過ごしていた。

五月に入った日、将明は昼すぎに帰宅してひろと松乃に頭を下げた。

「おっ母さま、松乃、申し訳ない」

ひろと松乃は驚いて顔を見合わせた。

「どうなされた。体の具合いがよくないのか」とひろが問うと、「いや」と将明は目を閉じて大きく息をついた。

「兄の塾がしまいになり申した」

「しまい？」

「失職ということです。年々塾生の数が減って、謝儀も少のうなっておったが、とうとう、この四月新入生は一人も入らなんだ。公の教育がゆき渡ってきて子供は皆小学校に入り、その先も高等科やら中学校やらへ進む。英学ならともかく、私塾で漢学を学ぼうとする者などはいない。今塾生として参っておるは、隠居して趣味半分で漢詩を作ったりする者ばかりになってしもうた。それだけなら兄だけで十分。おまえに払う給料も出せぬ、すまん、と兄に頭を下げられてしもうた。幸い兄は諏訪の町役場に職を得ることができて、塾は土日に開ければ十分じゃと。おまえも女学院の専任になれぬなら、何か別に職を探せと言われたが――僕は漢学、国学のほかにできるものとて無い――」

そこまで一気に話して、将明は悔し気に唇を噛んだ。

「それは――何と申してよいか分からぬが、家は当分の間は暮らしてゆけますゆえ、気長に職を探してはいかがじゃろ。公立学校の先生になるにはどうするのじゃろ。試験があるのかのう」

何と言っていいか茫然とした面持ちの松乃に代わってひろが言った。

「うむ。今年はもう新年度が始まっておるゆえ、秋頃には募集があるのかもしれん。知人にも訊いてみるが、僕は知る人も少ないゆえ」

「千田さまにご相談してみましょうや」とひろが遠慮しつつ言った。

「そうよのう。千田さまならお顔も広いことじゃし」と松乃も将明の顔色を伺いつつ言った。

「うむ。元の武士階級の者で、明治の世になじめず困窮しておる者は少くない。警官とか軍人になる者が多いようじゃが、僕にはどちらも……。僕はこの家で何の役にも立っておらぬ。まことに情無い。すまぬ」

「何を言いなさる。将久の父さまというだけで十分じゃ」

将明は黙って立ち上がり、二階へ上っていった。昼寝をしていた将久が目を覚ましたらしく、「とうたん」と呼ぶ声が聞こえた。

松乃はまだ混乱していて、何をどうすればよいのか考えが定まらなかった。

「松乃。ともかくも今は松乃の彫り物のことは言わぬがよいと思う。男子《おのこ》には男子の意地というものがあるでの。岳斎さまに頼って暮らすのは受け入れられても、松乃の稼ぎに依るは潔しとせぬじゃろ。何とか千田さまにお願いして、将明さんに合うた仕事を紹介していただこう」

千田家からは「経理はできるか」との問い合わせが来た。千田家で営んでいる絹糸会社で、経理のできる者を求めているという。将明は思案の末、「給料をいただけるほどの素養はない。珠算も心得がない」と口惜しそうに言い、「あとは原野を拓いて帰農するしかない」と自嘲した。

「われが彫り物をいたします」と出かかって、松乃は己を抑えた。言ってはならぬ、今は。

将明はさらに口数が少なくなり、辛うじて諏訪女学院の勤務日には勤めに出るが、勤めのない日は二階に閉じ籠るようにして過ごしていた。家にいるようになれば、将明が松乃が仕事場で時を過ごすことに気付かないはずはなかった。仕事場を出てそっと二階に上った松乃を、将明は正座して迎えた。将久はひろと遊びに行っているらしい。

「どうされた？」

松乃は驚いて将明を見た。一方、来るべき時が来た、と感じた。

「松乃は彫り物をしておるのか？　岳斎さまのように」

「はい。実は父が品物を納めておらぬお約束がありましてな、われが代わって彫ることを承知してくださされたお方にと、彫り進めており申した。お話しせずにいて、申し訳ありませぬ」

「そうか」将明はしばらく黙って腕を組んで考え込んでいたが、「彫り物代は払っていただけるのか？」と訊いた。

「はい。岳斎さまの半分にも及びませぬが……」

「そうか――僕は、松乃にも将久にも何もしてやれぬ。この雪川の家の何の役にも立っておらぬ。すまぬ」

うなだれる将明に、松乃は必死で言った。

「そのようなことはありませぬ。――暮らし向きのことなれば、父が残してくれた分で、当分は何とかなりますする。その間にお仕事を探してくだされ。将明さんが力を発揮できるお仕事がきっと見つかります。公立学校の先生の募集もありましょう」

「松乃、僕とともに東京へ出る気はないか？」

「えっ、東京とは――？」

「あ、思いつきじゃ。気にせんでくれ。雪川が諏訪を離れられるはずもない。おっ母さんじゃとて、将久と離れることなど思いもよらんであろう。僕じゃとて、東京にはっきりした当てがあるわけでもないし……」

玄関の戸を開ける音がして、「かあたん」と呼ぶ将久の声がした。階段を登る小さな足音がして、「ただいまあ」と将久が飛び込んできた。「あれ、とうたん」と将明を見つけて、将久は抱きついた。将明は将久を抱き上げ、「高い高い」と言いつつ、将久を頭上に差し上げた。将明の目がキラッと光っているのに気付いて、松乃は胸が締めつけられた。どうすればよいのか。暮らし向きのことより、今はただ将明の「誇り」が大事だった。われが彫り物をして得たお金で暮らしていったら、将明さんは「髪結いの亭主」のような心持ちがなさるじゃろ。それに甘んじるお人ではなし。松乃はキリキリと胃が痛むような思いに苛まれた。

「八劔さんへ行こうか」

将明は松乃にとも将久にともつかずに言った。初夏の日はなかなか暮れず、五時になっても昼間のように明るかった。常緑樹は生き生きとした緑となり、紅葉は、若葉が延びて陽を透かしていた。ほんの少し傾いた陽が斜めに射して、父岳斎の彫った龍を照らしていた。松乃は、ここに来た将明の胸の内が分かる気がした。将明は岳斎に詫び、松乃と将久の行く末を祈りたかったのであろう。

「将久」と将明は呼びかけた。「ん？」

「この八劔さんはな、御神渡り神事を司っておられる。諏訪の湖に御神渡りのしるしが現われると、その方向を観て、その年の豊凶・吉凶を占われる。氏子は、ここに集ってお祓いを受け、家の門には注連《しめ》縄《なわ》を張って潔斎し、新しい藁沓を履いて御神渡りを拝し、諏訪大社に参拝するのだよ」

将明は将久には理解できないような言葉を用いて説き聞かせていた。将久も分からぬながら聞き入っていた。

「うちはおじいさまの喪で、今年は加わるのを遠慮したが、次の冬には将久も藁沓を履いて諏訪湖まで参れようかの」

「とうたんも？」と将久が聞くと、将明は寂し気に笑った。

脇門の側に何本かの灌木が群がっていた。掌ほどの柔らかそうな葉が付いている。

「あ、これ」と松乃が見入っていると、将明は「梶の木」と言った。

「あの、諏訪大社や秋宮の御しるしの。将明さんが教えてくれた……」

「ああ」

あの日、二人の心を結びつけたと感じた梶の木が――と思うと、こみ上げてくる涙を抑えかねて、松乃は顔を被った。

別れ

翌日、将明は「勝野の家に行ってきます」と断わって家を出た。松乃は、「おっ母さん、千田の加津さまのところへ行って参ります」とひろに言った。ひろは「そうしなされ。よう心の内を聞いていただくとよい」と将久と手をつないで見送ってくれた。

突然の訪問にもかかわらず、加津は「ようおいでなされた」と居間へ通してくれた。

「突然伺いまして、申し訳ございませぬ」と正座して頭を下げたとたん、はらはらと涙がこぼれた。加津は膝をつと寄せ、松乃の手を取って懐紙を握らせた。松乃は懐紙を顔に当て、嗚咽した。加津は黙って松乃が泣くにまかせていた。しばらくして涙を収めた松乃に、

「岳斎さまはほんに惜しいことでありました。頼りの大黒柱を亡くされて、さぞ困惑しておいでじゃったろう。ひろさんと坊やは息災かの？　ご亭主は？」

「はい。母と息子は何とか……」

「ご亭主、将明さんのことか？」

松乃は黙って頷いた。

「兄さまの塾も閉めてしまわれたようじゃなあ。うちでも何か職はないものかと心に懸けてはおるのじゃが。それにしても雪川の彫り物はどうなるのであろう。松乃は岳斎さまを手伝うて彫り物の腕もかなりのものと聞いておる。坊やが家を継げるまで、松乃が雪川の糸をつないでいく……いや、それは無理じゃろうか。彫り物も男子《おのこ》のなす技と思われておるゆえ」

松乃は父が残した彫り物を仕上げて彫り料をもらったこと、今後も注文さえあれば、何とか暮らしを立てていける見通しが立つことなどを話した。

「なれど……」

「ご亭主のことか」

「はい。髪結いの亭主にはしとうない。将明さんの誇りを守ってあげんと」

「将明さんも、そう考えておいでか？」

「おそらく」

加津はしばらく考え込んでいたが、

「将明さんを自由にしてあげる考えはないかの？ご自身の道を歩ませてあげるのも松乃の思いやりかもしれぬ」

「はい」松乃は、それが一番いいと、はっきり分かった。

「男一匹、将明さんがどのような道を切り拓くかは、将明さん次第じゃ。辛いじゃろうが、将明さんを信じて自由にして差し上げるがよい。松乃の仕事のことは、われも折に触れて注文主を探してみよう」

帰路、松乃は自分の心が迷いなく決まっていることに気付いた。離縁して、将明さんに自由になってもらおう。われは一人で、いや将久とおっ母さんで雪川を守っていこう。

その夜、松乃と将明は、どちらからともなく「別れ」を切り出した。

「妻と子を守ってやれぬとは、まことに不甲斐ないが、僕がこの家に居れば松乃は僕に遠慮して存分に彫ることがなるまい。松乃が彫らねば、この家の暮らしは早晩行き詰まる」

「よう分かっておりまする。いつまでも共に将久を育てていきたかったものを。あ、将久はこの家で育ててようございますか」

「言うまでもない。将久は岳斎さまの孫。彫り物師になるか否かは分からねども、雪川千治郎の血を引くたった一人の子じゃ。大切に育てておくれ。僕は荷物の整理がついたら家を出るよ。本来ならご本家はじめ、ご近所にもご挨拶をせねばならぬところなれど、面目のうて、顔が合わせられぬ。松乃からよろしゅうに頼みます。——僕は東京へ出ようと思う」

「何か伝手はおありか」

「次兄は、今は大阪へ転勤して東京には居らぬ。友人が一人いる。短い間なら泊めてくれよう。何とか仕事を探して、勉学の道を辿れたらと夢見ておる。甘い考えじゃが……」

「われも、勉学の道がおまえさまには、最も合うと思うとります。将久を残してくだされて何よりもうれしう、有り難く思いまする。……おっ母さんには、われから話してええかの?」

「ああ、おっ母さんにもえろうお世話になり申した。何のご恩返しもできず、ほんに申し訳ない……」

二人は将久を挟んで川の字になって寝んだ。

あと幾夜こうして寝るやら、松乃は将久が不憫で、手を伸ばして小さな手を握り締めた。将明もまた将久の反対側の手を握り、二人はそのまま眠れぬ夜を過ごした。

翌日も将明は外出し、松乃はひろと茶の間で向き合った。

「おっ母さん、親不孝をしてすみませぬ。われは将明と離縁することにしました」

単刀直入に告げた松乃に、ひろは、

「仕方ないことじゃ、松乃の彫り物で暮らしを立てるは、将明さんには受け入れられぬことじゃろう。男には男の意地があるゆえ。大丈夫、われもまだまだ将久の世話やら煮炊きやらはできますでな。松乃は思い切り彫り物をしてくだされや。それにしても将明さんは、向後の当てはありなさるのか」

「東京へ行くと言うとりました。とりあえず友人のところに世話になると」

「おお、東京へ。それでは少うしお餞別を上げようかの。本来なら養子縁組を解くのじゃから、それ相当のものを渡さねばならぬが、今のこの家のありさまでは多くは上げられぬ。一月分の暮らしが立つほどで、勘弁してもらおう。われより、お餞別という形でお渡ししますな」

松乃が彫り物に専心するようになると、通帳その他金銭の扱いは、再びひろに託されるようになっていた。「よろしゅうにお願い申します」と言って、松乃は仕事場に入って行った。父と兄二人の気配に包まれて、松乃はここ以外自分の生きる場所はないという思いを噛みしめた。

その夜も将久を挟んで三人で寝んだ。将明は「明日、将久が目を醒まさぬうちに出発するよ。将久にさようならは言いたくない。あとの手続きは兄に頼んでおいた。荷物は勝野の方から引き取りに来たら渡してほしい。——こういうことになってしもうたが、僕は松乃と出会えてよかった。結婚して子を儲けられてよかった。岳斎さまの彫り物は、僕にとっても誇りだ。ほんにありがとう」

「お礼を申すはわれの方です。将久を残してくだされて、ほんにありがとうござります。どうぞ、お好きな学問の道を歩んでくだされませ」

将久の手を握っていた手が、どちらからともなくつながった。

翌朝、ひろも早く起きて、餞別ののし袋を渡した。

「些少ですみませぬ」

「いや、本来いただく筋合いのものでもありませぬが、路銀と当座の暮らしに遣わせていただきます。おっ母さん、松乃、将久をよろしゅう」

将明は静かに背を向けた。その朝以来、松乃は生涯将明に会うことはなかった。

将明が去ってからしばらくして目覚めた将久は、「とうたん、とうたーん」と呼んだ。朝自分を起こすのはとうたんと思っている将久は、目覚めて父がいないことに驚いたのだろう。少し泣き声になっていた。急いで階段を上ると将久がねまきのままポロポロと涙をこぼしていた。駆け寄って抱き上げると、将久は松乃にしがみついて「とうたんは?」と聞いた。

「うん。今日は早うお仕事に行かれた。一人にしておいて悪かったの」

松乃は急いで着替えさせ、手を引いて一歩一歩階段を降りた。ああ、この子に何と言うたらよいのじゃろ。大人の都合で、この子から父親を取り上げてしもうた。松乃は、これより他に道は無いと考え別離を決めたにもかかわらず、改めて将久の行く道の険しさと淋しさを思った。強いて笑顔を作って、

「さ、ばあたんと三人で朝御飯食べような。将坊の好きな卵があるよ」と言うと、将久は「たまご、たまご」と飛びはねた。

「御飯に掛けるか、目玉焼きがいいかの」とひろが聞くと、将久は「メダマヤキー」と叫んだ。次いで「ハン、ハン、ハンジュ」と言った。「半熟じゃな。それは難しい。ばあたんにできるかな」とひろはおどけた。平鍋に卵を三つ落として半熟に焼くと、ひろはそれぞれの皿に分けた。他は味噌汁と漬け物だけだったが、半熟の黄身を御飯に乗せてやると、将久は匙で掬って「たまごかけー」と言った。ひろと松乃は将久に目をやり、次いで二人目を合わせると、お互いに考えていることが分かった。この子によって、われらは救われると。

「とうたんは遠い所へお仕事に行って、しばらく帰れん。いい子でお留守番していようの」

と話して聞かせると、将久は黙ってコクンと頷いた。

十日ほどして、将明の兄から明日昼頃、将明の残した荷物を引き取りに行くという知らせが入った。松乃は父の荷物が運び出されるところを将久に見せたくなくて、昼前におむすびを持って乗り合い馬車に乗って諏訪湖畔へ出かけた。将明とともに行った秋宮と春宮は、あまりにも思い出が鮮やかで行けなかった。将久は馬車に乗ってしばらくは周りの景色を物珍しそうに眺め、「かあたん、あれ何?」と尋ねていたが、そのうちに松乃に寄りかかって眠たげにあくびをした。松乃は将久を膝に抱き上げ、両腕で抱いた。将久の体温が両腕と胸に伝わってきて、松乃も少し眠たくなっていた。昨夜は眠ったかどうかも覚えていなかった。

「諏訪の湖じゃあ」と言う乗客の声に松乃はハッと

目を覚ました。

「降ろしてくだされ」松乃は慌てて声を掛けた。馬車から降りた将久は少しの間ボーッとしていたが、湖の方を見て、

「ピカピカ」と指さした。

「湖じゃよ。諏訪湖。傍へ行くか？」

駆け出した将久を掴まえ、手を引いて湖畔を目ざした。広い広い湖を、将久は目を丸くして眺めていた。

「いっぱい、水」

「そうじゃね。水がいっぱい。みずうみって言うんじゃよ」

「みずうみ」

弱い波が打ち寄せる渚で、将久はしゃがんで水に触れた。

「ひゃっこい」驚いて松乃を振り向いた将久の手を拭いてやって、松乃は言った。

「おなか空かんか？」

「うん、へった」

「ここでおむすび食べよう」

二人は暑くなりはじめた陽を避けて、木陰の丸太に腰を降ろし、風呂敷包みを開いた。梅干の苦手な将久のために、焼き鮭の身をほぐしたものを入れたおむすびと甘い卵焼きがお弁当だった。水筒には少し砂糖を入れた麦茶が入っている。将久は喉を鳴らして、ほんのり甘い麦茶を飲んだ。

お昼が終わると、二人は水辺スレスレを歩いた。少し行くと桟橋があり、漁船が舫《もや》ってあった。桟橋の側には小さな茶店があり、おばあさんが店番をしていた。

「やれ、いい日和じゃの。坊、母ちゃんと遠足かの？」

「えんそく？」

「二つぐらいかの？　元気そうじゃな。寒天食べんか？」

「かんてん？」

「黒蜜掛けた寒天。うまいぞお」

茶店のおばあさんは、青い瀬戸物の器に、黒蜜を掛けた寒天を入れて出してくれた。ツルンツルンと寒天を飲み込み、黒蜜で口をベタベタにした将久はニコッと笑った。

「上諏訪の方へ向かう乗り合い馬車は何時《いっ》頃通るかの？」

「乗り合いに乗るのか？　そうさの、あと半刻ほどあとかの。――どうじゃ、桟橋から船に乗ってみんか。うちの息子が乗せてしんぜる。少し乗り賃はもらうがの」

ああ、この子の気晴らしに丁度いい、と松乃は思った。生まれて初めて船に乗ったら、きっと喜ぶじゃろ。時間も丁度いい。

茶店の奥で休んでいた息子は、将久を見ると顔を綻ばせて船を出した。

「朝早いんで、今はちょっと一休みしとった。坊、船は初めてか。立って歩いちゃいかんぞ。母ちゃんに掴まっとれよ」

船が湖面に滑り出ると、将久は少し怯えて松乃に掴まった。陽は粲粲と降り注ぎ、暑さを感じた。茶店の息子は菅笠を渡してよこした。松乃は、くりくり坊主の将久の頭を手拭いで包んだ。はじめはじっとしていた将久だったが、次第に船の揺れにも慣れ、船端から水へ手を伸ばした。松乃は必死で将久の三尺を掴んでいた。

「何か見える」

「うん、魚じゃ。諏訪湖には魚がいっぱいおるでな。神さまのお恵みじゃあ。おっ、もう戻らんと馬車に乗り遅れるぞ。坊、急ぐぞー。しっかり母ちゃんに掴まっとれー」

船はスイスイ進んで桟橋と茶店が近付いてきた。茶店の息子に抱え上げられた将久は、父の感触を思い出したか、息子の肩に顔を寄せて「とうたん」と言った。

家に帰り着いたのは午後の三時だった。そっと二階に上ってみると、それほど多い荷物があったわけではないのに、いかにもガランとしてよそよそしかった。ひろは、「兄さまともう一人が運んで行き申した。将久は？　と聞かれたで、正直に父親の荷物を運び出す様を見せとうないと松乃が連れ出し申したと言うたら、それはそうじゃな、職を探してやれず申し訳なきことじゃった。皆さん、お達者で、と言うとったよ」と言った。

その夜、松乃は二階で将久と寝るのが何とも寂しくて、「おっ母さん、下で寝てもいいかの」と訊いた。ひろは、

「われも一人では寂しい。次の間で三人で寝ようかのう」と答えて微笑んだ。三つの布団を並べると、次の間はいっぱいになったが、その狭さがうれしかった。将久は右を向いては「かあたん」と言い、左を向いては「ばあたん」と言ってキャッキャッと笑った。将久の笑い声に励まされて、松乃はいつしか眠りに引き込まれていった。

新たなくらし

　今日から本当に新たな日々が始まる。翌朝松乃は一人床を抜け出し、中庭に出た。午前五時。太陽は昇っている。太陽を仰いで手を合わせ、頭を低れた。

「今日も無事、目覚めることができ申しました。一家三人、今日一日を過ごすことができますように」

　松乃の祈りに応えるかのように欄間の注文が入ってきて、松乃は不安の中にも奮い立った。岳斎のあとを追うように亡くなってしまった本家の邦篤の知人だという塚越は、「いかがであろう」と、少し遠慮そうに言った。「直邦さんに言うたら、清蘭さんを紹介されましてな。腕はわれより確かじゃと笑うておられた。清蘭さんを気遣っておいでなのじゃな」

「いずこの建物でしょうや」

「あ、失礼いたしした。下諏訪ですが、茶室を改築しておりましてな、そこの欄間をお願いしたい。わたしは医者をしております」

「お医者さま——」

「少し遠いかもしれぬが、欄間は現場で彫るわけではないと思いますゆえ、通ったりする必要はない——と思いますが。どうであろう、一度建物を見ていただけませぬか。乗り合い馬車で来てもらえれば、停留所のすぐ近くじゃて。うむ、明後日は休診ゆえ、いかがかな」

　翌々日、松乃は仕度をして下諏訪に向かった。医院とは別の入り口から入ると、入り口の土間と縁と炉を切った八畳の座敷があった。なんという清々しい座敷であろう。材はよく吟味されているが、贅沢ではなく簡素ですっきりと美しかった。松乃が依頼されたのは、土間を上がった板の間と座敷を隔てる障子の上の欄間だった。

「幾何学的な模様ではのうて、絵、図柄を彫っていただきたい」

松乃の頭に浮かんだのは、「富士の山」だった。

北斎の赤富士「凱風快晴」は、信州の田舎にも所蔵する者がいて、松乃は父とともに見せてもらったことがあった。初めて目にした時は「これが富士？」と驚いた。しかし見ているうちに、いつの間にか笑っていた。今思えば、「爽快にして雄渾」という言葉がぴったりだった。

北斎は生涯何十回も家移りをした人で、一所に留まることを嫌った。整理整頓とは無縁の人で、家中が乱雑になると次の家に引っ越したという。北斎は信州小布施に支援する者があり、晩年の数年、滞在していたことがある。一人娘應為《おうい》も父の元を訪れたことがあって、信州では北斎への思い入れが深い者が少なくなかった。松乃の父岳斎は、北斎と約三十年間、同時期に生き、北斎の画業には衝撃と尊崇の念を抱いていた。「北斎漫画」は松乃も兄たちも幼い時から親しんでおり、富士といえば北斎の「富嶽三十六景」が浮かんだのは自然のことだったかもしれない。

だが、と松乃は思う。なぞってはならぬ。われの富士を彫る。欄間は二枚必要だった。床の間に向かって左に富士、右に松の木を配そう。松乃は脚立を借りて欄間の寸法を計った。

帰路も馬車に乗った。われは人生の節目節目にこの馬車に乗っている気がする、と松乃は思った。将明と秋宮と春宮に詣でた、あのきらめく日。将明が去り、将久と二人、夫と父のいない日を迎える覚悟とともに見つめた湖のきらめき。そして今日、彫り物師として立つ仕事をいただいた。いつの間にか日は傾き、夕闇が寄せてきていた。

翌日から、富士との戦いが始まった。どうしても北斎の赤富士が浮かんでくる。自分はどこで「赤富士」を見たのだろう。いくつだったのだろう。どこかのお屋敷に伴われて、富士のお山の版画を見たと思う。「絵ではなく、版画というのだ」と父は言った。

「すごいものよのう」と言ったのは、確か育之助兄だったと思う。兄も一緒だったのだ、と改めて思った。あんなすごい富士はわれには彫れんけど、われはわれなりに……。隣県である山梨県に聳える富士は、諏訪から遥かに望み見ることができる。北斎の富士と日々仰ぐ富士と、その二つの富士が松乃の頭の中、心の中で、重なり熟する時をしばらく待とうと思った。

翌日から松乃は仕事場に入らず、ひろと将久の傍らで針仕事や編み物に精を出した。もう信州は冬だった。去年の冬物では小さくなってしまった将久の着物を拵えねばならない。将明が置いていった冬物を解いて洗い張りをし、将久の小さな袷と半纏を縫った。将久は仕事場にこもらない松乃にまつわりついて遊んだ。冬着の支度をし、野沢菜の漬け込みをひろと二人でなし終えると、諏訪はいよいよ厳しい冬の最中に入った。

松乃の頭の中にはいつも「富士」があった。北斎や駿河で浅間神社彫刻に携わっていた邦政の「富士」が松乃の心を圧していたが、いつしか先人の「越え難い富士」の向こうに、徐々に松乃の富士が姿を現わしてきた。北斎のように鋭角に聳えるのではなく、長く裾を引く富士。山襞が連なる木彫りらしい味わいを出したい。外連味《けれんみ》のない質実で素朴ななかに、岳斎さまのような気品が込められたら。富士に配するのは松、常磐《ときわ》の松にしよう。松の方は実物をそのまま写すのではなく、少し形を「作って」みよう。枝は曲線にして、楽しげな律動を生み出す。富士から目を移すと、フッと頬が緩むような松の枝。枝は空に浮いているわけではなく、雲の存在によって外枠とつながっている。雲は横になびいて、広がりを持たせることができる。――松乃は頭の中に描いた富士と松を下絵に起こした。彫っていくうちに修正するところは多々出てくるであろう。その時その時、柔軟に向き合っていこう。きっとのみが教えてくれる。

のみは、まるで自分で意志を持つごとく板の上を動いた。秋なので日の落ちるのは早い。夕方五時になると手元は暗くて見えなくなる。夏ならあと一刻は仕事ができるものを。松乃は唇を噛んだ。朝も六時にならないと手元は見えない。ひろは、「しばらくはわれが将久を見とるゆえ、ある限りの時間は彫り物にかけなされ。心おきのう彫りなされや」と言って松乃を励ました。

十月いっぱいかかって、松乃は富士を彫り上げた。将久が母に構ってもらえぬことに不審と悲しさを感じていることは重々分かっていたが、今はどうすることもできぬと思いつつ、少しでも間があれば抱き締めた。ああ、われにも女将さんがほしいと松乃は思った。世の男たちが心おきなく仕事に専念できるのは、家事をこなし、子供の世話をする者がいてくれるからなのだと痛感していた。

「われが口を出すことではないが」と、ひろが恐る恐る言った。「二階の方が暖かくて明るいのではないかのう」

「うむ、なれど材を運び上げるのがのう、もし傷つけでもしたら……細かい細工ゆえ」

そんな言葉を交わしているところに、直邦が立ち寄った。

「ここは寒いであろう」と気遣う直邦に、「二階の方が明かるくて暖いのじゃが、われの力では心もとなくての。傷付けたりしたら困るで」と言うと、直邦は、さっさと運び上げてくれた。直邦は、ほぼ完成した富士を見ると、

「おお」と目を見張り、

「うむ、よう彫れておる。木彫りの温かみがある。素朴に見えて洗練されとる。男っぽく見えて、優しく和む。誰のものでもない、松乃の、いや清蘭の富士じゃ」と言った。普段は言葉少なの直邦の言葉に、松乃は顔が真っ赤になった。胸がドキドキした。

「もう一枚は何を彫るのじゃ」

「松の枝にしようかと思っとります」

「富士と松。いいのう。不易の図柄じゃ」

微笑んで、直邦は帰って行った。

雪の日は障子を開けては寒すぎるので、閉じざるを得ない。どうしても暗くなる。昼から灯りを点してよいものだろうか。迷っているとひろが戸の向こうで声をかけてきた。

「行灯を持って来たがの、点してはどうかの」

行灯の灯りは揺れず、あたりを照らした。細かい部分もくっきり見えて、松乃は思わず、「昼行灯というが、よう見えるよのう」と言った。ひろは微笑んで、幾本かの蝋燭を差し出した。

「燃え尽きる前に取り換えなされ」

炭火が熾きた火鉢は少し遠ざけ、行灯を引き寄せて松の枝の下絵にとりかかった。向かって右側に太い幹を配し、左に向かって伸びる枝をくねらせた。松は柔らかさの中に強さを湛えている。横雲を配して、松の葉と枠をつないだ。父岳斎が晩年に彫った諏訪大社本宮幣拝殿脇障子の松は何よりの手本となったが、松乃は参考にしながらも己独自の松を心がけた。欄間は透かし彫りになる。枝の間、葉の間を吹き抜ける風を感じてほしい、と松乃は思った。松の木の樹皮も松の葉も細かい細工なので時間がかかったが、年末を待たずに、松乃は二枚の欄間を彫り上げた。

さっそく塚越医師に書状を送ると、塚越から、「欄間を取りつけるに当たり、当方出入りの岸井と申す建具職に取りに行かせるが、よろしいか」との返辞が届いた。

「お待ち申し上げております」と返書を送ると、数日して、岸井が欄間を受け取りに来た。岸井は欄間を見ると、大きく頷いた。

「これは見事、部屋のたたずまいにぴったりじゃ。富士は黒味を帯びた茶、松は明るい茶という色の配合もいい。さっそく店に運んで欄間に嵌めこめるよう整えましょう。取り付けるのは二月半ばになりましょうが、おいでになりますか？」

「え、ああ、見せていただけますならうれしきこと。日時をご連絡いただければ乗り合い馬車で参ります」

二月半ば、松乃は岸井の連絡に従って、乗り合い馬車に乗った。二月の声を聞くと、寒気は緩み、日差しも強くなってきた。松乃は裁着袴《たつつけばかま》に紺足袋をはき、雪沓で足を固めた。いつものように替えの白足袋を持参した。記憶にある道を辿って塚越邸を訪ねると、塚越医師と岸井が迎えてくれた。

欄間を見上げて、松乃は思い描いていた以上に欄間が部屋を引き立てていることを見て取り、心の底から安堵した。それにしても、と松乃は思った。何と見事に彫り物を取りつけてくれたものか。改めて見回すと、障子や襖も新しくなっており、岸井の腕の確かさも見てとれた。

「三月三日、雛の節句に、ささやかなお披露目を予定しております。岸井さん、雪川さんもぜひおいでくだされ」と塚越医師から招待され、松乃は恐縮しつつ、「はい」と返答した。

三月三日はいかにも雛の節句らしく、うららかに晴れ渡っていた。このような場合は、いかなる衣服で伺うのがよかろうかと、松乃は本家にも問い合わせ、仕事着ではなく、無地の袷に黒紋付の羽織を重ねることにした。松乃は高さ一尺半ほどの箱を大きな風呂敷に包んで携えていた。中には「袋ねずみ」の床置きが入っている。予想していたより多額の彫刻料を受け取っていた松乃は、何か御礼を、と考え、子孫繁栄を祈願する「袋ねずみ」を選んだ。

茶室には春の光が満ちていた。茶室の縁先からは、跳び石と樹木の日本庭園が南の方に広がっているのが見える。

その日座敷に座ったのは、塚越夫妻と客が三名、それに岸井と松乃だった。

「少し狭いが、今日はほんの内輪の祝いでな、どうか、ゆるりとなさってくだされ。ああ、皆さまに御紹介せんといけませんな。こちらがこの茶室の改装を請け負うてくだされた岸井建具屋さん、また、こちらの御婦人は雪川松乃、清蘭さんです。この富士と松の欄間を彫ってくだされた」

「雪川というと――」と客の一人が松乃を見た。

「そう、諏訪の棟梁雪川流の娘さんじゃ。父君の岳斎さま亡きあと、雪川流を継いでおいでじゃ」

「ほう、それは、良き彫り手を見つけられましたなあ。われらは岡谷で医者をしておりましてな、こちらの家内が茶室が欲しいなどと申していまして、今日は見学させていただきに伺いました。渡部と申します」

「わしも岡谷の者でして、『岡谷絹糸協会』と申す会社を経営しとる長田宗衛門と申します。わしも離れの改築を考えとりましてな」

「欄間を作りなさるか」

「無論じゃ。では雪川さん、後日連絡させてもらいますで、御住所をお聞きしてよいかな」

岸井は微笑みながら松乃と客たちのやりとりを聞いていた。

父を失い、夫とも離別した松乃は、こうして明治二十一年、己一人の、初めての欄間を完成した。この茶室は「苔泉亭」と名付けられ、「清蘭」の名を世に知らしめるきっかけとなるとともに、松乃の自負を支えてくれるものとなった。

鯉の滝登り

塚越邸の欄間の仕事の後、しばらく注文が無く、松乃は再び、不安に苛まれた。どうしよう、父さまはいつも注文が重なって、仕上がりを催促されるほどであったに。

まるで、松乃の不安を見透かすかのように、千田加津から「おいでを請う」という言伝が届いた。急いで伺うと、加津は、

「皆さん息災でおいでかの。実はな、優子の息子が初節句を迎えるのじゃが、祝いを何にしようかと思い、彫り物を思いついたのじゃ。もう、初節句には間に合わんが、誕生日は十月じゃて、それまでに何か彫ってもらえぬかの。そう――九月いっぱいに仕上げてもらえれば好都合だが」

「ありがとうございます」と頭を下げつつ、松乃は鼻の奥がツンとするのを覚えた。わが家の暮らしを気遣ってくださるのだ。初節句には鯉幟やら五月人形やらを差し上げるのであろうゆえ、彫り物は必ずしも要るものではないであろうに。「承知いたしました。男子《おのこ》の成長を祈願するものにいたします」

家に戻って松乃は思案した。金太郎や桃太郎の立体像を考えてみたが、しっくりこない。雪川は人形作りではない。子供が喜ぶという視点からだけではなく、大人の眼をも喜ばせるものを彫りたいと思った。男子なら鯉幟、そうじゃ鯉の滝登りはどうであろう。岳斎の未完の彫り物「波に鴛鴦」を仕上げた松乃に、波を彫る手応えが甦った。波ではなく滝。激しく流れ落ちる滝の水に逆らって登る鯉。まさに男子の節句にふさわしい図柄ではないか。立体ではなく、浮き彫りにして、衝立のように部屋にも床の間にも置ける形にしよう。松乃は戸棚から紙を取り出し、畳の上の図版台に置いた。高さ二尺、横幅一

尺半ほどの中に激しく流れ落ちる水に逆らって登って行く二匹の鯉。一匹は口を閉じ、上方を睨んでいる。もう一匹は口を大きく開けて水を呑んでいる。鯉は百瀬の滝を登って龍に化し、天に昇るという。

　下絵を描き終えた時、ひろが戸口で「お昼じゃが」と遠慮そうに声を掛けた。はっとして松乃は筆を置き、立って行って戸を開けた。

「すみません。気がつかんと」

「邪魔をしたかもしれんが、将坊がかあたん、かあたんとぐずるのでな」

　将久も大きくなるにつれて活発になり、ひろの手には余るようになる。松乃は溜息をついた。どこぞ子供を預けられるところは無いものか、あるいは子守娘を雇うか。松乃はヨウを思い出していた。だがヨウのように住み込みで雇う余裕はない。午後の二、三時間、ひろが体を休める時間ができたらと、松乃は思った。小学校が退けた放課後、子守りをしてくれる娘はおらんじゃろか。

　こういう時は酒屋の女将に聞くが一番、と松乃は諏訪屋を訪ねた。女将は、将明が去って間もなく、夕飯にと五目御飯をもって訪ねてくれていた。

「実はの、勝野さんが雪川さんを出る挨拶に見えてくれての。驚いたがの、岳斎さま亡きあとの雪川家と勝野さんご自身の身の振り方を考えた末じゃろうと、われも思うてなあ。将坊には辛いことじゃがのう。何かわれが役に立てることはあらんか。彫り物師の婿殿探そうか」

　松乃は慌てて、「滅相もない。われは一人身で生きていくつもりです」と断ると、「出すぎたことじゃが、どうやって暮らしを立てて行かれる？」と案じ顔で言った。「まあ、ゆるゆる考えよう。もし、再婚ということを考えるようになったら言うてくだされや」と言って帰って行った。

　松乃が用件を切り出すと、女将は「そうか、松乃さんが跡を継ぎなさるか」と大きく息をして、「そういう運命《さだめ》だったのかもしれんの。傍らでずっと岳斎さまの彫り物を見ていた松乃さんじゃもの、彫れるじゃろ。岳斎さまの血が流れておるじゃもの、のう。――そうよのう。うちの番頭の孫娘がの、学校よう出来る子での、勉強しながら、少しでも学費の稼げる方法はないかと探しとると言うとった。番頭は男子《おのこ》なら無理してでも上の学校へ出してやりたいが娘ではなあ、どうせ嫁にいってしまうゆえと、女子《おなご》の教育には気乗り薄での。『いまちっと給金が上がればわしが出してやれるが……』など上目遣いにわれを見るのじゃ。ああ、佳子《よしこ》の父親、番頭の息子は、子供三人を残して急逝しての。うん、気の毒は気の毒なんじゃ。どうかの、番頭に話してみるかの？」

「賢い子なら願ってもない。子供の扱いには慣れておるのでしょうや」

「ああ、下に二人男の子がおるゆえ」

佳子という小四の娘と会った松乃は、しっかりした娘だと頼もしかった。「うちも裕福ではないゆえ、あまり子守料は出せぬが」と松乃は学校が退けてからの三時から六時までと、土曜日曜は一時から六時までの料金を告げた。

「できるならば土曜日曜は昼も雪川で食べてもらえるかの？　あ、家で弟さんたちの昼の世話があらば無理せずともいい」

「土日はおっ母さんが家に居るゆえ、大丈夫じゃ。よろしゅうにお願いします」

小遣いなどもらったこともないという佳子は、わずかな子守料に大喜びし、「遣わんとためておく」と、松乃が与えた「ねずみ」の形をした貯金箱を大切そうに胸に抱えた。

佳子は頭が良く、気だてが優しく、やんちゃな弟二人をみていたことから男の子の扱いも心得ており、「ほんに申し分ない」とひろも安堵した。「外へ遊びに行く時は、必ずわれに言うてな」とひろは念を押した。酒屋の番頭からも「ほんにお世話になります。高等科へはやってやらんとと、嫁とも話しとります」と礼を言われた。

将久とひろの心配から解放されて、松乃は「鯉の滝登り」の彫り物にとり組んだ。下絵を仕上げると、いよいよ「彫り」にかかる。

まず、木材を吟味せねば。仕事場には多くの木材が並べられている。柱状のもの、板状のもの、まだ皮を剥いていないものもある。松乃は、高さ二尺、幅一尺半ほどの板を見つけた。厚さは二寸。桧の柾目板である。松乃はじっと板に目を凝らした。頭の中の図と板とがふっと溶け合って、ありありと流れ落ちる滝と二匹の鯉が見えた。よし、彫れる。松乃はごく薄い墨で下絵の要所要所を描いていった。下絵を貼ったりはしない。細かく描くこともしない。下絵をなぞる形になったら、刀に勢いがなくなる。一彫一彫、一回限りの真剣勝負だった。もちろん途中で修正することはあるし、さらに彫りを深くすることもある。そんな彫り師の弱さを、木材は懐深く受け止めてくれる。

激しい勢いで流れ下る水は、登ろうとするものの存在を許さぬ力で覆いかぶさってくる。流れの水を大きく口を開けて呑み込んでいる鯉の尾は左に曲げ、口を閉じて目を見開いている鯉の尾はまっすぐに伸ばす。シュッシュッ、カツカツ。木を削る音だけが松乃の耳に響いてくる。鱗の曲線を彫るのみを振って一匹の鯉の姿がおぼろに浮かんできた時、松乃は自分でも気付かず詰めていた息を、フーッと吐いた。さらに輪郭にとりかかろうとした時、人の気配がして、「お昼にせんかい」とひろが声を掛けてきた。松乃はとっさに「わずらわしい」と思い、そう思った自分に驚いた。母が亡くなるまでの父のことはよく覚えていない。父がどこで何をしていようと松乃には関わりがなかった。ひろが来てからは、心細くて、不安で、いつも父の姿を探していた。父は仕事に没頭している時は、他のことは撥ねのけていた。だがわれは母親じゃ。子供の存在を越えるものがあろうか。いや、そうはいっても、と松乃の心は揺れた。「かあたん」と呼ばれて、「降参、降参」と立ち上がった。

母屋に戻って将久を抱き上げると、将久は頭を胸に擦りつけて、

「かあたん、どこいってた?」と聞いた。

「うん、お仕事じゃ」

「お仕事はとうたん」と将久が言う。

「父さんは遠くでお仕事。母さんは家でお仕事じゃ」

将久に分かるはずもなかったが、将久はこっくり頷いた。

昼餉を食べ、多くもない食器を片付けると、松乃は将久の手を引いて八劔さんに行った。大人の足ならほんの数分、子供でも難なく行き来できる。町中にあって、さほど広くはない境内だったが、雪川の家の庭の狭さに比べれば広く、平らな庭は、子供が走り回っても障碍物もなく、将久は松乃の手を放して駆け回った。境内を囲む幾本もの樹木には夏の陽が躍っていた。将明と別れる直前に来て見つけた梶の木も葉を茂らせ、地面に影を作っていた。将久を呼んで社殿の前に立って深く頭を垂れた。目を上げれば、岳斎が三十代はじめの時彫った彫り物が目に入る。ああ、ここにも父さまはいらっしゃる。松乃は温かいぬくもりが身内に広がるのを感じて、将久を抱き上げて彫り物を見せた。

「ほら、おじいさまの彫り物じゃよ」

将久は彫り物を見上げて「ケモノ?」と訊いた。「そう、神さまのお使いじゃ。将坊を守ってくださる」

八劔さんから戻って、松乃はまた仕事場に入った。将久は三時までの一刻のうち、半刻ほどは昼寝をする。三時になれば佳子がやってくる。「おっ母さんも休んでくだされ」と松乃はひろを労わった。

松乃は、もう一匹の鯉の鱗にとりかかった。ふくらみを持たせて鯉を浮き立たせる。一枚一枚鱗を彫り上げて、気付くと外は日が傾いていた。

「女将さん、帰らせてもらいます。ありがとうございました」と佳子が挨拶に来た。

「ああ、もうそんな時間。将久は機嫌ようしてたかね。お疲れさん」

佳子がやって来たばかりの頃は、人見知りをする将久は、ひろの背後に隠れてなかなか佳子に馴染もうとせず、しばらくはひろも共に遊んでいた。四日目に佳子が、

「将坊、ねえちゃんとトンボ採り行こう」と誘うと、「トンボ」と言って佳子と手をつないだ。それからはひろと違って走ったり跳ねたりしてくれる佳子が来るのを楽しみにするようになった。土曜日と日曜日にはお昼も共にして、佳子は「片付けはわれにさせてくだされ。女将さんは将坊と遊んでやってくだされ」と言った。

初めての日曜日、給金を渡すと、佳子は目を見開いて受け取ったが、懐にしまおうとはせず、風呂敷包みの中から松乃が与えた「ねずみ」の貯金箱を出して、「この箱に入れて、この家で預かってもろうてはいかんかの？」と訊いた。

「えっ、家へ持って帰らんの？」

「うーん。家へ置いとくと、おっ母さんが出してしまいそうで……」

「えっ、まさか」

「食べ盛りがおるで、おっ母さんも大変じゃけ。お父っつぁんも居らんし」と、恥ずかし気に言った。

「ほうか。じゃあ、一月分貯まったら、郵便貯金にしようか。明日、一緒に郵便局行こう」

佳子は何とも言えぬ表情で頷いた。

「判子は持っとるかの」

佳子はきょとんとした顔で「はんこ」と言って首を振った。

「そうじゃったな。子供は判子は持っとらんなあ。郵便局行く時、判子買おうかの」

佳子が帰ったあと、松乃は「あっ」と気付いた。われが彫ってやりゃいい。翌日、松乃は仕事場に入って印材を探した。黄楊はあるかのう。岳斎は彫り物師であって絵師ではないので、落款は常には用

いることはなかったが、実は絵も好きで、いくつかの落款も自分で彫っていた。戸棚の中を探ってみると、あった。黄楊を印材の形にした物が七本ほども入った木箱を見つけた。その中から、中くらいの大きさの円形の材を選んだ。少し考えて「秋山佳子」と姓名を刻むことにした。薄い紙に細い筆で文字を描き、裏返しにして貼りつける。佳子が来るまでに仕上げてしまおうと、松乃は夢中になって彫った。陽刻になる部分の輪郭を切り出しで彫り、陰になる部分を丁寧に取り除いていく。「秋山佳子」は複雑な文字ではないので、昼までには彫り上がった。軸は磨いて塗料をかけた。試し押しをしてみると、秋山佳子と、くっきりとした文字が押された。よし。

昼食後、松乃は二階へ上り、しまっておいた端裂れの中から花模様の縮緬を選び、紅い絹地を裏にして巾着袋を縫った。佳子という娘のために自分が何かしてやれることが無性にうれしかった。

三時に佳子がやって来るのを待って、松乃は佳子を郵便局に伴った。上諏訪の郵便局は二十分ほどの距離だった。松乃は何気なく佳子に問いかけた。

「佳子ちゃんはどんな大人になりたいのじゃ？　女子《おなご》は嫁にいくが、それはそれとして、何か仕事をしたいと思うとるか？」

佳子は考え考え、

「ほんまは、学校の先生やら、看護婦になりたい。じゃが……」

「ん？」

「学校の先生や看護婦は、高等科だけじゃなれんと先生が言うとった。もっと上の学校へ行かんとって。うちは弟二人もいるし、われが上の学校へ行くんは無理じゃろ。郵便局とか役場とかなら雇ってくれるって聞いた。そういう仕事に就いて、給料をおっ母さんにあげたい。じゃからどうあっても高等科にはいきたい……」

この娘はたった十歳で、こんなこと考えとるんか、と松乃は驚いた。われが十《とお》の頃は、ひろおっ母さんになじめなくて、スワさんやヨウに甘えとったに。

郵便局で佳子名義の通帳を作り、一週間分の子守料を貯金して金額が記入された通帳と判子を巾着袋に入れて渡すと、佳子は巾着を胸に抱いて撫でた。

「ありがとうございます。女将さん」

「女将さんは年寄りっぽいのう。松乃さんでいいが」

佳子は巾着を預かってもらい、ホッとした様子で将久と遊び始めた。

松乃はあと一刻か、と思いつつ仕事場に入った。流水をどう彫るか、松乃は迷っていた。下絵はこれでよいと思ったのに、どこかしっくりこない。もっと激しい渦にしようか、それとも優美に？　秋宮の彫り物をもう一度見たいと思った。父岳斎が神のように崇拝していた雪川流の始祖、初代万次郎邦宗の鯉と流水。――だが、松乃の胸に、それも潔しとはしない思いがあった。真似をしてはならぬ、と思った。われの鯉はわれが彫る。「技は見て盗め」とはよく言われている言葉だ。松乃には父の技を見て盗もうという意識はなく、仰ぎ見ていた。常に父の傍に寄り添う日々の中で、父の技は自然に松乃の目と手に染み込んでいる。だがおそらく、名工と言われる匠は、おのずと他の誰のものでもない、己自身の彫り物を彫っているのだと思った。千田さまのお孫さんの成長を祝う彫り物。松乃はもう一度下絵を描こうと思った。水を呑み込む鯉。口を閉じて激流を登る鯉。流れは鯉の体で分けられ、曲線を描いてうねる。うねった水が鯉の尾鰭の下で渦を巻く。くるり、くるり。水玉が跳ねる。飛ぶ。下絵を書き終えると、松乃は下絵を見ずに、のみを当てた。くるり、くるり。のみを途中で止めることなく握り続ける。幾筋も幾筋もの水流、丸い水玉、雫型のしたたり。フーッと息を吐いて、松乃はのみを置いた。時計を見ると、七時になっていた。四時間、夢中で彫っていた。戸を開けると、ひろと将久が闇の中に立っていた。

「佳子ちゃん、声を掛けたけど返事がなく、のみの音ばかりしてたゆえ、邪魔せんと帰りますって、われらもどうしたものかと。な、将坊」

「ああ、気い付かんで、すみませぬ。もう、こんな時間じゃったか」

　彫り物に覆いの布を掛け、ランプを消した。翌日は朝食の片付けをするとすぐ仕事場に籠った。自然の滝なら登っていく鯉の体には激しい流れが掛かるはず、絵画なら鯉の体の上を流れる水も表せようが、彫り物では難しい。じっと鯉を見つめる。鯉の滝登りは現実にあるのだろうか。鮭なら滝も渕も進んで卵を産むというが。ふっと空を泳ぐ鯉幟が頭に浮かんだ。そうか、彫り物は現実を写すわけではないのだ。「松に鶴」「粟に鶉」も意匠なのだと気付いた。絵画も彫刻も、他者の作を真似るのではなく、自然ありのままを写すのでもない。作り手の世界なのだ。滝を登る鯉に子供の成長への願いを込めたわが世界。鯉の体を覆う水流はいらない、と決めて、残りの仕上げにとりかかった。水流の片側は崖にする。午前で、ほぼ全体ができ上がった。午後は細部を点検し、手直しが必要なら、手を入れよう。

　昼食をとり、束の間将久の相手をすると、松乃は将久をひろに押しつけるようにして仕事場に入った。仕上げにかかる時の高揚が松乃の心身を支配していた。もうじき、「鯉の滝登り」がこの世に誕生する。

　磨きを掛けて滑らかに仕上がった「鯉の滝登り」は、桧の木肌の美しさを余すところなく表していた。今日はここまでと思って立ち上がる。ふらっと体が揺れて、松乃は立てかけてあった木材に縋った。まだ二十六じゃというに、意気地のないことじゃ。松乃は頭を振って脚に力を込めた。

　時計に目をやると、昨日と同じく七時になっていた。秋口に入ると、七時はもう真っ暗だった。

「すみませぬ。時間を忘れてしもうて……」

「岳斎さまも時を忘れて彫っておいでじゃった。夕飯に間に合わぬこともしょっ中だったよ。仕事中に声を掛けると怒られたゆえ、松乃と先に食べることもあったでな。将坊もおなか空いたちゅうで、先に食べたよ」

積み木で遊んでいた将久はぱっと立ち上がって松乃の膝にすがった。松乃は自分の皿から少しずつ摘んで将久の口に入れてやりながら、子供を育てることと仕事との板挟みを実感し、狼狽《うろた》えていた。

「大事ない。われも佳子ちゃんもおるでな。んでも、将坊が一番好きなんは、母さんじゃ、な、将坊」

ひろは手を伸ばして将久の頭を撫でた。

翌日、塗りに入る前の磨きをかけようとして、松乃は何となく物足りない感じを抱いた。彫り物は幅二寸ほどの枠の中に収まっている。殺風景じゃなあ。そう、枠にも何か彫り物をしてはどうであろうか。左右の枠に山吹と花菖蒲を彫ってみよう。上から枝垂れる山吹、下から伸びる花菖蒲。松乃は再び、枠に合わせて下絵を描いた。その日一日と次の日一日をかけて、松乃は額縁のような枠に入った「鯉の滝登り」を彫り上げた。さらに磨きをかけて塗料を塗る。塗料はやはり最も自然な趣がでる夜叉五倍子にした。

一枚の板の形の彫り物なので、松乃は床の間に置いてもらうことを想定した。だがそのためには、脚のようなものを付けねばならぬと思った。父さまなら何でもできたゆえ、脚も自分で作られたであろうが、われは、少し心許ない——そうじゃ、岸井さんに頼もう。

岸井はすぐにやってきた。松乃は「鯉の滝登り」を覆った布を取り払って岸井に見せた。

「おお、これは。塚越さまの欄間に勝るとも劣らない。見事じゃ。鯉は躍るようじゃ。水も生きとるようじゃ」

松乃はうれしかった。自分の彫り物を褒めてくれる人がいることに、たとえようもなく安堵し、力づけられた。

「これは男子《おのこ》の節句祝いにと頼まれましたもの。床の間に飾ってもらえるよう、これを立てる脚が入り用かと。われが持っとる刃物はのみが主で、自分で作るのは覚束なくて――」

「うむ。この彫り物の枠を嵌め込める脚を作ればよろしいのですな」

「お引き受けいただけまするか？」

「はい。木地はお持ちか？」

「桧の丸太ならありますが」

岸井は桧の丸太を検分し、「お引き受けいたしやす」と言った。次いで彫り物の板の厚さ、横木の部分の長さを測った。

「いま一度、彫り物を見せていただけまするか」と言って、じっと『鯉の滝登り』を見つめ、「男子の祝いにふさわしい御作じゃ。のみ跡がくっきり際立って清々しい。雄渾であるとともに可愛らしさもあって……あ、いや、これは出過ぎたことを。ついつい、入り込んでしまいました。お許しくだされ」

「では、よろしゅうにお願い申しまする。お茶など召し上がってくだされ」

松乃が次の間に招じ入れると、岸井は遠慮しつつも少し昂った表情で次の間に座った。座敷の仏壇に目を止めると、

「恐れ多いことながら、お線香を上げさせていただけましょうや」と言った。

「あ、ありがとう存じます。ただ今、明かりを点します」

松乃は蝋燭に火を点した。岸井は緊張した面持ちで線香を手向けた。

ひろが茶の間からお茶を運んで来た。将久がチョコチョコとあとをついてくる。岸井は、「これはこれは。岳斎さまのご内儀、岸井と申します。よろしゅうお願い申します」と挨拶し、「こんにちは、坊ちゃん」と将久に笑いかけた。将久は走り寄って松乃の背に縋った。お茶を飲み終えると岸井は、もう一度仏壇に深くお辞儀をして、

「では、仕上がりましたら、お持ちいたしますで。そうさの、三日ほどお待ちいただけまするか」と言い、丸太を背に負って帰って行った。

約束通り、中三日を置いた四日目に、岸井は布と莫蓙で梱包した脚を背負ってやって来た。

「遅うなりまして、すみませなんだ。先約の納めがありまして、今日になってしもうて。これでよろしいかどうか、お確かめくだされ」

梱包を解くと、桧の板目が美しい脚が現れた。さっそくに彫り物の枠を嵌めると、脚はスッと抵抗なく彫り物を支え、微動だもしなかった。

「磨いてはおきましたが、塗りは掛けておりませぬ。彫り物との按配もありますでな。脚は板目にして、よろしゅうございましたかな」

「はい。何やら柔らこう彫り物を受け止めてくれておる気がします。色合いは……、枠と脚は自然の木の色を生かし、鯉と滝は、もう少し黒味を帯びるとよいじゃろうか……」松乃は後半は呟くように言った。

「あ、細工料はいかほどじゃろ」

「この彫り物は千田さまへお納めなさると伺いましたが、彫り物料は決まっておりますかな？」

「いえ、どういう作になるかも分かりませんでしたゆえ」

「では千田さまからのお代がわかりましたら、それに応じて頂戴いたしまする。材もこちらのものゆえ、脚を作っただけでのことじゃゆえ。それにしましても、いつも箪笥やら机、箱やらを拵えておりまして、久しぶりに違うた細工ができて楽しゅうございました」

箱、松乃はひらめくものを感じた。

「箱とはどのような──？」

「乱れ箱のようなるものもあれば、手文庫も」

「手文庫──もしや、手文庫に彫り物をさせていただけましょうや……」

「えっ、雪川清蘭さまがわれの手文庫に彫り物を⁉」

岸井は喜びと戸惑いが一緒になったような声を出した。

「手文庫は漆を掛けることが多く、上物は蒔絵を施しますが、それは漆屋の方の仕事です。彫り物の手文庫、それも雪川流の。さっそくに箱の下絵図を持って参ります。板の形で彫り物をしていただいた後、組み立てた方がよろしいかと思います。ではまた近いうちに」

と、岸井はうれし気に微笑んで帰って行った。

九月末、松乃は千田家に書状を出した。

「節句はとうに過ぎてしまいましたが、ご注文いただきました彫り物、やっとでき上がりました。どなたか、運んでくださるお人を寄越していただけませぬか」

間もなく千田家の下男が背負子《しょいこ》を背にやってきた。下男は丁寧に布で包み、さらに莫蓙で覆った彫り物を細縄で背負子にくくりつけた。

「われも参りますで」

松乃は歩き易い駒下駄を履いて下男とともに千田邸へ向かった。

「いい日和で」と下男は空を見上げ、手拭いを頬被りした。足の早い下男に従《つ》いて行くのは骨が折れた。松乃が早足で従いてくるのに気付いて、下男は「あれ、すまんことじゃった」と足を止めた。松乃は額や首筋を拭い、深呼吸した。

「どうじゃろ。わしは一足先に行くで、女将さんはゆるりとおいでなされや。道は知ってござろ？」

松乃は苦笑して頷いた。下男より遅れて千田家に着くと、玄関先に加津が待っていた。式台に彫り物が莫蓙を解かれ、布を外すばかりになって置かれていた。

「ご苦労さまじゃったのう。彫り師の手で披露してもらわんとと思うて待っとったよ。早う早う」と急かした。松乃が布を取り払うと加津は「ほう――」と感嘆の声を上げ、

「見事よのう。いかにも男子《おのこ》の節句らしい図柄じゃ。孫もこの鯉のように育ってほしいもの。まるで生きとるようじゃ。予想以上の出来映えじゃ。松乃がこれほどの腕を持っておろうとは」

加津は立て続けに褒め言葉を発して笑みを浮かべた。

「これは床の間に置くものであろうか」

「はい。そのつもりで彫り申しました」

「ではさっそくに。紀尾」

紀尾は走るように現れ、「あれ、松乃さん」と笑顔になった。

「松乃と二人でこの彫り物を座敷に運んで床の間に飾っておくれ。さ、松乃も早う上がって」

床の間には秋の掛け軸が掛かり、「霊芝と鶺鴒」の床置きが置かれていた。松乃は「あっ」と胸を衝かれて床置きに見入った。

「もしや、これは鶴松兄さんの」

「そうじゃ。知り合いの家で見つけてな、無理に譲ってもろうた。松乃の彫り物と兄妹競演よのう」

松乃は、覚えず涙ぐんでいた。兄さま、育兄さまも父さまも亡うなってしもうて、松乃は独りぼっちと思うておりました。なれど、彫り物はこうして残るのでございますなあ。

「彫り物は残るものじゃなあ」

加津が松乃の心内を見透かすように言った。

「節句でなくても飾っておきますでの。来年の五月には優子たちも来ますで、どんなにか喜ぶであろう。松乃も将久ちゃんを連れて遊びに来なされ。

――将久ちゃんは息災かの。ひろさんも」

「おかげさまで、息災にしております。われが仕事しとります間、将久を守りしてくれる娘がみつかりまして、われも仕事に専念できまする」

「おお、ヨウと申しましたかの、松乃をみてくれた娘は。人の縁は不思議なもの。大切にしたいものよのう。また折があれば、注文させてもらいますでの」

家に戻って加津から渡された御祝儀袋を開くと、

松乃一家が二月は暮らしてゆけそうな金額が入っていた。こげにたくさんもろうていいのじゃろか。ほんに助かるが、と松乃は有り難さとすまなさを同時に感じていた。このうちの一割ほどを岸井さんに差し上げればいいのじゃろか。

数日して、岸井建具屋が手箱の寸法書きを持って訪れた。

「おかげさまで、千田さまに大そう喜んでいただきました。生き生きとして、可愛いいと仰せられて。うれしゅうございました」

「おめでとうござりまする。ほんにようございましたなあ」と満面の笑みを湛えながら、

「先日お話し申した手文庫でございますが、下図を持って参りました。上蓋だけで都合五枚の板が要り用ですが、板の材はこちらにありますか？　もしやと思うて、材を用意して参ったのですが——」と言って、紙の下図と板を差し出した。

「これは、楠でしょうか」

「さようです。楠は虫を除《よ》けますでな、大事な品を入れておくのによいゆえ」

「板はありがたく預からせていただきます。全面に彫るがよろしいか、少し縁《ふち》取りのようなるものを施しますか？」

「上面は少し縁取りを設けた方がよいでしょうか。側面は板いっぱいでよろしいかと」

「図柄のご希望は？」

「それはもう、お任せします。ただ、この手文庫はわれが出入りさせてもろうとる棟梁の娘さんが年明けに嫁がれる、その持参品の一つゆえ、瑞祥を表す図柄……いや、清蘭さまのお心にお任せしますで。お心のままに彫ってくだされ」

「はい。承知いたしました。さて、脚の御代でございますが、いかほど差し上げればよろしいでしょうや」

「……」

「千田さまからいただいた額の一割ほどでいかがで

しょう。些少でありますが」

「脚を作っただけですので、一割は過分に過ぎます る」

「いえ、次の仕事もいただきましてお礼も含めまして。ただ今持って参ります」

松乃は千田家からもらった額の一割相当の金額を包み、岸井に差し出した。

「有り難うございました」

二人は同時に言い、顔を見合わせて笑った。

岸井佐吉が帰ってから、松乃は図面と板を吟味して図柄を思案した。一枚の絵のように彫ろうか、いや四つの区画に分けて四季の風物をあしらうのはどうであろうか。春は梅が枝、夏は水、秋は紅葉、冬は雪、うーん、ありふれているか。花づくしはどうか。春は梅と水仙、夏は百合、秋は菊、冬は南天。これならいかにも自然で好まれるであろうか。少し普通すぎるであろうか。いろいろと思案していくのは楽しかった。下絵を描いてみようと、紙と筆を出したところへ、将久が「かあたん、お昼」と呼びに来た。

「あ、もうお昼じゃったか」

松乃は将久を抱き上げて茶の間へ向かった。

「おっ母さん、岸井さんから手文庫の彫り物を頼まれたで」とひろに告げると、

「おお、有り難いのう。ずい分早うに見えたんじゃね。気付かんで、お茶も差し上げげんでしもうた」

「午後はまたどこぞへ行くと申されとった。仕事場に直接来られたのじゃな。こうして少しずつ仕事があれば、父さまの残してくだされた貯金に手を付けずとも暮らしていけるのじゃが」

「ん。そうじゃのう。貯金は将坊を学校へやるのにとっておかねばの」

そうか、将久の教育資金。そげなこと思いもつかんかった。おっ母さんはすごいのう。松乃は改めてひろがいてくれることを有り難いと思った。

お昼を食べて仕事場の隣の六畳に入った松乃は

さっそく下絵にとりかかった。手箱は縦一尺、横七寸の大きさである。手箱の上蓋を四分割してみる。少し小さめではあるが、大きく一面の図にするより、可愛らしくて女子《おなご》らしいかもしれぬ。嫁にゆく娘が少女の頃の思い出を携えてゆく。嫁いだあとも大切なものを出し入れしながら、少女の頃の思い出に力づけられる。そんな手文庫であってほしい。二重の細い線を周囲に施し、縦横にも入れて四分割した。左上から春、右上に夏、右下に秋、左下に冬の図柄を配する。春は梅に鶯、夏は百合と蝶、秋は紅葉に薄と赤蜻蛉、冬は南天に雪兎。季節の植物を中心に小さな生き物を配する。細かい図柄なので、細いのみで彫らねばならない。自分ののみの他に、父の道具類から何本かを選び出した。しばらく使っていなかったので研がねばならない。父の刃物をずいぶん研いできたので、一通りの研ぎはできる。が、それでよい、まだ今少しと可否を見極めてくれる父はいない。何でも一人でやらねばならないのだと改めて悟った。甘えるな、と自分を叱咤し、松乃は刃物を研ぎはじめた。一刻ほどかけて、三本ののみを研ぎ終えた。

梅、鶯、百合、蝶、紅葉、薄、蜻蛉、南天、雪兎。よく見知っているものなのに、いざ彫るとなると、形が曖昧なのに気付く。「北斎漫画」や、父、兄たちの下書きを出してきてもう一度、それぞれの形を確かめた。下絵を描き、じっと見つめてはのみを進める。下絵を貼って下絵の線をなぞると、どうしても勢いがなくなる。梅の木を二本、少し左に寄せて幹と枝を彫る。無数と言っていいほどの花と蕾を彫る、彫る、彫る。枝に止まる鶯が一羽、枝の鶯に引き寄せられるように飛んでくるもう一羽。地面は柔らかい春の野で、タンポポ、スミレと思われる花が咲き混じる草に覆われている。林の中に咲くのは山百合だ。一本の茎にたくさんの花をつけている。右向き、左向き、真正面。揚羽蝶が蜜を吸いに来て、花に止まる。紅葉は敢えて木を彫らず、地に散り敷く紅葉にした。大きい葉、小さい葉、切り込みの浅い葉、深い葉、右端に薄の株を置く。繊細な葉と穂は風を受けて靡いている。中空には無数の赤蜻蛉。ふうわりと積もった雪。葉にも重たげに雪が乗っている。小さな実がぎっしり。南天の下には盆に乗った雪うさぎが置かれている。

彩色したい、と松乃は思った。日光の東照宮のように？と自分に問いかけて、松乃は頭を振った。雪川は素木を大事にする流派じゃ。色を施さずして色を思わせるように彫らねば。

彫り上がって、一つの仕事が完成した喜びに松乃の胸は高鳴った。と同時に、これでよかったであろうか、という不安が沸き起こった。さて、次は塗りじゃ。女子の手文庫ゆえ、紅がよかろうか。というても、われには漆塗りは無理じゃし、漆では刀の鋭さを消してしまう気がする。やはり夜叉五倍子がよいであろうか。素木っぽい仕上がりではなく、少し濃い目の色に塗り重ねてみよう。塗っては乾かし、塗っては乾かしを繰り返して、「でき上がり申しました」と文を言付けたのは、注文を受けてから二月が経ち、季節は冬に向かっていた。岸井からも折り返し文が言付けられ、「明後日、向かわせていただきます」とのことだった。

十一月に入って、青天が続いていた。風は冷たかったが、岸井は、うっすらと額に汗を浮かべていた。「こちらへ」と松乃は仕事場の隣の六畳へ岸井を導いた。

「おお、このようなお部屋が」

「下の兄が寝起きしておりました」

手文庫に掛けておいた覆いの布を取ると、岸井は「これは見事な。四季図でありまするな。嫁ぐ娘の思い出の景でありましょうか」

と、微笑を浮かべた。

「ああ、お分かりいただけてうれしゅうございます。ほんに楽しく仕事をさせていただきました」

「向後もこのような仕事、引き受けていただけまするか。手文庫のみならず、欄間などはいかがでしょうか」

「われに欄間を彫らせていただけますのか⁉」

松乃は驚いて岸井の顔を見た。

「この手文庫を注文してくだされた棟梁が請け負っている茶室がありましてな。誰ぞ欄間を彫ってくれる者はいないかと訊かれ申した。この手文庫を見せて、清蘭さんをご紹介いたしましょう」

「はい。ぜひに」

松乃は深く頭を下げた。彫り料を渡して帰ろうとする岸井を、

「あれ、お茶も差し上げげんとお帰ししては母に叱られまする。どうぞ母屋の方へ」と誘った。母屋では昼餉の用意ができたところだった。

「岸井さん、粗末なものですが、お昼、召し上がってくだされ。何も腹に入れんと歩きましたら、霍乱してしまうで」

「いやあ、昼餉時にお訪ねするなど、とんだ不調法を」と、岸井は恐縮していたが、将久を見て、

「そうじゃ。坊に土産がありましたに、渡さんと帰ってしまうところじゃった」と、信玄袋から、竹トンボと独楽を取り出した。

「あれ、いいのう、将坊。ま、とにかく、お昼を」と、ひろは、きのこうどんを運んで来た。

「われらも、ここでお相伴しようの。よろしいかの、岸井さん？」

「ほんにご造作をおかけして……それでは遠慮のう」

「ご近所からきのこを仰山いただきましての。きのこご飯にしたり、きのこ汁にしたり、毎日食べております。さ、どうぞ」

きのこと油揚げの入ったうどんは、出汁がよく出ていて美味しかった。

「ほんに美味いきのこうどんじゃった。あのう、腹ごなしと申しては無遠慮じゃが、どうであろう、将坊と竹トンボと独楽で遊んでもよろしいでしょう

や」

食べる間も、竹トンボと独楽が気になって目が離せなくなっていた将久は、跳び上がって「タケトンボしよう。コマしよう」と松乃の手を引っ張った。

「坊、おじちゃんと遊ぼう。よろしいですか」と松乃に訊いた。

「ええなあ、将坊。よろしゅうにお願いしますで」とひろが答えた。

土間に降りた岸井は独楽の軸に紐を巻いてサッと投げた。土間の固い土に立った独楽はシューと音を立てて回転し、将久は目を丸くして独楽に見入った。

「ほうら、将坊もやってみるか」と岸井は手を添えて紐を巻き、パッと土間に放つと、独楽は少し回って傾いた。数回同じように回してみると、将久は「ひとりで」と言って、ぷくんとした手で紐を巻きはじめた。「ひとりで」は最近の将久の得意のセリフで、着物を着たり、下駄を履いたり、ごはんを食べたりも、ひろや松乃の手を払うようにして、「ひとりで」と言ってやってみるようになっていた。「おお、ひとりでな」と岸井は笑って見ていた。将久の手では巻き方も緩く、均一でないため、独楽は回らず、思わぬ方向に飛んでいったり、一回も回らず倒れたりした。

「毎日やってるとな、いつの間にかできるようになる」と岸井は励まし、「じゃあ、次は竹トンボやるかの」と誘うと、将久は「タケトンボ」とよく回らぬ口調で言い、こっくり頷いた。

「ちょっと外へ出てよろしいかの」

「あ、八劔さんなら近いし、境内が広うて飛ばすのにいいのう」とひろが勧めた。跳びはねるようにして岸井と八劔神社に向かう将久を見送りながら、ひろは「父さんがおればのう」と溜息まじりに言った。

「そげなこと言わんでくだされ。ようよう父さんのこと忘れたようじゃに」

四半刻もして、戻ってきた将久は頬を紅くして、いかにも楽しそうだった。

「タケトンボ、ブーン」

「将坊、上手じゃったのう。一回、岳斎さまの彫り物にぶつかりそうになって肝《きも》を冷やしました」

手を洗い、水を飲ませてもらうと、将久は目がトロンとして、竹トンボを握ったまま松乃の膝で眠ってしまった。

「おお、思わず長居をしてしもうて、失礼いたしました。では棟梁と相談の上、ご連絡いたします。これは些少なれど、彫り料でございます」

岸井は封筒を差し出して、帰って行った。

封筒には、松乃が考えていたより多目の金額が入っていた。

「ええのじゃろか」と戸惑った表情の松乃に、

「挨拶料が入っとるのじゃろうかのう。岸井建具屋の主なら、内儀さんはおられるのじゃろうの。子供の扱いも慣れておられるし」

「さあのう、お家のことは何も知らぬ。仕事を紹介してくださる大切なお人じゃ」


松乃は、何となく岸井の身の上を探るようなひろの物言いに、かすかな反発を覚えた。

半月ほどして岸井から便りが届いた。

「ご連絡が遅うなりまして申し訳ございませぬ。手文庫を組み立て棟梁宅にお届けいたしましたところ、大変に感心されておいででした。細かい細工が見事じゃと。娘さんも、われが幼い頃から馴染んできた四季の景色、何とも懐かしく、うれしいと仰っておいででした。女子《おなご》の彫り師さんは女子の気持ちを掬ってくださるのじゃなあと。

棟梁は、これほどの腕ならば注文主にご紹介申そう、一度現場を見ていただいて直《じか》に注文主と話してもらうのがよかろうと言われた。

今回はまず棟梁宅に伺い、顔合せなされてくだされ。棟梁宅は上諏訪と下諏訪の中間ほどで、拙宅とも近うございます。もし、ご都合がよろしければ、十一月三十日の午前十時頃お迎えに上がります。徒歩で半刻ほどゆえ、徒歩で参ります。松乃様も足拵えをしっかりなさってくださるよう、お願い申します。

　棟梁は岳斎様の娘御に会えますことを、楽しみにされております。もし、十一月三十日にご都合の悪しき時は、ご連絡くださいますようお願いいたします。どうぞよろしゅうにお願い申し上げます」

と、長い丁寧な書状だった。松乃はさっそくに葉書きを認めた。

「ご丁寧なるご連絡、ありがとう存じます。十一月三十日の件、承知いたしました。歩くのは慣れておりますゆえ、ご懸念なく。よろしゅうお願いいたします」

　当日までに何か手土産を、と考えた松乃は、嫁ぐという娘のために夫婦箸を作ろうと思い立った。木を削って箸の形にするくらいは何とかなるだろう。材は桧にした。男物は松と竹を、女物は梅と竹を陰刻で施す。極少ののみで彫っていく。塗りを施さねばならないが、漆では時間が足りないため、夜叉五倍子液に男物は黒の、女物は紅の染料を混ぜて塗布することにした。漆ではなくとも、乾かしては塗りを繰り返していく。箸を入れる箱も作りたかったが、箱を作ったことはなく、それぞれ青と紅を主とした縮緬で包むことにした。縮緬は白い絹布と二重にして縫った。

　十一月三十日は、幸い小春日和だった。今日はどんな装いをしていけばよいやらと、松乃は迷ったあげく、縞の袷に、対の羽織を重ねた。長足袋を履き、履き慣れた駒下駄を履いた。

「替えの足袋を持って行きなされ。風除けに襟巻きも忘れんとな」と細やかに気を遣って、ひろは送り出してくれた、将久は岸井が自分と遊んでくれないことが不服で膨れっ面をしていたが、「たんとお土産を持ってくるでな」という松乃の言葉になだめられて、小さく手を振った。

　男女の二人連れと見られるのを避けてか、岸井は見習いの少年を伴っていた。十歳を過ぎたくらいだろうか。「お子さん？」と聞くと、「いえ、うちの見習いです。あっしは独り身でして……」

　ああ、そうだったのか、と松乃は少し驚いた。内儀さんがおられるかと思うとった。いつも小ざっぱりとした身姿《みなり》をし、子供を遊ばせるのにも慣れておるようじゃったに。松乃の歩調に合わせて、一行は半刻ほどで棟梁宅に着いた。

「おお、よくおいでくだされた。岳斎さまの娘御にお目にかかれて、ほんにうれしゅうござる。先日は見事な手文庫をありがとう存じました」

「お初にお目にかかります。雪川松乃、清蘭と申しまする。この度は欄間を手懸けさせていただける候補にご推挙くださるとのこと、お礼の申し上げようもございません」

　挨拶をしながら、松乃は胸が詰まり、涙ぐんでしまった。父よりは十ほど若く見えたが松乃は日に焼けて眼光の鋭い棟梁に、父の面影を見ていた。

「さあ、お上がりくだされ」

「あ、少々失礼申します」

　松乃はサッと表に出、素早く白足袋に履き替えた。棟梁は松乃の真っ白な足袋に目を留め、「うむ」と頷いた。

　座敷に続く次の間に通され、改めて挨拶を交わした。

「岳斎さまの彫り物は端正で品格が備わっておられる。上社の『子持龍』『鷹と松』は、ほんに畢生の作となりましたなあ。神が宿ると感じ入り申した。清蘭さんもお父上の手筋を受け継がれて、品位があり、女子《おなご》らしく優美で細やかで、他の彫り物師には見られぬ気色《けしき》を感じ申す」

　松乃はかすかに震えながら棟梁の言葉を聞いていた。

「身に余るお言葉、有り難うございます。われは、彫り物師として世に立って参れましょうや」

「無論じゃ。もちろん、誰とても絶えざる精進が必要じゃが」

岸井は二人のやりとりを笑みを含みながら聞いていた。

「さあて、お昼にしようぞ」と棟梁が呼びかけるように言うと、「はい、ただ今」と返事があって、内儀と娘と覚しき二人が、昼食の盆を運んで来た。

「蕎麦屋がすぐそばでな、うちにお客が見えて、出前を注文せんと、しばらく愛想が悪いのですよ」と内儀は笑った。

恐縮しながら、松乃は箸を取った。蕎麦は更科そばで細目、汁はやや甘めでこくがあった。天ぷらは、公魚、連根、人参と牛蒡のかき揚げ、さつま芋が盛りつけられていた。

「これはおっ母さんの手作り」と、娘はほうれん草の胡麻和えの鉢を示した。

「手文庫、ありがとうございました。われの身守りのように思われます。われは卯年の生まれ、南天と兎の冬の図がほんに好き」

娘が弾んだ声で礼を言った。松乃が、「こんなもの、使っていただけましたら」と箸の包みを差し出すと、「まあ」と声を挙げて喜び、胸に抱き締める仕草をした。

「本日わざわざおいでいただきましたは、わたしのお得意さまのお知り合いでな、欄間を作り直そうとなさっておいでの方がありまして――その欄間を娘さんの望むように調えたいと仰せでな」

「娘さんのお望み……」

「ああ、何でも他家に嫁いだ娘さんが病を得られて、ご実家で療養なされるような話じゃった。詳しゅうは直接お聞きくだされ。そう、少し遠いのじゃが、彫り物は自宅でできなさろうゆえ、現場に通うことは要らぬで」

「どちらでしょうや」

「岡谷。岡谷の絹問屋で長田宗衛門さまとおっしゃる」

「え？　岡谷の長田さまなら、存じ上げております。塚越さまの茶室でお目にかかりました」

「さようでしたか。長田さまは、欄間の常識にとらわれず、娘さんの望み通りに作ってもらえる職人さんにお願いしたいと言われる。たまたま家に立ち寄られることがあってな、娘が作っていただいた手箱をお見せしたところ、ひどく感心なされて、これを作った方に紹介してもらえまいかと言われた。そうか、既にご存知でいらっしゃったか」

　岸井は微笑んで二人のやりとりを聞いていた。

「もし雪川さんがお引き受けなさるなら取り付けはわれにお任せいただけますか？」

　三月二十八日、松乃は一番の馬車に乗り込んだ。上諏訪から岡谷までは、二時間半かかる。乗り合い馬車なので停留所は十町おきぐらいにあるが、上諏訪、下諏訪などの要所では十分ぐらいは停車し、手洗いに行くことができた。この馬車に乗るのは何度目であろうと、松乃は窓の外の景色に目をやった。諏訪湖側に座ったので、春も盛りの湖はキラキラ光っていた。終点岡谷から湖に沿って十分ほど行くと「岡谷絹糸協会」と看板の掛かった石造りの建物があった。小売店ではないので、商品は並んでおらず、事務所風の建物だったが、通りを挟んだ湖の反対側には倉庫が建ち並んでいた。繭や絹糸を保管するのだろう、と松乃は思った。ここ諏訪湖のほとりには、多くの工場が並び、女工たちが絹糸を紡ぐ仕事に従事していた。

　長田宗衛門は、相好を崩して松乃を迎えた。

「おうおう､雪川清蘭さん｡塚越さまでお目にかかっておりましたな。あの時お願いしたいと申したまま時が経ってしもうて､すまぬことでした｡ご縁があったのですなあ」と言いながら、宗衛門は、松乃を事務所の一角のテーブルと椅子に導いた。来客を応接する場らしい。宗衛門はさっそくに茶菓を運ばせ、

「遠路、ご苦労さまでありましたなあ。馬車とはいえ、結構揺れますで、お疲れであろ。このあたりにも早う汽車が通るといいのじゃが」

「汽車？」

「おう。東海道やら東北線も開通しておりますのに、ここらは一向に通らん。汽車なら上諏訪、岡谷間などあっという間じゃのに」

「子供を乗せたら、どんなに喜びましょう」

「あ、お子さんがおいでじゃったか。男のお子さん？」

「はい。将久と申します」

「雪川の初代から数えて――」

「五代目になりまする」

松乃はスッと答えた自分に驚いた。自分はいつの間にか自分を四代目として数えていたのだな、と自覚した。

「岳斎さまとお兄さま方はほんに惜しいことでありました。なれど天は清蘭女史に雪川流の血と技を託され、お子さまを授けられた。わしがかようなことを申すはまことに僭越なれど、どうか雪川流をつないでいってくだされや」

と慈しみを湛えた目で松乃を見つめた。松乃は何か言わねばならないと思ったが言葉にならず、黙って頷いた。

「では離れを見ていただこうか」

宗衛門は立って草履を履いた。庭伝いに行くらしい。店の脇から庭に入る。よく手入れされた庭が続き、店の奥の住居から廊下でつながった離れが見えてきた。住居から廊下でつながってはいても離れには玄関があり、独立した趣だった。玄関を入ると千田家のような広い式台があり、その先には飾り格子のガラス戸があった。ガラス戸の先は板張りに絨緞を敷いた応接間で、長椅子とテーブルが置いてあった。

式台から右に抜ける扉があり、扉を開けると一間幅の広縁が伸び、北側に八畳間が二つ並んでいる。奥の部屋の北側には床の間が設えられており、次の間には押入れがあった。縁はぐるりと座敷を廻り、その先に手洗いがあるらしかった。

「この欄間でな」と、宗衛門は、二つの八畳間を隔てる襖の上を示した。そこには、菱形を組んだ簡素な欄間があった。

「ここをな、娘の好む図柄の欄間にしたいと思うてな」

「品格のある佳き建物でございます。ぜひ、彫らせていただきとうございます。何か御希望の図柄などありましょうや」

「うむ。この岡谷にふさわしい図柄がよいかのう」

松乃はしばし考えた。

「諏訪の湖と鳥の群れ——などはいかがでしょう」

「おお」

「片側は夕陽に浮かぶ社殿と梶の木」

「秋宮さんの？」

「秋宮と限ったことはのうて、お宮らしき建物と鳥居、鳥居の足元に梶の木……地味すぎましょうや。もし、優し気ながよろしければ、信州の野山に咲く花々もよろしいかと。一枚には春の花、もう一枚には秋の花……」

「うーむ。実は……この離れは病室に改装するのじゃよ」

「病室？　どなたかお加減がようないのですか？」

「うむ。娘がの。娘というてももう四十近い。他家に嫁いでおるが——肺を病んでしもうてな……」

「肺——結核」

「さよう。非開放性というて、菌は外に出ぬということじゃが、恐ろしき病じゃ。婚家先では子供に感染させるのを恐れて入院させておった。やっと快方に向かったが、家には置けぬと言うてよこした。離縁はせぬが、家には戻せぬゆえ、そちらで預かってほしいと言うてよこした。信州は空気がよいゆえ、肺の病を養うにはよい地じゃ。それゆえ、次の間を病室に改装する。一部を板張りにして寝台を置く。長椅子とテーブルも置いて、本を読んだり、子供らへの手紙を書いたりできるようにしてやりたい。応接間は看護人の居室とし、風呂場も作りたい」

「ずっと看護する方がおいでなさるので……？」

「うむ。半分は話し相手じゃな。娘が子供の頃から懐いていた女中が、娘を不憫がって、看護人を買って出てくれてな。有り難いことじゃ。もう五十になるがピンシャンしとって」

「どちらかと言えば洋風の趣じゃのに、欄間は……」

「昔から欄間の好きな娘でなあ。菱形じゃのうて彫り物がいいとよく言うとった。こうなってから望みを叶えてやるのも切ないが、少しでも心を安らげてやりとうてなあ」

「それなれば……春、秋の花を彫ってお心を慰められましたら」

「うむ。そうしていただけるか。あと二月ほどで八ヶ岳山麓の病院からこちらへ移って来る。それまでに仕上げてもらえると有り難いのじゃが……。応接間の改築の方も近々とりかかることになっとる」

松乃は脚立を借りて欄間の寸法を測り、略図を描いて記録した。その日は裁着袴を履いて来たので脚立に乗るのも楽だった。

「下絵をお届けしましょうや」

「それは楽しそうじゃな。小包で送ってもらえますかな」と、宗衛門は微笑んだ。

帰路の馬車の中でも、松乃は頭の中でいくつもの花を思い浮かべ、構図を考え続けた。春はすみれ、たんぽぽ、れんげを川の流れの岸辺に散りばめ、地上の花を覆うように枝垂れ柳をなびかせた。川の向こう岸は桃と杏子の林が広がる。まるで絵画のような彫り物、我が手で成すことができるであろうか。秋の図は松にからむ蔦、紅葉の木、地上には小菊の群れと桔梗、萩、薄を配そう。

家に帰りつくと、松乃は馬車に揺られ続けているようにふらつく足を踏みしめ、六畳に入った。もう寒くはない。戸棚から用紙を取り出し、台に広げた。母屋の方から将久の声が聞こえてきて、松乃は一瞬たじろいた。あと少し、春の陽は明るい。松乃は唇を噛み締めて墨を磨り、筆を執った。馬車の中で考え続けてきた図柄を一気に描いていく。が、春の図を半分ほど描いたところで、日は暮れ、部屋には闇が広がっていた。

松乃はホウっと溜息をついて手を止め、母屋に向かった。

「やれ、遅かったのう。心配したよ」とひろが安堵して迎えてくれた。「母さん、母さん」と将久がまつわりついてくる。

「すまなかったの。もっと早う帰っていたが、少し仕事がしとうて、六畳にこもっていた。　さ、御飯にしような」

松乃は宗衛門が「お子さんに」と包んでくれた菓子を渡した。

「杏子飴じゃ、将坊好きじゃろ」

ひろは泣きそうになっている将久の口に飴を押し込むように入れた。

翌朝も、手元が見えるようになると起き出し、仕事部屋に向かった。ひろが隣の部屋に寝ているので、将久を残しても安心だった。お天道さまに手を合わせ、井戸端で顔を洗う。一心不乱に花を描き樹を描き、気がつくと昼になっていた。ああ、朝飯も食べんと。将久もひろも怒っとるじゃろ。松乃はそっと母屋の戸を開けた。

「あ、母さん、お帰り」

「早かったの、お疲れさま」

どうやら、ひろは松乃は出かけたと将久に告げていたらしい。松乃はひろがよそってくれたうどんの丼を拝むように受け取った。

「すみませぬ。心が逸って」

「ああ、分かっとる。夢中になると、何かかも忘れてしまうものらしいでな、職人というもんは。われができることは何でもさせてもらうで。なれど母親でのうてはできぬこともあるでな。その時その時で、よう考えていこうの」

松乃はひろがいてくれることを心の底から有り難いと思った。ひろを後妻として迎えてくれた岳斎にも改めて礼を言いたい思いになった。

松乃は二枚の下絵を別の紙に写し描き、畳んで大き目の封筒に入れ、郵便局に向かった。

「下部は浮き彫りに、上部は透かし彫りになります。次の間と座敷と、どちら側を表とされますか？　普通は座敷側が表となりましょうが、娘御が寝台から御覧になるのであれば次の間からの景を表としましょうや？　取り付けは長田さま御出入りの職人さんにお願いいたしまする。二月ほどで仕上げる所存にございます」と記した書状を同封すると、折り返し返辞が来て、「懐かしき木樹、花々に娘も心解けることと存じます。大工・建具の職人は地元岡谷の職人に依頼してあります。後日、お引き合わせ申しましょう」と記してあった。

松乃は自分が少し落胆しているのに気付いた。岸井さんに頼めればよかったに。だがこれから先仕事をしていく上で、多くの職人さんと付き合うて行くのも大切じゃ、と思い直した。松乃は慎重に材を探した。何が良かろう、朴、楠が頭に浮かんでいた。楠はよい香りがする。病室臭を吸い取ってくれるかもしれない。しかし、父が残した材の中に楠は見当たらなかった。岳斎が材を注文していた材木店は近くにあった。商の中心は建築用の材木だったが、岳斎の需めに応じて彫り物用の板や柱も調達してくれる店だった。これまでは父が残した材で用が足りていたが、この先彫り物を手掛けるなら、絶対に縁を絶やしてはならぬ店だった。

松乃は手土産の菓子を持って大野材木店を訪れた。

「父の葬儀に際しましては、お心遣いをいただき、まことにありがとうございました。もっと早うにご挨拶に伺わねばなりませんでしたに。われは細々ではございますが、彫り物で身を立てようと思うております。どうぞよろしゅうお願いいたしまする」

大野材木店の主は、長火鉢の前に松乃を招き、目を細めた。

「おお、これはこれは雪川さん。こげに近くでお顔を見るは初めてかのう。お父上に、よう面差しが似ておられる。そうか、跡を継ぎなされるか。材は十分に備蓄があると思うとったが、何か要り用かの」

単刀直入な話に、松乃は冷や汗をかきつつも、岡谷の絹問屋からの注文で、春、秋の草木の欄間を彫る仕事を請け負ったことを述べた。

「材は何になさる」

「楠を、と思うております」

病室ということは言わなかった。長田さまも世間に広めて欲しゅうはないと思っておられるのではないか。

「楠。大きさは？」

「八畳の続き部屋の欄間ゆえ、横二尺八寸、縦一尺六寸の板が四枚要ります」

「ならば楠なら一枚板でできるであろうか。じゃが楠はかなり堅い。細かい細工をするには骨が折れようぞ。わしの勧めは朴じゃが、朴なれば継ぐ必要がある。見てみなさるか」

材木は、大きな倉庫に収蔵してあるものも、野外に立て並べてあるものもあった。倉庫の一角に腰板ほどの高さの板をめぐらし、床にも板が敷いてある区画があり、板や角材が並んでいた。

「雪川さんからの注文に応じて揃えた材じゃ。楠は無いが、どうしても楠というなら探してみるが、少し時間がかかろう。これが朴。これを継げば寸法は足りよう」

松乃は朴の美しさに魅せられていた。なめらかで美しい。まるで刀で彫らるるを待っているようじゃ。地のままでは白すぎるが、夜叉五倍子液を掛ければ落ちついた自然な色になるであろう。

「これ、この朴を譲っていただけましょうか。両面彫りになるゆえ、厚さは七分ほどであろうか」

「一寸では厚すぎようのう。継いで鉋をかけて七分に仕上げよう。お急ぎかもしれぬが数日待ってくだされ。よう枯れておるで、その点は心配いらぬ」

「ありがとうございます。もっと早うお訪ねすればよかった。懸命に彫りまする」

「うむ。職人は仕事の出来がすべてじゃ。岳斎さまが見守ってくださるじゃろう」

大野材木店から材が届く前に、松乃は宗衛門から、「おいでを請う」との文をもらった。

「四月八日〜十二日まで改装の職人が入っておるゆえ、打ち合せにおいでいただけますれば幸甚に存じます」

四月十日、松乃は乗り合い馬車で岡谷に向かった。ひろの言う「鳥追い姿」風に、裾短かに縞の袷を身につけ、脚半を巻き、麻裏草履を履いた。背に「雪川」と染め抜きのある紺の法被を羽織った。

「ごめんくだされ」と、事務所でおとないを告げると、

「おお、雪川さん。主が離れで待っております」と事務を執っていた者が、松乃を離れまで導いてくれた。

「おお、雪川さん、ようお越しくだされた。こちらが大工兼建具職の谷崎さんじゃ。谷崎さん、雪川清蘭さんじゃ。欄間を彫ってもろうてる」

「お初にお目にかかります。雪川でございます。未熟者ですが、よろしゅうにお願い申します」と言いつつ、松乃は頭を下げた。谷崎は胡麻塩頭に鉢巻を締めて汗を滴らせていた。不機嫌そうに唇を曲げて松乃を見た谷崎は、「女だてらに彫り物するという変わりもんかの」と言った。松乃は身をすくめた。

世間で「女だてらに」とか「生意気に」とか言う人がいることは知っていた。だが、直接、そんな言葉を浴びせられたのは初めてだった。主も困惑して、谷崎と松乃を交互に見て口ごもった。

「いや、谷崎さん、清蘭さんはきっちりと仕事をなさる職人さんじゃ。手箱の彫り物を見せてもろうて、お願いすることにしたのじゃ」

「ふん。この品格ある建物の欄間を花尽くしにするなど承服できぬ」

「それは当方の望みでお願いしたことじゃ。建物は建物のためにあるのではない。そこで暮らす者のためにあるのであろうが」

「変なふうに改築して誰が住むのじゃ。わしはこの建物がいやじゃと泣いている気がするが」

ああ、長田さんは娘さんの病室にすると言うてないのじゃな。と松乃は思った。どうすればいいのじゃろ。われはこの仕事から降りた方がよいのであろうか。

「それなれば……」と口を開こうとした時、谷崎が言った。

「改築と建具は約束通り、わしが納める。が、欄間は他の建具とは独立しておるゆえ、嵌め込みも含めて自分でやるか、他の建具師に頼んでもらおう。わしは女子《おなご》とは仕事はせぬ。たとえ雪川の娘であっても」

松乃は主を見て、「それでよろしいのであればお受けします」と言い、その場を離れた。主はあわてて松乃を追い、

「ほんに申し訳ござらぬ。谷崎建具師があのようなことを言うとは思わなんだ。男子《おのこ》じゃとて、技の拙い者はおる。清蘭さんの仕事を知りて言うとるのか」

「世にはさまざまの方がおりまする。われのことも口には出さずとも苦々しく思うとる人もおられましょう。——もし、私に彫らせていただけますなら、知り合いの建具師に話してみまするが、岸井建具屋の主ですが、いかがでしょうや」

「娘がの、花の欄間を楽しみにしておりましてのう。ぜひお願いしたい」

「はい。ですが谷崎さんの方はよろしいのでしょうか。こちらさまでお困りになっては——」

「いや。腕はいいのじゃが変屈でな。強いてつなぎ止めるつもりはありません。今回の仕事で縁が切れてもかまわぬ」

宗衛門は腹立たしげに言った。

乗り合い馬車に乗って、谷崎に言われた事で怯ん

だ心を何とか宥めようと自分を励ましているうちに、松乃は自分が下諏訪で降りているのに気付いて、慌てた。ああ、自分は岸井建具屋に行きたかったのだと思った。少し迷いながら岸井の店に辿り着いて店先に立つと、岸井は土間の奥の板の間で仕事をしていたが、顔を上げ、「おおっ」と声を上げた。

「おいでなされませ。さっ、こちらへ」と奥の方へ誘おうとするのを遮り、「いえ、こちらでよろしゅうございます」と、松乃は岸井を見上げた。「それでは」と岸井は仕事場の端に座布団を置き、見習いの小僧にお茶を言いつけた。座布団に腰を下ろしたとたん、松乃は心の堰が切れたように声も無く泣いていた。涙があとからあとから流れ落ちる。岸井は困惑しつつも、黙って松乃が泣くのに任せていた。

しばらくして、涙とともに心の閊《つか》えも流れ出たように、松乃は泣き止んだ。

「どうなされました……よろしかったら話してみませんか」

松乃は絹問屋の長田から欄間の注文を受けたこと、出入りの建具屋谷崎との打ち合せに赴いたところ、谷崎から女子《おなご》とは仕事をせぬと断られたことを話した。

「世にはわれが彫り物を生業《なりわい》とするを苦々しく思っておられる方が多くおいでなのじゃ。岳斎の名に頼って女だてらにと。もしわれが男子《おのこ》じゃったら、岳斎を継ぐ者として後押しするであろうに」

岸井は黙って耳を傾けていたが、ほうーっと長い息を吐いて、松乃を見つめた。

「男子も女子もない、とわれは思いまする。職人は仕事の出来になるによってのみ測られます。恐らく、女子が宮大工になるは無理というか、長い時間がかかりましょう。じゃが、明治の世になりて、この国も少しずつ変わっていっておると思いまする。女子が医者を志し、学問を究めようとすることも叶うようになりましょう。清蘭さんは、お兄上さま方よりも秀でた腕をお持ちかと。少なくとも同等じゃとわれは思いまする――あ、これは僭越なことを申しまして……。われは谷崎と申す建具屋と親交はありませぬが、腕は良いが変屈という噂は聞いております。自分から降りたのゆえ、気を兼ねる必要はない。見事な欄間を彫ってお住まいになる方を喜ばせてあげなされ。明日にでも小僧を使いに出して、谷崎が引き上げる日を尋ねさせます。顔を合わせる必要もないことじゃから。現場を見て、雪川さまをお訪ねします。朴の材、楽しみですなあ」

六日後、岸井が松乃を訪ねて来た。

「岡谷へ行って参りました。品格のあるよい建物ですなあ。改築してしまうのが惜しゅう思えるほどでしたが、娘さんが病後を過ごされるとのこと。日差しもたっぷり入って、過ごし易いお部屋になりましょう。娘さんが好まれる花を散りばめた欄間、お父上の思いが痛いほど伝わって参ります。春も秋も空の部分が多くなりましょうから、風は十分通るでありましょう。上下左右、いっぱいいっぱいに彫られてさし支えありませぬ。雲や枝先から枠につなぐようになりましょうか」

「ああー。そうなりますの」

松乃は既に朴の材に薄墨で絵柄を描いていた。

「壁は薄い抹茶色に塗り変えられておりました。明るく落ち着いた部屋にと思われたそうな。室内でも庭の趣が感じられるように、と主は言うておられた。ほんに、家とはそこに暮らす方のためのものなのですなあ」

細密な細工なので一気には彫れなかった。表、裏、左右が逆転した図柄になる。松乃は父の教えを胸に、繰り返し刃物を鋭く研いで枝・葉・花弁・蕾を彫り進んだ。すみれを彫り、たんぽぽを彫り、柳にとりかかる。川岸や斜面は板に浮き彫りにし、梅の枝、柳の枝は空中に伸びる透かし彫りになる。四月の夜明けは早く、日暮れは遅い。長い一日をたっぷり使って、松乃は一日十六時間はのみを握っていた。

秋の図に取りかかったのは五月に入っていた。五月中には秋の図も仕上げねばならない。秋の草や花は春よりもさらに繊細で、薄の穂の一筋一筋、萩の葉の一枚一枚を丁寧に、しかも風に揺らぐ風情をも失わず彫るのは、途方もない集中力を要した。といって、眉をひそめ、唇を引き結んで彫ればいいものではない。ゆったりと秋の風を楽しむ思いで微笑みながら彫る。われが笑めば、花も笑むと。赤蜻蛉は空中に浮かせることはできないので、薄の葉先に止まらせる。

五月下旬、松乃はやっと春秋図一組を仕上げた。だが、欄間はあと二枚要る。期限は四枚で五月中じゃったに。松乃は冷や汗が背を流れるのを感じつつ、長田宗衛門に書状を認めた。

「お嬢様のご帰宅に間に合わぬ仕儀となり、誠に申し訳ござりませぬ。もし、お許し願えますなら、あと二枚はいま少しお待ちいただけませぬか。二枚の春秋図を取り付け、あとの二枚は当面菱形のままでとさせていただければ幸甚この上もありませぬ。実はあとの二枚も同じ春秋図をと思うておりましたなれど、二枚彫り上げてみますと、これの繰り返しは、いかにも『こちたく』思われます。別の図案であと二枚、あと二月の猶予を、伏してお願い申し上げます」

折り返し、長田から返辞が届いた。

「彫り物師が期限通りにでき上がらぬことは、間々ありますること。むしろ期限通りに完成する方が稀ではないかと……。春秋図も楽しみなら、別の二枚も楽しみでございます。なお、娘は五月末に帰宅いたしますので、先に春秋図を取りつけてくだされ」

松乃は深い安堵と感謝の念に涙した。松乃の頭の中には、二つの景が浮かんでいた。夏の諏訪湖と冬の諏訪湖。でき上がったら、春・夏・秋・冬と並べてみよう。

五月末、松乃は岸井に連絡した。岸井は小僧を伴って訪れ、欄間を見て、「おおっ」と声を発し、黙って見つめていた。

「いかがでしょうや。あの部屋の欄間として」

恐る恐る松乃は訊いた。

「うーむ。思っていた以上の出来映えと存じます。何と申しますか、色が見えるようじゃ」

色が見える、松乃はうれしかった。絵師のごとく彩色できたなら、何と楽しかろうと、もどかしい思いがした。色が見えるとは、これ以上の褒め言葉はないと思った。

岸井は細心の注意を払って、丁寧に欄間を布で包み、さらに薄板で挟んで紐を掛けた。岸井は荷車を引いて来ており、二枚の梱包した欄間をガラスを運ぶような枠にとりつけた。

「では、早速に岡谷まで運んで参ります。すぐに欄間に嵌めこみまする。必要な材や道具も持って来てありますで。雪川さまは、そうじゃの、明後日、乗り合い馬車でおいでなされませ」

二日後、松乃は岡谷の長田邸を訪れた。宗衛門は「早うこちらへ」と松乃を急かせて離れに導いた。どきどきしながら欄間を見上げる。ぴったりと、もう建物が出来た時からずっとこのままの欄間であったかのように建物に馴染んでいた。

「いやあ、雪川さん、見事な御作でございます。部屋の中にいて、川縁《かわべり》に立っているような気分になれまする。娘がどれほど喜びますことか。雪川さん、今日、もしお時間がおありなれば、ぜひ娘に会うてやっていただけませぬか」

「えっ？」

「あと半刻もすれば娘が着きまする。八ヶ岳の療養所から自動車で戻りますでな」

「自動車？」

「はい。病院が一台所有しておりましてな、貸してくださると」

「ほんにわれがお目にかかって良きものならば、お待ち申しましょう」

「戻りましたら、軽い昼食をと思うております。父娘二人でも寂しゅうござれば、ぜひ、ご一緒してくだされ」

「あのう、差し出がましきことなれど、お母さまは……」

「ああ、十年ほど前に身罷り申した。娘が二人目の子を生みまして間もなくのことじゃった。娘は母の葬儀にも来られぬありさまでなあ、母の死の衝撃で衰弱してしもうて。親より子じゃと、申し聞かせたなれど、母親への思いの深い娘でなあ」

「嫁ぎ先は遠い地で？」

「名古屋――遠すぎた。もっと近くに嫁がせるべきでありました」

「相手は名古屋の呉服屋の跡取りで、気持ちは優しいが、親に逆らえず、娘が発病すると、親たちは客商売じゃからと、娘を遠ざけることばかり言いおってな。離縁だけは連れ合いが不承知で、まあ、実家の近くで療養することとなり申した。可哀想に、娘はもう三年も子供にも会わせてもらえん。半年に一ぺんほど連れ合いが見舞いに来とるだけじゃ。体の方はようなっても、気持ちの方がなあ、自分の人生をすっかり諦めておるようなのじゃ。子供のために、親は死んではならぬと言いきかせておるのじゃが。――雪川さんのように、女子一人で己の道を歩まんとされておる人を知れば、気力を取り戻してくれるやもしれん……。あれ、己のことばかり、長々と話してしもうて――お許しくだされ。何やら年甲斐も無う昂っておりましてな」

「娘さんのご兄弟は――？」

「おう。会社を継いでおる兄と名古屋で役人をしておる次兄がおる。この次兄の紹介で嫁いだものじゃったが……。二人ともたった一人の女兄弟の娘を、気に懸けていましてな」

と、母屋の方から、女中が慌ただしく走ってきた。

「旦那さま、お着きになりました」

宗衛門は、強いて己を抑えるようにゆっくりと立ち上がり、庭伝いに玄関に向かった。松乃は少し迷ったが、自分も草履を履いて玄関に向かった。玄関には黒い大きな自動車が停まっていて、二人の女が降り立ったところだった。一人は三十代と覚しき、細っそりとした女で、色が抜けるように白い。もう一人は五十がらみの女で、若い方の女を支えるように寄り添っている。

「お父《とう》さま」娘は澄んだ声で宗衛門を呼び、「お世話になります。よろしゅうに」と頭を下げた。

「何を水臭いことを。ここは清子の生まれた家じゃ。何も遠慮はいらぬ。もう昼じゃが、食べられるかの。少し休んでからにするか」

「お疲れじゃろうて、昼食は少し休んでからの方がよろしいかもしれん。お茶と、何か水菓子でも召し上がらんか？」

と、付き添いの女が言った。清子は目元を和ませて、

「そうじゃの。父さま、桃はありますかの」

「おお、ある、ある。昨日、兄さんが清子が好きじゃからと、買うて来たよ。おイネさん、茶と桃を頼みます。離れに運んでな」

離れに入ると、

「父さま、あれ、あの欄間は？　まあ、何と、何と、われが夢に見た、故里の景じゃ」

清子は感極まったように涙を浮かべ、欄間の方に両手を差し伸べた。

「おお、気に入ってくれたか。ほうら、そこにおいでの雪川清蘭さまの御作じゃ」

清子は部屋の隅に控えていた松乃に気付き、

「ありがとうございます。しばらくは外には出られませぬが、これを見ておれば、子供の頃に母と遊んだ景がよみがえります。わが揺籃の景……」と声を詰まらせた。

胸に熱いものが込み上げてきて、松乃もふっと涙がにじんだ。

おイネが運んで来た芳ばしいお茶と桃を口にして、清子の頬に赤みが差したように思われ、松乃はほっとした。

「では、われはこれにて失礼いたします」

「清蘭さま、どうぞまた、おいでくだされませ。欄間のお話など、聞かせてくだされ」

「ほんに、よろしゅうお願い申します。清子は友人もおりませぬ。齢は少し離れておりましょうが、友だちになってやっていただけませぬか。清子、清蘭さんは、秋宮を造営された雪川邦宗さまの子孫の方じゃ」

「おお、あの秋宮の」

「はい。お話はおいおいに。ご連絡をいただければ、お伺いいたします」

松乃は静かに立ち上がって部屋を辞した。おイネがあとを追ってきて、

「母屋の方でお昼を召し上がって行ってくだされ、と主が。ご一緒できずに申し訳ないと。清子嬢さんは、少し横になって休まんとな」

「お気遣いなくお願いします。岡谷の停留所の近くにお蕎麦屋さんがありましたゆえ、本日はそちらで岡谷の蕎麦などいただきまする。仲睦まじい父娘のお姿を拝見して、われも父を思い出しました。うらやましくもあり、辛くもあり……」

「さようですか。ではお気をつけて。今日は清子嬢さまに会っていただいて、ほんによかった。ぜひまたおいでくだされ。われからもお頼み申します」

松乃は実際、寂しかった。われには父も母もおらぬ。兄も姉もなく、夫もいない。われに残されたるは、たった一人の子将久のみ。将久を大事に大事に育てよう。将久が成長して嫁を迎え、子供が生まれたら、われは天にも昇る思いじゃろう。ひろおっ母さんも喜んでくれるじゃろ。将久の成長を楽しみに、われは彫り物を続けよう。彫りたくても叶わなかった鶴兄さん、育兄さん、われに力を貸してくだされや。

帰宅して、松乃は心の内に浮かんでいた諏訪湖の景を下絵にしてみた。夏の景は遠い山脈《やまなみ》を背景に、キラキラ光が踊る諏訪湖が広がっている。手前の岸

辺から桟橋が伸び、小舟が浮かんでいる。山脈の上の空のみ透かし彫りにして、山と湖は浮き彫りにしよう。もう一枚の冬の諏訪湖は御神渡りの景である。大きく弧を描いて湖に盛り上がる御神渡りを描く。描いた御神渡りを見ているうちに、松乃は不思議な感覚に襲われた。御神渡りがスッと浮き上がって空へ昇っていく。弧を描く御神渡りは空を飛ぶ龍になっていた。空には龍、氷上には御神渡り、二つの弧は、天空と氷上で呼び交わしているかのように思われた。龍は透かし彫りになる。自分の腕で彫れるだろうか。

二月後、松乃は二枚の欄間を彫り上げ、岸井に頼んで取り付けてもらった。さまざまに考えた末、松乃は、春・夏・秋・冬の順に取り付けてもらった。優しく甘やかな春の次に雄大で伸びやかな夏、繊細で透明感のある秋は、圧倒的な迫力の冬へ続く。岸井も長田も驚嘆の目で四枚の欄間を見上げた。娘の清子は、「子供たちに龍を見せてやりたい」と涙ぐんだ。

「そのうちに秀一も優二もきっと母さんに会いに来られよう。龍に乗って来るかもしれん」

と、長田は娘を力づけるように言った。

再縁話

　将明が去って二年近くが経った頃から、松乃には再縁の話が持ち込まれるようになった。今になってなにゆえ、と松乃は訝しくも煩わしくも思った。将久は五つになり、本好きでやや引っ込み思案な子供に育っていた。「われの父さんは？」という問いにどう答えればよいか、松乃の心はまだ決まっておらず、胸の内のしこりになっていた。再縁すれば「父さん」はできるが、それでよいのかどうか。

　知り合いや親戚から紹介される再縁の相手は、半数は大工や建具師だった。養子に入ってもよいという者もいたが、それらは「雪川」の名が欲しいのじゃから気をつけよ、と周囲から釘を差されていた。頼りの父の死によりたった一人、一家を背負って立つ立場になって二年を経、松乃は「きりっとした美人」と人から評される容貌になっていった。実際の年齢よりは、少し年長に見られることもあった。

　建築関係の他は、商家や勤め人もいたが、松乃は心を動かさなかった。そんな中で松乃が衝撃を受けた人物がいた。嫁ぐ娘の手箱を納めた棟梁を通しての話で、相手は建具屋の岸井佐吉だった。岸井は松乃が最も信頼を寄せている人の一人だった。仕事の上でもどれほど支えてもろうておることか。

　将久も岸井に懐いていて、姿を見せると「あ、おじちゃんだ」と飛びついていく。松乃に対しては常に雪川の娘に対する敬意を示してくれていた。きっと、心細げなわれを気遣ってくれておるのだろうと、松乃は有り難かった。この度の話も、わが肩に乗っている重荷を背負ってくださるおつもりなのであろうと。棟梁は「岸井は無論、当方に嫁いでもらえればうれしい。母上もともに引き受ける。雪川の名が途絶えるのを避けたいというなら、自分が養子に入ってもよい。わが家は父の代からの建具屋で、絶えたとて惜しい名でもなく、建具屋を嫌うて商売している兄もあり、岸井の名は継がれてゆくゆえ、と言うておる。岸井は人柄もよく、何よりも松乃さんとご子息を大切に思うておる」と、棟梁は書状に記していた。

松乃は己の心が甘やかに解けていくのを覚えた。岸井の心遣いはいつも身に沁みていた。だが、われを受け入れるということは、将久とひろをも受け入れる、食べさせるという重い荷を負わせることじゃ。そこまでの負荷、枷を負わせてよいものであろうか、岸井という名を捨てさせてよいものであろうか。この家に来ても、もちろん岸井は建具屋として仕事を続けていくことであろう。松乃も彫り物の仕事があれば受けるが、何といっても仕事は男が中心になることは、松乃にはよく分かっていた。父と兄たちが彫り物をしていた仕事場も、少しずつ建具屋の仕事場になってゆくだろう。将久がどんな道に進むかは予測もつかない。父親の血を受け継いで勉学を好む若者になるかもしれない。われの役割は――と考えた時、やはり彫り物師としての道を開いておいてやることだと思った。「雪川建具店」の看板は出せぬ。雪川は彫刻師の家、と思った時、岸井を迎え入れることはできぬと悟った。

松乃は、棟梁に宛てて書状を書いた。

「まことに有難きお申し出で、深く感謝申し上げます。棟梁並びに岸井様にはこれまで数々のご支援をいただき、わが一家が今をつつが無く過ごしておりますのも、お二方のご温情のお陰と思うております。なれど、われは雪川岳斎の子の中で、ただ一人残りし者なれば、岳斎の彫り物の業を受け継ぐ運命と覚悟を決めております。ご温情をお受けできぬことは、わが心の内にとりまして、深き痛手にございます。どうぞお許しくだされませ」

そこまで書いて、松乃は、あ、ならぬ、心の内を外に出してはならぬ、と気付いた。松乃は紙を改め、覚悟を決めております、までを記し、その後は「われは、一子将久と母ひろを守り、雪川の名を守っていきたいと思うております。有り難きお申し出に沿えませぬご無礼を、どうぞお許しくださいますよう、伏してお願い申し上げます」

と記して郵便箱に入れた。数日して棟梁より、「突然の申し出で御心を煩わせ申し、まことに申し訳なく、お詫び申し上げます。岸井氏にはお志のほど、伝え申しました。まことに残念にはございますが諦めます、とのこと。雪川さまの御繁栄をお祈り申し上げます、とのことでございます」という書状が届いた。

　ああ、これで岸井さんとのご縁も切れてしまうのであろうか。松乃は今さらながら、心が震えた。涙をこらえ、唇をかみしめて仕事場に入ると、父の道具箱を開けた。のみを握りしめると、父の声が聞こえた。

「松乃、なによりも刀が大切じゃ。刃をよう研いでいるであろうな」

「父さま、これでよいのじゃな。われは雪川の生き残りじゃもの」

「うむ。雪川の名も大切じゃが、何よりも大切なは、松乃自身の望みじゃ」

「われの望み……？」

「彫りたいかどうかじゃ」

松乃はのみを握りしめて、己の手を見つめた。

「彫りたい」

　父がにっこり笑った。

　その日以来、松乃は迷いを振り切って彫り物に専心した。岸井はそれ以後、顔を見せることはおろか、書状をよこすこともなかった。雪川は彫り物の家と思い定めたわれの真情をお分かりいただけたであろうか。

　岸井からの仕事のつなぎも途絶え、他からの注文も途切れがちになり、寂しく心細い一年が経った頃、風の便りに岸井が嫁を迎えたと聞いた。そうか、そうだったのかと、自分には寂しく思う資格は無いと思いつつも、寂しく心が痛かった。さらに半年が過ぎた頃、岸井が突然訪ねて来た。座敷に招じ入れると、岸井は仏壇に手を合わせ、さらに松乃とひろに深くお辞儀をした。

「ご無沙汰申しまして、まことに失礼いたしました。ご息災でおられましたか」

「はい、何とか」松乃は少し顔を強張らせて答えた。

「もしや、お聞き及びかとも存じますが、われも嫁をとりましてな。幼なじみの三つ下の女子《おなご》で、いわゆる出戻りでございます」

「出戻り?」

「縁付きましたるが、子ができず返され申した。でありますが、この度、子ができましてなあ。あ、いやまだ生まれてはおりませぬ。子ができぬというても、女子にばかり責めがあるわけではないのでありますなあ。どんな時も女子ばかりが辛く悲しき思いをすることが多いのじゃと悟りました。松乃さまも、それほどの腕をお持ちなのに、女子ゆえの厳しさを負うておられましたろう。われも松乃さまとの仕事がどれほど大切であったかを痛感しておりまする。己が心の狭さよりご無沙汰を重ねた上にかようなお願いをいたしますは憚り多きことなれど、折がありましたら、また仕事をお申しつけいただけませぬか」

松乃はしばらく黙って思案した。まず己の心の内に正直に、一方、将久とおっ母さんの行く末を測って、わが行く道を定めねばならぬ。松乃は静かに微笑んで、

「いま少し、お時間をいただけませぬか。われ自身の行く先、子供のこと、母のこと、いろいろ考えねばなりませぬ。わが行く道への決心が定まりましたならば、必ずお便りさせていただきまする。本日はお越しくだされてまことにありがとうございました」

と正座して告げた。

岸井はすぐ立ち上がって、

「はい。よろしゅうお願い申します。本日は突然お邪魔して、失礼いたしました」と、固い表情で言って帰って行った。

岸井が去った後、松乃はざらついた心をもて余して、しばらく茫然としていた。ひろは何も言わない。松乃は立ち上がって仕事場に入った。ここより他、己の心が鎮まる所は無かった。松乃は黙って刃を研いだ。シュッシュッという音とともに心が静まっていくのを覚えた。祖父も父も兄たちも、われを見守っていてくださる。雪川の名を恃みつつ、自ら考え、自ら行って、決して他人を頼るまい。

仮に夫を持ったならば、家の主として夫を立てていかねばならぬ。夫に仕えれば、彫り物を続けたとしても、彫り物に専心することはならず、技量は落ちていこう。彫り物に専心して、われが生計の中心となるならば、夫は己の立場を失い、将明と同じような心持ちになるであろう。夫を得ることと、彫り物を続けることは両立しないのだ。ならば、われは彫り物の道に専心する。研ぎ上がった刀を見つめつつ、松乃は心を決めた。

松乃の覚悟は自然に人々に伝わり、縁談を持ち込む者は無くなっていった。

将久の成長

明治二十五年春、将久は小学校入学の時を迎えた。松乃は将久には紺の給と羽織を着せ、自らも浅黄色の地に裾に梅が枝を散らした着物に黒い羽織を重ねて小学校へ向かった。高島小学校は開校して二十年が経ち、小学校は尋常小学校と高等小学校に分かれることになった。小和田地区の子供は、ほぼ全員が高島小学校に入学する。

諏訪の春は遅く、四月十日の朝も少し寒かった。松乃が将久の首に襟巻きを巻こうとすると、将久は松乃の手をすり抜け、眉をへの字にして松乃を見上げた。将久は温和な性格で、松乃やひろに逆らうことはほどんど無かった。そんな将久が珍しく逆らったことで、松乃はハッとした。いつまでも子供ではないのじゃな。男子《おのこ》がおらず、女子《おなご》二人の養育なれば、どうしても甘やかすことになろう。こうして自分の意志を持つことは男子にとって大切なのだろうと思った。

将久は育て易い子供だった。病気は、麻疹が流行れば麻疹になり、おたふく風邪にも水疱瘡にも患ったけれど重症になることはなく、子供の成長の関門を乗り越えていった。「子供って、病気すると大きくなるのう」と、ひろは天下の真理を発見したかのように言った。将久は岳斎が作ってくれた積み木で遊び、父親が残していった本を繰り返し読んでいた。安定しない松乃の収入では、新しい本を買ってやることは難しかったが、年に一度はヨウの妹の百合が本を送ってくれた。千田の加津からも「孫のお下がりじゃが」とおもちゃや本が届いた。将久の遊び場は八劔神社で、幾人かの子供が集って、メンコやらベーゴマ、竹馬、さらに兵隊ごっこなどをして遊んでいた。他の社寺を根城にする子供集団と戦ったりすることもあり、ひろと松乃は、男子《おのこ》の激しい遊びに心配しながらも、「仲間外れになるよりずっといい」と見守る姿勢でいた。

将久は温和しいなりに学校にもなじんで、通信簿には甲が並んだ。読本、書道、算術、体操、図画、唱歌の中で、体操と唱歌だけが乙で、あとは甲だった。所見には「特に読本と図画にすぐれる」と記されていた。やはり彫り物の方に進むのであろうか、それとも父の才能と志向を受け継ぎ、国学の方面に進むのであろうか。彫刻師雪川の血筋を絶やしたくない思いは常に胸の奥に座っていたが、子供の将来は子供のもの、無理強いしてはならぬと、自分に言いきかせていた。彫り物は己が好きでなければ、そして形を造る才が無くてはできぬことと、身に沁みていた。

尋常小学校の修業年限は四年である。旧制中学校は明治十四年に設置されていたが、中学校に進むのは、元の武士階級や、豪農・豪商の子弟で、職人の子弟が入る学校ではなかった。四年で尋常小学校を卒業すれば、多くの子供は奉公に出るか、家業の手伝いをする。尋常小学校の上に修業年限二年の高等小学校があり、中程度以上の家庭では高等小学校に上げて、子供に立身の基盤を与えようとした。将久も高等小学校に進み勉学に努めていた。

高等科卒業も近くなった頃、松乃は将久を呼んで訊いた。

「学校卒えたら、何がしたい？」

将久は何を当たり前のことを訊くのかといった顔をして、

「彫り物をする。母さん、どうか教えてくだされ」

と答えた。

「将久は勉強もようできる。もっと勉強したいとは思わんかの？」

「勉強するには、中学へ入らんといけんじゃろ。小学校の尋常科で中学へ行ったんは五人じゃ。元庄屋さんとか、銀行やっとるとか、お医者さんとか、のう。うちは……うちは中学へ行けんのは分かっとる。じゃが、うちには、秋宮さん建てたご先祖がおる。われもご先祖と同じ道に進みたい」

松乃は心から驚いて将久を見つめた。この子は、いつも淡々として日々を送っておった。いつの間に、こうまできっぱり自分の道を思い定めていたのであろう。

「では、母さんやおじいさまと同じく、彫り物に精進するかの。それにしても、もう少し学問は要るであろう。そうよの、書道と漢学の塾に入るとよいかのう。高島塾はどうじゃろう。父さまも彫り物師は古今の書物を読んで、どんな方とも話ができる教養を身につけねばならぬと言われていた。文字も、己らしい文字が書けねばならぬ、とも。午前中は書道と漢学を学び、午後は彫り物の修業をするというのはどうじゃ」

将久は目を輝かせて頷いた。

高等科卒業式の日、松乃は岳斎が残した着物と袴を縫い直して将久に着せた。背丈の大きい将久に袴姿はよく似合った。卒業式が終わると、松乃はそのまま漢学と書道の塾へ向かった。

「おお、岳斎翁のお孫さんぞな。母上によう似ておられる。彫刻の道に進まれるか。頼もしいことじゃ。諏訪の雪川流を守ってくだされ。岳斎翁もお母上も見事な文字を書かれる。彫り物も書も、技はもとより、彫り手、書き手の中身が表れるそうじゃ。漢籍を学ばば、己の中身を豊かにすることができよう」

翌日から、将久は午前中は塾に通い、午後は彫刻を学ぶという、鶴松や育之助が辿ってきた道を進むことになった。

松乃は昔ながらの「見て覚える」という修業ではなく、より踏み込んで、言葉と実技を以って教えようと考えた。人は、いつどうなるか分からぬもの。われじゃとて、いつまでも生きられるか分からぬ。一日一日が貴重じゃ。

口伝の「彫刻の技は刀にあり。刀鋭利ならずんば手腕を施すに由なし」を教え、刀の一本一本を研いで見せた。研いだ刀で木材を彫ってみせた。直線、曲線、深き、浅き、広く、狭く。松乃は、父が自分に刀を買ってくれた如く、将久にも幾本かの刀を注文してやった。今後も年に数本ずつ増やしてやろう。松乃は兄たちの刀を使うことを許したが、使ったあとの手入れには厳しかった。岳斎の刀は、まだ使うことを許さなかった。将久の彫り跡に彫り物師として立つ才を見て取り、安堵した。父さま、父さまのたった一人の孫を、どうかお守りくだされ。

　松乃は自分が幼い頃課されていた絵を描くことを日々の修業の一つとして課した。幼い頃から「北斎漫画」に親しみ、筆を執って模写をしていた将久は、目に入るすべての物の特徴をとらえ、画帳に描いていた。身近な植物、動物、人の顔、また建物の写生も好んだ。八劔神社、大社本宮、秋宮は、全体像も部分像も繰り返し描き、彫刻は細部まで描き取った。

「雪川流はすごいのう、母さん。邦政さまの彫り物は天地の動きを感じる。鶉は一心に粟を食み、鯉は一心に滝を登る。彫り物は神さまへの捧げ物なんじゃろうが、われには木も草も鳥も獣も、生きておることを無心に喜んでおるように見える」

　松乃は高等小学校を卒業して間もない将久の言葉に驚愕した。学ぶということは、そんな感受性と、感じ取ったことを表す言葉を育むことなのじゃな、と思った。

　半年ほど過ぎると、松乃は将久にまず根付けを、後には小さな置き物などを、三日に一個ぐらいの割合で彫ることを課した。まず下絵を描かせる。前面と裏面を丁寧に描いていくと、自分の頭の中の像があやふやだったことに気付く。もう一度「北斎漫画」や、松乃や岳斎の彫ったものに目を凝らし、得心してゆく。そうか、こうなっているのか。材は、まず彫り易い朴から始めた。将久ののみの扱いは、はじめから達者だった。温和な性格からは思いもよらないほど思い切り良く材にのみを当てていく。

「母さん、十二支はほとんど実《まこと》の獣じゃのに、龍だけは実はおらんのう」

「ん、ああ、そうじゃなあ」

「誰も見たことがないのに、なんでこんなに細こう彫れるのじゃろ。神社にも寺にも、龍は描かれたり彫られたり、中でも邦政さまの龍は見事じゃ。われもいつか彫ってみたきもの」

松乃は驚きつつ、微笑んだ。さすがに男子《おのこ》じゃ。われは十二支の龍を彫りたいなどと思うたことは一度もなかったに。

将久は高さ三寸から五寸ほど、小さな置き物を彫るのを好んだ。将久の「習作」を人目にさらすかどうか迷ったが、われらは彫り物を買ってもろうて口を糊する稼業。ならば人に見てもろうて伸びてゆくもの、と思案し、仕事場の隅に並べ、注文に訪れた客に披露することにした。

「おお、これは？　若々しい刀の動きよのう。生き生きしとる」

将久の作と知ると、客たちは「さすがに雪川の跡取りよのう。天性の才じゃ」と、買ってくれるようになった。

「われの彫ったものを買うてくださる方がおるのか」と将久は、恥ずかし気に笑った。

ある時、将久は呟くように言った。

「雪川の血というても、それは母さんの血よのう。父さんは彫り物師ではのうて、国学を教えていたと聞いたが……」

それまで将久は父親に関しては正面から訊いたことは一度もなかった。幼い頃から「遠くでお仕事をしておる」とだけ聞かされていた。己の彫り物師としての血を意識するに及んで、将久の中に「父親」への疑問が膨らんでいったのだと思われる。松乃は覚悟した。すべてを話そう。松乃は自分の心境も含めて「離縁」の経緯を語った。

聞き終わった将久は、しばらく黙っていたが、やがて「父さんは、ここにいては生きていくのが辛かったのじゃね――雪川の家で彫り物をせんと生きていくことは許されんことじゃった。父さんは男らしゅう、自分らしゅう生きていきたかったのじゃなあ」

「将久のことは、いつも心に懸けていなさった。われにもおまえにも優しい人じゃった」

「国学、漢学の家の人じゃったと？」

「そう。それゆえ、将久も国語が得意なんじゃと、納得しとったよ」

「今頃――どこで何をしとりなさるのかのう」

松乃は答えず、母屋に将久を導き、仏壇の引き出しから、葉書の半分ほどの大きさの平たい包みを取り出した。丁寧に半紙で包んである。将久は紙包みを開いた。いかにも真面目そうな、正面を向いた青年の半身の写真。

「父さんじゃ。覚えとる――はずはないのう」

写真の裏側には、「明治廿七年十月廿三日写ス勝野将明」と記してあった。

「明治二十七年？　われは九歳になっておるが……」

「なぜ、その年になって父さんが写真を撮って送ってくだされたかは分からん。父さんは写真をこの家に残していってはくださらんかった。明治二十七年は日清戦争の始まった年じゃ。万が一、と考えなさったのであろうか。諏訪の写真館で撮りなさっとる」

「その年、会うことは――」

「なかった。諏訪に帰って来なさったことも知らんでいた。写真館の使いが、届けてくれと頼まれたと言うてな、持って来てくれた。どういう思いで届けてくだされたのかは分からぬ。将久に父親の顔を覚えておいてもらいたかったのであろうか。なれどわれは、父親のことはずっと何も言わずに来たので、突然におまえに見せてよいかどうか、思案にくれた。もう少し大きゅうなったら、もう少し大きゅうなったらと思うているうちに、今になってしもうた。すまなかったのう」

松乃は涙声で将久に詫びた。将久はしばらく黙っ

ていたが、

「われにとっては母さんが唯一の親じゃ。育ててもろうて、彫り物を教えてくだされる。母さんは、母さんと父さん、二人の役割を果たしてくださってお る。そしてひろばあちゃん。三人が家族じゃ。そして雪川の名と技と誇りがわれを支えてくれとる」

写真は再び紙で丁寧に包まれ、仏壇の引き出しの奥深くに仕舞われ、将久の死の後、一子将輝《まさてる》が探し出すまで、人目に触れることはなく、引き出しの奥に眠ることになった。

将久の通っていた漢学塾は、中学校や女学校に進学することが叶わなかった諏訪の子女が、もう少し勉強したいと願って通うところだった。男子も女子も学んでいたが、教授内容には少し違いがあった。共通する科目は、書道、漢学が主で、漢学は、四書五経の素読と解釈が講じられた。また希望により、『和漢朗詠集』講読や和歌の詠み方が伝授された。女子向けには特に『女大学』が教科書として用いられた。

将久の書は、手本通りではなく、本人独自の筆運びがある、と師範を驚かせた。また、『和漢朗詠集』を好み、書の練習にも、この中の詩句や和歌を書くことが多かった。が、「和歌を詠むのは苦手」と言っていた。将久は、己の心の内にある思いを直接に外に表すのを制御してしまう性格で、松乃は少し案じていた。もっとやんちゃなところがあってもいいのに。何でも自分の内に飲み込んでしもうて。女手のみで育てた故であろうか。邦宗さま、邦政さまの時代とは異なり、新しい社殿を請け負うような仕事は少なくなり、岳斎さまも個人の注文が主になっていた。我もそうじゃ。社寺に施す彫刻に比べれば、床置や欄間は注文主の意向に沿うものであらねばならない。だが、彫刻であれ、絵画であれ、心が無うては形だけのものになってしまう。松乃は、どうしたら将久の心を解き放してやれるかを考えに考えた。思い余った松乃は、千田家の加津に相談しようと思いついた。松乃が行儀見習いに上がった頃からは二十年近い歳月が経っていたが、加津は矍鑠《かくしゃく》として千田家を取りしきり、周囲の者から頼られていた。

「そうよの、やはり外へ出すことかのう」

「外へ？」

「生まれ育った家で母者の教えのみを受けていたのでは、己は気付かずとも、甘えてしまうことにもなろう。また、急速に進んでいる明治の世に、家代々の技のみでいいのかという不安もあろう。外へ修業に出してはどうかの」

「ああ」松乃は得心した。将久の世界は、あまりにも狭く、閉ざされている。雪川には、代々名匠と呼ばれる師匠がいた。それだけでなく、棟梁に従って各地の仕事場に行き、他の工匠たちと交流することもあった。だが、今の将久にとって、教えを受けられるのはわれしかおらぬ。将久の作るものが、どこか端正にありすぎの感を与えてしまうのは、当たり前かもしれぬ。松乃は忸怩たる思いを抱き、さっそくに将久を修業に出す算段を始めた。

だが、すぐには修業先は見つからなかった。まずは信州で、と思ったが、本家も三代目万治郎亡きあと、四代目を名乗る者はなく、将久の修業先にはならなかった。橋本順造を生んだ橋本家は松乃より十四歳年上の正五郎が継いでいたが、三代目万治郎の娘を妻としたが離縁してしまったため、三代目万治郎は大いに怒り、以後木彫《もくちょう》をすることを禁じた。正五郎は以後木彫をせぬとの念書を書き、それ以後は彫金の方に身を転じていたため、将久の修業先にはなり得なかった。

「今、日本で一番良い美術学校はどこでありましょうか。やはり東京でしょうか。ご子息たちはご存知でいらっしゃるでしょうや」と加津に手紙を出した。少しして加津から、「折をみておいでくだされ。東京の情報も聞いておきましたゆえ」と返辞がきた。

松乃は椿の花を象った根付を持参して千田家に赴いた。加津は椿の根付を大そう喜び、それまで鍵に取り付けていた古い根付と交換して、うれしそうに微笑んだ。

「さて、将久さんを外へ出す決心はつきましたかの？」

「はい。なれど、どこへどのようにして出してやったらよいものか、分かりませぬ」

「将久さんが誕生して間もなく、東京美術学校という美術学校が設立されましての。洋画、日本画、彫刻、工芸などの学科がありますそうな。官立ゆえ授業料も安く、全国の志ある者が集うておると」

「その学校へは、どうやって入りますのか。誰でも入れるのでしょうや。試験などあるのでしょうや」

「試験はあるそうじゃ。それぞれの学科に応じて、実技試験があるようじゃ。彫刻の技術においては、将久さんは優に水準を越えているじゃろうが……」

と、加津は次の言葉を言いにくそうに首を傾けた。

「……？」

「入学資格がの、中学校卒業となっておるのじゃ。将久さんは――」

「中学校は出ておりませぬ。中学校などとても……」

「ええ。地方では中学校へ進む者はごくわずかじゃ。将久さんは高等小学校の後は？」

「漢学塾で学んでおりました。勉強は好きなようで」

「うむ。勉強が好きなれば、中学校卒業と同等の学力を有する者と認める検定試験を受ける方法もある。将久さんと相談してみなさるかの」

帰宅して、松乃は将久を呼び、「どうしたものかの？」と聞いた。将久はしばらく考えて、「中学で学んだ人に追いつくのは骨が折れよう。学校ではなくても、母さん以外の彫刻師に教えを受けてみることも必要かもしれん」と言った。

そうじゃ、美術学校でなくとも、東京には有名な彫刻家が居る。もしや、美術学校の先生のところで修業ができれば、美術学校で学ぶことを教えてもらえるのではないか。そんな人を探して、将久を修業に出そう、と松乃は決心した。

あちこち伝手を頼って、将久は東京美術学校助教授林美雲の元に内弟子に入ることを許された。

東京在住の千田家の子息や、東京で彫金をしていた橋本正五郎らが、林美雲を知る者を通して働きかけてくれた。東京へ出る費用に関しては、松乃の母くらの実家羽島家からの援助もあった。

将久の上京

明治三十六年、十八歳の将久は、初めての上京に興奮と不安でいっぱいの胸をなだめつつ乗り合い馬車に乗った。鉄道は、明治三十六年六月には、甲府まで達しており、将久は甲府までは、乗り合い馬車と徒歩で行かねばならなかった。

父将明の残していった背広に背嚢《はいのう》を背負い、将久は生まれて初めての一人旅に出た。汽車に乗るまでは三泊を要した。東京へ奉公に行く若者もあり、将久の一人旅は目立つこともなく、富士見で一泊、二泊目は韮崎まで行けた。韮崎・甲府間は比較的短距離だったが、甲府から新宿までの汽車は、朝一番に乗って昼頃新宿に着きたかったので、甲府でも一泊することに決めていた。宿は、千田家の伝手で、安全な宿を予約していた。

甲府発七時の汽車は、東京へ仕事に行くと思われる人でいっぱいだった。切符は宿の女将が「千田さまから頼まれておったで」と前夜のうちに渡してくれていた。「早う行って並んでおらんと座れないでな」と、女将は六時半には駅へ着くように送り出してくれた。何となくもたもたして、座席に坐るのをためらっているうちに、瞬く間に座席は埋まり、将久はやっと通路側の進行方向を背にする座席に座ることができた。出発する時には、座りそこねた人が十人ほどはいて、将久はホッと胸を撫で下ろした。甲府から新宿まで約五時間、将久は緑したたる沿線の風景に目をやりつつ、汽車の速さに驚嘆していた。汽車が開通しないうちは、歩くよりほかなく、そうすれば、あと四泊せねばならなかったものを。

新宿駅の人込みに戸惑いつつ、あたりを見回すと、「雪川将久くん」と記した半紙を胸のあたりに掲げた青年を見つけた。駆け寄ると、「お、雪川くんですね。僕は太田友明。林先生の内弟子です」と名乗って、頭を下げた。将久も慌ててお辞儀をして「雪川将久です」と名乗った。「ここから電車で上野駅に向かいます」と言って先に立った太田を将久は必死で追った。上野に着くと、

「こっちが美校ですが、先生のお宅は少し離れたところにあります。駅からの道をよく覚えておくといいですよ」と太田は言った。

「お使いを命じられることもあるし、家に帰る時も上野から乗るでしょう。僕もあと少ししたら上野駅から郷里に帰ります。え、僕の郷里は遠州、静岡です。雪川さんは、浅間神社を造られた雪川流の後裔とか。素晴らしい技量です。何度か参拝しに行ったことがあります。僕の家も宮大工と彫り物を受け継ぐ家でしてね。——これからは、宮大工の仕事はそんなにはないかもしれん。一般の住宅を建てる仕事をせねばならない——あ、すみません、自分のことなど並べ立てて」

「いえ、家は今は、彫り物がほとんどです。東京で、林先生のお宅で何を教えていただくことができるのか——五里霧中というか」

「ええ。だんだんに見えてきますすよ。何かはっきりした形にはならずとも、東京での時間は、きっと何かをもたらしてくれると思います。わたしが受け持ってきた仕事については、先生のお宅に着いたら、説明します。明日一日で引き継ぎをして、明後日に発ちます」

美雲は美術学校に勤務中で、将久は夫人に引き合わされ、挨拶した。夫人は言った。

「諏訪からご苦労さまでしたね。太田のあとをよろしゅうに。彫刻の修業が目標とは存じますが、多少の家事の手伝いをお頼みします。太田によく教えてでくださいな。今日は太田の部屋に二人で寝んでもらってください。太田の荷物は片付いておるようですから、二人で寝られるでしょう。太田が帰った後は、そのまま、その部屋をお使いなさい。寝具は、太田

の使っていたものでよろしいかしら。今夜は家のものをお貸しします。お荷物は、押入れを自由に使ってくださってよいのですよ」

太田が日々受け持っていた仕事は庭の掃除と草取り、薪割り、風呂の水汲みと風呂焚きだった。また、奥さんの言いつけで買い物に行く。奥さんから店名と品物を記した紙を受け取り、品物を受け取って持って来る。代金はツケになるので将久は金銭は取り扱わない。最初だけは女中が数軒の店を案内してくれたが、二回目からは、一人で迷いながら命じられた品を揃えた。もう一つの仕事は、美雲師の肩を揉むことだった。風呂上がりの美雲は書斎の卓の前に座って将久を待っていた。凝りに凝った肩を力を込めて揉むと、美雲は実に気持ち良さそうに目を細め、「雪川は上手いのう」と言う。

「肩だけでよろしいのですか？」と問うと、

「うむ。腰もお願いできるか」と言う。

「もちろんです」

「では」と言って、美雲は、座布団を三枚ほど並べうつ伏せになった。美雲は、肩と腰を将久にまかせながら、とりとめもない話をした。中に、有名な高村光雲の話などもあり、将久は故郷を離れ、東京の地にあることを実感していた。高村光雲は美術学校の教授として奉職しており、美雲の師でもあった。

林家での仕事量は、一日の内、半日分もあればこなせるものだったので、将久が美術の修業をする時間は十分あった。林家の内弟子になるに当たって、林家の方から提示されたことは、「寝食と教授料は無料、ただし、給料のようなものは出さない」というものだった。それは、志ある若者に修業の機会を与えたいという、美雲の思いによるものだった。

「お願いする仕事のない時は外出してもよろしいのですよ。いろいろお勉強なさりたいこともおありでしょう」と奥さんは言った。将久は、家を出るに当って、母から二十円をもらってきていた。

「千田の奥さまもお餞別をくだされた。本家からも、われの実家からも。大切にお使いなされ。先生から教えを受けることは言うまでもなく、せっかくの東京、社寺も有名なものが多いそうな。雪川流を創設なされた邦宗さまも十三歳の折に江戸に出て修業なされた。お許しがあれば、有名な建築を見て回るとよい」

出発の前夜、松乃は餞別と松乃自身が用意したお金を手縫いの財布に入れて差し出した。

「病気せんようにな」

「わかっとる。われは伯父さま方のように若死にはせん。おじいさまの歳までは生きる。母さんを一人にはせん」

松乃は驚いた。将久が雪川の男子《おのこ》たちについて言及するのは初めてで、男子たちが自分を残して逝ってしまったことが松乃にとってどれほど痛手であったかを感じ取っていたのだなと、胸が痛んだ。

数枚の下着とシャツ一枚、腰丈の着物と股引きは持参していたが、将久は間もなくそれらの衣服では間に合わないことを知った。洋服が要る。美雲は家庭では和服だったが、勤務に出る時は洋服だった。夫人と女中は和服だったが、家に出入りする男たちは洋装の者が多く、実際、美雲家の雑用をする場合も、シャツとズボンの方が動き易かった。母に頼んでも諏訪では洋服を買うのは難しかろう。将久は思案の末、女中の八重に「洋服が買える店を知りませんか」と尋ねてみた。

「ああ、お洋服。外出着ですか？　それとも普段着——」

「普段着、というか、仕事をする時に着られるもの、シャツとかズボンとか」

「それなれば、古着屋さんでいいでしょう。新しい洋服はお高くてもったいない。雪川さんはいつがお休みでしたか？　お休みの日にわたしが奥さまにお許しを得て、連れて行ってあげましょう。失礼ですが、代金はお持ちですか？」

「はい。いかほど必要か分かりませんが、多少は……」

一週間ほど経った月に一度の休みの日、八重は、将久を上野駅近くの古着屋に連れて行ってくれた。将久は夏のシャツを二枚とズボンを二本買った。何しろ着る物を買うのは初めてで、将久はいかに自分が母に頼って生きてきたかを痛感していた。

「質流れ品などを洗ったり繕ったりして売っているのですよ。普段着ならば十分着られます。寒くなると冬服も要りましょう。この店は正直な商いをしていますから、何か必要な場合は、ここにおいでなさい。わたしはこれから別のところに寄ります。一人で帰れますか?」

「はい。何とか」

「せっかくのお休みなのですから、上野公園を歩いてみなさるといい。美術学校も近くです。そうそう、お金を掏られたりせぬようにお気をつけなさい。鞄をしっかり持って」と八重は笑みを見せて去って行った。

将久は背嚢に洋服と財布を収め、しっかりと口を締めて背負った。上野公園は、夏に近づく気配を見せて、木々が茂り、濃い影を地に落としていた。休日なので人通りは多く、親子連れが行く方向を見ると「上野動物園」と記した看板が見えた。そうか、ここが動物園かと将久はふと、胸が痛むのを覚えた。なぜか、写真で見た父の面影が浮かんだ。一緒にどこへも行くこともなく自分の傍から去って行った父。

帰ると、奥さんが「お洋服は手に入りましたか?」と微笑んだ。

「何とか」

「主人のお古を着ていただけるとうれしいのですが、ちょっと体格が違うかと思いまして、ためらっていました。主人は小柄な方ですからねえ。少し待っていてください」

夫人は奥の方から、美雲のシャツを持ってきた。

「外出着にはできませんけど、家で着てもらうには差し支えないでしょう。えっ、美雲ですか？　何も気付きませんから大丈夫です。着るものには無頓着で、私が出しますものを着ているだけですから――。着てみて、着られそうでしたらどうぞ」

急に三枚もシャツが増え、ズボンも二本になり、将久は何だか落ちつかなかった。自分もまた、母の出してくれるものを、何も考えず着ていたのだな、と思った。

美雲はまず、将久にデッサンを課した。描くのは石膏像だった。用紙と木炭は美雲が用意してくれた。美雲の仕事場にはいくつかの石膏像があり、その一つを貸してくれた。

「まず基本は正しい描写だ。歪まぬように中心線を引いて描く。消したい時は、食パンを用いる。真正面、真横、右斜め、左斜めと描いてみなさい」

鉛筆や墨で絵を描いたことは幾度となくあったが、木炭で画用紙に描くのは初めてで、将久は戸惑った。白い石膏像を白い紙に描く。

じっと石膏像を見ているうち、濃淡が見え、形が見えてきた。墨で描くのは輪郭だったが、木炭は線ではなく、面で描くのだと思った。はじめは恐る恐る木炭を動かしたが、次第に夢中になった。気がつくと、風呂を汲む時間になっていて、将久は慌てて木炭を置き、井戸端に走った。

美雲に石膏像のデッサンを見てもらうと、「ほう」と言って、しばらく眺めていたが、「うむ、初めてにしてはよく描けている。木炭で描いたことはないのであろう？」

「はい、学校では鉛筆でした」

「線ではなく面で描こうとしているところがよい。だが少し、均衡がとれていないところがある。頭で描いてはいかん。目で見よ」と言って、画面に縦線、横線を引き、どうやって形をとらえるかを教えてくれた。

デッサンと平行して、美雲は将久に油粘土を与えた。

「木彫《もくちょう》とは異なる彫刻だ。ブロンズは、粘土で成形して石膏取りし、型を作ってブロンズ液を流し込む。粘土は木箆や竹箆で彫る。思い切って人物像を作ってみてはどうか」

将久は木の持つ抵抗のない粘土に戸惑った。小さいものなら粘土だけで造型できるが、大きいものは木で芯を作り、布などを巻いた土に粘土を貼り付けていく。将久が作ったものの中で最も大きなものは、高さが一尺ほどの子守娘だった。髪を手ぬぐいで覆い、裾を短く着付けた着物に、藁草履を履いている。将久が馴染んできた信州の娘の姿だった。娘は十歳ほどになろうか。片手で赤児の尻を支え、片手には山法師の枝を握っていた。

美雲は子守娘像を見て、「雰囲気のある像だ。知っておる娘さんかな?」と聞いた。

「いえ、特には。信州ではよう見かける娘です。山国では小さいうちから働かねばなりません」

「うーん、この赤児の尻を支えておる角度が少しおかしい。ほら、こうはならぬであろう?」と、美雲は自分の手で赤児を支える仕草をした。

「そうだ、人体解剖図も学ぶとよい」

美雲は美校で用いている教科書を何冊か将久に与えた。

「学生が放り出していった教科書だ。どうも美校の学生は教科書なんぞは軽視する傾向があってな。基本を知って己の表現を磨くことが大切なのだが、己が肥大しすぎる者もおる。レオナルド・ダ・ヴィンチも美術とともに科学に興味があり、死者の解剖を見学したこともあったという。――奈良、平安、鎌倉の日本の仏師らは、いかにして仏たちの姿を造り出していたのであろう。昔の仏像造りは、工房で集団でなされていた。どんなに力を尽くしても多勢の工人の名は表に出ず、親方の名しか残らない。西洋の工房も同じような仕組みだったが、次第に工人たちは己に目覚め、己の仕事を己の名で残そうとした。西洋人は己の意識が日本人よりずっと強い。

君のご先祖の雪川流も、宮大工の仕事は多くの弟子や職人が携わったものであろう。だが、棟梁の名しか残らない。宮大工の仕事は工人たちの誇りであるが、己としての誇りの他に、己を空しうして神仏に捧げるという思いがあるのではないかと思うのだよ。己を神仏に同一化する感覚があるように思う。君はどう思うかね」

突然訊かれて将久は困惑した。己の意識——考えたこともない。ただただ母や祖父の技量に追いつきたいと思って彫ってきた。褒められればうれしく、ダメ出しをされれば悄気て、それに何より、彫らねば、うちは食べていけない。

「注文を受けて彫らねば、糧を得られませぬで。己とか、考えたことはありません」

「うむ、そうだな。ものづくりに関わる者は誰でもそうだ。注文してくれる人がいて成り立つ。だが、母上も君も、彫っておる時は精魂込めているであろう。彫り上げたものを喜んでもらえれば、何よりもうれしいであろう。われらの仕事は、生活の役に立つとは限らぬが、人の心を動かすことができる。見る人の心を動かすには、作り手も心を込めて作らねばならぬ——ああ、かようなことはわしが改めて言うべきことではあるまい。母上と君が日頃行っておいでのこと。だが世界は広い。西洋の美術、日本の伝統的美術にも触れて、己の中身を肥やすがいい。美校生が普通科二年で習うはずのことは教えてやれると思う。せっかく東京に来たのだ。東京でなければ見られぬものをたんと見てゆきなさい」

ある日、将久は奥さんから、

「すみませんが、お弁当を持ってついて来てくれませんか」と言われた。

「えっ？」

「孫たちが来ますので、動物園に連れて行ってやろうと思います。わたくしと娘と孫が二人。お弁当を持参しますが、これがけっこう重くてね。わたくしと娘の手にはあまります。お願いできますか？

あ、その日の仕事は、風呂汲みと風呂焚きだけで結構です」

「はい。承知いたしました」

「では次の土曜日、十時に家を出ます」

前日から遊びに来ていた娘と孫二人と奥さんのお伴をして、将久は上野動物園に出かけた。重箱に詰めたお弁当は背嚢に入れて背負った。八歳の淳一と五歳の由紀子は、水筒を斜めに掛けてぴょんぴょん跳びはねている。奥さんは人力俥を二台頼んでいて、一台には奥さんと淳一が、もう一台には娘と由紀子が乗った。

「すみませんが、雪川さんは俥とともに走っていただけますか？　俥屋さん、あまり急がずお願いします。あ、俥に乗っている間は、荷物は俥に乗せましょう」

荷物なしで走るのは、将久にとって何の困難もなかった。俥は早足ぐらいの速度で進んでいく。あたりはもう夏の景色で、早足で歩くと、汗がにじんだ。


その日は土曜日で、午前中はまだ通りは混んでいなかった。明治十五年に開園されて以来、上野動物園は東京の子供たちの憧れだった。

一時間ほどで俥は動物園の門に着いた。将久は由紀子を抱き降ろし、背嚢を背負った。最初に目に入ったのは象だった。これが象か。絵草紙などでは見たことがあったが、実物を見て、その大きさに驚いた。飼育員からリンゴや芋をもらうと、長い鼻の先で挟んでは口に運ぶ。バケツで水を与えると、鼻でシュッと吸い上げ、プーッと背に放った。幾組かの家族連れが象の大きさと鼻と耳の珍しさに目を見張り、動こうとしない。動物園の職員に促されて、しぶしぶ象舎から次の動物舎に移っていく。これが虎か。虎も屏風絵などでよく目にしていたが、実物を見るのは初めてだった。母さんに見せてやりたい、と将久は思った。母さんはきっと虎を描きたいであろう、彫るであろうか。虎の隣はライオン。その隣は熊、と猛獣舎が並んでいて、淳一は興奮していた。

「すごい、すごいなあ」

由紀子は少し怯えて、母親の袖を掴んでいる。女二人は着物姿だったが、子供たちは洋服だった。

「知り合いの洋服屋さんに教えてもらって作ったの」と、娘は得意そうだった。

「子供の靴もね、探すの大変だった」

将久は、八重に連れて行ってもらった古着屋で買ったシャツとズボン姿だった。足元は下駄だった。

グワッとライオンが吠えた。由紀子はびっくりして泣き出した。

「あら、由紀ちゃん、こっちにお猿がいるよ。あんなにたくさん」

奥さんが由紀子の気を外らそうと、猿山の方に向かって手を引いた。三十四ほどの猿が小高い人造の山に群れている。山の上空を金網が覆っている。身体が大きく、山の天辺で、あたりを睥睨してるもの、母猿の腹にしがみついている赤ちゃん猿。団子になって揉み合っている子猿たち。猿は描くのも彫るのも難しそうだ、と将久は思った。

「そろそろ、お昼にしましょう」

「わーい、お昼、お昼」

近くに茶店があるのに気付き、淳一が叫んだ。

「お母さま、僕、お団子が食べたい」

「ああ。雪川さん、すみませんが、あそこの茶店でお団子を四皿、買って来てくださいな」

「四皿？　五皿でしょ？」と淳一が言った。

「由紀子は一人分は食べられないでしょう。お母さまとおばあさまが分けてあげます」

小銭を預かって、将久は団子を求めた。団子の皿が四枚載ったお盆を持って戻ってくると、奥さんがちょっと困ったような顔をして「敷物を持って来るのを忘れました」と言った。茶店の女将さんが一家の様子を見てとり、「こちらの飯台と腰掛けをお使いください」と言う。

「ありがとうございます。お客さまのお邪魔ではありませぬか」

「大丈夫でございますよ。飯台は五つございますから、皆さん、お昼を広げなさいます」

淳一も由紀子も大はしゃぎで、ベンチ状の腰掛けに座った。重箱を開けると、一段目には海苔を巻いたおむすびと五目飯のおむすびが五個ずつ入っていた。二段目には卵焼きと鶏の照り焼きが入っていた。

「女将さん、お団子の他にはどんなものがありますか？」

「お汁粉、あんみつ、大福もございますよ。もう少ししますと氷水も」

「大福、お父さまの大好物。お土産に包んでください」

「はい。ありがとうございます」

大きな土瓶に入った番茶はぬる目で、乾いた咽を心地よく滑り落ちた。団子は一皿に二本、餡がたっぷり載っている。

「お団子はおむすびを食べてからですよ」と母親が子供たちを制した。奥さんは、七寸ぐらいの長さに切った竹の皮に海苔と五目のおむすび、卵焼きと鶏を取り分けて「召し上がれ」と渡してくれた。割り箸も添えられている。

将久は子供たちと同じ腰掛けに座って、おむすびを食べた。海苔のおむすびの中には佃煮が入っていた。甘辛くて美味しかった。こんなふうに母とどこかへ行ったことがあったかと、将久は記憶を辿った。秋宮さんには何度も連れて行ってもろうたなあ。湖が光っていた。お弁当は持たずに蕎麦を食べた。母の姿が目に浮かび、鼻の奥がツンとした。

「食べ終えたら、由紀子は少し眠りましょう。このあたりにおりますゆえ、三十分ほど、自由にしていていいですよ」

「ありがとうございます。では」

将久は立ち上がって、虎の檻に走った。画帳と鉛筆を出して、虎を写生した。虎の次はライオン。急いで戻って猿。由紀子は母親にもたれて眠っていた。淳一は将久が猿を描いている傍に来て将久の手元を覗き込んだ。

「ボクも描きたい」

　将久は画帳と鉛筆を渡してやった。淳一は迷いなく猿を描いていく。幼い筆致ながら、猿の形というより動きを捉えていて、将久は舌を巻いた。将久は淳一が描いた一枚を画帳から外して淳一に渡した。淳一はうれしそうに笑って、母親に見せに行った。奥さんと娘は、少し困惑した表情で顔を見合わせた。

「お父さんの血筋——なんでしょうね」

「ええ。画家、彫刻家——才能次第ですけど険しい道です。急がず見守りましょう」

「ええ」

　まだ少し眠そうな由紀子を将久がおんぶして、一行は鳥類舎に向かった。軽くなった背嚢は娘さんが持った。

　大きな鷲は獣よりも鋭い目であたりを睥睨し、鮮やかな色の外国の鳥は日差しをあびて輝いていた。小さな鳥は口をいっぱいに開けて日の光を飲んでいる。由紀子も鳥の声に目を覚まし、せわしい鳥の動きを目で追っている。

「すごいね、鳥」

「描いてもいいですか？」と将久は奥さんに訊いた。

「ええ、どうぞ。淳一も描く？」

「うん」

　二人はそれぞれに興味のある鳥を描きはじめた。淳一は鷲と白鳥。将久は鶴に見入った。大社にも秋宮にも彫られている鶴。将久は生きている鶴とはこういう鳥だったかと改めて見入った。

　シャカシャカという音に驚いて画帳から目を上げると、少し離れた孔雀の舎の前で由紀子が凍りついていた。絵では見たことがあったが、これが孔雀か。孔雀は今しも、大きく羽を広げていた。大きい、あまりにも大きい。美しいというより奇異だった。羽が一本、金網に張りついていた。淳一が手を伸ばしたが届かない。将久が手を伸ばすと何とか届いた。取ってもいいものだろうか。近くにいた職員に尋ねると、「よろしいですよ。拾得物ですね」と笑った。

緑や青、茶、紅に彩られた羽は美しかった。自然というものは何と美しいものを生み出すのだろう、と将久は心打たれた。ハッと気付いて淳一に差し出すと、「ボク、もらっていいの」と少しためらっている。将久が母親の方を問いかけるように見ると、母親はさらに奥さんの方に目を向けた。

「ああ、まさか病気などはないでしょうが、家へ帰って、アルコールなどで拭いた方がいいでしょう、子供たちに触らせるのは」

「ああ、それなれば、僕がお預かりします」と将久は新聞紙に包んで背嚢にしまった。

「きれいにしたらもらえるの?」

「ええ。由紀子にも見せてあげるのよ」

「由紀子、いらない。目みたいで恐い」

次は子供に大人気の、兎と遊べる一画だった。既に多くの子供が、低い柵を巡らした区画に入り、兎を撫でたり、抱き上げたりして遊んでいた。由紀子はちょっと恐そうに兎の耳に触り、兎がピョンと跳ぶと、キャッと声を上げた。淳一は餌の干し草を黒い兎に与えている。兎がグイッと干し草を口で引く手応えに夢中になっている。

「あら、もう三時。そろそろ帰りましょうか」

「そうですねえ。家に着くと四時を過ぎますものねえ」

子供たちは、ひとしきり「もっといるー」と駄々をこねていたが、母親が、「電車で帰りましょう」と言うと、「電車、電車」と大喜びで、母親の手を引っ張った。

上野駅から山の手線で日暮里まで、たった一駅だったが、子供たちは窓の外を流れていく景色に目を丸くしていた。日暮里からは、十五分ほど歩くが、由紀子もおんぶをせがまず歩き通した。今度は一人で動物園へ行ってみよう。たくさん写生をして母さんに見せてやろう。いや、母さんに実物を見せてやりたい。将久はそんなことを思いつつ、美雲家の門をくぐった。

　夕食後、美雲の肩を揉んでいると、

「今日は世話になったそうだね。ご苦労さま」

「いえ、お陰さまで動物園に行くことができました。虎も象も初めて見ました。すごい迫力でした」

「うむ。応挙も若沖も、本物の虎は見ずに描いたはずだ」

「母も見たことはないと思います。見たら驚くことでしょう」

「そのうちに、母上にも一度来ていただいたらどうかな。中央線も間もなく諏訪まで開通するということだ。そうすれば汽車で上京できるぞ」

　全部汽車で。それなら母さんも東京に来られる、と将久は胸が躍った。次の休日には、将久は画帳を携えて動物園に向かった。奥さんたちのお供で行った時とはさらに季節は進み、夏も盛りになっていた。将久は記憶を辿りながら日陰を選んで歩いた。門が見えるとホッと一息つき、切符を買った。


　虎、象、鷲、兎、将久は夢中になって描いた。同じ動物でも、この前に来た時とは違った気配を見せていた。池があった。鯉が泳ぎ、岩には亀がひしめいていた。亀も日の照りつける岩の上は暑いのか、次々と水の中に入っていく。大きな亀の背に小さな亀が乗っている。親子か？とほほえましい思いで将久は鉛筆を走らせた。耳に鐘の音が入ってきた。もうお昼か。将久は手を止めてあたりを見回した。団子を買った茶店が見えた。団子でもいいが、と思いつつ、簾に貼ってある品書きを見ると、甘味の他に「そば」「うどん」とある。将久は子供の頃から馴染んでいる蕎麦を頼んだ。

「ざるにしますか、かけにしますか？」

「暑いゆえざるを。あと、団子も一皿」

「はい。かしこまりました」

　女将は将久の画帳に目を留め、

「写生に見えたのですか。ここはよく美校の学生さんが写生に見えますが、お客さんも？」

「いえ。僕は美校の先生のところへ内弟子に入っております」

女将は少し考えて、

「この間、子供さんらとおいでになった？」

と聞いた。

「はい。その節はお世話になりました」

「お国はどちらですか？　伺ってもよろしければ」

「信州の諏訪です」

「信州――蕎麦の名所ですねえ。茶店の蕎麦がお口に合うかどうか――」

女将が出してくれた蕎麦は、冷たくて、するりと咽を通った。蕎麦の香が懐かしい。

「いかがでしょう」

女将が心配そうに聞いた。

「うまいです。冷たくて」

「水はね、上野の山の湧き水で、年中、同じ温度なのですよ」

少しタレが甘いかな、と思ったが口には出さず団子を食べ、お茶を飲んだ。

「絵を描かれるのですか、それとも別の？」

「ええ。彫刻を修業しております。家が宮大工と彫り物の家でして。初代は諏訪の大社を造営しました。二代目も多くの社寺と彫り物を手がけまして、祖父も母も彫り物をしております」

「お母さまも？」

「はい。父はおらず、母が彫り物をして、僕を育ててくれました」

「さぞ、名のあるお家なのでしょうね。諏訪の大社は一度は拝観したいと思いつつ、まだ叶いません。汽車が通ったら参れるかと、子供とも話しております。あ、子供は勤め人でして、この茶店は、母さんの道楽、と言っております。そんな呑気なものでもありませんが、こうしてこの園に見えるお人と話しをさせてもらうのが楽しゅうてね。体が続く限り、やらせてもらおうと思っています」

「また参ります。これから鳥と、あとどんな動物がいますか？」

「西の方に蛇舎があるそうで。わたしは蛇は見るのも嫌で、行ったことはありません。またいらっしゃってくださいませ」

女将に見送られて、将久は鳥舎の方に移った。この前は、それこそ走り書きで描いた鳥を、将久はじっくりと見、じっくりと描いた。初代から引き継がれた諏訪大社造営の最後の仕上げともなる幣拝殿脇障子「松に鷹」を彫った祖父岳斎の「鷹」が脳裡に浮かんだ。祖父のことは全く覚えていない。自分が満一歳になった頃、祖父は亡くなった。祖父が自分に作ってくれた積み木では本当によく遊んだ。木の手触りを教えてくれたのは、祖父の積み木だったかもしれない。鳥類を描いているうちに、動物園の時の鐘が三時を告げた。帰らねば。将久は腰を上げた。休日ではあっても、風呂の水汲みは将久の仕事だった。

美雲は、二月《ふたつき》に一種類ずつ、課題を出した。身近な植物や建造物の鉛筆による素描、北斎と広重の模写、粘土による造形、そして木彫。二月が過ぎると、美雲は課題に対する将久の修練を見てくれた。

「木彫りは、君の家の雪川流は、浮き彫りが主体になっておる。寺社の装飾であるから当然のことだ。立体は彫ったことがあるかな？」

「いえ……仏師のような仕事は、手がけたことはありません……」

「光雲先生やわたしの場合は、胸像とか建造物の設立記念としての立像を依頼されたりするが、そのような仕事は東京でも稀だし、地方ではめったに無いであろう。——それと、西洋の芸術の考え方からすれば、作品は己の内からの発露ととらえる。昔の仏師たちは、理屈は抜きにして、何か形作りたいという闇雲な欲求に促されたのであろうか。西洋の〝自我〟を源とする考え方からすれば、作品は何よりも己自身のもの。一方、造形する者も食わねばならぬ。食料を作るわけでもなく、衣服を作るわけでもない。人々の生活の基本には資することがないのが、美術よ。だが、人間は古代の昔から絵を描き、彫刻を作ってきた。作らずにはおられなかった。美術と呼ばれる営みは、人間の本能でもある。君の母上はどう思っておられるのであろう……」

「母はまず、僕を育てるために彫り物をしてきました。それ以外収入の道はありませんから。一方、自分の父親、祖父、曽祖父――雪川流に対する崇拝の思いが強くあって、父に続きたいという思いでのみを振るっておるのだと思います。仕事のほとんどは注文品で、何を彫るかも、ほぼ注文主が指定してきます。でき上がった品を注文主が喜んでくだされば安堵して、彫った甲斐があったと喜びます。母には神社仏閣彫刻の仕事は入ってきません。女が彫り物で暮らしを立てているということ自体が、奇異に思われております。僕は、何としても母の苦労に報いねばなりません。何としても彫り物の腕を上げて母を助け、雪川流の名を守りたい――」

美雲はしばらく黙っていた。

「うむ。君は美校に入ってくる多くの学生とは異なっておるのだなあ。背負っているものが重い――というか、君は自由ではないのだなあ、良くも悪くも」

「母をはじめ、縁者一統が、僕を先生のところに送り出してくれました。その後押し、期待に応えるにはどうすればよいのか、正直迷います。なれど雪川流を僕の代で終わりにしたくはない――のです」

「うむ。美校の学生も、それぞれ皆、もがいている。自分の表現を確立し、行く先を見通している者などいないよ。君も西洋の造形も学んで、自分の行く先を探ってみなさい」

「はい。ありがとうございます」

粘土による造形は、将久は主に鶏や鶉、兎、亀などを作った。

「ほう。見事だねえ。木彫りと比べて粘土はどうだったかね」

「はい。形が自由になるのが、却って不自由というか。途中で失敗したかなと思えば元に戻せるのも勝手が違います」

「粘土のままでは作品とはならない。粘土像をもとにブロンズに成形するのがほとんどかな。君も造形の練習としてやってみるとよい。以前、子守娘を作ったことがあったが、顔だけでなく、体全体を作ってみるとよい」

それから将久は、粘土で人体に取りくんだ。頭部はそれほど苦労しなかったが、全身となると困惑した。肩から腕にはどうつながるのか、脚は胴からどうつながるか。大体自分は人間の全身など見たことはない。将久は美雲に「どうしたらよいか」と教えを請うた。美雲は、全身の石膏像を貸してくれた。

「美校ではモデルを頼んで裸婦像を描かせるが、家ではそうもいかない。時折、銭湯へ行って、裸体を見てくるのもいいかもしれない。――いや、それでは、ヘンなヤツと思われてしまうなあ」

人体の石膏像を正面、背面、左右の側面から描いた。その上で粘土で成形してみると、自然に形ができ上がっていった。学ぶとはこういうことなのだなと得心した。兎や亀にしても自分はもう知っていると思い込んでいた。もっと動物も鳥も、蛙や蜻蛉や蝶も見なければならないと思った。

動物園で描いた写生を見せると、美雲は先に奥さんたちのお供で行った時と、一人で行った時の写生を見比べて、

「自分ではどちらがよいと思うか」と聞いた。「こちらでしょうか」将久は一人の時の描画を指した。

「うむ。よく見て細かく描いているのはこちらだ。そっちはよほど急いで描いたようで、細部は雑だが、簡略化されて勢いがある。どちらも必要だが。彫刻は静止しているものだが、そこから動きが感じとれるように彫れるといいと思う」と言って、美雲はハッと気付いたかのように将久を見た。

「わしは美校の学生にはほとんど何も言わない。自

由にやらせておく。どうして君に向かうと、こうも冗舌になるのか」と、照れたように笑った。

「せっかく東京にいるのだから、博物館やら美術館やらを見て回るとよい。京都や奈良へ行って仏像や社寺を見られるといいのだが。わしもなかなか行けぬ。東海道本線が開通しているのだから、行こうと思えば行けるのだが——美校に奉職する前、わしは奈良にいた。十年ほどもな」

「奈良に⁉」と驚く将久に、「帝国博物館の奈良古仏像模作助手として毎日仏像を彫っていた」

美雲は画室の本棚から分厚い帙《ちつ》を取り出して来た。開いて、何枚もの写真と描画を取り出した。

「部屋に置いていていいよ。傷まぬように大事に扱ってくれ」

部屋に置かせてもらって、毎日のように見た。圧倒された。今まで自分が見ていたものは何だったのだろう。諏訪大社も秋宮も、御神体は自然木であったり、山そのものであったりする。言うまでもなく、仏像は仏教寺院に収められている。仏像のなめらかな姿形。流れる衣服、眉、目、唇、なんと美しいことか。何か根本的に神社と寺院とでは異なる感じがした。何だろう、何だろう。諏訪は、日本の中枢であった奈良、京都とは何が違うのだろう。

「今も仏師という方はおいでなのでしょう？」

「無論、おられる。だが、新たに仏象を彫る仕事は今はまずあるまい。修復が主な仕事であろう。廃仏毀釈で、大分損壊されてしまった。無念なことだった。近江長浜のあたりでは、村人が仏や仏具を隠して損壊を免れたという。人々の祈りの対象であったものを、政治的な計らいで破壊するとは、非道なことだ」

奈良、京都の数多《あまた》の仏像を作った仏師への憧れが将久の胸に広がった。三年足らずの東京での修業の後、諏訪へ帰ることを選んだ将久が、祖父や母の仕事を継ぐ思いが揺らいだ、唯一の時だった。

美雲の元には、時折、美校の学生たちがやってくることがあった。彫刻科の者がほとんどだったが、中には日本画や工芸科の者も混じっていた。「僕は立場が違いますから」と辞退する将久に、「学生たちの話していることを聞いているだけでよい。君は同年代の者との交流が無いであろう。若者が何を考えているか、知っておくのも勉強だ」と美雲は同席を勧め、学生達には、

「雪川将久くん。わたしの家で内弟子として学んでもらっておる。諏訪の大社や秋宮を造営された雪川流の一族で、母上とともに木彫を手がけておられる」

「母上といいますと、お母さんも彫刻家でおられるのですか?」

学生の一人が尋ねた。

「さよう。清蘭という号を持つ女流彫刻家で、欄間や床置きを手がけておられる」

「御先祖が諏訪大社を造営された――すばらしい」

将久は、諏訪大社が学生にも知られていることがうれしかった。学生たちは、将久より年下に見える者もいたが、明らかに年長と思える者もいて、美校の特殊さを改めて感じた。学生たちは酒を飲みながら自由に話していた。

「西洋彫刻は石と青銅が主だ。西洋の、天に届こうとするかのような建造物、おびただしい彫刻、装飾、力が漲っている。敵わない気がする」

「いや、日本の社寺だって、見事なものだ。先生、美術と宗教とは切っても切れぬつながりがあるのですね」

「そう。造る側も、神や御仏に捧げるという思いが強く、個我の創作物という意識があったかどうか」

「ですが、現代の我々には神仏への帰依という意識は少ない。西洋の観念というか、我が主体で、発想も造形もする」

「雪川さん」

突然、学生の一人が将久に向かって言った。

「はい」

「雪川さんは、どのような道を目ざしていますか?」

諏訪に戻って家業を継ぐとは言えなかった。

「まだ、はっきりとは……」

「そうですよね。僕もあれこれ迷っています」

「僕も」ともう一人が言った。

「学生のうちはあれこれ迷うことができるが、学校から離れたら、自分で収入の道を見つけねばならない。うちは僕がいつまでも迷っているのを許してくれるほど金持ちではないから」

「自分が美校へ入ったことを親父は許していない。代々の医者の家で、医者にならなければ生きる価値がないように言われる。医学校は受けたが、元々何の興味もないから、全部落ちた。美校だけ受かったんで、父は自分を東京へ追いやった」

「学費や生活費は？」

「母が内緒で送ってくれる。弟が医学校へ入ったんで、父は自分のことは忘れたようだ」

「家から自由になれてよかったではないか。僕はいまだに、家業を継げと言われ続けている」

「家業とは？」

「ん、商業。金にならぬものは価値が無いと考える家」

ああ、みんなそれぞれ、背負っているものがあるのだなあと将久は溜息が出そうになった。

「彫刻に限らず、美術家として立つのは困難だ。腕があっても世に出る者はごくわずかだ。画商に乗せられて堕ちていく者もいる。誰か後援者がいれば食べていけるが、安穏な暮らしは作品の質を落とすことも少なくない。何よりも大切なのは、魂の自由であろう」

美雲が言った。

「何にせよ､他の仕事はできない。事務屋なんか真っ平だ。教師もいやだ。あ、先生のことじゃありませんか。先生は美校の助教授ですし、何より制作者ですから。僕が言うのは、中学校なんかの教師のことです」

「子供や若者を教えるのは、それはそれで意義あることだよ。ただ、自分の作品に賭ける気力は削がれてしまうかもなあ」

この人たちは皆、芸術としての作品を生み出す道を探っているのだな、と将久は思った。自分や母は、この人たちから、どう見えるのだろう。「職人」だろうか。初代邦宗は宮大工だが、言ってみれば職人だ。職人と芸術家の間にはどんな差違があるのだろう。確かに我らは注文を受けて彫ることがほとんどなので、作り手にすべてが委ねられるわけではない。彫り手の「独創性」ということについて言えば、「職人」には乏しいかもしれない。諏訪社の造営、彫刻にしても、伝統的な原形がある。それにいかに己の魂を込めるかが、職人の心意気だ。他者に見てもらうというより、まず神に捧げる。美校の学生たちにとって、何か自己以外のものに捧げる、という意識はあるのだろうか。学生たちが向き合っているのは、常に「己」であるように見える。自由であるように見えて、雁字搦めになっているようにも思える。——学生たちの話を聞きながら、ふと気付けば、将久は自分の思念を追っていた。

「ただ今、帰りました」奥さんが帰って来た。

「あら、お茶とお酒も。あなたが用意なさったのですか⁉」

「いや、雪川くんに世話になった」

「あら、雪川さん、すみませんでしたね。今新しいお茶をいれます。お菓子も買って参りましたので」

「うん。菓子もいいが、飯を食わせてやってくれないか。丼物の出前でいい。雪川くんの分もな」

「はい。ではカツ丼六つ、いえ私と八重も出前にしましょう……」と、呟きながら奥さんは台所に下がっていった。美雲の家から二町ほどの所に蕎麦屋があり、丼物も出していた。奥さんと前後して帰ってきた八重を蕎麦屋に使いに出し、四十分ほどでカツ丼が届いた。

学生たちは大喜びでカツ丼にかぶりついた。将久は「自室でいただいてもいいですか」と美雲に許可をもらい、丼を持って自室に退いた。諏訪の蕎麦屋では、親子丼はあったが、カツ丼は作っていなかった、と将久は思った。分厚いカツを噛み切り、甘辛い汁のしみた御飯を、将久はつくづく、うまいと思った。食事はいつも八重と一緒に台所で取っていた。今日は部屋で食べたため、お茶はなかった。台所へもらいに行こうかと思っていた時、八重が「お茶をどうぞ」と、将久の大きな湯呑みに番茶を注いで持って来てくれた。

「今日はご苦労さまでしたね。学生さんがみえるとは知らなくて、出掛けてしまいました」

「急にみえたみたいです」

「お茶の用意をしてくださって。お茶碗や急須、よく分かりましたね」

「ああ。八重さんがお茶いれるのを見てましたから。勝手にいじって……」

「いいえ。旦那さまだけじゃ、何もお分かりでないから」

番茶を飲んで、将久は「母さんにも食べさせたいと思った。東京へ出てきて、諏訪の食べ物を恋しがってばかりいたが、東京の食べ物を母に食べさせたいと思ったのは初めてだった。

母からは折に触れて手紙が来ていた。将久の安否を問い、手がけている仕事について、簡略に記していた。仕事があるから心配するなと言いたいのだろうと、将久は受け取っていた。動物園での写生を送った時は大へんに喜び、自分も虎を彫りたいと書いてあった。

将久が上京してからの松乃は、ただただ仕事に没頭した。生まれてこの方、ずっとぴったりと寄り添い育ててきた一人息子である。傍らにいない、という空虚な感覚に戸惑い、寂しさに耐えかねる時もあった。父を失った時の心細さと、子を手放した今の寂寥と、どちらが辛いか、どちらも辛い、と松乃は縁側から朧ろ月を見上げた。

「松乃、大丈夫か」と、ひろが松乃の傍に座って肩に手を置いた。めったに体を触れ合わせることのない二人だったが、松乃の背の寂しさに、思わず手を差しのべたものらしい。

「あ、おっ母さん、すみません」

「将坊のためじゃ。われらは我慢しようぞ」

二人は並んで月を眺め、仏壇に線香を上げた。

寂しさを抑えるには仕事に没頭するのが一番だった。のみを手に材に向かえば、他のことは頭から消えた。

将久は内弟子であるから、教授料は必要ないし、住と食の費用もかからない。一方給料は支給されないから、小遣いは送ってやらねばならない。家を出るに際して、親戚や知人からもらった「餞別」は持たせてやったが、東京で出掛けたい所もあろう、季節ごとに新しい洋服も要るであろう。松乃は仕事を増やしたいと、痛切に思った。幸い、床置きや神棚の置き物、大黒天などの注文は途切れずにあり、熊行列、鶉、鶴、袋鼠、「清蘭」の銘を記した作品が次々と生み出されていった。その刀痕は、岳斎翁と酷似していると評されつつも、繊細にして優美な趣が加わり、各地の彫り物を志す者が書を寄せ、また自ら訪問して、教えを請う者が絶えなかった。将久を託した林美雲助教授の師、高村光雲師に出した年賀状の返辞の賀状を、松乃は宝物のように仏壇に供え、将久の修業の進むことを祈った。

「美校の学生の公開展覧会がある。一般公開で誰でも入れるから、行ってみるといい」

と美雲から勧められ、将久は東京に出てくる時に着てきたズボンと上着を羽織って出かけた。さまざまな服装の人々が行き交い、じっと作品を見つめ、また小声で感想を述べ合ったりしていた。美校生の家族や友人と覚しき人もいて、中には着飾った娘も混じっていた。

楽譜のようなものを抱え、バイオリンのケースを携えた人もいる。ああ、音楽科の人かもしれない、ここは日本の芸術の中心部なのだな、と思ったが、自分はその仲間ではない、とチクリと胸が痛んだ。先生の家に来た人たちは自由と不安の狭間で揺れているように見えた。諏訪に戻れば、おそらく自分の生涯は決まってしまうだろう。戻らないという選択が自分にはあるのか、雪川流の彫り物師以外の道が自分にはあるのか。

西洋画の部屋は、興味深くはあるが、自分には関わりがないものとして、早足で通り抜けた。日本画は、動植物の画に心を引かれ、自分が動物園で描いた絵と比べていた。いずれにしても、絵は色彩が重きをなす、と思った。こちらの心に流れ込んでくるように迫ってくる絵もあり、何も語りかけてこない絵もある。

彫刻の部屋は無心では入れなかった。武者振いのようなものを感じつつ、足を踏み入れた。

ブロンズ、石膏、石彫り、木彫りなど、さまざまの彫刻がひっそり並んでいた。女性の半身像や、全身像、さまざまな動物、また能面もあった。抽象的な記念碑のようなもの。将久は彫刻の種類の多さに圧倒された。彫刻とは、こんなにも種々さまざまなものだったのか。自分や母が手がけてきた彫刻は、ほんの一部だったのだ。ここに並んでいるものは学生の作品だというから、注文主はいないのだろう。作り手は、売ることを目的としていない。自分のために、これらの作品を作ったのだ。己の、そう、存在証明として。にわかに、将久は注文を受けて彫り物をする自分たちの仕事が、いかにも俗っぽく思えてきた。将久は思いがけない自分の反応に狼狽《うろた》えつつ彫刻の部屋を出た。

隣は工芸の部屋だった。そこは、これまでの部屋よりも華やかな雰囲気だった。婦人たちが楽しげに作品に見入り、言葉を交わしていた。焼物、漆芸品、染色、織物、金工品、人形――それらは、ほぼ人が暮らしの中で「使う」ものだった。注文主の有無にかかわらず、基本的に、売ることを想定して製作されている。西洋画家だって日本画家だって、売ることなしに生きてはいけない。大量生産ではない。一つ一つ心を込めて彫るのだ。彫ったものを買ってくださる人がいるから、また彫ることができる。将久は、くずおれた心が、また立ち上がってくるのを覚えた。

「どうだったかね」

その夜、美雲の肩を揉んでいると、美雲が将久を振り返って訊いた。

「行ってみたのだろう?」

「はい。美術の世界は、実に——実に広いのですね」

「ああ、そう思ったかね。特に印象に残ったものがあったかね?」

「ええ。工芸の部屋。見事な技と出来映えで、心踊りました。そして——」

「そして?」

「売ることは恥ずかしいことではない。売らねば生きてはいけないと」

「うむ。芸術に関わる者は、誰でも、多かれ少なかれ、そのことに苦しむことがある。音楽家だって、演奏会で切符を買ってもらって、生きていける。美術も音楽も、人の心を潤すもの、その対価をいただくのは、当たり前のことだよ。光雲先生の仕事も、母上の仕事も、本質は変わらない。一心に彫る。人の心を揺り動かすことを願って」

いつの間にか、美雲は将久と向かい合っていた。

「君がうちに来て、二年になるだろうか。君は美校の普通科の学生が履修するほどの技術は身につけたと思う。その上でどんな方向に進むか。やはり諏訪に帰って木彫りを続けるかね」

「そのつもりでしたが——」

「ん?」

「仏像に心惹かれました。先生に見せていただいた写真、奈良の仏像に。今日も彫刻の部屋には仏像がありました。僕も奈良を訪ねて仏像を拝みたい」

「うーん。奈良の仏たちに心惹かれる者は少なくない。もし、もし、仏師になろうと思うなら、奈良の仏師に弟子入りせねばならぬ。だが今は、新たな仏像が建立されることはほとんどないだろう。多くは修理の仕事だ。新しい寺を建てることもない。再建ということは稀にあるかもしれんが……」

奈良の仏師に弟子入りする、それは……将久は面を伏せた。それは無理だ。母を一人にして奈良へ修業に行くなど、とうていできることではない。

「一人にして」と思わず口にして「え？」と美雲が聞き返すと、「いえ、ありがとうございました」将久は礼をして美雲の傍を離れた。肩を揉んでいたことも忘れてしまった。自室で窓から夜空を見上げると、星空に、ふっと母の寂しげな顔が浮かんだ気がした。母の寂しさがスーッと自分の胸に染み入ってきた。知らないことばかりの東京で、自分は新しいことへの対応で精一杯だった。母の体調を気にすることはあっても、母の心の内を気遣うことは思い及ばなかった。——母を一人にしてはならない、と将久は思った。母さんはいつも大事な人に去られてきた。母親を亡くし、兄さんたちに先立たれ、最愛の父親、岳斎さまも逝ってしまわれた。おじいさまは年じゃとは言っても、もう少し長く傍にいてほしかったであろうに。そして父も。父と離別した経緯は話してもらった。自分には分からないことがあるのであろうが、決して父を軽んじてのことではないと、将久は思った。雪川の家と、父の、男としての誇りと、両方を守るために、母は父を見送ったのだ。ここでまた、自分が母を一人にしたら、母は縁《ゆかり》のあるすべての者の背を見送ることになる。自分は母の傍にあって、母を援けよう。よく笑う娘を娶って、子を生み育てよう。母の周りを笑い声でいっぱいにしてやろう。そして、いつの日か、自分の方が母を見送るのだ。その夜、将久はひどく清々しい思いで眠りに就いた。

数日して、将久は母へ手紙を書いた。

「息災でお過ごしのことと存じます。皆様のご支援をいただき、東京へ勉学に出まして二年あまりが経ちました。諏訪におりましては全く知らずにいたことを学び得たと思っております。美雲先生より、美校の学生が二年で学ぶほどのことは身についたと言っていただきました。西洋画の基本、粘土での造形なども学びました。その上で、自分の今後の道をどう定めるか、と美雲先生に聞かれました。自分は、やはり諏訪の雪川であります。木彫しか自分の道はないと、自然に思います。木彫はまだまだ未熟、母上様には及びもつきませぬが、精進を重ねて、雪川の名にふさわしい彫り物師になりたいと思っております。新しい技術を学び、近辺の美術品、寺社も見て回りました。直接間接に、東京での二年あまりは、自分を育ててくれたと自覚しております。その自覚の上で、諏訪で木彫を極めたいと思います。あと数か月こちらに居り、見残したものを見、美雲先生からも教えを受けたいと思っております。

帰りは鉄道で帰ります。今年、中央本線が上諏訪まで延伸されると聞きました。汽車賃を調べたら、手持ちの金で切符を買えると分かりました。上京する時は甲府まで歩き、甲府からは汽車で、三日もかかりましたが、帰路は朝東京を立てば、夕方には上諏訪に着きます。夢のようです。帰る日が決まったらお知らせします」

長い長い手紙だった。手紙を出してすぐ、将久は美雲師に帰郷することを告げた。美雲師は「そうか」と言い、しばらく考え込んでいたが、

「君がそう決意したのなら、それがよいのであろう。君は造形の才能があると思うが、木彫で独り立ちする――食べていくのは必ずしも楽ではないであろう。昔は師匠の工房で修業して、技を身につけて独立する習わしだった。独立する際、注文主も師匠が紹介してくれたりした。諏訪では彫り物の需要はどうなのであろう。――さらに、今は製作者の独自の芸術性がなければ軽んじられる時代だ。うむ、そんな理屈はいらぬことかもしれん。大切なのは、見る人の心を動かすことだ。そんな彫刻を心がけてく

れ。何か言わずもがなのことを言っておるなあ。

――いつでも東京へ出て来たいと思った時は頼ってくれ。うちの家族もお世話になった」

翌日から、将久はいっそう掃除や草取りに精を出し、午後は風呂汲みまでの時間は、近所の社寺を巡ったり、上野公園界隈を歩いた。時間があれば写生帳を開き、建物や街並みを描いた。

母からは、「帰って来てくれるのはうれしいけれど、もっと学ばなくてよいのか。自分に遠慮することはない。美雲先生さえ許してくだされるならば、さらにお宅に置いてもらって修業されよ。母からもお頼み申すゆえ」と返事が来た。きっと母はそう言うだろうと、将久が思っていた通りの手紙だった。

将久は、

「岳斎さまと母上さまの跡を継いで、雪川の名を守りたいと思っています。本家も邦篤さまもとうに亡くなり、万治郎の名も三代まで止まっています。自分は万治郎の名と関わろうなどとは露ほども思っておりませぬが、木彫師雪川の名は継ぎたい。美雲先生も美校普通科程度の技術は習得しておると言ってくだされました。この後、自分の専門を究めるとなれば、われには木彫りより他はなく、木彫りなれば、母上さまや岳斎さま、また邦政さま、邦宗さまの御作を見習うが一番と信じております。諏訪にて、清蘭さまのお側で精進させてくだされ。十二月一日、夕方六時十分上諏訪駅着の汽車で帰ります。荷物は別便で送りますのでよろしくお願いいたします」

その夜の星空に、将久は自分を迎えてくれる母の顔を見た。自分を迎える母の顔は、泣き笑いの表情をしていた。

「娘も孫もお世話になりましたわねえ。東京へおいでになった時は必ずお寄りくださいませね。これは私の、ほんのお礼のしるしです」

と奥さんは言い、上野の洋菓子店のカステラの箱を渡してくれた。思いがけない心遣いに将久は恐縮し、美雲家の温かさに胸が熱くなった。

日暮里駅から電車に乗り、新宿に出て、明治三十八年十一月二十五日に岡谷まで開通したばかりの中央線に乗った。汽車賃はかなり高額だったが、上諏訪を出る時に渡された餞別の残りで足りた。東京では出かける時の電車代と、古着代ぐらいしか金を遣うことはなかったからである。鉛筆、木炭、粘土、教科書類は皆、美雲が現物支給してくれた。

始発に乗ったので、座ることができた。開通間もない汽車は八割方座席が埋まっていた。年末になると、もっと込み合うのかもしれない。東京へ向かった時は甲府から乗り、車窓の景色は見たはずなのに、何も覚えていない。東京暮らしの不安でいっぱいだった。自分のような田舎育ちの者が「花の都」に馴染めるだろうか。美大の助教授だという林先生は、「内弟子」に何をどう教えてくれるのだろうか。自分が見よう見まねで彫った木彫りを、どう見てくださるのだろうか。諏訪へ向かう汽車の中で、将久は東京での日々を思い返していた。東京は刺激的で面白いところだ。何でもある。世界への窓が開いている。美術にもいろいろあることが分かった。日本の美術界も新と旧、西洋と日本がぶつかり合って風が吹き荒れている。自分の彫り物が今後どう変わるか、変わらないか。——自分は母を追い、岳斎さまを追う。追いながら、自分の彫刻を追究したい。自分には兄弟もなく、頼れる人もいない……いや、そもそも人に頼ろうとしてはならない。

窓外は街並みを外れて枯れ色の田園地帯になっていた。田園の向こうには低い山が連なっている。小金井、国分寺、国立。駅の周囲のみ、小さな市街が形作られている。立川駅から線路は大きく左に曲がって、しばらく走ると八王子に着いた。何となく八王子に着くと一区切り、という感じがしてくる。東京へ入る、東京から出る、といった小さな感慨が浮かぶ。八王子付近で、線路は右へ曲がって高尾に着いた。高尾山という山があり、山頂の神社を参拝に行く者も増え始めているという。線路は山間《やまあい》を縫って走って行く。突然あたりが暗くなった。トンネルだった。一瞬の暗闇ののち車内燈がついて、急に夜になったような感じだった。夏なら慌てて窓を閉めたところだが、冬なので開いている窓はなかった。小仏トンネルをはじめ、長短のトンネルが続いて、車内燈はつきっ放しだった。トンネルが途切れるところから、水の広がりが目に入った。相模湖だ。冬の湖は湖上を渡る船も見えず、シンと静まっていた。汽車はさらに山間を走って大月を経て甲府に着いた。

そこここで、お弁当を開く音がし始めた。夜のような灯りの中で食べるより、昼の光の中で、という心理が働くのだろう。将久も八重が渡してくれたお弁当の包みを開いた。おむすびが二個と、卵焼き、焼いた鮭が入っていた。おむすびの中には佃煮と梅干しが入っていた。水筒のお茶は冷たくなっていたが、咽が乾いていた将久は半分ほども一気に飲み干してしまった。

茅野。茅野にはヨウおばちゃんの蕎麦屋がある。小さい時から茅野庵の蕎麦はよく食べていた。子供の頃は蕎麦はあまり好きではなかったが、時々一緒に届いた天ぷらは大好きだった。特にさつま芋はおいしかった。茅野を過ぎると胸が高鳴った。母は駅に来ているだろうか。それとも家で待っているだろうか。

「カミスワー、カミスワー」駅員がホームを大声で呼ばわりながら走って知らせる。将久は背嚢を背負い、ホームに降り立った。駅は六日前の中央本線延伸の祝賀行事の名残りで横断幕が廻らされ、紙テープが揺れていた。改札を出た少し先に、母が立っていた。きりっと羽織と対の袷を身につけ、ショールを掛けていた。

「ただ今帰りました」

「お帰りなされ。長旅で疲れたであろう」

「ううん。朝東京を出たら、夕方には諏訪に着いとる。夢のようじゃ」

「ほんに。おなか空いとるじゃろ」

ああ、そう言えば、と将久は空腹に気が付いた。

「ひろばあちゃんは変わりないと？」

「うん、息災でいなさる。おやき用意して待っとるよ」

「ああ、おやき。食べたかった。東京には無いでの」

玄関口にひろが待っていた。心なしか、ひろが一回り小さくなったように見えて、将久は胸が騒いだ。

「お帰りなされ。早う火鉢にあたりなされ」

将久は背嚢を降ろすと、仏壇の前に座って深く頭を下げた。

「戻って来ました。母の傍で修業します。岳斎さま、将久に雪川を継がせてくだされ。雪川の名を恥ずかしめぬよう精進します」と胸の内で言うと、線香を点した。

久しぶりの家族三人の夕食だった。ひろはお赤飯と鯛の尾頭つきを用意していた。

「お祝いじゃ。うれしいのう。うちの跡取りが帰ってきた」と、ひろは涙声で言った。

「ばあちゃんのご飯、食べたかったで。諏訪のものはうまいのう」鯛の塩焼きの他に、公魚のあめ煮、さつま芋の天ぷら、けんちん汁が並んでいた。松乃は自分ではほとんど食べず、将久が食べるのを見ていた。将久が「食べんの？」と聞くと、松乃は胸を押さえて、「何かのう。胸がいっぱいで入らん」と泣き笑いの顔をした。ああ、この泣き笑い、と将久も泣き笑いの顔になった。

「明日は本家へ挨拶に行って来なされ。東京行きに際してはほんにお世話になったゆえ」

母が二階で仕事をし、寝んでもいたので、将久は離れに寝むことにした。ひろは次の間で寝んでいる。

「火鉢を入れといたよ、布団もよう干しといた」と松乃が言った。

夜明けの冷えは、思っていた以上だった。いつの間にか東京の気候に慣れていたのかと、将久は布団をかぶり直した。そのまま眠れず、日の光が射してきたのを見て、思い切って起きた。外はキーンとした寒さだった。綿入れの半纏を羽織り、庭へ回ると、人影があった。母さん。松乃は身仕度を整え、松の木の傍らで太陽に向かって両手を合わせていた。ああ、母さんはずっと、こうして毎朝お天道《てんと》さまを拝んでいたんだ、と将久は悟った。どちらかといえば朝寝坊の将久は、起きればいつも、母と祖母は身仕度を整えて台所に立ち、母は急ぎの注文があれば、朝からのみを手にとっていることもあった。

　朝食を食べ終えると、松乃は「われも一緒に挨拶に行く。仕度をしなされ」と将久を促した。一人で本家に行くのは少し気が重かった将久はホッとした思いで「雷おこし」の箱を風呂敷に包んだ。昨日と同じお対の着物と羽織の上にさらに道行きを羽織った松乃は、将久の目にも上品で美しかった。目鼻立ちの美しさというより、きりっとしたたたずまいが際立っている。将久はひろが編んでくれたセーターに、美雲の奥さんが「主人は太ってしまって着られなくなってしまいました。お餞別代わりと言ったら失礼かもしれませぬが、着ていただけますか?」と渡してくれた上着と外套をまとった。

「やあやあ、お帰り」と直邦は迎えてくれた。

「ほんにお世話になり申しました」と松乃は深々と腰を折った。

「どうだったかね、東京は。――まあ、一口では言えんじゃろが」

「はい。いろいろ諏訪では見られんものを見させてもらいました」

「将久くんが帰って来られて、母さまはどんなにか心強いじゃろう」

「諏訪の雪川の名を名乗らせてもろうこと、ご了承いただけるじゃろか」

「無論じゃ。うちは本家というても兄は四代目万治郎を継ぐこともなく逝ってしもうた。わしは二男じゃ。兄弟の順はたまたまじゃ、雪川の名に変わりはない。宮大工雪川を継ぐ者は無うなってしもうたが、わしも及ばずながら大工の仕事を続けていくつもりじゃ。共に仕事をすることもあるかもしれん」

「どうぞ、お引き立てくだされ」松乃は再び深く頭を下げた。

「大工仕事に入る家に、清蘭女子の息子が帰って来たと話しておこう」

土産の「雷おこし」を直邦の内儀は大へん喜んでくれた。

「東京土産じゃと、孫たちが大喜びするじゃろ」

翌日から、松乃と将久とひろの三人の生活が戻ってきた。戻ってきたといっても、三人の間には微妙に変化があった。二年あまりの東京での内弟子暮しの間に、将久は世の中を見、「大人」になっていた。ひろと松乃は、将久を雪川の戸主の位置に据えようとしていた。将久は彫り物の技量が母に及ばないことを自覚していたから、自分が戸主になるはずもないと思ったが、母と祖母を守る役割は心に刻んでいたから、とにもかくにも、彫刻によって収入を得なければと、心は焦っていた。

「焦ることはない」と、松乃は将久の心を見透かすように言った。東京から送った荷物が届き、松乃は物珍しそうに美校の教材や、将久の東京での習作を見つめた。

「ほう、粘土でのう。これは寛永寺、おお動物や鳥も」

おまえは学んだことをどう生かすのか、と母が言いたいのであろうことは、将久も分かっていた。

「焦ることはない」と、松乃はまた言った。

次の日から、松乃と将久とひろは、大掃除をはじめた。ひろは、一回り小さくなったように思われて将久は気懸りだったが、「将久が戻ったら、元気をとり戻しなさった」と松乃が言うように、活気をとり戻して、くるくると働いていた。

岳斎の死後、一度も本格的な片付けをしたことのない仕事場、隣の畳の部屋。仕事場の戸棚には、岳斎、鶴松、育之助が使っていた刃物が、それぞれの箱に収められていた。木材もまだかなりの量が残されていたが、柱状のもの、板状のものが入り混ざっている。木材の種類別に分け、さらに形状別に分けて、大きな木枠の中に整理していく。楠、桧、朴、美しい木目の浮き出た欅の板。

「この材に何が見えるかの?」と松乃が聞く。

「うん亀かな?」

「昔から将久は亀が好きじゃったのう」

とりとめもないことを話しながら、二人で塵を払い整頓していった。父岳斎や兄たちの気配が漂っている仕事場だったが、松乃は敢えて未練を振り切って、将久の未来を見ようとしていた。

六畳間の押入れには、下絵の山が保存してあった。欄間、衝立の下絵は、でき上がりを彷彿とさせる細密さだった。さまざまな姿態の人間、羽衣をなびかせた天女、松に鷹、粟穂に鶉、支那の伝説の一場面。

「ああ、岳斎さまは絵も見事じゃなあ」

「そう。絵師になっておられても、大成されたと思う」

「どうしてここに仕舞ってあったのじゃろう」

「二階に仕舞ってあったのじゃが、将久の父上が来られた時に、こちらへ移したのじゃ」

「父上。お父さん?」

「そう。こんな古い家で女二人だけの中で育って——寂しかったであろう」

「いいや。八劔さんへ行っても、大社や秋宮へ行っても、雪川の男の仕事を見せてもろうた。僕はいつも雪川の男の意気地と技に囲まれて育ったと思うとる。寂しかったのは母さんの方じゃろ。僕はこの家を子供の笑い声でいっぱいの家にしたいと思うとる」

「子供の笑い声?——ああ、そんなこと考えとったか」松乃はほうっと笑って将久を見た。「いや、ずっと先の話じゃ」将久は赤くなって俯いた。

「もう将久も二十歳じゃもんなあ。嫁とりもそろそろ考えんと」

「いやいや。まず食べていけるようにならんと。われの彫り物を望んでくれる人を見つけんとな」

仕事場と離れの片付けを終えると、母屋の大掃除にとりかかった。将久が留守の間は、女二人では煤払いも困難で、目をつむっていた。将久が葉のついた竹箒で、二階や茶の間、台所の煤を払った。座敷と次の間は竹箒でなく棕櫚箒で丁寧に払った。

「頼もしいのう」とひろは相好を崩して将久を見上げ、丁寧に床の間を糠袋で磨いた。

大掃除が終わった時には三人とも疲れ切って、茶の間で茶を啜った。

「あれえ、将久、顔、真っ黒じゃ。お風呂沸かさんといかんのう」

「あ、僕が水汲む。これから毎日、水汲みは僕の仕事じゃて、任せてくだされ」

大晦日には酒屋の納品の荷馬車で、例年通り、茅野庵から年越し蕎麦が届いた。

「天ぷらも入っとるよ。そのうち茅野庵にも挨拶に行かんとな」

元旦は晴天だった。将久は夜明けを待って庭へ出た。松乃が佇んでいた。将久は黙って母に並び、日の出を待った。山の端に初日が昇ってきた。二人は黙って柏手《かしわで》を打ち拝礼した。

「将久、よう帰って来てくれましたの」

松乃の言葉に、将久は諏訪に帰ってきてよかった、と心の底から思った。

正月の酒を汲み交わし、ささやかな膳を囲んだ。雑煮は丸餅の味噌仕立てである。信州味噌は信州の名物だった。東京ではすまし汁に角切りの餅の雑煮だったため、味噌味の雑煮の懐かしさに将久は思わず笑みをもらした。

午前のうちにと、一家は初詣に出かけた。行く先は無論、八劔神社である。将久は祖父のものだった羽織と袴に身を包み、お供えの酒を提げた。松乃とひろも、小紋に羽織をまとい、丸髷を結っていた。

二人とも品があって美しかった。それにしても、いつの間に結ったのか、と将久は訝しかった。

「晦日の夜遅く、髪結いさんが来てくれたで」と二人は微笑み合った。

八劔神社は、いかにも初春を迎えた神社らしく、隅々まで掃き清められ、新しい標縄や御幣が清々しかった。いつもは通用門から入ってしまうが、元日の今日は正面の鳥居をくぐる。既に大勢の初詣客が列をなして拝殿に向かっていく。拝殿には上がらず、御鈴を鳴らして拝礼していく人が殆どだったが、三人が御鈴の前まで進むと、「おお、雪川さん。お待ちしとりました。さあ、お上がりくだされ」と、回廊から声があった。八劔神社の宮司が、笑みを湛えて三人を拝殿に誘った。宮司は松乃と同年輩で、将久より少し年上の娘と、ずっと年下の息子の父親だった。将久は三本を紐で括った清酒を差し出し、松乃が奉賀の熨斗袋を奉納した。宮司は三人を拝殿に座らせ、三人の頭上で御幣を振ってお祓いをした後、座に着いて祝詞を奏上し、笛を吹いた。澄んだ響きが、痛いほどの寒気をついて広がっていく。

「今は参拝者が多いゆえ、夜にでも遊びにおいでくださらんかな？　娘も来とるで」と、宮司は将久を誘った。

将久は三年ぶりに見る岳斎の彫り物に、改めて心打たれた。八劔神社に岳斎が彫刻を奉納したのは今から五十年ほども前だったが、今も匂い立つような見事な彫り跡を見せている。松乃も父の彫刻を仰ぎ、ほおっと息を吐いた。今も母の心を支えているのは、父の存在であろう。自分も少しでも母の支えとなれるよう精進しよう。将久は唇を噛みしめた。

夕食後、「ちょっと八劔さんまで」と断って、将久は一つだけ残っていた雷おこしの箱を手に、宮司の元を訪れた。

「やあ、これは東京土産じゃな」と宮司は喜び、「道代、道代、将久くんがみえたよ」と奥の方へ声を掛けた。

「あらあ、将久ちゃんが」と弾んだ声がして、髪を結い上げた婦人が入ってきた。

「覚えとるかね、娘の道代じゃ。道代、将久ちゃんはないじゃろ。ああ、お前の方が年上じゃったか」

「お久しぶりです。まあ、大きゅうなって」

「道代さん」

将久はまぶしそうに道代を見た。小学生にもなれば男の子と女の子が共に遊ぶことはなかったが、きれいな女の子、という思いはあって、かすかな憧れを抱いていた。

「二年前に嫁にいってな、子供もできてな」

「それは、おめでとうございます」

「岡谷で病院勤めをしとる医者へ嫁いでな、元旦から実家へ来てはいかんと言うたら、旦那は東京の実家へ行っとるで平気じゃという。赤ん坊が少し風邪気味じゃったんで長旅は避けて、娘と赤ん坊は岡谷に残ったんじゃと。まあ、おかげでうちは賑やかな正月になって、うれしいがのう。――将久くんも早う嫁さんもろうて、お母さんを安心させてあげなされ」

「あ、いや、僕はまだまだ、暮らしが立てられるようにならんと」

「おお、楽しみにしとるよ。雪川の五代目に当たる将久くんじゃ、東京で新しい美術も学んで、どんな彫り物を見せてもらえるか、楽しみじゃ」

「おとなしい子じゃったけど、芯が強いところがあっての、男の子たちもいじめたりはできぬようじゃった。勉強もできて、女の子たちは、ひそかに憧れとったよ」

道代は、宮司と将久の前に、酒と料理の乗った御膳を置きながら言った。

「清蘭さんのように、注文を受けて彫るかの。そうじゃ、号は何とする？　決まっとるか」

「ええ。邦久ではいかがかと」

「おお、めでたげな名よのう。さ、祝いじゃ、大いに飲もう」

将久は、酒を飲む機会はあまりなく、自分の酒量も自覚してはいなかったが、この夜は宮司の飲みっぷりに誘われて、かなり飲み、酔った。

「歩けるか」と危ぶむ宮司がつけてくれた雑役の男に肩を支えられて、将久はまろぶように玄関に着いた。

「もうし」と雑役の男が声を掛けると、すぐに返事があって、松乃が普段着の上に綿入れを羽織って出てきた。松乃は男を見て、「すまんことでしたなあ。宮司さまによしなに」と言って男に心付けを渡した。次の間に這いのぼり、敷かれていた布団に横たわったなり、将久は意識を無くして眠りこんだ。

翌朝目を覚ました時は、十時を過ぎていた。咽がカラカラで、ひどく頭痛がした。

「やれま、やっと起きたかね。おじいさまもよう飲みなさったで、血筋よの」とひろが笑いながら声をかけた。

「すみません、水、水が欲しい」と立ち上がりかけたが、腰がふらついて、足が縺れた。ひろがやかんと湯呑みを持ってきてくれた。

「母さんは？」

「二階。もう仕事しとるよ」

「正月から――」

「正月七日に納める仕事があるそうじゃ。お昼には降りてくるじゃろ」

「すみません。したたかに酔ってしもうて」

昼餉に降りてきた母に、将久は正座して謝った。

「まあ、宮司さんのお誘いゆえ、断られんわなあ」と松乃は笑った。

「いつの間に飲めるようになったかの。東京で覚えたか？」とひろが訊いた。

「いや、東京では酒を飲む機会はなかった。自分の酒量も分からんでつい」

「酒を飲むのはよい。男子《おのこ》じゃもの。だが酒に飲まれてはならんぞ」と、ひろが幼子に言うような口振りで将久を諭した。

「今は何を彫っておられますか」と松乃に問いかけると、

「浅野さまよりの注文で、小物入れに彫り物を施しておる。引き出し三つの前面と、左右と上面を彫っておる。引き出しは陽刻じゃが、周囲は陰刻にした。すべて陽刻だと少し重苦しいかと思われての」

「僕も彫り物始めんと。何がよいでしょうや」

「今年の干支の根付けはどうかの。縁起ものじゃて、皆、喜んでくれよう。四日には千田さまへご挨拶に伺うゆえ、将久も帰郷のご挨拶に伺わねばな」

「はい。今日半日と明日一日あれば彫り上がります。今年は午年ゆえ、馬の根付けを彫りまする」

将久は仕事場の木材から朴を選んだ。

「ここはあまりに冷えるゆえ、畳の部屋の火鉢に火を入れよう。手が凍えると手元が狂う。刃は研いであるかの」

「はい」

四日、将久と松乃は連れ立って千田宅に挨拶に行った。

「おお、松乃さんのお子よのう。東京から帰られたと聞いてはおりましたが、諏訪の雪川の名を継いでくれて、うれしいことじゃ、のう松乃さん」

加津は、将久の馬を大そう喜んだ。

「実はの、わたしは午年なんじゃよ。あ、年は数えんでいい」と加津は笑った。

「紀尾さまは？」と松乃が尋ねると、台所の方から足音がして、紀尾が姿を見せた。紀尾の髪は大分白くなり、体も一回り小さくなったように見えたが、声は変わらず張りがあった。

「紀尾さま、明けましておめでとうございます」

「松乃さん、おめでとうございます」

「主人はの、今日は商工会議所の新年会とかで出かけとります。毎日お酒を召し上がって、体の方が案じられるのじゃが……。あれ、ずっと玄関で立ち話しとって、さあさ、お上がりなされ」

居間に通された松乃と将久は、お茶とお菓子のもてなしを受けた。

「もう、正月の料理も飽きたじゃろ。これは東京の息子が送ってよこしたカステラじゃ。召し上がれ。紀尾、カステラお出しするなら紅茶じゃ。いれ直しておくれ」

「ほんに。私としたことが――」と言いながら紀尾が紅茶を運んできた。

「紀尾も一緒におしゃべりしようぞ。ほんに松乃さんが家にいてくれた頃を思うと夢のようじゃ。松乃さんの子がこんなに大きゅうなり、孫が結婚する年になりましたものなあ。汽車も開通して、息子は東京見物に来いと言うてくれるのじゃが、億劫でなあ。将久さん、東京はいかがでしたかの?」

将久は美雲家での生活や美術学校のこと、上野の動物園の話をポツリポツリと話した。加津は楽しそうに耳を傾け、「美術学校のう。じゃが宮大工やら彫り物は学校で学べるものでもないであろう。将久さんには雪川の血、つまり才能と、母上の彫り物を見てこられた月日がある。楽しみにしておりますぞ。――ところで将久さんはお幾つじゃ。二十歳を越されたか。では、そろそろ嫁さがしもせねばのう、松乃」

「あ、いえ、まだ未熟者ゆえ。所帯を持つなどはまだまだ先のこと。――ですが、母に、賑やかな家族を作ってやりたいとは思っております」

「ん、頼りがいのある息子さんじゃ。子は宝よのう、松乃」

五日からは生活も日常に戻り、将久はまずは何を彫ろうかと思案した。東京では木彫以外に学ぶことが多く、自分の木彫の腕が上がったか、下がってしまったか覚束ない思いがした。しかし、引き取ってくれる人もなく彫るのは気が入らず、気がつくとボーッと宙を見ている自分をもて余した。そうじゃ、上社本宮を参拝しよう。将久は母に断って上社に赴いた。松乃は将久の焦燥を感じ取っていたらしく、「弁当、持って行くかの」と微笑んだ。久しぶりの大社は参拝者の姿が散見され、御幣も真新しく、新年を迎えた清々しい大気を吸い込むと、鬱屈が払われるような気がした。曽祖父邦政、祖父岳斎の手に成る幣拝殿の前に立つと、その均衡のとれた美しさに身が震えた。大社には本殿がない。御神体は山そのもの、拝殿後背林だからである。

諏訪の要となる社を造営した雪川流の祖。その末裔としての自分のあまりの卑小さに、思わず喘いだ。社の造営は、もう今の時代の者には手の届かぬこと、と己をなだめつつ、彫刻に目をやる。粟に鶉、鶏と雛、牡丹に獅子、波に千鳥。繊細さと躍動を兼ね備えた彫刻からは、自然と生命に対する崇敬が伝わってくる。脇障子の松に鷹の彫刻は、祖父岳斎晩年の作である。われが生まれた時分、あるいはわれが母の胎内に命を宿した頃、おじいさまはこの脇障子を手がけておいでじゃったか。将久は喜びと畏敬の念が込み上げてきた。だとすれば、きっとおじいさまは、われに彫る力を伝えてくださったはず、と胸に明かりが点った。

家に戻ると、母が玄関先で待っていた。

「今の、宮司さんからお使いが来て、八劔さんまでおいでを請うと」

「ほう、何じゃろ。じゃこのまま行ってくるで」

宮司は笑みを浮かべて将久を招じ入れた。

「諏訪の寒さはどうじゃの」

「ずっと諏訪で暮らしてきましたに、ほんの少し東京へ出ただけで、ひどくこたえます。そういえば御神渡りは？」

「間もなくじゃろ。わしも三日間潔済して臨むことになる。さて、今日お呼びしたは、岡谷の娘から床置きの注文があってな」

「われに？　清蘭にではなく？」

「ぜひとも将久さんにと、娘は言うておる。娘の連れ合いの父親が還暦を迎えるので、祝いに床置きを作って欲しいとの書状が来ての。娘の連れ合いは末子じゃよって、父親の年齢も高い。まだ東京で医者をしておる。長男は別に医院を構えておるが、父親は古くからの患者のみ、のんびりと診ておるらしい。何か長寿を祈願するような意匠で作ってくれと言うてきておる。どうじゃろ、引き受けてもらえるかな」

うれしさがこみ上げてきた。

「はい。精魂こめて彫らせてもらいます」

家に帰って母に告げると、母も「それは有り難きこと」とうれしげに笑った。ひろも大喜びで「今夜は一本つけようぞ」と言った。

「いや、先日のように酔っては失態じゃ。仕上がったのをお届けしたら、宮司さんが祝うてくださるやも」

それでもひろは兆子を二本つけてくれた。

翌朝から将久は朝食を済ませると、六畳に籠った。まず、何を彫るか決めねばならない。長寿祈願なら鶴か亀であろうか。将久の頭に動物園で見た美しい鶴の姿が浮かんだ。だが、浮き彫りならできるが、立体となると、鶴のような首と脚は無理かもしれない。細すぎて折れ易い。では亀か。「亀は万年」の亀。岩の上に数匹群れている形はどうだろう。将久は上野動物園の写生帖の、亀を描いた箇所を探した。岩の上に群れている絵もあり、一匹全体の姿も、首や手足を細密に描いた絵もあった。

将久は紙を取り出して下絵を描いた。正面から見た図、反対側から見た図、真上から見た図。ふと思いついて、将久は粘土で試作してみた。木を彫るほどの細かい細工は施しにくいが、亀の位置の均衡を見るには実に適していた。木を彫るには、彫り手は頭の中で、全体像を把握している。見えている。しかし、こうして粘土で作ってみると、この亀はもう少し大きく、この亀は上を向かせて、など修正するのも容易で、粘土で試作するのもいいかもしれないと思った。母に粘土の試作品を見せると、「おお、なるほどのう」と興味深そうに眺めていたが、「いざ、彫りにかかったら頼らぬ方がよい。木と己のみが向き合うのじゃ」と言った。「材は何がよかろう」と問いかけると、「まず仕事場で探してみなされ。無ければ早う注文せんとな」

将久は仕事場に入り、自分が頭に描く床置きの大きさに合う材を探した。やはり朴にしようか。柔らかくて彫り易い。刀跡が鋭い材がいい。桂か。桂は朴よりも緻密で、亀の甲羅のような細かい細工には適しているだろう。将久は直径一尺、高さ五尺ほどの桂の丸太を選び、一尺半の高さに切った。十分に乾燥している。底の大きさは材ぎりぎりに決め、上部を荒取りしていく。粘土で試作していることもあり、迷いはない。ここに一匹、こっちに一匹と、亀の位置を定めていく。全部で八匹の亀を彫るつもりだった。

ここまでで三日を要した。四日目からは、一日一匹のペースで彫っていった。大きいもの、小ぶりのもの、二匹寄り添うように並んでいるもの。ほとんどが斜面を登る姿勢をとっている中で、二匹は斜面を下ろうとしている。甲羅はもちろん、頭、顔、首、尾、手、足、指の先まで丁寧に彫っていく。ほぼ八日して亀が形になると、岩の斜面にとりかかった。岩と亀の体のつなぎ目が難しい。

約半月で床置きはでき上がった。だが、白木のままでは亀らしくない。彩色しなければならない。彩色といっても、できるだけ自然の木地を生かしたい。木彫りの彩色は、最も多いのが夜叉五倍子液だった。夜叉五倍子の実を煮出して、薄茶色の液を作る。乾いては塗り、乾いては塗りして、少しずつ色を濃くしていく。液を塗る前に、細かい木屑を、刷毛で丁寧に払い、乾いた布で磨く。五回塗りを繰り返して、この色でどうか、という色が出てきた。

まだ期限までには日数がある。将久は一度は諦めた鶴を彫ってみようかと思った。それほど大きくせず全高一尺五分ほどで彫れば、鶴の首や脚もそれほど長くしないですむのではないか。材は桂の丸太が残っているので、桂にした。ここでも動物園の写生が参考になった。全身の姿、頭部、首、胴体、羽、脚、脚先。頭に鶴の姿を思い浮かべる。一羽、いや二羽だな。母子鶴にしよう。母鶴は羽を畳んで首を伸ばして上を向いている。幼鳥は母鶴の脚元で母鶴に身を寄せている。この姿なら、一本の材で二羽彫ることができよう。将久は、全高五寸ほどで、粘土の母子鶴を作ってみた。小さな像なので、首も脚も、芯棒を入れずに保つことができた。十日かけて、将久は二羽の鶴を彫り上げ、ごく薄い夜叉五倍子液を一回だけ塗った。素木に近い鶴は、いかにも清浄だった。

「おお、鶴と亀。ようできたの」と松乃に言われて、将久は張りつめていた肩の力を抜いた。東京に送る前に八劔神社の宮司を呼んで見てもらうと、宮司は、

「美しい彫り物じゃ。鶴は千年、亀は万年、めでたい床置きよのう。道代も喜ぶであろう。ところで、これはどのようにして東京へ送るのか」と問われて、将久は「汽車の便となりましょう。和紙で包み、さらにネルでくるんで箱に収め、おがくずをびっしり詰めまする。僕がそこまで手がけて、運送屋に頼みます。一日一本の貨車に乗せてもらうゆえ、一日で東京に着きます」

東京で義父の還暦を夫の兄姉たち親族で祝い、岡谷へ帰る途中、八劔神社に立ち寄った道代は、「大いに面目を施しました」と晴れやかに礼を述べた。

「焦げ茶の亀と白っぽい鶴、ほんとに美しゅうて、皆感じ入っていました。何よりも義父が大喜びで、古稀には龍を彫ってほしいなどと言い出しましての。龍も彫れますか?」

「床置きでは、どうでしょうか。できぬことはありませんが、衝立などの方が龍が映えましょう」

「そうじゃねえ。床の間に龍がいたら、恐ろしい」と、道代は肩をすくめた。

「それでの、うちにも彫ってもらえんかの。待合室に置いておけそうな、可愛らしい彫り物」

「待合室に?」

「そう。うちもそろそろ病院勤めを止めて開業しようかと考えとる。岡谷で長く医院をしとる渡部先生が引退なさると。後継ぎがおらんでの、医院を手放して静岡の方へ移られる予定じゃと。それでうちに、ほんとに安く譲ってくれると言われる。患者さんもそのまま引き受けてくれと。うちは独立するお金はとても無いのじゃが、もし、譲ってもらえるなら願ってもない好機ではないかと主人も決意してるの。まだ一年先のことじゃが」

「大きな病院も必要じゃが、地元で皆が気安く行ける医院も大事じゃからの。わしは何の支援もできんが、精一杯、祈らせてもらうぞ」

「ほんにな。内科、小児科の予定じゃから。子供が喜ぶような彫り物、置いておきたいと思うて」

「子供が喜ぶような……そうじゃ、十二支はどうであろう？　十二支なら皆知っとるじゃろうし」

「十二支、それは楽しそう。ぜお願いします」

「期限は……？」

「開業は早くても一年後じゃから。それまでに、と思うてくだされ。これからうちも忙しゅうなりまする」

子丑寅卯辰巳午未申酉戌亥の十二支を彫るのは楽しかった。それぞれ、高さ四寸ほどの大きさを目安に彫っていく。ここでも動物園での写生が役立ったし、「北斎漫画」も大いに参考になった。写実的というより、どこか漫画風の、可愛気のある形象になるよう、将久は思案した。丸みを帯びて、龍や蛇も愛敬のあるように、子供がニコッとするように。材は朴にした。どういう形にすればいいか決めるために粘土で作ってみることにした。

鼠は俵にとりつき、牛は寝牛、虎は前脚、後脚を踏ん張って口を大きく開けている。兎は前脚を立てて座り、耳を鋭く立てている。龍は雲に乗って空を飛び、蛇はとぐろを巻いて首を立てている。馬は何か物音を聴くように耳を欹《そばだ》て、羊は角を丸めて遠くを見つめ、猿は子猿を胸に抱いている。鶏は、雪川流のお家芸とも言うべき写実的な姿をし、犬は桃太郎の旗を添えた。最後の猪は、母子の姿にした。子猪は、背に斑点のあるうりぼうである。それぞれ毛筋や鱗も細密に彫り込み、可愛げのある中にも、動物の生命が感じられるように心がけた。

この十二支の置き物は一列に並べることもできるが、三段に組んだ格子状の棚も作って収まる形にした。後に開業した岡谷の医院では、「十二支を見に行くよ、というと嫌がらずに行ってくれるで」と評判になり、患者の中から自分も欲しいと注文してくれる者もあって、将久は有難かった。十二支全部は無理でも、子供の干支を彫って欲しいという親もいて、一体の場合はずっと大きく、一尺ぐらいの大きさに作り上げた。仕事は途切れることもあったが、松乃と将久と二人の仕事を合わせれば、生活は成り立っていた。

ひろの死

穏やかに三人の生活が続いていくかと思っていたが、明治四十一年、ひろが数か月の病臥の後、還らぬ人となった。古稀を迎えて間もなくのことだった。母の生みの親ではないということは知っていたが、自分が生まれた時から何くれとなく面倒をみてくれた祖母の死は、将久にとっては大きな衝撃だった。目を閉じた祖母の顔を両手で挟み、「ばあちゃん、目、あけてくれ」と、くり返し呼びかけた。松乃も生みの母の記憶を胸に抱きつつ、自分の半生を支えてくれたひろへの感謝は深く、「おっ母さん、ありがとうござんした」と言いつつ、ひろの身を清め、髪を梳《くしけず》った。

ひろの死を電報で知らせると、ヨウはすぐ茅野から駆けつけて、通夜の手伝いをしてくれた。

「ほんに汽車は速いのう。あっという間じゃ」

と、ヨウは割烹着を着けながら言った。ヨウは組内の女たちにそれとなく指図しながら通夜のふるまい料理を作り、葬儀の料理の準備をしていった。

通夜の客が帰ると、ひろの傍らにいるのは、松乃と将久とヨウの三人だけになった。

「ひろさんも来たばかりの頃は母親ちゅう立場が分からず、松乃ちゃんも辛かったですのう」

「んでも、心根の悪い人ではのうて、だんだんにわれにも優しうしてくれるようになった。料理が上手で、食事作りは全部してもろうた。将久育てるんも、ひろばあちゃんがおらなんだら、ほんに難渋したと思う。われは仕事をせにゃならんかったで」

「うん、そうよのう。生《な》さぬ仲であっても、ずっと一緒に暮らしておれば、自然にいたわり合う。いたわり合わねば暮らしていけませぬものなあ。われも初めは娘が懐かんで困じましたが、こちらが愛しんでやれば子供の心は解かれるもの。久三は頭のよい娘で、勉強が好きでの、妹の百合のところから松本の学校に行って、女子師範にまで進んで、教員になっておる。久三はの、おっ母さんが正雄を産んでくれなんだら、わたしは蕎麦屋にならねばならなんだ。ほんに助かった、と笑いますのじゃ。何言うとるか、蕎麦屋のお金で学校やってもろうたんじゃろと言うと、そうじゃった、そうじゃった、蕎麦屋さまさまじゃと拝むまねしますのじゃ。正雄が蕎麦打つの好きで、すんなりと跡取りになってくれて、有難いことです」

と、ヨウはしみじみ語った。

「お店もお料理屋さんのように大きゅうなって……ほんによい縁でしたの」

「それもこれも諏訪屋さんのお陰、岳斎さま、くらさまのお陰です。松乃さんも、将久さんが跡取りになってくだされて、ほんによろしゅうございましたの」

「ほんに。われも雪川の流れをつなぐ一人になって、父さまに恩返しができ申した……」

翌日の葬儀はわずかな親戚と組内の者のみの、簡素なうちにもひろを思う、しみじみとした葬儀になった。

「目立たんけど、いつもいて欲しい時にいてくれたお人じゃった」と誰かが言い、「ほんにほんに」と、皆相槌を打った。

通夜には姿を見せなかった、ひろの実家で家督を継いでいる甥が、さすがに葬儀にはやってきていた。「父も亡うなりまして、叔母も高齢でしてなあ」と甥はボソボソと挨拶した。

「本来なら墓地まで行かねばならぬところじゃが、わたしも足を痛めておりましてお見送りしたら失礼させてもらいます」と、松乃に断りを入れ、供の者に荷物を持たせて帰って行った。喪主には将久を立てていたので、松乃は位牌を持って葬列に並んだ。小高い丘の斜面にある雪川家の墓所は、いくつかの墓石が草の中に並び立っていた。くらとひろは、生前は顔を合わせたこともない。岳斎を挟んで右と左に並んで眠ることになった二人は、どんな思いでいることだろう。松乃は胸がザワついた。仲ようしてな、と松乃は手を合わせた。

葬儀を終えて、組内の人たちへの振舞いは、ヨウが息子に届けさせた蕎麦を主として、ヨウが天ぷらを揚げて供してくれた。上諏訪に一軒だけ開業した寿司屋から出前を取り、皆満足そうに酒を酌み交わしては、ひろの思い出をポツリポツリ話した。

「はじめはどうなることかと思うたがの、ちゃんと松乃さんのおっ母さん、将坊のばあちゃんになっとったよ」と誰かが言うのを耳にして、松乃は、ほんに、おっ母さんじゃった、ばあちゃんじゃったと、胸が熱くなった。

一足先に帰った息子のあとを追って、その日のうちに帰るというヨウを、将久が駅まで送って行った。

看病の時から続く疲れで青ざめている松乃を気遣い、ヨウは「またすぐ来てみるで。休んでいなされ」と駅まで来ようとする松乃を押し戻した。将久は、

「ヨウおばさん。本当にありがとうございました。母もヨウおばさんが一番の頼りじゃ」

と礼を述べた。

「われの生涯の方向を決めてくだされたは、雪川さまご一家です。どんなに感謝してもし切れぬ思いじゃゆえ。——将久さん、差し出がましいようじゃが、早う身を固めてお母さん、安心させてあげなさらんか」

「嫁取りのことですか——あまり実感はないのじゃが、でも早う家族を作ってやりたいとは思うとります。ばあちゃんがおらんようになってしもうたで、なおさらに」

「そうじゃの。二人では寂しすぎるじゃろ。われも心がけさせてもらいます。——どんなお人が望みかの?」

「うーん、ああ、よく笑う人、でしょうか」

「おお、ほんにな。それはいい。それがいい」

ヨウは何度も頷いた。

将久と志づ

　将久が伴侶に決めたのは、子供の頃から顔を見知っていた柳田志づであった。雪川家から二町ほど離れた柳田家は旧家で、商事会社を営んでいた。志づは八人兄弟で、兄弟は、陸軍中尉となったり、大学の教官になったりしていた。姉妹たちも旧家や素封家に嫁いでいた。志づは兄弟姉妹の中では目立たない存在で、女学校卒業以来、花嫁修業として和裁や書を習いつつ、家事手伝いの日々を送っていた。

「えっ、志づちゃん？　柳田家の娘さんの⁉」

　将久から志づちゃんをもらいたいと告げられた松乃は驚いて問い直した。

「いつの間にそげなこと考えとった？　向こうさまは承知なのか？」

「いいや、これから申し入れようと思う。柳田家が旧家なのはよう知っとる。おそらく家格から言うたら釣り合わんじゃろ。――でも、わしの頭に、というか胸にあるのは志づちゃんだけじゃ。しっかり仕事をして、不自由な思いはさせせんと決意しとる」

　温和な将久がきっぱりと言い切ったことに驚き、松乃は将久の思いを成就させてやりたいと思った。どうやって申し込んだらよいものか、と思案して、松乃は八劔神社の宮司夫妻に相談した。

「ほう、柳田の娘さんのう。一人、嫁き遅れとる娘さんがおるとは聞いとるが……。少し体が弱いそうじゃが……」

「何か持病がおありか？」

「いいや。いわゆる蒲柳の質ということよの。農家や商家でないし、雪川さんなら家の中のことをやればいいのじゃから、大丈夫じゃろ」

「柳田家といえば、大そうな旧家じゃが……」

「雪川は雪川で、由緒ある家。彫刻師という家業を、先方がどう受け止めるかよのぅ。柳田さんなら氏子じゃよって、聞いてみて差し上げよう」

八劔神社からの申し入れに、柳田家では少し躊躇を見せつつも承諾した。躊躇の第一は、志づが彫り物師の家になじめるか否かだったが、志づ本人が「床しいお仕事じゃと思う。ものを創る仕事は憧れとる」と言い切り、「将久さんは知っとるか？」との問いには、頬を染めて頷いた。何かあれば実家と近いし、万一の時には後ろ楯にもなってやれる、と両親は話し合い、見合いの運びとなった。

八劔神社の奥座敷で将久と志づは、宮司に「お互いに顔は見知っとられようが、話をされたことは……」と言われて、二人はそれぞれに首を振った。

「ではまあ、われらは席を外しますゆえ、お二人で話しなされ。人と人が分かり合うには言葉を交わすことが大事じゃよってな」

二人だけ部屋に残されて、将久と志づは、困惑して顔を見合わせた。

「志づさん、僕はずっと諏訪で彫り物をしてゆくつもりじゃ。僕は彫り物師以外にはなれん。それでよいであろうか——」

「雪川さまは彫り物のお家じゃ。それが嫌なら、今日、お目にかかるはずもない」

「職人の家は慣れんじゃろが、志づさんは家の中のこと、やってもらえればいい。ご承知かと思うが、母も彫り物師で、普通の女子《おなご》とは違うておるが、まっすぐな人じゃ。僕はまだ母には遠く及ばん。母は、母であると同時に師匠じゃ」

「はい。尊敬しとります。ほんにきりっとして美しい方じゃ」

「母はの、梶の木が好きでの、この神社にも何本か生えとる。諏訪の大社や秋宮さんのおしるしの木ぞ。外へ出て見てみんか？」

「梶の木？　大社や秋宮のおしるしは知っとりましたが、あれは梶の木と申すのですか」

二人は屋敷を離れ、神社の庭の隅に植えられている梶の木の元へ行った。

「あれ、二人で庭へ出て話しとるよ」と、父の介添えで来ていた道代が、驚きつつも笑みをこぼした。松乃は二人が梶の葉を手に取っているのを見て、胸がドキドキした。あの子の父が見守ってくれとる。

「何とまあ、会うてすぐ、あげに肩を寄せ合って話しとる」と、志づの父親は呆れた、という表情で、妻を見やった。

「おまえの躾がゆるいからじゃ」

「はてさて、これでわしの役目もすんだの。式の時は娘夫婦が仲人じゃて、わしは飲んでおればよい――」と宮司は笑った。見合いから三月して、将久は志づを迎えた。

大正元年、将久は二十七歳になっており、志づは二十四歳だった。将久は祖父の紋付袴をまとい、落ちついた花婿ぶりだった。志づは黒振袖に角かくしで、ほっそりと優しい花嫁姿は、「二十歳すぎには見えん」と、花嫁道中を目にした人々は目を細めた。


式は八劒神社で行い、披露宴は近くの料亭で行われた。出席者は、近親者か、ごく親しい人たちだけだったが、志づの方は兄弟姉妹が多く、その配偶者と子供だけで二十人を越えていた。将久の方は、親戚は本家の雪川直邦が高齢を押して参列したのみであった。それ以外の縁者はつき合いも絶えていた。親しく行き来していた知人として酒屋の後継ぎ夫婦と、ヨウ夫婦、また清蘭と邦久の彫り物の仲介をしてくれていた荒井斉と神野正作が招待された。松乃は将久を支える人の縁の薄さを目の当たりにして、忸怩たる思いを抱いた。父親の縁を無うならせてしもうたもののう。この賑やかな柳田家との縁を大切にせねばと、松乃は柳田家の子供たちの様子に目を細めた。

披露宴もすんで、衣装も着換え、ほっと一息ついた折、松乃は二人に向かって言った。

「二階を空け渡した方がよいのじゃが、われはここで仕事をするのが習いになってしもうての。二人は次の間を使うてくださらぬか」

「お母さんのお仕事のし易いようになさってくださされ。われはどこでも大事ござりませぬ」

「柳田のお家は広々としていたであろうに、ここは手狭でのう」

「八人も兄弟がおりましたで、自分の部屋などありませなんだ。われは茶の間で針仕事などさせていただきます。たった三人じゃもの、広うございます」

志づは料理が上手だった。なかなか縁の決まらなかった志づは、自分を必要とされたいという思いもあって、女中の手伝いで台所に立つことが習わしになっていた。女中は気のいい五十過ぎの者で、志づが子供の頃から柳田家の家事を受け持っていたため、志づを不憫がりながらも、料理を教えこんだ。

「料理ちゅうもんは、殿方の心を掴むに役立つでな。志づ嬢ちゃんも、きっと佳き男子《おのこ》の心を掴むことじゃろ」と言い言いしていた。

松乃は「ああ、助かる。おっ母さんが亡うなって、ほんに往生しておったで」とうれしそうに言った。松乃は針仕事は得意だったが、なぜか料理は苦手だった。「ずっとついとらんと焦げたりするでの」と不服そうに言う。「当たり前じゃろ」と将久は苦笑いしたが、松乃の思いはよく分かった。頭の中で彫り物の形を思案していると、あっという間に時が過ぎてしまう。まして刀を手にすれば、他のことは意識に無くなる。ひろが亡くなって、仕方なく松乃が食事作りをしたが、焦げつかせたり、生煮えだったりはしょっ中だった。食べることそのものを忘れてしまうこともある。食事作りを忘れて、将久と蕎麦屋に駆けこむことも少なくなかった。「嫁さんて、ほんに有難いのう」松乃はニコニコして志づの作った食事を口に運んだ。

志づを迎えて心の底から安堵した松乃と将久は、精力的に彫刻に取り組んだ。

大正二年、諏訪を訪れた伏見宮若宮殿下に、滞在中に御覧いただくため、「雌雄の鶏」「子持亀」「鼠の時計置」「霊芝の置物」を奉供したところ、殿下は大いに関心を示された。中でも「子持亀」は特に気に入られた様子だったため、上諏訪町役場では同作品を買い上げ、町長の名を以て献上した。殿下は快く受納され、帰京の後、清蘭作「霊芝の置物」、邦久作「鼠の時計置」を御買上げになった。このことは新聞にも報ぜられたため、広く一般にも知られることとなり、雪川流の彫刻は改めて注目されることとなった。

大正二年から数年は、清蘭は生涯の傑作と評される大作をたて続けに生み出している。山梨県北巨摩郡の多額納税者網蔵平輔宅の欄間に、自らの構図により、三保の松原と四君子を彫り上げ、東久邇宮御買上げの兎の置物、片倉会社所蔵の大虎、今井平左衛門所蔵の天鈿女命像などは、清蘭自身にとっても会心の作だった。成島治平からは、東伏見宮殿下御買上げを祝した手紙が送られてきた。安藤貞久からは俵二俵の上に鼠二、三匹が乗っている床置きの注文が入り、荒井斉よりは、大黒天を大きめに作ってほしい、蛙も大急ぎでと催促があり、塩沢杢兵衛からは、かねてから依頼の欄間を下社祭礼に間に合わせて欲しいなど、注文が相次いだ。

大正三年に入ると、池田秀一より、自分が甲子生まれのためと、俵三俵あるいは五俵の上に雌雄の鼠と宝袋の乗った彫り物の注文が入り、これに関しては、後日、鼠に髭がないが、これでよいのかとの問い合わせとともに、彫刻料四十一円三十八銭を為替で送るとの連絡があった。こうして松乃の元には引きも切らず注文が入り、松乃は家事の煩いからも解放されて、ひたすら彫り物に取り組んだ。

一方、将久にも神野正作から引き続き注文が入り、田中喜兵衛よりも新たな依頼があった。清蘭の傑作、網蔵平輔宅の欄間は邦久との合作である。四君子のうち、「霞中の梅」と「渓間幽蘭」は清蘭、「菊花」及び「群蝶と竹林に群雀」は邦久の作だった。

大正三年春、将久と志づは志づの実家の祝い事に招かれて留守にしており、松乃は二階の仕事場で一人のみを握っていた。

「もうし、ごめんくだされ」と玄関で訪《おとな》いの声がした。「どうぞ、お入りくだされ」と返辞を返しつつ階段を降りる。一人の紳士が玄関の戸を開けると、一歩入って帽子を取った。帽子の下から、きれいな禿頭が現れた。あ、あの頭は、と松乃はドキリとした。写真で見た覚えがあった。黒田清輝画伯？まさか。来客が少し声を張って言った。

「突然お伺いいたしてご無礼いたします。黒田清輝と申します」

やっぱり黒田画伯、でもなぜわが家に⁉と一瞬たじろぐ思いがしたが、松乃は気を取り直し、「どうぞ中へお入りくださいませ。少しお待ちいただきたく存じます」と猶予を請い、木屑でいっぱいの前掛けを外し、紺足袋を白足袋に履き換えた。髪のほつれを撫でつけ、階段を降りる。灰色の背広姿の紳士がソフト帽を手にして、上がり框付近に置いてある彫り物を見ていた。黒田は松乃のすっきりとした身のこなしを感嘆の目差しで見た。

「むさ苦しいところでございますが、どうぞお上がりくだされませ」

松乃は座敷に招じ入れ、お茶を供した。黒田は、

「大社に参拝いたしまして、上諏訪に女彫刻師がおいでと聞きましてな。大社造営に力を振るわれた雪川流を継いでおられると。どのような方かお目にかかりたくなりまして、前触れもせず参ってしまいました。無躾をお許しください」

「いえ。黒田清輝さまにおいでいただくなど思っても見ぬこと。光栄に存じまする」

「今はどのようなお仕事を？」

「欄間を彫っております る」

「見せていただけますか？」

「ひどく散らかっておりますが……」とためらうと、

「散らかっておらぬ仕事場などありませぬ」と黒田は笑った。

「二階を仕事場にしております。階段、お気をつけくだされ」

仕事場に入ると、黒田の面持ちが変わった。松乃が手がけている欄間の彫り物を熟視し、フーッと息を吐いた。

「緻密にして、しかも躍動感がある。雪川流代々の才能をよく伝え、さらに女子独特の柔らかい風趣を備えておる。感服いたしました」

と称えた。

「ありがとう存じます」松乃は深く頭を下げた。後日、人に「信州というところは、小布施に北斎を招じ入れた如く、芸術家を包む独特の風土があるのだろうか」と語ったと聞き、松乃は信州という地に対する愛着を一段と深くした。

三十分ほどの訪問で黒田は帰って行ったが、玄関口で黒田の後ろ姿を見送りながら、心の中に「重し」のようなものが生じているのを覚えた。この道を一筋に進んでいこう。黒田画伯の励ましを頼りに彫り続けよう。

しばらくして帰宅した将久は、「ええっ、あの高名な方が家に⁉」と仰天し、留守にしていたことを悔いた。

「お顔を拝したかった。われの作も見ていただきたかった」

松乃も将久も志づ本人も、新しい生命の誕生を待ち望んでいたが、なかなか懐妊の兆はなく、志づは心細さと申し訳なさで身の細る思いだった。志づの実家柳田家の母も、そこここの「子宝守り」を受けてきては、志づに届けてよこした。将久は、「焦ることはないよ。われらは亀のごとく、ゆっくりゆっくりの夫婦じゃてな」と志づを労った。松乃はただただ「志づがいてくれるおかげで彫り物に専念できる」と言い言いしていた。

大正四年、ついに、雪川家に待望の赤ん坊が生まれた。女の子だった。跡取りの男児を望む思いは志づ自身はもとより、周囲の者の願いではあったが、待ち望まれた第一子の誕生に喜びは大きかった。将久は「清江《きよえ》」と名付けた。「サンズイが二つもついとる。水に関わりがあるのかの」

「そうじゃ、雪も川も水が元じゃからな」と将久は笑った。志づは赤ん坊を一目見た時から、男子を望んでいたことなどサラリと忘れて、「いい子じゃのう。なんと可愛らしいこと。こんな小っちゃな指。爪もちゃんとある」と、小さな娘に夢中だった。松乃は「雪川に生まれた娘」に我が身を重ねて、やや複雑な思いも抱いたが、「うん、まだこれからも赤児は生まれるじゃろ。男子《おのこ》も女子《おなご》もたんと生まれるといいのう。どうぞお授けくだされ」と朝日に祈った。

子供の誕生と前後して邦久の注文は増えていった。大正四年には諏訪郡平野村製糸家進良社組合から渋沢男爵家へ九尺の床置「岩上の子持亀」が献上され、さらに武田宮家へ兎の彫刻が、福島将軍へも兎の床置が贈呈された。高橋槙蔵よりは、家の改築が仕上がったので書院の欄間を早く仕上げてほしいとの催促の手紙が来て、邦久は夜も六畳の離れにこもって仕事を続けた。

清江は大柄で機嫌の良い赤ん坊で、志づは「この子はいつも笑っとる」と自分も笑っていた。清江が満一歳の誕生日を迎える頃になると、周囲は早くも「次の子、できるなら男の子」と期待しはじめた。将久は、志づの体を気遣い、「もともと丈夫な方ではないのじゃから、そうポンポンできては体が保たん。ゆっくり亀のようでよい」と志づを庇った。松乃も決して催促するような言葉は口にしなかった。

大正五年、六年も邦久の仕事は順調に伸びていった。清蘭の仲介人であった荒井斉からは、次第に邦久への注文が増え、とりわけ「冨士越龍」の大作に期待を寄せ、完成を待ちわびる手紙を寄越している。さらに荒井は福神二組の制作を依頼し、完成時期の問い合せに続き、「岩上の亀」の制作を依頼し、手付金の送付、完成時期を問い合わせると共に、「岩上の亀」は完成次第、徳川慶久公にお目にかける、と記していた。

大正七年も残り少なくなった十一月三日、もしかしたら子供はもうできないのではないかと誰もが口には出さずとも懸念し、半ば諦めかけていた雪川家に、ついに第二子が誕生した。男子である。

「でかした、でかした」と柳田家では自分の家に生まれたかのように鼻高々で、「利発そうな顔でな、品がある」と自慢して回った。将久は、将明・将久と続く「将」の字を用いて「将輝」と名付けた。

志づは清江誕生の後、治ったはずの貧血の症状が出、医者に「妊娠・出産はかなり無理かもしれぬ」と告げられていたため、清江は松乃と同様、雪川家を継がねばならないのではないかと、清江の運命を案じていた。彫刻の道の厳しさは、側で見ているだけでも身に沁みている。何よりも清江が雪川の才を受け継いでいなかったら、なんとしよう。将久も松乃も決して口に出すことはなかったが、子供を、叶うならば男子をと願っていた。それゆえ、将輝の誕生には、言葉には言えない喜びと安堵を覚え、感謝でいっぱいだった。

志づは懸念されていた持病も悪化することなく、雪川家の宝物のような将輝をひたすらに育てていた。四歳になった清江は、赤ん坊に手を取られる母にまつわりついて愚図ることもあったが、松乃が膝に抱いて、

「赤ん坊というもんは、一人ではなあにもできん。おしっこもうんちもおむつにしかできん。おっぱいしか飲めん。しゃべることもできん。じゃから皆なで手をかけてやるんじゃよ。清江も生まれたばかりの時はそうじゃった。みんなで大事に大事に世話してきたで、こげに大きゅうなって、父さんも母さんもばあちゃんも可愛ゆうてならん。清江は、マアちゃんのお姉さんじゃ。今はの、お母さんは夜中にも起きておっぱいやらにゃならん。ずい分疲れとりなさる。清江もばあちゃんと一緒にお母さんのお手伝い

してあげようぞ。清江が生まれた時は、ほんに大騒ぎじゃったよ。この家には久しぶりの赤ん坊じゃったもんのう。お母さんはうれしゅうてうれしゅうて、いっつも清江を見ては笑っとった」

と話すと、

「お父さんもお母さんもばあちゃんも、清江のこと可愛いい？」

と、松乃にしがみついて小さな声で聞いた。松乃は胸を衝かれて清江を抱く手に力を込めた。ああ、この子は大人の関心が赤ん坊に移ってしまって、わけが分からず、寂しくてならなかったのであろう。まだ四つじゃもの。母さんの手と心を全身で欲しがって当たり前じゃ、と清江の髪を撫でた。夜になって、松乃は将久と志づに清江の寂しさを話した。

「ああ、気いつかんと、悪いことしてしもうた。清江、ごめんな」と志づは涙ぐみ、将久も「わしが清江と遊んでやろう」とポツンと言った。それからは、志づは赤ん坊の世話をしながらも清江に話しかけ、「清江姉ちゃん、マアちゃんのおむつ持って来てな」と用を頼んだり、抱きしめたりした。将久も無骨な手で清江を抱き上げたり、おんぶしたりするように心がけた。少しずつ清江は安定し、「マアちゃん、バァーっ」とあやしたりするようになった。

「お姑《かあ》さん、ほんに子供が育つんは、大変なものですなあ。そういえば、わたしも下の子が生まれた時、ひどく寂しくて、寄辺ない思いになったことを思い出しましたで。自分が子供だった頃のこと、すっかり忘れてしまうなんてのう」と、志づはしんみりと言った。

将輝が誕生した頃は、邦久への注文は完全に清蘭を上回っていた。中でも大正七、八年は荒井斉からの注文が多く、福神を何組もと、岩上の亀と対になる鶴を注文し、制作費に関するやりとりが交わされている。「毎日、小包が届くのを待っている。何日に発送してくれるか返事が欲しい」とあり、邦久の人気の高さを物語っている。注文に応じて、収入も十分にあった。

　将久は、東京、及び帰郷後の、足元の定まらぬ不安な時期を思い返しては、今の、母、妻、子供二人とともに生きる安定した日々の有難さを痛感していた。が、将久の心底には、どこか満たされぬ思いがわだかまっていた。今、自分が作っているものは、一体何なのだろう。金銭にゆとりのある方々が、自分の豊かさの証しのように、自分に彫り物を請うてくる。床の間や神棚に置かれて、「ほほう、雪川の。さすがですなあ」といった褒め言葉に相好を崩す。喜ばれているのだから、それで十分ではないかと、将久は自分に言いきかせる。が、それでいいのか、それがお前の望んだものだったのか。東京の林師の元にいた時、芸大の学生たちがしきりに話し、求めていたもの、「芸術性」は、自分の制作物の中には存在するのであろうか。自分は金銭のために作っているだけなのではなかろうか。百姓が米を作り、菓子屋が菓子を作り、炭焼きが炭を作るのといかなる違いがあるのか。いや、米も菓子も炭も、人の暮らしに必要なものだ。自分や母が作るものは、暮らしには関わらない。無くとも生きていける。「芸術」は人の心を鎮め、癒し、励ますという。人はパンのみにて生くるにあらず。わが彫り物は人の心に何を与えることができるであろうか。そんな心の暗雲を母に語ることはできない。母は稀に邦久の作を褒めることはあったが、一度としてけなすことはなかった。

「おお、男らしいのう」

「岳斎さまの刀跡によう似とる」

　一月《ひとつき》にかなりの収入になる将久に、松乃は、

「無駄に使うてはなりませんぞ。良い材を買うには金が要る。何よりも将輝たちの学校の費用を貯めときなされや。清江は女学校に行かせんとな。将輝は中学校もその上の学校にもやらんとな」

「上の学校？」

「ん。東京美術学校へ行かせてやらんと」

将久は母がそんなことを考えていたことに驚いた。

「黒田画伯や高村先生、林先生が教えなさった美術学校で学ばせたい」

「……」

将久は母よりは胸中複雑だった。自分が入れなかった美術学校に入ってほしいという思いはなかった。本人が望むなら、そして何よりも才が備わっておるなら。美校にはさまざまな学生が居る。いろんな学生と交わって自分の道を探すのはいいことじゃが、将輝はまだ二歳じゃ、まずは健やかに育つのが一番じゃ。

大正九年、十年は、こなし切れぬほどの注文が入り、邦久は寝る間を惜しんで彫り物に没頭した。注文の多くは福神で五組、十組とまとまった数が注文され、その他、台付袋鼠、台付虎、岩上の亀などの「おなじみ」の題材である。収入を得ることは暮らしを立てるには必須だったたし、仲介者の顔を立てるためにも、同じ題材で彫り続けるのが自分の仕事と承知してはいたが、時折、別の物を彫りたいという思いがこみ上げることがあった。祖父岳斎の代から床置きが主となっていたが、それでも祖父は上社の脇障子「松に鷹」や上社拝殿虹梁上の「子持龍」を残すことができた。母も欄間の仕事がある。自分もせめて欄間や衝立を彫りたい。自分はこうして福神を彫って生涯を送るのであろうか。

大正十年、東京新富座で有島武郎作『御柱』が上演され、松乃も将久も上京して観劇することは叶わなかったが、東京で芝居を観た知人からは「大そう感激した」との手紙が届いた。『御柱』の主人公龍川平四郎は、雪川邦宗をモデルとしており、宮大工の苦心と心意気が観客の心を揺さぶるものだったという。松乃は、東京朝日新聞よりインタビューの申し出を受け、十月二十九日付の新聞に記事が掲載された。この記事は、「名人の面影」と題して、「彫刻師万治郎の家」を松乃を通して語らせる組み立てになっている。大きな見出しは「勝気で家を継ぐ　當代の松乃女子」とあり、リード風に「二十五から後家で押通して先祖を恥かしめぬ芸術の生活　御柱の写真に感激」と添えてあった。松乃の写真と、名人邦宗の遺作「西行の木像」の写真も載っていた。本文には「清蘭　雪川松乃女史は二十五の歳から後家で通した勝気の質と、一意芸術に捧げた万年春の如き燃え立つ心とに五十八にはまだほどの遠い若やぎの眼を輝かせながら語る」と記されているのを読み、世間からはそのように見えるのであろうかと、苦笑せざるを得なかった。記事はさらに「『わたしも毎日仕事をして居りますが、倅《せがれ》が専ら努めてくれますので』と引き合わされた五代目雪川邦久氏は、まだ三十六の働き盛りである」と将久にも言及している。東京朝日新聞の記事と同様の記事が信濃毎日新聞、信陽新聞、南信日日新聞にも掲載されたため、雪川松乃と将久は「時の人」となり、注文が相次いだ。

「これもなあ、ご先祖方のお陰じゃのう」

「雪川の名を辱めぬように彫らねば」

と、二人はさらに精進を誓った。

東京朝日新聞は、『御柱』の主人公平四郎の血縁に歌人島木赤彦（本名久保田俊彦）が居ることを記し、赤彦に関する記事を載せている。赤彦は初代万治郎の父重原長左衛門の次男重原九郎左衛門から数えて四代目に当たる。

大正十二年一月四日付の大阪朝日新聞に、「雪川流の近代彫刻」と題して、雪川流の始祖雪川邦宗、二代目邦政の二人の万治郎、及び千治郎邦胤の三人を中心に雪川流彫刻に関する論文が掲載された。書き手は京都帝国大学澤村専太郎博士である。新聞掲載としては異例ともいえる長大な文章で、一〜七までに区分された論文は、新聞紙四ページに垂《なんな》んとする大作だった。大きな写真も三枚掲載されている。この論文は前年の諏訪教育委員会主催による講演をもとに執筆されたものだった。

大阪朝日新聞から送られてきた記事を、松乃と将久は驚きつつ読み浸った。論文は、初代万治郎と二代目万治郎から松乃の父千治郎邦胤の事績を紹介しつつ、作品を鑑賞批評する内容だった。初代万治郎は旧姓を重原という、諏訪藩に仕える桶職人の息子だったが、家業を嫌い、江戸に出て建築を学んだこと、一旦諏訪に戻ったが、社寺建築に必須の彫刻の必要性を痛感し、再び江戸に出て宮彫りを学び、再び諏訪に戻ってからは白岩観音堂を皮切りに精力的に神社建築に携わっていったことは、松乃も父の「昔話」の中でいつとはなしに聞き及んでいた。初代万次郎邦宗が宮大工として名を馳せたのは、諏訪大社下社秋宮を造営したことによる。さらに邦宗は駿河国浅間神社造営を請負ったことにより、駿河城代松平信濃守に知られるところとなり、大いに信用を得て「内匠《たくみ》」の称号を与えられた。邦宗は子供の中でも才能秀でる邦政を鍾愛し、邦政は常に父に従って働いたため、初代の作と二代の作の区別は判然とせず融合しているものが少なくない。邦政も松平楽翁公により、「内匠」の称号を与えられた。松平公は、娘婿である諏訪公に邦政の存在を伝え、諏訪公は大いに驚き、邦政に扶持米を給するに至っている。

「松平楽翁公」と、松乃は微笑んだ。邦政が、谷文晁の図案により蘭亭の文具箱を仕上げた折のこと、楽翁公から、信州は寒国だからと羊毛の衣服を頂いた。その衣服は、いつの間にか細切れにして財布などになってしまっていた。そういえば手元に一つぐらい残っていたかもしれない……。記事は、「二代目万治郎邦政は、実際に於いて、雪川流の彫刻をして発展の頂点に到達せしめた者である」と記していた。松乃は断片的に聞き知っていた「雪川流系譜」が一つの流れとして頭に染み入ってくるのを覚え、深く息を吐いた。

記事はさらに邦政の子の代に及んでいる。

「邦政には二人の後継者があり、長男が三代目万治郎を名乗った」松乃が「本家」として頼ってきた家である。「邦政は長男より才能のある二男邦胤を愛し、諸国の仕事にも邦胤を伴っていた」「邦政はなお宮大工として建築に従事したが、邦胤に至っては彫刻専門となってしまった」の件《くだ》りを読み、将久は悔しさで胸が詰まった。われじゃとて、宮大工でありたかったものを。しかし、それが叶う世情ではなかった、と。邦胤の代表作として、澤村専太郎は、「蘭亭図の衝立」と、諏訪大社上社本宮拝殿虹梁上の「子持龍」及び同社幣拝殿脇障子の「松に鷹」を挙げている。

読了して、松乃も将久も、書き手の澤村専太郎博士が、邦宗・邦政・邦胤の仕事に対して、批評される側の思惑を考慮することなく、歯に衣着せぬ批評を記していることに驚いた。学者というものは、これほど自由に、己の考えを述べるものなのであろうか。とりわけ、邦胤に対する「含蓄に乏しい」「一種の我執」「嫌味」といった表現に、松乃は胸が騒いだ。どういうことか、と澤村博士に尋ねてみたいと思った。一方、初代、二代の仕事の大きさに対して、徐々に小さくなっていかざるを得なかった自分や将久の辿った道が、口惜しかった。将久の目にも口惜しさが浮かんでいた。松乃は、わずかに皮肉を混じえて言った。

「くらべても詮ないこと。今、自分ができることに全身で取り組むだけじゃ。われらは、これほどの論文を書いていただける雪川の裔だからの」

志づ本人も周囲の者も「どうやら子供は二人、二人いればまずは安心」と思っていたが、大正十三年、「思いがけず」、志づは第三子を出産した。女の子だった。長女の清江とは九歳、長男の将輝とも六歳違いの赤ん坊は「史代《ふみよ》」と名付けられた。志づの体調は万全ではなかったが、清江が小さな妹に夢中になって可愛がったため、志づはずい分助けられた。

ああ、これで雪川の血筋は保たれる、と松乃は志づに感謝した。と同時に、自分に将久を授けてくれた将明に、心からの感謝の思いを深くした。おまえさまがいてくだされたゆえ、雪川の流れは途絶えず、澄んだ水を運んでおります。風の便りでおまえさまが逝かれたことを聞きましたのは、もう二十年以上も前のことじゃった。おまえさまは、本志を少しでも叶えられましたでしょうや。

子供の目

将輝は、泣きわめく赤ん坊より、「清蘭女史」の方に興味があった。将輝の目に映った祖母は、一言で言えば「不思議な人」だった。

——ボクのおばあさまは、不思議の人だ。他の家のおばあさんは、御飯を作ったり、洗濯をしたり、お針をしたりしている。うんと年をとったおばあさんは縁側で日向ぼっこをしたりしている。ボクのおばあさまは、仕事場にこもって彫り物をなさってい る。刃物がたんとあるゆえ、仕事場には入ってはならぬと言われている。おばあさまは、ボクが生まれるまでは、今ボクたちがいる二階でお仕事をなさっていたが、お姉ちゃんとボクとお母さんに二階をくださって、今は次の間と縁側でお仕事をされている。仕事場には衝立が立てられていて、おばあさまが彫っている姿は見えない。でき上がった彫り物は、時々見ることができる。大黒さまやえびすさま、鶏、鶴、亀。ボクは目の玉が飛び出てしまうのではないかと目を大きく見開いて見つめてしまう。フッと息を吹きかければそよぐのではないかと思われるほどの羽。チョンと突つけば首を引っ込めるのではないかと思うほどの亀。彫り筋の何というきれいさ。

父さんも彫り物をしている。父さんは母屋とは別の、木材がいっぱい入っている物置きの隣の部屋を仕事場にしている。おばあさまと同じく、床の間に置く飾り物、神棚に上げる大黒さまやえびすさまを彫っている。父さんは、「お前は雪川流の六代目だからな」と言う、雪川は僕の名字だけれど、雪川流っていうのは何だろう。諏訪大社や秋宮に連れて行ってもらった時も、ここは雪川流の初代、二代さまが造りなさったと教えられた。神社やお寺を造る人を宮大工というのだそうだ。おばあさまは、兄さんたちが亡くなられて、雪川岳斎という父さんの跡を継いで「女ながらもあっぱれ」の彫り物師になられたのだという。ぼくは彫り物もいいけど、神社を造る方がいいな。

よその家ではお父さんやおじいさんがいばっていて、家族は言うことを聞いているみたいだが、うちでは一番はおばあさまだ。お父さんもお母さんも、おばあさまの言われることを、それはそれは大切にしている。おばあさまが静かな声で「そうしようか」と言うと、誰もさからわない。おばあさまにさからえるのは赤ん坊の史代だけだ。

おばあさまは、いつもきれいに髪を結い、着物をきちっと着ていなさる。あまり外に出ないので陽に焼けることはなく、目も口も鼻も大きめでくっきりしている。おばあさまのような女の人を「女史」と呼ぶみたいだ。ボクはそんなに早く起きることはないが、正月だけはお父さんに起こされて、一家で日の出を拝む。史代は赤ん坊なのでお母さんが抱いて庭に降りるが眠ったままだ。おばあさまは、正月だけでなく、毎朝お日さまを拝みなさるらしい。ある時、おしっこに行きたくなって目を覚まし、便所に降りていった時、おばあさまが朝日に手を合わせているのを見た。おばあさまはお日さまを拝むと家の中に入って仏壇の前に座ってお経を読まれる。何と言っているのかは全然わからない。ボクはお経を読むおばあさまの声がちょっと苦手だ。普段しゃべっている時の落ちついた声ではなく、キーンとしている。吹き出しそうになったぼくの口を、清江姉ちゃんがあわてて塞いだ。

ボクの家で毎朝牛乳を飲むのはおばあさまだけだ。紙のフタを取るとフタの裏に薄い膜がついている。ボクはおばあさまが置いておいたフタをもらって、薄い膜をなめる。それはボクだけに許されている。「お年じゃから、栄養のあるもの、飲んでいただくのですよ」とお母さんが説明してくれた。

夜はおばあさまと父さんは、夕食の時お酒を飲む。大きめの盃に、おばあさまは二杯、残りは父さんが飲む。酒は姉ちゃんとボクで酒屋にビンを持って買いに行く。計り売りはおまけが付く。子供のお使いならお駄賃分のおまけもあるんだと、母さんとおばあさまが笑い合っていた。少しだけのお酒は、おばあさまの食欲を増してくれるらしい。おばあさまの好物はスキヤキだ。おばあさまが「今夜はスキヤキにしておくれ」と言われると、ボクたちは「わーい」と歓声を上げる。スキヤキは、牛乳のようにおばあさまだけが食べるわけではない。一家中で鍋を囲む。母さんは肉屋で上等の牛肉を四百匁も買う。スキヤキの日は父さんが特別に「牛肉代」を母さんに渡す。お料理はめったにしないおばあさまが、スキヤキだけは自分で作る。牛の脂で肉を焼いて、ジュッとたれを入れる。他には何も入れず、生卵をくぐらせて、おばあさまはおいしそうに食べる。「極楽の味――うまいのう」と言って、さらに肉を卵の入った器に取り分けると、「さ、みんなお上がり」と言う。ボクたちは一斉に箸と器を手に取る。でも、ここで母さんは、豆腐やねぎ、しいたけなどを手早く入れる。肉も入れる。「野菜も一緒にね」と母さんは言い、ボクたちが肉だけを取ろうとするのを押し止める。父さんは母さんが取り分けてくれるのを食べる。母さんは自分用に取り分けたのを、少しずつ史代に食べさせてやる。ボクも姉ちゃんも、できるだけ肉を取ろうと夢中だ。

「おいしかった。ごちそうさま」とおばあさまは箸を置かれて、「一足お先に」とお風呂に向かわれる。母さんは赤ん坊を姉ちゃんに預け、つと立ってお風呂の加減を見に行く。髪を洗って、洗い髪を手拭いで包んで上がってきたおばあさまのお顔はつやつやだ。でもある日、縁側で鏡に向かって髪を結っているおばあさまの手を見て、ボクはびっくりした。節くれ立って、ところどころ傷の痕のようなものが見えた。ボクの視線を感じて、おばあさまは自分の手を見つめた。「フッ。ごつごつしとるじゃろ。指もな、曲がってしもうて。これがな彫刻師の手じゃ。われの父さまも、ごつい手をなさっておいでじゃった。将坊の父さんの手も同じじゃ。将坊はどんな手になりたいかの」

ぼくは答えられなかった。宮大工の手もごつごつしとるのじゃろか。どんな手の人になるかは、きっとその人がどんな人になるかと関わるのだろう――。

十歳を超えると、将輝はさらにおばあさまを「観察」するようになった。

――夏の夜になると、おばあさまが漢詩を朗読なさる声が家中に響き渡った。隣り合った家も向かいの家も、雨戸や障子は明け放してある。おばあさまの声が聞こえやしないかと、僕は気がかりだった。おばあさまは全く頓着せず、湯上がりに麻の着物で団扇を手にし、打水をした庭を前に縁先の座布団に座ると、夜空を仰ぐ。母さん、姉さん、僕はおばあさまの声を待つ。父さんは「酔うてしもうた」と言って二階で史代と一緒に寝ている。「長安一片月　万戸衣を擣つの声　秋風吹き尽くさず　総べて之玉関の情」と一気に詠い上げると、「何れの日か胡虜を平らげ」と感情を込めて詠い、「良人遠征を罷めん」と、さらに情感を引いて詠い収める。おばあさまの心は、岳斎さまや二人のお兄さまを思い起こしているのだろうと、長じてからは分かるようになった。

『唐詩選』の本には一篇ごとに絵が付けられていた。その中から彫刻の題材が取られた大切な本だった。おばあさまが子供の頃に、従兄たちと親しんだ絵本がわりの本でもあったという。北斎の「北斎漫画」も、ずーっとわが家に伝わり、自然に頭の中に染み込んでいる本だった。

正月はカルタ取りだ。町の家並みのあちこちからカルタを読み上げる声、はいっとかキャアとかダメ！とかの声がする。うちでは母さんと清江姉さんがうまく、僕と父さんは同じくらい下手、おばあさまは読み上げ専門だった。史代には、母さんが史代の手を持って取らせてやっていた。おばあさまは、得意の『唐詩選』の声で、百人一首を節をつけて読み上げる。一番多く取った者には褒美が出るので、ぼくら子供は懸命だった。酒屋の子供たちや、遠く茅野の蕎麦屋さんからもヨウおばあさんのお孫さんたちが遊びに来ると、一層賑やかになった。——

残された子供

三人の子供に恵まれ、仕事も順調だった将久を思いもかけぬ不幸が襲った。出会いの時から信頼し、大切にしてきた志づを失ったのである。元から頑健ではなかった志づだったが、三人の子を生み育て、清蘭という秀でた彫刻家の姑に仕え、夫を支える日々は、周囲からも敬意をもって遇されていた。「あなたは地の塩のよう方じゃ」と上諏訪の教会の牧師さんから言われ、目を白黒させていた志づだった。

「少うし目まいが……」と言って朝食の膳から立ち上がった志づは、そのままくずおれて意識を失った。

「血圧は低かったから、脳溢血になるとは思いもせんじゃった」と、山川医院の後継ぎの息子は慌て、かつ嘆いた。「今は動かせぬ。毎日二回往診させてもらいます」と医者は言い、手を尽くしてくれたが、三日間、眠りに眠って、たった一度だけ目を開けた志づは、「清江、史代、将輝」と三人の子の名を呼び、手を握りしめた将久に「子供らを頼みます」と言って目を閉じた。末っ子の史代は、まだ六歳だった。

一家の嘆きは深く、どうやって一日一日を過ごしたか、あとから考えても分からぬありさまだった。「母ちゃん、母ちゃん」と探し回る史代を抱きしめて、「われが先に逝くはずじゃのに、すまんのう」と松乃は詫びた。

長女の清江は十五歳になっており、女学校の三年生だった。「わたしが女学校やめて家のことするで」と父に言ったが、将久は、「せっかく入った女学校じゃ。あと二年、わしも家のことするで、頑張ろう。史代はわしとおばあさまとでみるからの。女学校は卒業しておきなさい」

将久に後妻の話を持ってくる人もいたが、将久は耳を貸さなかった。

「母もおるし、長女はもう少しで女学校を卒業しますで、何とかなりまするる。みんな志づを大切に思うとりましたで、代わりの人なんかいりませぬ」と、将久にしては珍しく強い言葉で断った。志づの実家からは、「史代ちゃんを預からせてもらえんか」と申し出があったが、これもまた将久は断った。

「家族は一緒に暮らしてこそ家族じゃ。志づが頼むと言いおいて逝った子を、何で手放せよう。何かの時には頼らせてもらいますが、家族みんなで育てていきます」

松乃は夜は史代と布団を並べて次の間で寝んだ。史代が「母ちゃん、母ちゃん」と泣きじゃくると、自分の布団に入れて抱きかかえて、眠るまで背を撫でてやった。「ふーちゃん、ばあちゃんも子供の頃、母さまを亡くしてのう。どんなに辛いかは、よう知っとる。かわいそうにのう」と心で繰り返しつつ撫でていると、自分まで子供の頃に戻ったような気持ちになって、いつか自分も泣いていた。

朝、牛乳を飲む時は、温めて半分を史代に飲ませた。砂糖を入れてやる。将輝が羨ましそうに見ていると、

「な、ふーちゃんはまあだお母さんのおっぱいが恋しい頃じゃ。おっぱいの代わりと思って兄さんは我慢してな」となだめた。

柳田の家の女中が、洗濯と夕食作りを受け持ってくれることになり、雪川一家は悲しみを背負いつつ、日々の暮らしを重ねていった。

朝食の用意は清江の仕事だった。御飯を炊き、お弁当を二つ作った。前の日多めに作っておいてもらったお惣菜と佃煮と梅干しと卵焼きの弁当は、一つは自分用、もう一つは小学校六年生になった将輝が持って行く。朝食は、夕食の残りとみそ汁、佃煮、梅干し、漬け物といった常備菜に、目刺しや干物の魚がついた。史代には松乃が卵を焼いてやった。皆が朝食を取る頃、清江は肩掛けのカバンを斜めに掛けて女学校に向かう。

「清江、いつも朝御飯すまんね」と言いつつ、松乃は清江の髪を編んでやる。祖母に髪を編んでもらうのは、清江の至福のひとときだった。いつも他者の世話をしなければならない立場の清江が、唯一、自分が世話をしてもらっていると感じることができる時だった。

志づの死後間もない昭和四年十一月、雪川一家の悲しみの中に、一冊の書物の発行が知らされた。『日本木彫史』である。大正七年、黒田清輝の提議に基づき『日本木彫史』の編纂が企画されて以来、阪井義三郎が調査執筆に携わってきた。大正十五年、上代より明治時代に至る十巻が脱稿していたが、印刷には至らずにいたところ、昭和四年に至って坂井犀水の編集により、ついに上梓の運びとなったものである。出版社より、雪川流が取り上げられていることを知らされ、松乃と将久は購入を申し込んだ。仏教伝来以前より書き記されている「日本木彫」の歴史の最後、明治時代の木彫の中に雪川流が取り上げられたことは、松乃と将久に誇らしさと喜びをもたらしたが、一方、「志づにも読ませてやりたかった」と新たな悲しみを呼び起こした。

『日本木彫史』の「雪川流」の叙述は、淡々と事実を述しつつ、所々に「批評」が記されていた。邦宗の彫刻に関しては、「彫刻の作風は素朴で稍稚拙の痕がある。図様絵画を基として此に丸みを付けたのであるが、その手法未だ巧みでない。平面の図に強て奥行を付け丸みを施さんとした傾きが見える。併し率直の中に気魄の強みがある」とあった。

「邦宗さまは宮造営が本業じゃったものなあ」と、松乃は言い訳めいた思いを胸に浮かべた。

邦政については、「邦政は父邦宗の稚拙にして朴強で典型的であったのに反して、穏健にして円熟の域に進み、更らに実写的基調を加へて時代の好尚に適合せんと試み、雪川流の宮彫を大成したものである」と記されていた。

さらに「邦政の長男は万治郎と言ひ、次男を千治郎と言ったが、千治郎の技術が三代目万治郎より勝れて居たので、邦政は千治郎を愛して、その後継者とした。千治郎は名を邦胤と言ひ、岳斎と号した。邦胤は建築の方は止めて、彫刻を専門とした」と、邦胤について叙述している。松乃は、本家の三代目万治郎の胸中を思って、胸が詰まった。澤村博士の論文にも同様の叙述があった。雪川流の解説には、ずっとこのような叙述がついて回るのであろうか。三代目万治郎は岡谷広円寺本堂建築の他、飯田市愛宕稲荷神社、茅野市頼岳寺などの建築に携わっている。何よりも八劔神社の建築を手がけている。三代目万治郎さまは彫刻も巧みであったが、それ以上に建築に力を振るわれ、決して「万治郎」の名を恥ずかしめる仕事はなさらなかった、と松乃は邦茂と邦胤を比較する叙述を疎ましく思った。

さらに『日本木彫史』は邦胤について「手腕の達者を以て声名を馳せた」「精力旺盛の作家であったらしい」と記し、代表作として諏訪因幡守の命によって彫った「蘭亭図」を挙げている。明朝風の彫刻、北斎の画風の影響にも触れてあり、「ほんに」と松乃は子供の頃から見ていた「北斎漫画」を懐かしんだ。

松乃と将久、清江と将輝は、互いの時間を都合し合って史代の世話をし、悲しみの昭和四年を乗りこえ、昭和五年、史代は小学校に入学し、一家の暮らしは穏やかに回り始めた。

翌昭和六年、将輝は無事中学校に合格し、史代は小学校の二年生になった。清江は女学校を卒業し、家の中のことを一手に引き受ける、年若い「主婦」になった。女学校を卒業したら、花嫁修業をして嫁に行くのが、多くの娘たちの辿る道だった。清江は、父と祖母の前に正座して、

「女学校へ行かせてもろうてありがとうございました。いろんなこと学べたし、友達もできました。これからは家のこと、おばあさま、父さん、将輝と史代の世話——っていったらエラそうじゃけど、お炊

事や掃除、洗濯など、わたしがします。じゃが、もし、もしなあ、少し時間があるようじゃったら……」

「ん、清江には負担をかけて、すまんのう。何かやりたいことがあるようじゃな。何でも言ってみなさい」

「女学校の近くに洋裁を教えるところができたんよ。そこへ行かせてもらえんかな」

「洋裁？」

「洋服を作るの。これからは東京とか名古屋ばかりでなく、田舎でも、洋服を着るようになると思う。小学生だって、ポツポツ洋服着とる子も出てきたし。ふーちゃんにも可愛い洋服作ってやりたい」

「史代も学校へ行くようになったから、昼過ぎは少し自由な時間がとれるじゃろ。だが、女学校は遠いじゃろ。一時間も歩いて往復するのはホネじゃろうて」

と、松乃は気遣った。清江は少し口ごもりながら、

「自転車、買ってもらえんかなあ」と言った。

「自転車⁉」

将久も松乃も驚いた。確かに自転車は上諏訪でもポツポツ見かけるようになっていた。

「清江は自転車乗れるのか？」

「いや。でも習うてみる」

自分の願いを口に出したことでホッとした清江が買い物に出た後、松乃と将久は話し合った。

「家族のために家事を担うだけで、あたら若い時を過ごさせてしまうんは、可哀想じゃ。洋服作りのういいかもしれん。自転車も買えるものなら買ってやりたいのう。清江が何か欲しいなんていうのは初めてじゃもの」

「いくらぐらいするものなんじゃろ」

「上諏訪で自転車扱っとるんは――大橋屋かのう。ちょっと聞いてみんか」

農機具屋を営んでいる大橋屋の店先になぜか自転車が飾られているのを、松乃は見たことがあった。

「一括でのうてもいい言うとった。十回払いでいい

そうじゃ。それにな、この頃は女子用のができたそうじゃ。男子用より小ぶりで、乗り易いと」

昭和が進むにつれて、中学校や女学校の制服も洋装に変わっていった。上諏訪の町でも男子は洋服を着る者が増えていった。自転車を買ってもらった清江は大喜びで、家中を跳ね回った。

「志づが亡うなってから、清江のあんなに喜ぶ顔を見るのは初めてじゃ」と松乃は思わずにじんできた涙を拭った。

自転車に乗るならズボンでないとまずいと考えた清江は、将輝の小さくなったズボンを解き、それを元に、ネルの着物を裁ってズボン様《よう》のものを拵えてみた。手縫いである。腰回りにはゴムを入れた。靴はゴム靴を買ってもらった。清江は一日おきに、午後、自転車なら三十分ほどで行ける洋裁塾に通った。塾で習ったことを次の日は家で浚《さら》い、縫い進んでいく。将輝も史代も学校行きはもちろん、家でも洋服で過ごすようになっていた。新しい服地を買う余裕はなく、志づの残した単衣を解いてワンピースを縫ってやると、史代は、「母さんの匂いがする」と服を抱きしめた。

「おばあさまにも夏の服、作ろうか。涼しくていいよ」と松乃にも言う。

「いやあ、われは生まれてこの方、着物で過ごして来たゆえ、死ぬまで着物でいい。――ほうじゃ、ズボンっていうもの作れるかの？　上は短い着物で、下はズボンみたいなのにすると仕事がしやすそうじゃ」

「分かった。丈は足首ほどでいいかの。父さんにも作ってみる」

上下合わせると作務衣風の趣になり、二人とも仕事着にするようになった。

将輝は岡谷中学に進学し、汽車で通学した。汽車賃は安くはなかったが歩ける距離ではなく、さすがに自転車は買ってやれない。すると、柳田の家から「志づの取り分じゃから」と言って、支援を申し出てきた。

「ありがとうございます。では出世払いということで」と、将久は汽車賃分の「奨学金」を受け入れた。

将輝が自分の将来の方向を定めていったのは、小学校上級から中学にかけての頃だった。祖母は彫り物をする現場は見せなかったが、常住坐臥、彫り物に心を向けていた。学校から帰宅して次の間の戸を開けると、障子を背にして、祖母が炬燵に腰掛けている姿を見た。祖母は将輝に気付かず、声を掛ける雰囲気にはなく、将輝は自分も凍りついたようになって、祖母を見つめた。それは、制作中の蝦蟇《がま》仙人の姿勢を自ら演ずる制作人としての姿であった。

あとになって思うと、その時が彫刻に進もうと自分の道を選んだ機縁の芽生えであった。祖母の作に成る孫の手や印材によく彫られた蛙を見ると、自ずと父の話を思い出す。

御柱年のこと、本通りを騎馬に乗った殿様一行の「おきば」が通るというので近所の人たちが急ぐ喧燥にも全く関心を示さず、祖母は庭でじっと蛙を見続けていたという。

昭和九年、「信濃毎日新聞」に「諏訪が生んだ名工　雪川万治郎伝」と題する記事がシリーズで掲載された。郷土史家で雪川流研究家である細川隼人の談話をもとに綴られている。数々の逸話や証文なども記載されている詳細な解説文である。このシリーズはあくまでも基本姿勢を〝解説〟に置いており、批評は加えていない。掲載を知った松乃は「信濃毎日新聞」を購読することとし、記事を切り取って丁寧に保管した。この記事の他にも、新聞などに載った雪川流関係の記事は、目の届く限り保管していた。

今回の記事を、松乃は二十歳になっていた清江と十七歳の将輝に読ませた。昭和四年の『日本木彫史』は、二人とも読みこなすにはやや難しい年齢だったが、今回は十分に読みこなせる年齢になっていた。二人は初めは戸惑った様子だったが、次第に引き入れられ、次の掲載を待ちわびて読みふけった。

人間関係が分かりにくそうだったので、松乃は初代から将久までの系図を書いてやり、後ろ楯となった殿さまたちの名も添え書きした。岳斎のことは松乃からいろいろ聞かされていた二人だったが、さらにその上の代の宮大工、彫刻師たちの事跡を知るに及んで、「雪川」の名の重みを改めて噛みしめているらしかった。将輝は、そうか、だからおばあさまは、と松乃の制作に対する真摯な姿勢を納得した。

昭和十一年、美術への志向は揺るがず、将輝は東京美術学校に入学した。松乃は将輝の「合格通知」を仏壇に供えて、長いこと拝んでいた。

東京美術学校へ入ったからといって将輝の将来はまだまだ霧の中である。自分たちのように福神や床置きを彫っていく仕事は、おそらく続かないだろう。だから却って将輝は苦しむであろう。先が見えないということは辛いことだが、一方、自由だということだ。将久は息子の前途を思いつつ、春浅い信州の空を仰いだ。

将輝が上京してからは、雪川の家は松乃と将久と史代の三人で穏やかな日々を送っていた。清江は将輝が美術学校に入学した翌年、母の実家である柳田家の並びの電機屋に嫁いでいた。女学校を卒業して、ひたすら祖母と父と妹のために家事一切を引き受け、時折、洋服を仕立てるのを楽しみにしていた清江は、大工職や指物師からの縁談が持ち込まれていたが、将久は乗り気でなく、「もっとなあ、新しい雰囲気の家で暮らさせたい」と言った。清江が嫁いで行ったのは電機屋の後取り息子の堀島修平だった。清江は史代が女学校に入学して、何とか家事が担えるようになった時、やっと嫁に行くことを承知した。二十三歳になっていた。相手は二十二歳で、「一つ上の女房は金の草鞋で探せというでな」と電機屋の主は言い、さらに「清江ちゃんの自転車姿には惚れ惚れする」と続けて、女房に呆れられた。

大正から昭和にかけて、日本の町々では電機製品の普及が著しかった。電機製品といっても、まず照明、それからラジオ。裕福な家庭では蓄音機や電気ストーブが購入された。ランプの暗い灯りや毎日のホヤ掃除から解放され、主婦も子供も大喜びだった。照明をつけるためには配線工事が必要で、清江の夫となった修平は電気工事の資格を持っていたから、毎日のように照明具取り付けの依頼があり、「電機屋」は時代の先端をいく職業だった。

清江は店番や家事の傍ら、近所の主婦たちからの洋服の注文を受けていた。子供服や大人向けのワンピースを仕立ててもらった主婦たちは、次第に自分も作ってみたいと考えるようになった。清江は、ミシンが欲しくてならなかった。

清江は一年ほどは妊娠の様子はなく、早く孫の顔が見たいと舅姑に言われ、困惑し焦った。二年目の半ば、やっと懐妊した清江に、舅は「でかした。何でも褒美をやるぞ」と言った。

「では……」

「何が欲しい？」

「ミシンを。できれば」

「うむ。それは何じゃ」

「縫い物の機械です。今は国産もあると思います」

ミシンの値段を調べた舅はさすがにその高値に驚き、考え込んだが、姑に「男に二言はあるまいぞ」と言われて、買ってくれた。

「ミシン踏んだりして、体に障りはないのか」

と心配する修平をよそに、清江は注文の品をミシンで縫い始めた。早い。あっという間に一着ができ上がる。主婦たちは、その早さとともに縫い目の美しさに目を見張った。

「われも欲しいのう」

「んでも、あんまり高すぎて、とても買えん」

「月賦で売ってくれる店ないかなあ」

清江はハッと思いついた。ミシンをうちの店で月賦で売ったら、どうじゃろう。修平に言ってみると、修平は父親に相談し、「堀島電機商会」はミシンも扱うようになった。店先に飾られたミシンは、上諏訪の町の人々の注目の的となり、一台、また一台と購入する人が増えていった。ほとんどは月賦販売だった。月に一回月賦の支払いに来る主婦たちは、そのついでに電球を買ったり、中にはラジオを注文する者もいた。

「やっぱり清江は福の神じゃ」と舅は大喜びし、ミシンで縫ったシャツを自慢気に見せびらかした。

月満ちて生まれたのは男子だったため、舅も姑も手放しで喜んだ。清江は縫いためておいた産着やシャツやロンパースを着せ、「ハイカラじゃろう」と姑は洋服を着た孫を自慢気に店に来る者に見せていた。

史代は清江が置いていった自転車で女学校に通っていた。歩けば一時間はかかる道程も、自転車なら半分もかからず行けた。冬、道が雪で閉ざされてしまうようになると、さすがに自転車は無理で、長靴を履いて歩かざるをえない。家に戻ると自転車で買い物に行き、夕食を作った。史代は清江に比べて、末っ子らしくお転婆で明るかった。

将輝が美校に入学して上諏訪を発った時、松乃は七十歳を越していた。まだ背筋もシャンと伸びていたが、将久は茶の間に史代を寝ませ、それとなく祖母を見守らせた。将久は二階で彫り続け、大きなものは離れで彫っていた。注文はほとんどが将久のもので、書状や葉書も将久宛のものが多かった。松乃はそれを自然なこととして受け止め、特別に「清蘭さまに彫ってほしい」と頼んでくる彫り物を手がけていた。

ああ、いつの間にか岳斎さまが亡うなった齢より歳とってしもうた、と気付いた松乃は、何か思いを込めた一作を彫りたいと思った。大好きな鼠、大黒さま。欄間は注文がなければ彫れない。ふっと心に浮かんだのは父の面影だった。いつでも、どこでも、父は己の内に住んでいる。でも、もしできるなら彫り物にして残しておきたい。雪川流開祖邦宗像は木彫像が残っている。二代目邦政は肖像画、岳斎は写真が一葉残されていた。岳斎は目鼻立ちが大きく、眉間に少ししわを刻んでいる。この写真と、わが胸の内の岳斎さまを元に、父さまの胸像を彫ろう。

材は、朴を選んだ。あの、大きな香りのよい白い花を咲かせる朴がよい。桧はよそゆきすぎる。一尺四方ほどの朴の材は、朴としてはかなりの大木である。その材は、まるで岳斎像になるのを待っていたかのように、仕事場の隅に眠っていた。松乃は将久に頼んで、朴の材を次の間の一隅の仕事場に運んでもらった。

「何を彫りなさる?」と将久に訊かれた松乃は、少しはにかみながら「父さま」と答えた。

「ほう。どのような像になさる?」

「胸像——ほら、お写真のような」

「うむ。それは楽しみな。荒取りをいたしましょうか?」

「うむ、そうじゃな。おまえさまも孫じゃゆえ、荒取りを頼もうか」と言いながら、松乃は下絵を見せた。いつの間にこのようなものを、と将久は少し驚いた。下絵は写真のように厳しくはなく、穏やかだった。が、大きな目は気概を見せて鋭かった。

「これが、岳斎さまですか。わたしは何も覚えておらん——」

「ああ、二歳じゃったものなあ」

荒取りはかなりの力を要する。松乃が薄墨で印をつけると、将久は鋸と大きなのみで、大きく材を切り取っていった。松乃は台の上に荒取りした材を置き、じっと見つめた。材の中に父の顔が見えてくる。松乃はためらいなく、材にのみを当てた。鶏や鶉、鼠のように細かい筋彫りではなく、滑らかな面で形を造っていく。髪型はどうしようかと少し迷ったが、髷は作らず、晩年のざん切りの形にした。髪は線彫りにしていく。秀でた鼻、鋭い切れ長の目、唇はやや厚く、いかにも意志が強そうだ。顔面がほぼでき上がった時、松乃はそこに自分の面影を見たような気がしてハッとした。ああ、われは父さまに似とるんじゃなあ。

「母さん、見せてもろうてもいいかな」

「えっ、ああ」

彫っているものを途中で見ることは互いになかったが、この時は将久も「祖父の顔」が見たくなったらしい。

「うむ。ああ、母さんとよう似とる」

「そうか、そうじゃな、親子ゆえ」

顔の仕上げはもう少しあとにして、松乃は衣服にとりかかった。人間の衣服を彫るのは本当に久方ぶりのことだった。肩から腕へかけてなだらかに曲線を描く衣服は、襦袢と表着に羽織を重ねる。表着は紬様の風合いで、羽織は無地にする。

「色を乗せなさるか？」

「うーん。初代は黒で塗っておるのかのう。父さまは濃い目の夜叉五倍子がよいかと思うとる。もう少しお顔を仕上げんとな」

外光が薄れると、松乃は道具を片付けて、像を薄い水色の布で覆った。父さまのお好きじゃった色、と松乃は思った。藍染めの最も薄い色「かめのぞき」に染めた木綿地だった。

午前中は注文の仕事をし、昼食をとると仏壇に改めて線香を上げて、松乃は「岳斎さま」に向かった。一日に二〜三時間、一月ほどの仕事で、像は彫り上がった。

「これが岳斎さまか。もう少し生きていてくだされば、わしも教えを受けられたものを」

「ほんにのう。われは父さまが四十八歳の折の子ゆえ、長うはお側におられなんだ。じゃが、父さまの彫り物は残っとるゆえ、彫り物を見ることはできる。音楽とか舞踊などとはそこが異なるかもしれんのう」

夜叉五倍子を五回掛けて深い茶色に染められた岳斎像は、床の間に据えられた。

「わしに台座を作らせてくだされ」と将久は松乃に頼み、台の方は桧で三寸ほどの高さの台を作った。

長方形の四隅を丸く削り、立ち上がり前面に梶の葉の浮き彫りを、側面には波の模様を彫った。座敷にまで招じ入れる客は多くはなかったが、仲介者の何人かと、八劔神社の宮司はしみじみと像に見入り、

「こんな様子の方じゃったのう。洒脱でのう」

「わたしは岳斎さまにお目にかかったことはないのじゃが、そうか、このようなお方じゃったか」と感じ入った。

「岳斎さまの像ができ上がった」という知らせを受けて上諏訪を訪れたヨウは、「ほんに岳斎さまじゃ」と目を細めた。ヨウは、茅野庵を継いでいる息子に付き添われて汽車でやってきた。上諏訪駅から雪川家までは、しっかりした足取りで歩いた。

「明日迎えに参ります。よろしゅうに」と言って息子はトンボ返りで茅野に戻って行った。

その夜は座敷に布団を並べ、岳斎像を眺め、岳斎像に見つめられながら、よもやまの話をした。

「邦久さんも、押しも押されぬ彫り物師となられましたのう。将輝さんも美術学校に入学されて、ほんにおめでとうございます。松乃ちゃん、見事に雪川の血を守られましたのう」

「それもヨウさんのお陰じゃ。いつも優しゅうしてくだされて、母さまとは遊べん時でもヨウさんがいてくれたお陰で、寂しゅうなかった。生きとるんは楽しいことじゃと教えてくれたんはヨウさんじゃ」

「われもなあ、あの山深い家を出て、諏訪の町へ出て来られたんが、ほんに人生の分かれ道じゃったと思うとる。雪川の女将さんや諏訪屋の女将さんに、人生の指南をしてもろうた。育之助さんには人を恋うことを教えてもろうた」

七十も半ばを過ぎて、ヨウは初めて育之助を恋うていたことを口に出した。

「うん。兄さんもヨウさんを好いていた。ほんに」

「人の心は広くて深いもの。育之助さんへの思いを秘めながらも、茅野庵の女将として、まことを尽くすことができたと思うとる。娘もな、われの妹や松

乃ちゃんを見て、志を抱いたと言うとった。松本で教員をして志を果たしたとな。松乃ちゃんほど志を持って生きる女子《おなご》はおらんと思う」

「いや、われは彫ることが好きじゃっただけじゃ。彫るっちゅうことは、どこまでいっても奥が深く、極められぬもの……だからこそ彫り続けられる」

二人の「老女」は布団から手を出して指をからめたまま、眠りに入った。

翌日は、将久に伴われて、雪川家の墓参りに行った。新たに建てられた岳斎を挟んでくらとひろの名が刻んである墓石、鶴松と育之助の名が刻まれている墓石に、松乃とヨウは水を供え、雪川の家の小さな庭に咲く小菊を手向けた。午後迎えに来た息子に労わられながら汽車に乗るヨウを見送った松乃は、もう一度会えるとよいが、と胸の内で呟いた。

「もう一度」の機会が来ないまま、松乃のもとにヨウの訃報が届いたのは一年後のことだった。汽車で訪れた茅野庵の組内の「不幸遣い」は、何軒かの上諏訪のヨウの知り合いを回って帰って行った。

「ご病気じゃったとは聞いておらぬで、いわゆる心臓まひかと。朝起きてこぬので嫁さんが呼びにいったら、床の中で眠るように——。旦那さんは数年前に亡うなっておられたでな、一人でお寝みじゃった」

「ヨウちゃんが、ヨウちゃんが」と、茫然として繰り返す松乃を慰めようもなく、将久はひたすら松乃の背を撫でた。

「ご葬儀は明日の午後一時からお店で」と告げられ、将久は困惑した顔つきで、「明日は、日曜日よのう。荒井が来ることになっとる」と言った。荒井は将久の大切な仲介者で、断わりもなしに留守にするわけにはいかなかった。明日のことでは、連絡をする暇もない。「わたしがついていく」と史代が言った。

「おばあさまは足元もしっかりしていなさるから、汽車で行って茅野の駅から人力を頼めば大丈夫じゃろ?」

翌日、喪服に身を包んだ松乃は、女学校の制服を着た史代に付き添われて汽車に乗った。喪服に灰色のショールを羽織り、髪はきりっと結い上げていた。父さま、母さま、ヨウがな、そっちへ逝ってしもうた。もう少しこっちにいてほしかった。も一度会いたかった。窓の外を流れる景色も目に入らず、松乃はただただ、心の内で呟いていた。

「おお、これはこれは雪川の清蘭さま。遠くからありがとうございます。お疲れでありましょう。こちらで少し休んでいてくだされ。どうか母に会ってやってくだされ」

ヨウの息子のあとをついて行きながら、松乃が少し足をもつれさせた。「大丈夫か、おばあさま」史代が慌てて松乃を支えた。「少し汽車に酔うたかもしれん」

座敷に通され、ヨウと対面すると、松乃はこらえ切れず、ハラハラと涙を流した。

「何で何で逝ってしもうた」と繰り返して泣く松乃の背を撫で続けながら、史代もまた泣きじゃくった。ヨウの妹の百合が入って来て、松乃と百合は手を取り合って泣いた。

「お疲れじゃろう。葬儀まで少し間がありますで、奥の方でお休みくだされ。間もなくお昼の用意もできます」

奥の方に応接間風の部屋があり、長椅子が置かれていた。

「こちらで横になっていてくだされ」

史代は、冷たい水を絞った手拭いを持って来てもらって、松乃の額を冷やした。

「すまんなあ。ふーちゃんについてきてもろうて助かった」

ほんの一時、うとうとして目覚めると、悪心は消えていて、松乃はしゃっきりして立ち上がった。

「もう一度、ヨウさんに会わせてくだされ」

と松乃は息子に頼み、懐から紅葉を型どった根付けを取り出し、「これを棺に入れていただけるかの」

と差し出した。

「おお、これは清蘭さまの御作ですか。貴重なものを棺に……」

「お願い申しまする」

「母もどんなにか心強いことでしょう」

息子は押しいただいてヨウの懐に入れた。

百合が近付いてきて、ヨウをしみじみと見つめ、

「松乃さん、どうか健やかでいらっしゃってくださされ。姉もそればかり願っていますじゃろ」

史代を振り返って、

「史代さん、制服よう似合うとりなさる。おばあさま、お大切にな。あとで雪川さまにもご挨拶に伺わせてもらいます」

「百合さんは、女学校の先生、なさっとったと?すごいなあ」

「すごくはないけど、史代さんは女学校出たらどうなさると?」

史代はちらっと松乃の顔を見て、

「美術学校に行きたい」と言った。

「やはり彫り物を?」

「いえ、日本画を描きたい。学校では、上村松園という人の絵を見せてもろうた。涙が出た」

史代がそんな希望を胸に秘めていることなど全く知らずにいた松乃は、驚いて史代を見た。史代はいたずらっぽく肩をすくめて笑った。やはりこの子にも雪川の血が流れておるのじゃなと、松乃はうれしかった。この子の行き先を見届けられる時間は自分には残されておらぬが、何とか思いを叶えてほしいもの、と松乃は自分よりずっと背の高い史代の肩を背伸びして撫でた。

史代の希望は、そのままは叶えられなかった。父と祖母の世話をする者がいなくなってしまうからである。

「大丈夫。わしがばばさまの世話をする」と将久は史代を東京の女子美に送り出そうとしたが、史代は、将久には家事を任せられないことは分かってい

た。松乃は七十六歳になっていた。

「史代も洋裁習うか」と姉の清江は勧めたが、史代は、「うーん、わたしは着物の方が興味がある。上村松園という方のな、絵を見ると、着物というは何と美しきものよ、と思う。着物なら何でも作れるようになりたい」と言った。「和裁なあ。和裁なら諏訪女学院の専攻科で教えとる」

諏訪女学院は私立の女学校で、二年の専攻科が設置されていた。和裁が中心だが、洋裁や家政の学科を備え、小学校教員の下級免許が取得できた。諏訪女学院なら自転車で三十分だ。朝食を作りながら昼食の分まで用意しておけばいい。洗濯は夜や土日にやればいい。掃除は父さんに頼もう。

将久も松乃も史代の本来の願いを叶えてやれないことが辛かったが、とにもかくにも和裁を身につけられ、教員の免許状も取得できることで、史代の将来につながると安堵した。

諏訪女学院は、史代のおじいさまも勧めておいでじゃった、と松乃は思った。だが今は、将明さんの存在はこの家から消えとる。今さら言うても史代は困惑するだけじゃろう。じゃが、将明さん、どうぞ史代を見守ってやってくだされや。あなたの孫じゃてな。松乃は朝日を拝しつつ、そんなことを思った。

史代は本当の願いが叶えられなかった無念さを学ぶ力に変えて、意欲的に、和裁にもその他の科目にも取り組んだ。諏訪女学院は県立高等女学校には入れなかったが高等科に行くのは口惜しい、と思う女子の受け皿になっている私立の女学校だった。専攻科は、これまた県の女子師範学校には入れぬが、もう少し学びたい、資格が取りたいと考える女子が頼る場だった。史代は早起きして朝食を三人分と弁当を三個作った。弁当の一つは自分用、二つは父と祖母の昼食用だった。夜はたいてい煮物や炒め物を大目につくり、弁当の菜の一つにした。あとは、必ず卵焼きを作る。卵焼きにはねぎを入れたり、干し蝦を入れたり、茸類を入れたりする。朝食はお粥で、佃煮と漬け物と干物を焼いた。牛乳は松乃用に取り続けていたが、蓋についたクリームを舐める者はもういなかった。

自転車で通っているので、帰路には店に寄って食材を買ってくる。

「よお、史代ちゃん、今日は鯵の干物が安いでー。鰹半身買わんかね。半分は刺身にして、半分は煮付にするといい」

「鯵だけでいい。鰹は週末にする」

「新ジャガ入ったよ。玉ねぎ、人参もうまいよ」

諏訪女学院の食物の授業で、カレーの作り方を習った史代は、よし、今夜はカレーじゃ、と決め、肉屋に寄った。じゃが芋や玉ねぎ、人参などの野菜は、たいてい近所の農家の人が安く分けてくれていた。

「豚のコマ切れ、百匁」

「あいよ、百匁」

将久も松乃も「史代のハイカラ料理」と、カレーを大喜びで食した。

諏訪女学院専攻科を卒えた史代は、和裁、洋裁の技術と、料理の作り方を身につけるとともに、小学校助教員の免許状を入手した。諏訪女学院は、和裁の教員助手にならないかと提案してきた。専攻科の二年卒業では、正式の教員の資格は無かったが、助手という身分で仕事をさせてもらえるのは有り難かった。三年勤めれば正規の教員の資格が取れる試験を受けることができる。諏訪女学院の女学生たちの和裁の授業を受け持ち、給料がもらえるようになったことは、史代の大きな喜びだった。家計は、父と祖母の彫り物で支えられていたが、史代が自由に遣えるお金は多くはなかった。

「学校に授業料払わず、給料もらうのじゃもの、すごいじゃろう」と史代は姉に自慢した。

「うちは、女子《おなご》が働く家系じゃもの。おばあさま以来の伝統じゃあ」

「えーっ、姉ちゃんは働いとるかあ」

「知らんのか、われは洋裁の注文、結構受けとるよ」

「そうかあ。われが勤めに出る服、拵えてくれたものなあ。背広、じゃのうて、スーツっていうの？ようできるのう、あんな服」

「古着を一枚解いての、中に入っとる芯やら何やら、独学した。本も買うて独学したよ。そのうち、コートやらも作ってあげるでな」

「無料《ただ》で？」

「無論じゃ。妹から賃料もらうつもりはない。われの洋裁が評判になって、ミシンの売り上げが伸びて、義父《とう》さんに褒められとるよ」

史代は専攻科二年で学んだだけでは和裁の技術は心許ないと思い、岡谷の町の和裁所でより上級の技術を学ぼうと、日曜日の午後は岡谷に通った。女物の袷、羽織、男物の袷、羽織までは習ったが、袴や花嫁衣装まで縫えるようになりたいと、史代は決意していた。「基礎ができとるし、何より手がきれいじゃ。ものを作ることへの勘を持っとる。さすが雪川さんの娘さんよの」と、和裁所の主は褒めてくれた。

雪川松乃、清蘭は、昭和十八年、史代が二十歳の時、この世を去った。数え八十歳になっていた。松乃は七十代になっても手も目もしっかりしていて、刀を手にすれば一心不乱に彫り続けていたが、喜寿をすぎる頃になると、さすがに疲れを訴えるようになった。顔色が冴えず、むくみが出てきたのに驚いて、将久が医院に連れて行くと、医師は、胸、背、腹と、ゆっくり聴診器を当て、丁寧に触診した。

「お小水はお変わりないですか？」

「ああ、少し出にくいというか、いつも尿が溜まっとる感じで……」

「今、お小水出せますか？」

「ああ、はい」

医師はガラスビーカーに小水を採ってくるよう指示した。

「調べておきますので、一週間後においでくだされ。風邪をひかぬよう気をつけてな」

一週間後、松乃と将久が緊張しながら訪ねると、

「腎臓の機能が少し弱っていますなあ。急にどうこういうことはありませんが、塩分を減らして、水分も控えなさってくだされ。よう眠って無理をなさらんように」

山国の諏訪は漬け物が豊富で、一年中必ず食卓に上る。史代は「おばあさまの分」は必ず塩出ししたものを皿に入れた。「む、味がない」としかめ面をする松乃に、史代は出汁をよく取って塩分を控えた味噌汁や煮物を作った。

「うん、出汁がよう利いとる」と褒めながら、「これでもっと塩気があればもっと美味《うま》いのう」と言って、史代を苦笑させた。

塩分を控え、水分を控えると、松乃の浮腫は引き、目の光もはっきりしてきた。が、少し油断して摂生を怠ると、てきめんに体調が悪くなった。「お酒もダメですなあ」と医者に言い渡されて、憮然としている松乃を、「わしも酒断ちしますゆえ」と将久は慰めた。

昭和十七年、諏訪女学院から帰宅した史代は、祖母の床の傍らに座っている将輝に驚いた。

「びっくりしたー。どうしたん、兄さん」

「驚いたのはボクの方だ」と将輝は笑った。

「祖母危篤の電報が届いて、仰天して帰って来たら、おばあさまはほんに元気でな、二度びっくりした」

これは市役所の方の思いやりで、松乃に将輝と会わせてやりたいという意図による計らいだったらしい。一年後、松乃が日々病床に伏すようになった時は、容易に帰省できない戦況になっていて、将輝は臨終には間に合わなかった。

告別式には、写真の代わりに、将輝が粘土で制作した清蘭の胸像が置かれ、参列者は、「まるで今にも何か話し出しそうじゃ」と胸像に見入った。元治

二（一八六四）年四月一日生、昭和十八（一九四三）年四月二日没。満七十九歳の生涯だった。山国の四月は未だ寒く、死の少し前、松乃は「梶の葉はまだ芽吹かぬかのう」と訊いた。史代が急いで八劔神社に見に行ってみると、梶の葉の芽はまだ固かった。一枝もらって花瓶に挿しておくと、木の芽はゆっくりと膨らんで、緑の葉を開いていった。松乃は手を伸ばして梶の葉を撫で、微笑んだ。

「何やら寂しゅうてならぬ。手を握っていてくだされ」と、松乃は目をつむったまま呟いた。清江と史代が片手ずつ手を握っていると、握られたままお題目を唱えていた。その声が少しずつ間遠になり、フッと消えた。

春に生まれて春に去っていった雪川松乃、清蘭。信州の山嶺に咲く蘭の花のような、気高く凛とした生涯だった。

清蘭の死後十六年経った昭和三十四年、将久が没した。葬儀の後、将輝は仏壇の引き出しに和紙に包まれて糊付けされた小さな包みを発見した。いぶかりつつ開いてみると、洋服姿の男性の写真が出てきた。裏面には「明治廿七年十月廿三日写ス　勝田将明」と記してあった。父将久の父、おばあさまの夫じゃった方だと気付いて、将輝はしみじみとした思いになった。おばあさまはこの人を大切に思っておいでだったのだなと、祖母がいとしかった。

参考文献

『宮大工　諏訪の和四郎ノート』　立川義明 著　中央企画

『諏訪の社寺と名匠たち　――大隅流・立川流の神髄を訪ねて』　くらフォーラムin八ヶ岳 編　長野日報社

『立川流の建築』　細川隼人 著　諏訪史談会

『日本木彫史』　坂井犀水 編　タイムス出版社

『諏訪の工匠・立川一門　――社寺建築と山車彫刻』　諏訪市博物館 編　諏訪市博物館

『木彫　――基礎編』『木彫　――応用編』　大内真奈美 著　講談社

あとがき

『梶の葉物語』は、信州上諏訪の宮大工及び木彫の一門「立川《たてかわ》流」の四代目に相当する立川松代湘蘭をモデルとした物語である。物語中、登場人物は本名ではなく虚構の名を用いている。本名のまま記述すると、記述してある事柄すべてを事実として受け取られることを危惧したからである。実際、湘蘭に関する記述は多くはなく、誕生、死、結婚、一子の誕生、主たる彫刻作品に関すること以外は、日々の暮らしのさま、心情等、ほとんどが著者の想像による虚構《フィクション》である。実在しない登場人物も多い。

立川流を創設したのは、初代立川和四郎《わしろう》冨棟である。和四郎の名は二代目冨昌、三代目冨重と受け継がれたが、四代目以降は和四郎を名乗る者は無い。湘蘭は三代目冨重の弟、専四郎《せんしろう》冨種（啄斎）の娘である。女性が男性に伍して仕事をすることは受け入れられなかった明治の世にあって、敢然とのみを振って木彫りを続けた湘蘭を支えたものは、一子を育てるための糧を得ねばならないという事情のみならず、父の跡を追いたいという強い願いがあってのことと思われる。

湘蘭より十一年後の生まれの上村松園が、日本画壇に名を成し、文化勲章を授与されたことに鑑みると、ジャンルの違い、仕事をしていた場所（京都と諏訪）の違いはあっても、湘蘭の存在が世に知られることが少ないのは無念な思いがする。「人と比べることなど詮もないこと。われは彫りたいから彫りたるまで」と、湘蘭は笑うであろうが。

「梶の葉」は、周知の通り、諏訪大社四社（上社本宮、上社前宮、下社春宮、下社秋宮）の御印である。先が三つに分かれた葉と根をデザインした御印は、各社の垂れ幕などに印されている。

——・——・——

この物語を書くに当たって、湘蘭女子の曾孫に当たる立川玄八氏には、資料提供他、さまざまな御支援をいただき、感謝に堪えません。心より御礼申し上げます。表紙デザインの元となった彫刻下絵もお借りしました。ただし、この下絵は描き手が判然としないこともあり、表紙カバー出典は、敢えて記しませんでした。上部は空を飛ぶ龍、その下は植物、動物が生きるさまを描き、天と地を表しています。目次の挿画は、貝の棲む湖で、水の世界。天・地・水と、乾坤を表したつもりです。

また、信州には独特の方言があるかと思いますが、著者の非力により把握できず、多少方言っぽい言い方を加味するのみになってしまいました。どうかご容赦ください。

書いている間も校正の途中でも、どうしてこう食べること、着ることが繰り返されているのだろうと、我ながらうんざりしました。でも、ふっと気付くと、不思議な感覚になっていました。こうした繰り返しそのものが、日々の暮らしそのものなのではないか、人が生きてゆくとは、こういうことなのではないか――と。また、この物語を読んでいくと、人は死ぬもの、という思いに打たれるかもしれません。ああ、本当に、人は生まれて死んでゆくものなのですね。「生まれて」と「死んでゆく」との間に「生きて」があるのですが、私自身、若いころは思いもしなかった「死の近さ」が、ストンと胸に落ちました。

本当はもっと何度も上諏訪の地をお訪ねして取材させてもらいたかったのですが、折からのコロナ禍で訪ねることもままならず、中途半端な調査のまま書いてしまいました。

現立川宅は基本的に、江戸末期に啄斎棟梁が建てたままです。玄関を入ると、急こう配の階段を湘蘭さんが降りてくる足音が聞こえる気がします。湘蘭さん、今は何を彫っていらっしゃいますか……。

二〇二三年睦月

＜著者略歴＞
神山奉子（かみやま　ともこ）

栃木県立真岡女子高等学校卒業
東北大学教育学部卒業
県立高校に国語科教員として勤務
2006年、第27回宇都宮市民芸術祭文芸部門創作の部で「のりうつぎ」が市民芸術祭賞を受賞
同年、第60回栃木県芸術祭文芸部門創作の部において「梨花（リーホア）」が文芸賞を受賞
〔著書〕
『のりうつぎ』『花の名の物語』『金銀甘茶』
『国蝶の生れ立つ樹』『さすらひ人綺譚』
〔住所〕
宇都宮市上戸祭町3078-2

梶《かじ》の葉《は》物語《ものがたり》

2023年3月22日　初版第1刷発行
著　　者　神山奉子
校正／デザイン　井田真峰子
発 行 所　下野新聞社
〒320-8686　栃木県宇都宮市昭和1-8-11
TEL 028-625-1135
FAX 028-625-9619
印刷・製本　株式会社シナノパブリッシングプレス

ISBN978-4-88286-847-7